古典詩歌研究彙刊

第二九輯

龔鵬程　主編

第 5 冊

元代文人雅集與詩歌唱和研究

高邢生　著

國家圖書館出版品預行編目資料

元代文人雅集與詩歌唱和研究／高邢生 著 -- 初版 -- 新北市：
花木蘭文化事業有限公司，2021〔民110〕
目 4+258 面；17×24 公分
（古典詩歌研究彙刊 第二九輯；第 5 冊）
ISBN 978-986-518-323-3（精裝）
1. 詩評 2. 元代
820.91   110000261

ISBN-978-986-518-323-3

9 789865 183233

古典詩歌研究彙刊
第二九輯　第 五 冊   ISBN：978-986-518-323-3

元代文人雅集與詩歌唱和研究

作　　者　高邢生
主　　編　龔鵬程
總 編 輯　杜潔祥
副總編輯　楊嘉樂
編　　輯　許郁翎、張雅淋　美術編輯　陳逸婷
出　　版　花木蘭文化事業有限公司
發 行 人　高小娟
聯絡地址　235 新北市中和區中安街七二號十三樓
　　　　　電話：02-2923-1455／傳真：02-2923-1452
網　　址　http://www.huamulan.tw 信箱 service@huamulans.com
印　　刷　普羅文化出版廣告事業
初　　版　2021 年 3 月
全書字數　189876 字
定　　價　第二九輯共 12 冊（精裝）新台幣 25,000 元

元代文人雅集與詩歌唱和研究

高邢生 著

作者簡介

高邢生（1984～），男，漢族，河北邢臺人。2013 年 9 月起在中央民族大學文學與新聞傳播學院學習，師從雲峰導師，學習研究元代文學。2016 年 6 月取得中國古代文學專業博士研究生學歷，文學博士學位。2016 年 9 月起任教於邢臺學院文學院，主要講授《中國古代文學》《大學語文》等文學類課程。現主要研究方向為元明清文學，發表論文《論元散曲對屈原的否定及其多層次原因》《鄭振鐸的古典小說研究方法》等。

提　　要

　　雅集與詩歌唱和在元代文人的生活中佔據了重要的地位，從元初的月泉吟社唱和到元末的玉山雅集，無數的文人參與到雅集與唱和活動中。第一章，元代文人雅集活動的演變。元初期，北方文人多為金代遺民，南方文人多為南宋遺民，北方遺民多雅集聚會，南方遺民多結社唱和。元中期，新生代的文人登上文壇。大都和杭州成為了雅集活動中心，雅集唱和中多是歡愉之情，詩風趨於雅正。元末社會動盪，玉山雅集前後歷時十數年，參與者多達四百餘人，將元代文人雅集推向了最高峰。第二章，雅集中的文人唱和活動。元代唱和詩歌的創作模式包含了同題集詠、次韻、依韻、用韻、分韻賦詩等多種形式，唱和主題涉及了宴集、紀遊、題畫、贈答等多種類型。唱和成為詩歌交流的重要手段，在頻繁的唱和中，詩人們的詩歌風貌趨於一致，詩歌流派也逐漸顯現。第三章，多民族文人的雅集唱和。元世祖時期就建立了蒙古、色目國子學，多民族士人學習儒家文化。蒙古、色目文人也逐漸登上文壇，積極參與到各類雅集活動中去。馬祖常、泰不華、薩都剌、迺賢等蒙古、色目文人在文壇逐漸佔據了重要地位，他們與各族士人頻繁的交流唱和，通過自己的詩文創作影響著元代文壇。

目

次

緒　論

　　「雅集」是文人雅士之間開展的一種群體性集會活動，它可以包括遊山玩水、宴飲唱和、書畫遣興、講學論道、文藝品鑒等多種形式。文人雅集古已有之，並從未斷絕。建安時期的鄴下雅集、西晉的金谷園雅集、東晉的蘭亭雅集、晚唐的香山九老會、北宋的西園雅集和元代的玉山雅集等，這些雅集活動對當時的文人和其文學創作產生了一定的影響。元代的文人雅集之風盛行，從官方到民間文人，從雪堂雅集到玉山雅集，大大小小的文人雅集活動貫穿了整個元代文壇。參加各類雅集聚會是文人文化生活的重要組成部分，雅集活動也以各種形式影響著文人的生活和創作。因此，對元代雅集的研究，有助於全面瞭解元代文人的文化生活方式，以及文化心理。

　　詩歌唱和是文人雅集活動的重要組成部分，而唱和詩歌則是文人詩歌創作的重要組成部分。嚴格意義上的唱和詩歌創作，始於東晉陶淵明的《和郭主簿二首》，但總體來說，在晚唐元稹、白居易唱酬之前，唱和詩作的創作在絕對數量上並不算多，並且也多是和意不和韻的贈答唱和之作。自元白次韻唱酬之後，文人間的詩歌唱和活動逐漸形成了風尚，到了北宋時期，文人交往必有詩歌唱和，而唱和必次韻，以至於蘇軾、黃庭堅等文人的次韻詩作就佔了其現存全部詩作的四分之一

強。詩歌唱和發展到元代，有增無減，並且隨著文人雅集活動的繁盛，唱和詩作的創作形式也多樣化發展。同題集詠、分韻賦詩、分題賦詩、次韻相和、聯句，以及題畫都成為了文人雅集中的重要詩歌創作形式。元代的文人雅集活動與詩歌創作有著較為緊密的聯繫，許多重要的文人，如趙孟頫、虞集、馬祖常、楊維楨等都是雅集活動的積極參與者，他們在雅集活動中的詩歌創作對當時詩壇產生了一定影響。元代文人雅集之風盛行，唱和詩歌創作也很興盛，因此，對元代文人雅集中的詩歌創作活動進行充分研究，有助於較為精準的把握這一時期詩壇的整體風貌。

多民族文人共同參與元代文人雅集的一個顯著特點。延祐復科以後，諸多的蒙古、色目文人開始登上文壇，積極參與到各類雅集活動中去，並對當時的詩歌創作產生一定影響。因此，在考察元代雅集時，必須關注到其參與主體的多民族性，這樣才能更準確的把握元代文人雅集的真實情況。

一、研究現狀

本文的研究涉及以下三個方面，即元代文人雅集的活動情況、詩歌唱和的創作範式及其影響，元代雅集的多民族特性。長期以來，在元代文學研究中，雜劇、散曲一直都是重頭戲，詩文領域的研究相對薄弱，這種情況二十一世紀以後才有所改觀。對於元代文人雅集的研究，學界的視角主要集中在元末的玉山雅集之上，其他時期和地域的雅集活動則較少涉及；而對元代文人詩歌唱和的研究，其主要成果也多依附在玉山雅集研究之中。關於元代多民族雅集的情況，臺灣學者蕭啟慶和雲峰老師都在各自的著作裏進行了開創性的研究，並取得豐碩的成果。

根據本文所涉及的主要論題，下面擬從元代文人雅集、元代詩社、唱和詩歌創作和多民族雅集四個方面，對前輩學者所作出的主要研究成果進行梳理。

元代文人雅集研究

　　對於元代文人雅集的研究，學術界將研究焦點主要集中在元末的玉山雅集，而對其他時期的雅集活動關注較少。這就造成了玉山雅集的研究成果豐碩，而其他時期雅集活動的研究相對稀少的情況。

　　上世紀四十年代，崇賢的《玉山草堂》〔註1〕和點元的《玉山館客考》〔註2〕最早概括了元末玉山草堂的基本情況，標誌著玉山雅集研究的開始。之後研究陷入沈寂，直到九十年代，么書儀的《元代文人心態》〔註3〕中《「世紀末」的享樂主義——玉山草堂文人的狂飲》一章，從元末亂世的文人心態入手，探討了玉山雅集活動對於元末文人的特殊意義。侯怡敏的《元末玉山草堂詩人群體研究》〔註4〕，對參加玉山雅集的楊維楨、郯韶、郭翼、陸仁、姚文奐、鄭元祐等十餘位詩人進行研究。其後，喬光輝的《玉山草堂與元末文學的演進》〔註5〕探討了玉山雅集與元末文學的關係，文章考證了玉山草堂的建築時間和玉山雅集活動段，探討了玉山雅集中即席賦詩、題畫、歌舞與外出遊覽等幾種活動形式，指出這種文人集會促進了元末文人的交往與詩歌交流，還點明了玉山雅集追求個性自由與主題張揚的藝術特徵。文章最後探討了玉山草堂沒落的原因，指出元末混亂的戰事是雅集沒落的主要原因。文章對元末玉山草堂的雅集活動進行較為精準的概述。

　　二十一世紀後，楊鐮《元詩史》〔註6〕中《詩壇盟主：楊維楨與顧瑛》一章，以顧瑛為切入點，探討了玉山雅集的文學活動。文章主要分析了顧瑛作為玉山雅集召集人的身份背景，顧瑛詩作的成就特色，指

〔註1〕崇賢：《玉山草堂》，《江蘇文獻》，1942年10月。
〔註2〕點元：《玉山館客考》，《江蘇文獻》，1942年10月。
〔註3〕么書儀：《元代文人心態》，北京：文化藝術出版社，1993年。
〔註4〕侯怡敏：《元末玉山草堂詩人群體研究》，復旦大學，碩士論文，1998。
〔註5〕喬光輝：《玉山草堂與元末文學的演進》，《鹽城師範學院學報》，1999年第4期，第42～46頁。
〔註6〕楊鐮：《元詩史》，北京：人民文學出版社，2003年。

出在玉山雅集活動中召集人顧瑛起到了舉足輕重的作用，而玉山雅集
影響了整個元末的詩壇。其後，張玉華的《玉山草堂與元明之際東南文
人雅集》〔註7〕和黃仁生的《論顧瑛在元末文壇的作為與貢獻》〔註8〕，
都提出了與楊鐮類似的觀點。之後，曾瑩的《玉山雅集與元末詩風研
究》〔註9〕、趙琨的《玉山雅集研究》〔註10〕、李曉航《顧瑛與玉山雅
集》〔註11〕、谷春俠的《玉山雅集研究》〔註12〕、劉季的《玉山雅集
與元末詩壇》〔註13〕五篇碩博論文，從元末玉山雅集的歷史背景、地
理因素、顧瑛生平與創作、雅集形成過程、雅集參加賓客、雅集活動內
容、雅集與元末詩壇關係等幾個方面對玉山雅集進行全面而細緻的探
討。

　　左東嶺《玉山雅集與元明之際文人生命方式及其詩學意義》〔註14〕
一文，從文人的生命方式角度切入，指出玉山雅集是江南文人文化優
越感的展現，是文人對於禍亂的躲避與心靈的休憩。雅集中的詩歌唱
和是文人才智的競賽，是追求生命不朽的有效途徑。

　　有元一代文人雅集活動是非常多的，彭茵的《元末文人雅集論略》
〔註15〕對元末眾多的文人雅集活動進行了概要式的梳理，對玉山雅集、
北郭詩社、南園雅集、聚桂文會、應奎文會等雅集進行了簡單考證與概
述，指出在元末玉山雅集之外，存在著廣泛而眾多的雅集活動。葉愛欣

〔註7〕 張玉華：《玉山草堂與元明之際東南文人雅集》，《廣西社會科學》，2004
　　　　年第10期，第173～175頁。
〔註8〕 黃仁生：《論顧瑛在元末文壇的作為與貢獻》，《湖南文理學院學報》，
　　　　2005年第1期。
〔註9〕 曾瑩：《玉山雅集與元末詩風研究》，中山大學，博士論文，2005年。
〔註10〕 趙琨：《玉山雅集研究》，河北大學，碩士論文，2007年。
〔註11〕 李曉航：《顧瑛與玉山雅集》，中南大學，碩士論文，2008年。
〔註12〕 谷春俠：《玉山雅集研究》，中國社會科學院，博士論文，2008年。
〔註13〕 劉季：《玉山雅集與元末詩壇》，南開大學，博士論文，2012年。
〔註14〕 左東嶺：《玉山雅集與元明之際文人生命方式及其詩學意義》，《文學遺
　　　　產》，2009年第3期，第97～104頁。
〔註15〕 彭茵：《元末文人雅集論略》，《南京政治學院學報》，2006年第6期，
　　　　第89～92頁。

在《雪堂雅集與元初館閣詩人活動考》﹝註16﹞中，對元前期的雪堂雅集活動進行了考證。周海濤的《元明之際吳中文人雅集方式與文人心態的變遷》﹝註17﹞，考察了元末吳中文人的雅集活動，並從雅集方式的變化探討了文人心態的變遷。

查洪德在《元代詩壇的雅集之風》﹝註18﹞中明確指出，元代雅集之風盛行，前期主要體現為大都與杭州兩地的文人雅集，後期主要體現為顧瑛玉山草堂的文人雅集。文章探討了文人雅集的心理狀態，指出在雅集活動中文人獲得了心理的平衡與滿足，在託詩留名的驅動下，詩歌唱和也非常繁盛。文章概括了元代文人雅集的整體風貌，探討了雅集中文人的心理活動。

元代詩社研究

元代的詩社是一種組織性較強的文人團體，而詩社活動也成為文人雅集活動的重要組成形式。歐陽光在《詩社與書會——元代兩類知識分子群體及其價值取向的分野》﹝註19﹞一文中指出，元代社會有詩社和書會兩大類知識分子群體，這兩類文人群體在價值取向上有很大的不同。元代的詩社活動眾多，貫穿了整個元代，但學界的關注點還主要集中在元初的遺民詩社上，在此一方面的研究成果不少。

上世紀八十年代，徐儒宗的《元初的遺民詩社——月泉吟社》﹝註20﹞最早關注了元代的月泉吟社，文章對月泉吟社的由來、唱和參與者、詩歌的主題思想，以及藝術表現手法等問題進行了初步探究，釐清了

﹝註16﹞ 葉愛欣：《雪堂雅集與元初館閣詩人活動考》，《平頂山學院學報》，2006年第6期，第31～34頁。

﹝註17﹞ 周海濤：《元明之際吳中文人雅集方式與文人心態的變遷》，《山西師範大學學報》，2010年第1期，第78～83頁。

﹝註18﹞ 查洪德：《元代詩壇的雅集之風》，《安徽師範大學學報》，2013年第6期，第670～677頁。

﹝註19﹞ 歐陽光：《詩社與書會——元代兩類知識分子群體及其價值取向分野》，《中山大學學報》，1996年第3期，第49～57頁。

﹝註20﹞ 徐儒宗：《元初的遺民詩社——月泉吟社》，《文學遺產》，1986年第6期，第39～46頁。

一些重要問題和基本事實。九十年代，歐陽光發表了《月泉吟社作者考略》〔註21〕和《月泉吟社作者續考》〔註22〕兩篇文章，對參與月泉吟社的詩人詳加考述，梳理出連文鳳、劉應龜、劉汝鈞等十三人的基本情況。其後，他在《鬱邑失落的群體——論元初的遺民詩社兼與王德明先生商榷》〔註23〕一文中，對王德明《論宋代的詩社》一文中將元初遺民詩社劃入宋代的做法表示了異議，並從時間節點和作家群體上提出了證據，證明諸多遺民詩社應屬於元代。在此基礎上，又對元初遺民詩社的活動形式及其對後世的影響進行了考察。其後，王次澄的《元初遺民詩人的桃花源——月泉吟社及其詩》〔註24〕，對月泉吟社成立過程、徵集詩歌的宗旨、參與人員，以及唱和的主題進行了探究。之後，歐陽光的《月泉吟社考述》〔註25〕又將結社緣起、活動形式、參與成員等一些問題做了進一步梳理。本世紀初，施新的《「月泉吟社」活動形式考》〔註26〕和《論〈月泉吟社詩〉及其在遺民詩史中的地位》〔註27〕，從月泉吟社的成立的歷史背景，成立和參與人的身份，詩社徵集活動的流程，詩歌唱和的主題，及其對後世的影響等幾個角度考察，進一步全面的探究了月泉吟社的活動情況。鄒燕的《月泉吟社的寓名、成員及其詩集版本考證》〔註28〕探究了月泉吟社採用寓名徵詩的原因，以及

〔註21〕 歐陽光：《月泉吟社作者考略》，《文獻》，1993 年第 4 期，第 187～199頁。

〔註22〕 歐陽光：《月泉吟社作者續考》，《文獻》，1993 年第 7 期，第 232～245頁。

〔註23〕 歐陽光：《鬱邑失落的群體——論元初的遺民詩社兼與王德明先生商榷》，《文學遺產》，1993 年第 8 期，第 83～89 頁。

〔註24〕 王次澄：《元初遺民詩人的桃花源——月泉吟社及其詩》，《河北學刊》，1995 年第 6 期，第 67～74 頁。

〔註25〕 歐陽光：《月泉吟社考述》，《學術研究》，1996 年第 6 期，第 73～76 頁。

〔註26〕 施新：《「月泉吟社」活動形式考》，《浙江社會科學》，2007 年第 2 期，第 166～185 頁。

〔註27〕 施新：《論〈月泉吟社詩〉及其在移民詩史中的地位》，《南昌大學學報》，2007 年第 4 期，第 101～107 頁。

〔註28〕 鄒燕：《月泉吟社的寓名、成員及其詩集版本考證》，《南昌大學學報》，2011 年第 6 期，第 124～128 頁。

成員一人多名的情況，並將《月泉吟社》的版本情況進行了考察。尹變英的《論元初月泉吟社的遺民性詩學心態》〔註 29〕一文則從吳渭、方鳳、吳思齊、謝翱遺民身份的出發，分析月泉吟社的詩學主張和創作傾向。

　　除月泉吟社外，歐陽光的《元初遺民詩社汐社考略》〔註 30〕對元初汐社的組織成員、結社宗旨、活動年代、活動地域，以及活動情況進行了考察，釐清了汐社的基本情況與主要問題。他的《北郭詩社考略》〔註 31〕對元末的北郭詩社的發起、參與成員、詩歌主張等基本問題進行了考察。另外，趙潤金《東莞遺民詩社考略》〔註 32〕，考察了位於廣州東莞的移民詩社的活動情況。周林的碩士論文《元初南宋遺民詩社「汐社」研究》〔註 33〕，在歐陽光的研究基礎上做了更加深入的探究。鄒燕的《元初豐城龍澤山詩社考略》〔註 34〕，考察了位於江西豐城龍澤山詩社的活動情況。歐陽光在專著《宋元詩社研究叢稿》〔註 35〕中，將位於元初和元末的月泉吟社、東莞詩社、龍澤山詩社、汐社、武林詩社、越中詩社的基本情況做了簡要考略，將元代詩社的研究對象進一步擴大。

元代詩歌唱和研究

　　唱和詩歌由於自身藝術價值的原因，一直都不是詩歌研究方面的

〔註 29〕尹變英：《論元初月泉吟社的遺民性詩學心態》，《海南大學學報》，2013年第 4 期。

〔註 30〕歐陽光：《元初遺民詩社汐社考略》，《中山大學學報》，1997 年第 1 期，第 102～107.

〔註 31〕歐陽光：《北郭詩社考略》，《文學遺產》，2004 年第 1 期，第 97～107頁。

〔註 32〕趙潤金：《東莞遺民詩社考略》，《船山學刊》，2009 年第 3 期，第 150～152 頁。

〔註 33〕周林：《元初南宋遺民詩社「汐社」研究》，暨南大學，碩士論文，2011年。

〔註 34〕鄒燕：《元初豐城龍澤山詩社考略》，南昌大學學報，2012 年第 9 期，第 129～134 頁。

〔註 35〕歐陽光：《宋元詩社研究叢稿》，廣州，廣東高等教育出版社，2011 年。

重點。但雅集唱和作為古典文人的重要文學活動，唱和詩歌作為古典詩歌中的重要組成部分，對這一方面的研究便不能被忽視。

　　對於元代之前的詩歌唱和研究，以鞏本棟的《唱和詩詞研究——以唐宋為中心》〔註36〕最具代表性。該著作將唱和詩詞的起源、發展和特點進行概括梳理，對唐宋唱和詩詞總集進行總結概述，對唱和詩詞創作的特點進行分類型研究，並對重新評估了唱和詩詞在文學史上的地位和影響。其後，選擇了韓孟聯句、元白唱和、蘇軾和陶、蘇門酬唱與和清真詞為例，分析了文學史上著名的詩詞唱和活動。

　　關於元代的唱和詩詞研究還沒有專著出現，目前只有一些較為零星的研究成果。楊鐮《元詩史》〔註37〕的第十章《同題集詠》，從詠春日田園、詠物詩、西湖竹枝詞、宮詞、上京紀遊詩和詠梅等幾個同題集詠題目為切入點，探討了元代詩歌唱和中的同題集詠現象。之後，唐朝暉的《元代唱和詩集與詩人群簡論》〔註38〕對元代的《樂府補題》、《月泉吟社詩》、《楊氏池塘燕集詩》等主要唱和詩集進行了梳理，指出元代的詩歌唱和活動加強了文人群體之間的聯繫，提高了詩歌的藝術水平，並擴大了相互之間的影響。

　　由於玉山雅集研究成果的豐碩，所以關於玉山雅集活動的詩歌唱和研究相對較多。曾瑩的《玉山雅集與元末詩風研究》〔註39〕、趙琨的《玉山雅集研究》〔註40〕、李曉航《顧瑛與玉山雅集》〔註41〕、谷春俠的《玉山雅集研究》〔註42〕、劉季的《玉山雅集與元末詩壇》〔註43〕，這五篇

〔註36〕鞏本棟：《唱和詩詞研究——以唐宋為中心》，北京：中華書局，2013年。
〔註37〕楊鐮：《元詩史》，北京：人民文學出版社，2003年。
〔註38〕唐朝暉：《元代唱和詩集與詩人群簡論》，《求索》，2009年第6期，第166～168頁。
〔註39〕曾瑩：《玉山雅集與元末詩風研究》，中山大學，博士論文，2005年。
〔註40〕趙琨：《玉山雅集研究》，河北大學，碩士論文，2007年。
〔註41〕李曉航：《顧瑛與玉山雅集》，中南大學，碩士論文，2008年。
〔註42〕谷春俠：《玉山雅集研究》，中國社會科學院，博士論文，2008年。
〔註43〕劉季：《玉山雅集與元末詩壇》，南開大學，博士論文，2012年。

博士論文中都有關於玉山雅集詩歌唱和的研究，其中涉及到詩歌唱和的形式、主題、藝術特徵等內容。

元代多民族文人雅集研究

　　元朝是由北方的蒙古族所建立的統一王朝，地域廣闊，民族眾多。從元世祖忽必烈金蓮川幕府時期，蒙古貴族便重視對漢族文化的學習，其後延祐開科，使得更多的少數民族開始認真學習漢族文化，隨之而來的是多民族文人的交往與唱和。

　　歷史學家蕭啟慶最先關注了元朝多民族士人的社會關係，其《元朝多族士人的雅集》〔註 44〕、《元代多族士人網絡中的師生關係》〔註 45〕和《元代科舉中的多族師生與同年》〔註 46〕都探討了元代民族文人的社會網絡關係。其專著《九州四海風雅同：元代多族士人圈的形成與發展》〔註 47〕，從蒙古、色目士人群體的出現、社會網絡的形成、文化互動、群體意識幾個角度全方位的對多民族士人圈進行了研究探討。

　　雲峰老師的《論元代魯國大長公主祥哥剌吉及其與漢文化之關係》〔註 48〕，以魯國大長公主及其所召集的天慶寺雅集為研究對象，考察了蒙古族王室祥哥剌吉對漢族文化的學習與推崇，指出其在蒙漢文化交流中起到促進作用。其後，雲峰老師在專著《民族文化交融與元代詩歌研究》〔註 49〕的第四編《多民族文人的雅集聚會、酬唱交往與詩歌創作研究》中，從玉山草堂雅集、玄沙寺雅集等多民族雅集，及馬祖

〔註 44〕　蕭啟慶：《元朝多族士人的雅集》，《中國文化研究所學報》，1997 年第 6 期。

〔註 45〕　蕭啟慶：《元代多族士人網絡中的師生關係》，《歷史研究》，2005 年 1 月。

〔註 46〕　蕭啟慶：《元代科舉中的多族師生與同年》，《中華文史論叢》，2010 年第 1 期。

〔註 47〕　蕭啟慶：《九州四海風雅同：元代多族士人圈的形成與發展》，臺北：中央研究院聯經出版事業股份有限公司，2012 年。

〔註 48〕　雲峰：《論元代魯國大長公主祥哥剌吉及其與漢文化之關係》，《中央民族大學學報》，2006 年第 1 期，第 97～101 頁。

〔註 49〕　雲峰：《民族文化交融與元代詩歌研究》，呼和浩特：內蒙古大學出版社，2013 年。

常、泰不華等蒙古、色目民族交往唱和為切入點，深入探討了多民族士人在元代各時期的雅集與唱和情況。

彭茵的博士論文《元末江南文人風尚與文學》〔註50〕第五章《民族融合與元末江南文學新氣象》中，探討了元末江南的多民族士人圈，及其主要的文學活動。劉嘉偉的博士論文《元代多族士人圈的文學活動與元詩風貌》〔註51〕探討了元代少數民族士人圈的形成，多族士人圈的文學互動，及其給詩歌帶來的新風貌。同時，以馬祖常、薩都剌、迺賢、泰不華、余闕等少數民族士人為例，考察了他們的文學活動，及其對詩壇帶來的影響。陳得芝的《玉山文會與元代的民族融合》〔註52〕以玉山雅集為對象，考察了參與此雅集的少數民族士人。張建偉的《高昌廉氏與元代的多民族士人雅集》〔註53〕以廉園雅集為對象，考察了參與此雅集活動的少數民族士人，及其在活動中廉氏家族的重要作用。

綜上所述，元代文人雅集研究的視角一直都聚集在元末的玉山雅集上，而對元代其他時期、其他地域雅集活動的關注度不夠。元代詩歌唱和研究方面，大部分相關成果都附著在玉山雅集研究之上。多民族雅集研究方面，學者蕭啟慶和雲峰老師的成果具有一定開創性，之後的學者在此基礎上不斷的向前推進。

二、主要內容

本文的研究涉及了元代文人雅集活動情況、元代唱和詩歌的創作範式，以及多民族文人的雅集三個大問題，每個問題列專章進行討論，因此本文主要內容為三章，分別為：

〔註50〕 彭茵：《元末江南文人風尚與文學》，南京師範大學，博士論文，2006年。

〔註51〕 劉嘉偉：《元代多族士人圈的文學活動與元詩風貌》，南開大學，博士論文，2011年。

〔註52〕 陳得芝：《玉山文會與元代的民族融合》，《北方民族大學學報》，2012年第5期，第5～9頁。

〔註53〕 張建偉：《高昌廉氏與元代多民族士人雅集》，《中央民族大學學報》，2014年第4期，第113～117頁。

　　第一章：元代文人雅集活動的演變。從元初的南宋遺民雅集到元末的玉山雅集，文人的雅集聚會活動貫徹了整個元代。本章將從宏觀上對元代雅集的時空分布、活動形式，以及涉及的相關問題進行探討。元代文人雅集的時空分布。從時間上劃分，元代的文人雅集可以分為前期、中期和晚期。再從地域上細分，前期雅集又可分為北方遺民雅集與南方遺民雅集，中期雅集分為大都文人雅集與杭州文人雅集，後期雅集可分為吳中文人雅集與閩中文人雅集。第一節，元代之前文人雅集活動概略。對「雅集」活動進行概念界定，概述元代之前的文人雅集活動。第二節，元代前期：南、北方遺民文人雅集。本節主要探討元代前期南北方遺民文人雅集活動情況。第三節，元代中期：大都雅集和杭州雅集。考察元中期在大都和杭州兩地進行的雅集活動。第四節，元代末期：玉山雅集及其他詩社團體。考察元末的玉山雅集和其他文人詩社和雅集的情況。

　　第二章：元代文人唱和研究。詩歌唱和是文人雅集活動的重要內容，也是雅集活動對詩歌產生影響的重要環節。作為唱和而寫作的詩歌，其創作方式和藝術追求上與自作詩歌有很大不同。本章主要探討元代雅集活動中所創作的唱和詩歌的形式與風貌。第一節元代唱和詩詞總集敘錄。考察元代現存和已佚的唱和詩詞總集都有那些，這些作品是在情況下產生的，收錄了那些作品。第二節，雅集唱和詩歌的創作模式。在雅集活動中，詩歌唱和主要有分韻賦詩、同題集詠、聯句、次韻四種創作模式，前三種多用在人數較多的雅集唱和中，次韻用韻多是人數較少的雅集唱和。四種創作模式的難易程度也有差別。第二節，雅集唱和詩歌的主題類型。雅集唱和詩歌的主題有宴集、紀遊、題畫、詠懷、贈答五類，不同的雅集方式決定了詩歌創作的主題。唱和詩歌獨特的創作方式與創作目的，決定了它的藝術追求與自作詩歌不同。詩歌唱和詩是交往也是競賽，在有限的時間內創作出限題限韻的詩作，對多數詩人都不是一件易事。由於競賽的性質，其唱和詩歌往往要符合唱和詩人群體的集體審美趣味，同時又要求新奇獨特，這樣才能拔得頭籌。第四節，雅集唱和對詩壇的影響。文人雅集和詩歌唱和有著極

其緊密的關係，但雅集與唱和有並不完全重合。在雅集唱和之中，文人形成了固定的創作群體，群體之間的創作相互影響，逐漸形成了相近的詩歌風貌，甚至是統一的詩歌流派。

第三章：元代多民族文人的雅集唱和。元朝是由蒙古族建立的統一王朝，其特點是地域廣闊，民族眾多。第一節，延祐開科對多民族文人雅集活動的促成。從元世祖開始，眾多少數民族士人即開始學習漢族文化，到了仁宗朝重開科舉，進一步推動了少數民族士人對漢文化的學習。元朝科舉的配額制度，使得少數民族文人可以通過科舉進入仕途，從客觀上促進了各民族文人的交流。從仁宗朝以後，參與文人雅集活動的少數民族士人不斷增多，馬祖常、泰不華等少數民族文人在元中期詩壇取得一席之地。第二節，多民族文士的雅集活動。元中期以後，許多少數民族文士開始參與到大都、杭州、吳中等地的文人雅集中。這些雅集有些是蒙古、色目士人召集的，有些是漢族士人召集的，雖然在絕對數量上還是漢族文人參與者占優，但蒙古、色目文人的參與促進了多民族的文化交融，開啟了元詩的新面貌。第三節，少數民族文人的詩歌唱和活動。元代中期和末期，許多少數民族文人與其他民族的文人詩歌唱和，在唱和中廣泛交流，通過自己的詩歌創作影響了詩壇的風貌，例如：馬祖常、泰不華、薩都剌、迺賢等人，這些詩人通過自己的詩歌唱和，將西域民族質樸剛健的詩文品格注入了元代詩壇。第四節，多民族文人雅集唱和對元詩風貌的影響。元代西域民族文人與漢族文人的唱和中，將西域文化注入了自己的詩歌中，開拓了詩歌創作的題材及詩歌的表現方式。描繪西域自然風光的扈從詩成為了新的創作題材，描繪普通民眾生活疾苦的敘事詩重新引起詩人重視。另外，西域詩人剛建質樸的品格被帶入他們的詩作之中，在雅集唱和的活動中影響著中原漢族文人的詩文風格。

三、研究方法

根據本選題研究工作的需要，擬採用以下研究方法：

　　第一，文獻研究法。搜集和整理有關元代文人雅集活動的相關文獻，通過對一手文獻的閱讀與整理，梳理出元代文人雅集活動的具體情況。

　　第二，歸納法。元代文人雅集活動眾多，通過對文獻的閱讀與梳理，將文人雅集按照時間、空間、參與者等條件進行歸納，將元代雅集活動分期分類。

　　第三，比較研究法。在文人詩歌唱和研究中，利用比較研究的方法，尋找同題集詠、分韻賦詩、題畫詩等作品中的關聯性和創作模式。

　　第四，個案分析法。在研究元代文人雅集活動時，對例如廉園雅集、天慶寺雅集等雅集活動進行個案分析，從微觀上對元代雅集活動進行剖析。

第一章　元代文人雅集的演變

　　雅集，即文人雅士的集會，是指志趣相投的文人聚在一起進行作詩、賞畫、品茶、論道等具有雅趣性質的活動。文人雅集的中心常常就是文壇的中心，雅集活動在潛移默化中對文人的詩文創作產生著影響。我們研究文人的詩歌就必須關注文人的生活，而雅集正是文人生活中的一個重要部分。雅集活動的歷史可以追溯到先秦時期，《小雅‧鹿鳴》中：「我有嘉賓，鼓瑟吹笙」，即可以看作是一次文人雅集。其後隨著歷史的演進，雅集參與主體在不斷的發生變化，詩歌唱和的模式也不斷豐富。到了元代，文人雅集達到了一個高峰。從元初遺民詩社的遍地開花，到中期大都文人的頻繁唱和，杭州文人的各種宴集，可以說元代文人雅集的興盛狀態遠超前代。而元末顧瑛的玉山雅集更是將文人雅集活動推動了最高峰，其參與者之眾，歷時之久，唱和類型之豐富，留存作品之多，在歷代的文人雅集中無出其右者。按照政治社會、文學發展的狀況，可以將元朝分為前、中、後三期，前期是從成吉思汗到忽必烈至元三十一年（1206～1294），中期是成宗、武宗、仁宗等九帝共三十九年（1294～1333），後期是順帝三十五年（1333～1368）。元代的文人雅集活動也經歷了三個時期的轉變，前期是元初的南北方遺民文人雅集，中期是位於大都與杭州的館閣文人雅集，後期是各種民間的詩社雅集，其中以元末的玉山雅集最為盛大。

第一節　元代之前文人雅集活動概略

　　雅集是文人之間一種重要的社交方式，定期或者不定期的聚會可以加強文士之間的情感交流。這種交流方式從先秦時期就已經誕生，並隨著酒和詩的出現而變得更有趣味。雅集最初的雛形僅僅是文人聚會，但隨著時代的演進，詩歌創作的發展，雅集活動的類型逐漸增多，雅集上的娛樂活動也日益豐富，其中最顯著的是詩歌唱和模式的不斷創新。

一、「雅集」概念的界定

　　在開展研究之前，首先要探討清楚「雅集」是一個什麼概念，什麼樣的文人活動才能被稱之為雅集。「雅集」一詞由「雅」和「集」兩個字組成，其必然包含了兩個字所限定的含義。

　　「雅」的本意是一種鳥，即通常所說的「鴉」。《說文》：「雅，楚鳥也。……秦謂之雅」〔註1〕，《集韻·麻韻》：「雅，鳥名。《說文》：『楚鳥也。』或作鴉」〔註2〕。隨著語言的演化，「雅」字常借用為雅正義，其本意則被「鴉」所替代。《玉篇·隹部》：「雅，正也。」《荀子·儒效》：「法二後王謂之不雅。」楊倞注：「雅，正也。」〔註3〕此時的「雅」即是正，是指合乎規範的。《論語·述而》：「子所雅言，詩、書、執禮，皆雅言也。」〔註4〕這裡雅即是正，雅言即正言。到了兩漢時期，「雅」又逐漸引申出高尚、儒雅的意思。《論衡·四諱》：「夫田嬰，俗夫，而田文，雅子也。」〔註5〕這裡雅與俗相對，即高尚儒雅的。後世所謂文人雅集的「雅」，即是高尚儒雅的意義。

〔註1〕（漢）許慎：《說文解字》，北京：中華書局，1963年，第76頁上。

〔註2〕《集韻校本》，上海：上海辭書出版社，2012年，第443頁。

〔註3〕《大廣益會玉篇》卷二十四，「隹部第三百九十一」，道光三十年新化鄧氏刻本。

〔註4〕（南宋）朱熹著，《四書章句集注》，北京：中華書局，1983年，第97頁。

〔註5〕（東漢）王衡著，黃暉校釋：《論衡校釋》，北京：中華書局，1990年，第978頁。

　　「集」的本意是群鳥棲息在樹上，《說文》：「集，群鳥在木上也。」
〔註6〕由其本意很容易引申出集會的意思，《爾雅·釋言》有：「集，會
也」〔註7〕，《玉篇·隹部》：「集，合也。」〔註8〕而文人雅集的集，也
即是集會的意思。

　　由上推論，「雅集」即是儒雅的集會，而這裡的儒雅則包含了作詩、
賞畫、觀景、品茶、論道等一些閒適雅致的活動。這種儒雅的性質又決
定了其參與者應為具備一定文化素養的文人或者僧人。雅集一詞最早
出現在李公麟所作的《西園雅集圖》，之前的文人雅集活動多稱為遊宴、
燕集或者集，如「蘭亭集」、「金谷園集」等。自《西園雅集圖》之後，
人們才將文人間的聚會稱之為「雅集」。

　　「雅集」是與「俗集」相對，作為雅集，必須開展一些具有文人
雅趣的活動，單純的飲酒閒談不能稱之為雅集。《晉書·慕容儁》中記
錄：「宴群臣於蒲池，酒酣，賦詩，因談經史，語及周太子晉，潸然流
涕」〔註9〕，這裡的參與者不僅僅是飲酒閒談，而是酒酣賦詩，又談論
經史，可以看作文人雅集的典型形態之一。但即便沒有賦詩、論道，只
要具備一些雅趣的活動，亦可看作是雅集。如大德二年（1298），鮮于
樞府邸進行的書畫鑒賞之會。清人吳升《大觀錄》記載：「霍肅青臣、
周密公瑾、郭天賜祐之、張伯淳師道、廉希貢端甫、馬昫德昌、喬簣臣
仲山、楊肯堂子構、李衎仲賓、王芝子慶、趙孟頫子昂、鄧文原善之集
於鮮于樞伯機池上。祐之出右軍《思想貼》真蹟，有龍跳天門，虎臥鳳
閣之勢，觀者無不諮嗟歎賞，神物之難遇也」〔註10〕，該雅集雖然沒

〔註6〕　（漢）許慎：《說文解字》，北京：中華書局，1963年，第79頁上。

〔註7〕　（清）郝懿行：《爾雅義疏》，上海：上海古籍出版社，1983年，第445
　　　　頁。

〔註8〕　《大廣益會玉篇》卷二十四，「隹部第三百九十一」，道光三十年新化
　　　　鄧氏刻本。

〔註9〕　（唐）房玄齡等：《晉書·慕容儁》，北京：中華書局，1974年，第2840
　　　　頁。

〔註10〕　（清）吳升：《大觀錄》，《中國歷代書畫藝術論著叢編》第29冊，北
　　　　京：中國大百科全書出版社，1997年，第52頁。

有賦詩唱和，但所開展的書畫鑒賞活動仍是具有雅趣性質的，並且參與者多為當時知名文士，因此也可以算作文人雅集。

按照聚會的召集人對雅集進行劃分，雅集活動可以分為官方與非官方的。官方的雅集，即是有帝王或重臣等權力掌握著召集的集會活動，此類雅集的召集者與參與者之間存在著一定的身份地位差距，這種差距使得參與者在活動中受到一定的限制，並不能處於一種完全自適的狀態。這樣官方的雅集，如魏文帝的鄴下遊宴、晉武帝的華林園宴集、晉安帝西池大宴、元代魯國大長公主天慶寺雅集等。

而非官方的雅集，其召集者是具備一定社會地位的文人或者僧人，召集者與參與者之間沒有明顯的身份地位差距，即便有一定差距，也不會影響到參與者的自適心態，如金谷園集、蘭亭集、白居易九老會、西園雅集等。

文人的雅集活動體現著傳統文人士大夫的一種情懷，反映了他們寄情文化、超越世俗的人生理想與追求，因此它應該具有超功利性。但由於官方背景雅集活動的存在，一些雅集活動又具有一定的功利性。這種功利性使得雅集活動產生數量巨大的應制詩，而這種類型的詩歌也因為臨時應制，水平較低而飽受訴病。即便這樣，我們仍舊不能忽視雅集活動對於文人精神世界，及其詩歌作品的影響。

二、先秦兩漢時期的雅集

文人雅集的最早雛形就是文人的集會，這種集會形式可以追溯到先秦時期。《詩經·小雅》中有：「君子有酒」、「鼓瑟吹笙」、「燕笑語兮」、「弓矢斯張」〔註11〕等記載，從這些描述中我們想像出，一個宴會中主人與賓客之間飲酒娛樂的歡愉場景。這種宴會雖然沒有賦詩之類的文人活動，但「弓矢斯張」卻可看作是具有雅趣的競技活動。而此一時期，具有較高文化素養的多是上層的貴族階級，因此這種貴族集

〔註11〕 《詩經·小雅》，《毛詩正義》，北京：北京大學出版社，1999 年，第555、876 頁。

會可以看作是後世文人雅集的濫觴。在《大雅・烝民》中有「四牡騤騤，八鸞喈喈。仲山甫徂齊，式遄其歸。吉甫作誦，穆如清風。仲山甫永懷，以慰其心」〔註12〕，這應該是餞別集會，臨別賦詩的鼻祖。仲山甫奉命將要前往齊地，吉甫在餞別會上賦詩讚頌仲山甫的賢德才能，這與後世文學中的餞別賦詩的情況已經沒有什麼兩樣。

　　先秦時期貴族壟斷了文化教育，因此他們也擁有較高的文化素養。同時，貴族階級又具有財力舉辦宴會活動，並在宴會上進行一些遊戲類競技活動，而這種貴族聚會基本上可以看作後世文人雅集的雛形。

　　兩漢時期，見於文字記載的文人集會逐漸增多，並且聲勢也大了許多。這其中最為著名的是梁孝王的菟園遊宴和漢武帝的柏梁臺聯句。

　　《漢書》載：「梁孝王築東苑，方三百餘里」〔註13〕，梁園中的房舍雕龍畫鳳，金碧輝煌，睢水兩岸，竹林連綿十餘里，各種花木應有盡有，飛禽走獸品類繁多，枚乘的《梁孝王菟園賦》便詳盡鋪陳了菟園中的奇異景象。由於梁孝王愛好文學，廣招人才，所以鄒陽、枚乘等人離開吳王來到梁孝王身邊，司馬相如也寧願放棄朝中的郎官之職，來到梁孝王門下，一時人才濟濟。梁孝王劉武的周圍聚集了枚乘、司馬相如、鄒陽、嚴忌等文士和辭賦大家，他們經常遊宴於菟園之中，飲酒賦詩，攬勝述懷，貴族的集會已經逐漸轉變成了文人的雅集。南朝謝惠連的《雪賦》中描繪了梁孝王與文人雅集的盛況，「歲將暮，時即昏；寒風積，愁雲繁。梁王不悅，遊於菟園。乃置旨酒，命友賓，召鄒生，延枚叟。相如末至，居客之右。俄而微霰零，密雪下。王乃歌『北風』於衛詩，詠『南山』於周雅。」〔註14〕梁孝王召集眾多文辭之士遊宴於菟園，並且置酒賦詩，這與後世帝王與文臣遊宴賦詩情景完全相同，可

〔註12〕　《詩經・大雅》，《毛詩正義》，北京：北京大學出版社，1999 年，第1218 頁。

〔註13〕　（東漢）班固，《漢書》卷第四十七「文三王傳」，北京：中華書局，1964 年，第2208 頁。

〔註14〕　吳定坤等：《中國歷代賦選》，太原：山西教育出版社，1989 年，第325頁。

見這種君臣之間遊宴雅集的形式在西漢時期便已經發展成熟，後世的
君主人臣只不過是傚仿罷了。

西漢時期另一個著名的雅集活動是漢武帝召集的柏梁臺聯句。元
封三年，漢武帝建造柏梁臺，命群臣之中兩千石能為七言詩者，乃得上
座，於是就有柏梁臺詩。

> 日月星辰和四時（皇帝）。驂駕駟馬從梁來（梁孝王武）。
> 郡國士馬羽林材（大司馬）。總領天下誠難治（丞相石慶）。
> 和撫四夷不易哉（大將軍衛青）！刀筆之吏臣執之（御史大
> 夫倪寬）。撞鐘伐鼓聲中詩（太常周建德）。宗室廣大日益滋
> （宗正劉安國）。周衛交戟禁不時（衛尉路博德）。總領從官
> 柏梁臺（光祿勳徐自為）。平理請讞決嫌疑（廷尉杜周）。修
> 飭輿馬待駕來（太僕公孫賀）。郡國吏功差次之（大鴻臚壺充
> 國）。乘輿御物主治之（少府王溫舒）。陳粟萬石揚以箕（大
> 司農張成）。徼道宮下隨討治（執金吾中尉豹）。三輔盜賊天
> 下危（左馮翊盛宣）。盜阻南山為民災（右扶風李成信）。外
> 家公主不可治（京兆尹）。椒房率更領其材（詹事陳當）。蠻
> 夷朝賀常舍其（典屬國）。柱枅欂櫨相扶持（大匠）。枇杷橘
> 栗桃李梅（太官令）。走狗逐兔張罘罳（上林令）。齧妃女脣
> 甘如飴（郭舍人）。迫窘詰屈幾窮哉（東方朔）！〔註15〕

漢武帝起首句，梁孝王接二句，群臣按照自己的身份職責各賦七言一
句，逐句押韻，聯句成詩。這種聯句形式為後世的文人雅集提供了一種
獨特的詩歌競技遊戲方式，南朝宋孝武帝劉俊和梁武帝蕭衍都曾在宮
廷宴集時，組織群臣傚仿柏梁臺體進行聯句創作。即便到了宋元時期
文人雅集時，聯句的創作形式仍然存在著。

到了東漢時期，文人雅集的形式逐漸從權貴階層走向了下層文人，
集會活動還與傳統的民俗節日聯繫在一起。杜篤的《祓禊賦》中記載：

〔註15〕逯欽立輯校：《先秦漢魏晉南北朝詩》，北京：中華書局，1983年，第
97頁。

「若奈隱逸未用，鴻生俊儒，冠高冕，曳長裾，坐沙渚，談詩書，詠伊呂，歌唐虞」〔註 16〕。祓禊，東漢時期的民俗，每年於春季上巳日在水邊舉行祭禮，洗濯去垢，消除不祥，叫祓禊。從《祓禊賦》中我們可以看到，在上巳日那一天，鴻生俊儒聚集在一起「談詩書、詠伊呂，歌唐虞」，傳統的民俗節日成了文人集會的新主題。到了後世文人那裡，上元、七夕、中秋、重陽等重要民俗節日都成了雅集唱和的契機與主題，如謝朓有《七夕賦奉護軍王命作》，江總有《於長安歸還揚州，九月九日行薇山亭賦韻詩》，謝靈運有《九日從宋公戲馬臺集送孔令詩》等。傳統的節日撩起了文人集會的雅興，而文人的雅集又給民俗節日增加了雅致的風韻。

　　由上可見，文人雅集的基本模式在先秦兩漢就已經發展成型了，遊宴聚會、飲酒賦詩、談藝論道、詠史抒懷等活動成為雅集聚會上的主要內容。此一時期，文人雅集活動處於萌芽初期，雅集活動總體數量上並不多，並且雅集活動的組織與參與也處於一種官方的、非自覺的狀態。到了魏晉以後，文學進入自覺的時代，文人雅集的活動也進入新的階段。

三、魏晉南北朝時期的雅集

　　進入魏晉以後，文學創作與批評走向自覺，文人集會活動也逐漸頻繁，規模逐漸增大，此一時期的文人集會活動與詩賦創作更緊密的聯繫在一起，文人創作群體逐漸形成，文人雅集對開始對文學創作產生實質性的影響。

　　東漢以後，以魏文帝曹丕和建安七子為主的鄴下文人集團頻繁的宴集唱和，成為當時一個重要的文學現象。曹丕在《典論·論文》中把「文章」比作「文章經國之大業，不朽之盛事」〔註 17〕，可見其對文人和文學的重視。在其身邊圍繞著以孔融、陳琳、王粲、徐幹、阮瑀、

〔註 16〕　龔克昌等評注：《全漢賦評注》（後漢），石家莊：花山文藝出版社，2003年，第 110 頁。

〔註 17〕　魏宏燦校注：《曹丕集校注》，合肥：安徽大學出版社，2009 年，第 312頁。

應瑒、劉楨建安七子為主一大批文人，曹丕與這些文人常常遊宴唱和，創作了一批同題集詠的詩歌。曹丕《敘事》中寫道：「為太子時，北苑及東閣講堂並賦詩，命王粲、劉楨、阮瑀、應瑒稱同作」〔註18〕，這可以看作是同題集詠創作的濫觴。在現存詩作中，曹植、阮瑀、應瑒、王粲等人均有同題的《公讌詩》。此時期詩歌尚處於發展期，同題集詠的創作模式有利於文人之間相互切磋，共同探討詩歌創作的規律和發展的方向，進一步提高創作水平。曹丕在《與吳質書》中還寫道：「昔日遊處，行則連輿，止則接席，何曾須臾相失。每至觴酌流行，絲竹並奏，酒酣耳熱，仰而賦詩，當此之時，忽然不自知樂也」，〔註19〕這是曹丕與鄴下文人雅集活動情況的生動描繪。相比東漢，此時期文人雅集活動更加頻繁，創作的詩歌數量也多了起來，其中不凡佳作，但更多是歌功頌德的應酬之作，這也是官方背景雅集所不可避免的短板。葉燮在《原詩·內篇》中說道：「建安、黃初之詩，乃有應酬、紀行、頌德諸體，遂開後世種種應酬等類，則因而實為創」〔註20〕。可見，後世諸多官方雅集的詩歌唱和模式，在建安時期已經醞釀成熟了。

　　華林園雅集也是這一時期較為著名的文人集會活動。華林園初名芳林園，魏高貴鄉公曹髦和晉武帝司馬炎都曾在此處宴集群臣。《初學記》卷二十《黃門侍郎》引《魏高貴鄉公集》中記載：「（曹髦）幸華林，賜群臣酒，酒酣，上援筆賦詩。群臣以次作，二十四人不能著詩，授罰酒。黃門侍郎鍾會為上。」〔註21〕這是曹髦曾在這裡宴集群臣，並飲酒賦詩。《文選》卷二十應貞的《晉武帝華林園集詩》的註中寫道：「《洛陽圖經》曰：『華林園在城內東北隅。魏明帝起名芳林園，齊王芳改名華林。』干寶《晉紀》曰：『泰始四年二月，上幸芳林園，與群臣宴，

〔註18〕　魏宏燦校注：《曹丕集校注》，合肥：安徽大學出版社，2009年，第371頁。

〔註19〕　（梁）蕭統編、（唐）李善注《文選》，北京：中華書局1977年版，卷四十二，第591頁。

〔註20〕　（清）葉燮《原詩》，北京：人民文學出版社，1979年，第4頁。

〔註21〕　（唐）徐堅等著《初學記》，北京：中華書局，1962年，第283頁。

賦詩觀志。』」〔註22〕這是晉武帝司馬炎遊幸華林園，並且與群臣賦詩。此次宴集詩歌尚存的有應貞《晉武帝華林園集詩》、荀勗的《從武帝華林園宴詩》和王濟的《從事華林詩》。司馬炎在華林園召集的另一次較大的集會是在太康元年三月三日，其現存詩歌有王濟的《平吳後三月三日華林園詩》、程咸的《平吳後三月三日從華林園作詩》和荀勗的《三月三日從華林園詩》。可見，華林園是這一時期帝王重要的宴集場所，眾多文人在宴集上以詩歌的形式為帝王歌功頌德，繼承了建安時期帝王宴集活動的一貫模式。但相比建安時期的宴集賦詩，這時期華林園雅集對賦詩活動有了新的發展。首先是「不能著詩，授罰酒」，其次是「賦詩觀志」。「賦詩」，即創作詩歌，而「觀志」，即在創作完成後對詩歌進行品評。正因為不能賦詩要收到罰酒的處罰，客觀上可以激勵文人們創作應制詩歌。而對詩歌進行品評，可以進一步加強詩歌創作的切磋。品評就有高下，因此才會有「黃門侍郎鍾會為上」、「散騎常侍應貞詩最美」〔註23〕的評價。這種雅集聚會中的詩歌品評，很容易影響參與文人的創作理念，詩歌在品評中得到了切磋交流。晉武帝時期的華林園宴集對後世影響很大，梁簡文帝蕭綱曾說道：「晉集華林，同文軌而高宴，莫不禮具義舉」〔註24〕，對該雅集評價非常高。

　　鄴下文人雅集與華林園雅集都是帝王組織的具有官方背景的文人宴集，因此，參與者在進行詩歌創作時常常表現出極大的不自由，即便是酒酣耳熱也不能逾越君臣之禮，應制詩歌必須為帝王歌功頌德。這也許在詩歌技巧上有幫助，但在詩歌藝術上卻沒有什麼價值。而文人自發組織的非官方雅集卻可以擺脫這一弊端，參與者可以在集會上各抒己懷、流露真情，不用受種種的約束。這一時期非官方的雅集活動，

〔註22〕　（梁）蕭統編、（唐）李善等注《六臣注文選》，北京：中華書局1987年版，卷二十，第373～374頁。

〔註23〕　（梁）蕭統編、（唐）李善等注《六臣注文選》，北京：中華書局1987年版，卷二十，第373～374頁。

〔註24〕　（唐）歐陽詢撰：《藝文類聚》，上海：上海古籍出版社，1965年，卷四，第74頁。

以竹林七賢雅集、金谷園雅集和蘭亭雅集最為著名。

　　《世說新語・任誕》記載：「陳留阮籍、譙國嵇康、河內山濤，三人年皆相比，康年少亞之。預此契者：沛國劉伶、陳留阮咸、河內向秀、琅邪王戎。七人常集於竹林之下，肆意酣暢，故世謂竹林七賢。」〔註25〕竹林七賢的集會是非官方的，自由無拘束的，參與者之間相互熟識，無需溜鬚拍馬、歌功頌德。而心靈的自由必然帶來創作的自由，在這樣的集會中產生的詩作水平自然要高於應制詩歌。

　　金谷園雅集是西晉時期規模和影響都很大的一次官員集會活動，石崇在《金谷詩序》中詳細記載了此次集會的成因和經過。

> 余以元康六年，從太僕卿出為使持節，監青、徐諸軍事、征虜將軍。有別廬在河南縣界金谷澗中，去城十里，或高或下，有清泉茂林，眾果、竹、柏、藥草之屬，莫不畢備。又有水碓、魚池、土窟，其為娛目歡心之物備矣。時征西大將軍祭酒王詡當還長安，余與眾賢共送往澗中，晝夜遊宴，屢遷其坐，或登高臨下，或列坐水濱。時琴、瑟、笙、筑，合載車中，道路並作；及住，令與鼓吹遞奏。遂各賦詩以敘中懷，或不能者，罰酒三斗。感性命之不永，懼凋落之無期，故具列時人官號、姓名、年紀，又寫詩著後。後之好事者，其覽之哉！凡三十人，吳王師、議郎關中侯、始平武功蘇紹，字世嗣，年五十，為首。〔註26〕

元康六年，石崇將從太僕卿出為持使節，同時趕上征西大將軍祭酒王詡還長安，於是眾文人在石崇的金谷園舉行了一次餞別活動。集會上，眾人晝夜遊飲，賦詩述懷，不能詩者罰酒三斗。可惜《金谷園集》早已不存，只有一些零星的詩文散落在後人編撰的類書中。金谷園雅集具

〔註25〕（南朝）劉義慶撰，余嘉錫箋疏：《世說新語箋疏》，上海：上海古籍出版社，1983年，第727頁。

〔註26〕（南朝）劉義慶撰，余嘉錫箋疏：《世說新語箋疏》，上海：上海古籍出版社，1983年，第530頁。

有里程碑的意義，對後世有著極為深遠的影響。首先，它是官員自發組織的一次大規模集會活動，活動參與者沒有皇帝或親王，活動地點設在遠離朝堂的自然風光中。後世眾多的文人官員雅集都仿傚了此種集會模式。其次，它是官員之間為餞別送行而開展的一次大規模集會活動。後世中官場的迎來送往，餞別賦詩也基本借鑒了此種模式。

蘭亭雅集因王羲之的《蘭亭集序》而被廣為人知。東晉永和九年（353）三月三日，王羲之與孫綽、謝安等名士在會稽山陰的蘭亭集會，並將所賦詩歌編為《蘭亭集》。蘭亭雅集屬於是文士間的民俗節日雅集，參與的名士們一同赴水邊「修禊」，進而形成了一次雅集聚會。這樣的雅集在秀水青山之間，雖然沒有絲竹管絃之樂，但飲酒賦詩，一觴一詠，別具一番風韻。

值得注意的是，在這樣的文人聚會中，詩歌已經成了必不可少的因素。不能賦詩者就要罰酒，也成了一種宴集傳統。在曹髦的華林園雅集中既有「不能著詩，授罰酒」〔註27〕，金谷園雅集中也有「遂各賦詩以敍中懷，或不能者，罰酒三斗」〔註28〕，蘭亭雅集中仍是「不能賦詩，罰酒各三斗」〔註29〕。不能賦詩就要受到罰酒的懲戒，可見在文人集會中詩歌創作逐漸成了必不可少的構成要素。這也在一定程度上推動了詩歌創作的發展。

東晉的門閥制度促成了王、謝等幾個大家族形成，這些家族成員生活富足，物質條件優越，同時又具有較高的文化素養。因此，他們家族內部的聚會也成為小範圍的雅集活動。《晉書·謝安傳》記載：「（謝安）又於土山營墅，樓館林竹甚盛，每攜中外子侄往來遊集，肴饌亦屢費百金」〔註30〕。可見，一些大家族內部成員間遊宴是比較

〔註27〕 （唐）徐堅等著《初學記》，北京：中華書局，1962 年，第 283 頁。

〔註28〕 （南朝）劉義慶撰，余嘉錫箋疏：《世說新語箋疏》，上海：上海古籍出版社，1983 年，第 530 頁。

〔註29〕 （南朝）劉義慶著、余嘉錫箋疏：《世說新語箋疏》，北京：中華書局，1983 年，第 743 頁。

〔註30〕 （唐）房玄齡：《晉書》，北京：中華書局，1974 年，第 2075～2076 頁。

頻繁的，其中不乏涉及詩文創作的雅集活動。《世說新語‧言語》記載：「謝太傅寒雪日內集，與兒女講論文義。俄而雪驟，公欣然曰：『白雪紛紛何所似？』兄子胡兒曰：『撒鹽空中差可擬。』兄女曰：『未若柳絮因風起。』公大笑樂。」〔註31〕在這裡，我們可以看到在雅集中，家族成員之間關於詩歌創作的交流活動，這種交流也在不斷提升詩歌創作的水平。

南朝的文人雅集活動主要以皇室家族為中心，宋、齊、梁、陳四朝的帝王都非常重視文學修養。南朝的皇室皆出身於武將，但他們卻特別熱衷與文學，他們會在各種場合宴集群臣，並命群臣賦詩。如宋武帝劉裕曾在彭城召集過兩次宴集，命群臣賦詩；宋文帝劉義隆在樂遊苑宴飲雅集，命群臣賦詩；宋孝武帝劉駿曾與群臣作《華林都亭曲水聯句》，傚仿柏梁臺體。他還曾在一次宴集中強迫目不識丁的武將沈慶之賦詩。《宋書‧沈慶之傳》載：「上嘗歡飲，普令群臣賦詩，慶之手不知書，眼不識字，上逼令作詩，慶之曰：『臣不知書，請口授師伯。』上即令顏師伯執筆，慶之口授之曰：『微命值多幸，得逢時運昌。朽老筋力盡，徒步還南崗。辭榮此聖世，何愧張子房。』上甚悅，眾坐稱其辭意之美。」〔註32〕帝王的好惡在某種程度上推進了詩歌創作的發展。

南朝的皇室出於對文學的熱衷，他們努力將全國的文人名士網羅到自己的身邊。如齊竟陵王蕭子良曾「開西邸，召文學。高祖與沈約、謝朓、王融、蕭琛、范雲、任昉、陸倕等並遊焉，號八友」〔註33〕，梁武帝蕭衍同樣「召文學之士，有高才者，多被引進」〔註34〕。而昭明太子蕭統「愛文學之士，常與筠及劉孝綽、陸倕、到洽、殷芸等遊

〔註31〕 （南朝）劉義慶著、余嘉錫箋疏：《世說新語箋疏》，北京：中華書局，1983年，第155頁。

〔註32〕 （梁）沈約：《宋書》，北京：中華書局，1974年，卷七十七，第2003頁。

〔註33〕 （唐）姚思廉撰：《梁書‧本紀‧武帝上》北京：，中華書局，1973年，第2頁。

〔註34〕 （唐）姚思廉撰：《梁書‧文學列傳》，北京：中華書局，1973年，第702頁。

宴玄圃」〔註35〕，蕭綱也「引納文學之士，賞接無倦」〔註36〕，身邊聚集了徐摛、庾信、劉孝義、王規等一批文人。陳後主把江總、孔范等一批文人集於宮中，日日與他們宴集唱和。此一時期全國各層的文學精英都聚集在皇室的周圍，他們以宮廷為中心，開展頻繁的宴集唱和，宮廷文學成為此時期的主流文學。在宮廷雅集中，文人常常要按照皇帝的命題進行賦詩，因此出現了很多的同題集詠的現象。如蕭衍、沈約、王僧儒同作《春景明志詩》，王褒、庾信、蕭鐸等都曾作《燕歌行》。同題集詠的創作模式在一定程度上加強了詩歌創作的交流，推動了詩歌技巧的發展。

北朝的皇室雖然是少數民族，但他們不少人重視漢文化的學習，也曾召集群臣集會賦詩。如苻堅曾南遊霸陵命群臣賦詩，大宛獻千里駒之時命群臣賦《止馬詩》；涼武昭王李玄盛上巳日宴曲水，命群臣賦詩；北魏太武帝拓跋燾上巳日幸白虎殿，命百僚賦詩；北魏孝文帝拓跋宏為劉昶餞行，命百僚賦詩。北朝官方的雅集活動雖然沒有南朝那麼頻繁，但也是還是經常有的。相比南朝皇帝主動參與詩歌創作，與群臣同題唱和，北朝的皇帝則限於文學修養變得內斂多了，僅僅作為召集者和發號施令者。

綜上所述，我們可以將魏晉南北朝時期看作文人雅集活動的發展定型期。首先，此時期各種類型的雅集活動基本都已形成。有皇室組織並參加的官方雅集，如華林園雅集；也有文人自發組織的非官方雅集，如竹林七賢雅集。有民俗節日的文人雅集，如蘭亭雅集；有餞別送行的官員雅集，如金谷園雅集。其次，文人雅集的基本模式在此一時期形成。除皇室召集的官方雅集外，文人自發雅集多在風景宜人的山林之間舉行。集會中酒和詩是必不可少的，不能賦詩者則要罰酒三斗。餞行

〔註35〕 （唐）姚思廉撰：《梁書·王筠傳》，北京：中華書局，1973 年，第 485 頁。

〔註36〕 （唐）姚思廉撰：《梁書·簡文帝本紀》，北京：中華書局，1973 年，第 109 頁。

送別的宴集上，每人都要賦詩贈予將要去他鄉赴任之人。皇帝在官方的雅集上都會命群臣賦詩，皇帝如果作詩，群臣都要作和詩。同題集詠、聯句等唱和形式在此時期的官方雅集上基本形成。官方雅集上要對群臣的詩作進行品鑒，評出高低。第三，將雅集活動中創作的詩歌結集成冊，並作序文說明雅集活動的情況，如金谷園雅集、蘭亭雅集。後世許多文人自發的雅集活動都傚仿此種形式，使得許多雅集唱和詩歌得以保存下來。經過魏晉南北朝文學自覺的時代，文人雅集活動也進入自覺時期，雅集活動成了文人生活中的重要組成部分。

四、隋唐時期的雅集

初唐時期承續六朝風氣，文人依然聚集在皇室貴冑的身邊，雅集活動以宮廷為中心。唐太宗在做秦王時建「文學館」，收聘賢才，以杜如晦、房玄齡、于志寧、蘇世長、姚思廉、薛收、褚亮、陸德明、孔穎達、李玄道、李守素、虞世南、蔡允恭、顏相時、許敬宗、薛元敬、蓋文達、蘇勖十八人並為學士。幾乎所有知名文人都被網羅到皇帝身邊，宮廷雅集的詩歌仍舊是初唐一段時間內的主流文學。隨著科舉制度的發展成熟，下層的文人群體開始通過科舉向上層社會流動，在流動過程中形成了多層次的人際關係網，這種錯綜複雜的文人關係網就要靠頻繁的雅集活動維持著。舉子們科考前會有交流，中第後要有宴飲，同僚之間要有遊宴，同鄉之間要有唱和，同年之間也要有集會，這一切的人際交往活動都離不開雅集活動。隨著科舉士子的不斷壯大，科舉取第的官員不斷增多，文人自發組織的非官方雅集逐漸成為了文人集會的大端。

同年會是唐代新出現的一種文人集會類型，它是因科舉制度而產生的特殊文人雅集活動。趙升《朝野類要·餘紀》中稱：「同榜及第聚會，則曰同年會。」〔註37〕而曲江宴可以算作同年間的第一次宴集，由於皇帝與王公大臣都會參與，因此也是一次官方雅集。之後為了繼

〔註37〕（宋）趙升撰：《朝野類要》，北京：中華書局，2007 年，第 107 頁。

續維持同年之間的情感熱度，在條件允許的情況下他們不定期的開展集會。楊巨源有《寄中書同年舍人》，劉禹錫有《贈同年陳長史員外》，白居易有《及第後歸覲，留別諸同年》和《東都冬日會諸同年，宴鄭家林亭得先字》，李商隱有《與同年李定言曲水閒話戲作》、《寄在朝鄭曹獨孤李四同年》，同年應該是文人初入官場時最重要的關係網。

　　與同年會相類似的還有座主與門生的師生會，舉子一旦得中便於主考官形成了師生關係，主考官即成了座主，當屆的中第者即為他的門生。門生希望通過座主的關係得到提拔，座主也想從自己的門生中找到有才幹的人，壯大自己在朝中的勢力。因此，座主和門生的關係較為緊密，常常進行詩文贈答和集會活動。閻濟美有《下第獻座主張謂》，孟郊有《擢第後東歸書懷，獻座主呂侍御》，白居易有《與諸同年賀座主侍郎拜新太常，同宴蕭尚書亭子》，姚合有《和座主相公雨中作》、《和座主相公西亭秋日即事》。因科舉制度而產生的同年會和師生會，為初入仕途的文人在官場上編織了一張關係網，這張關係網對他們以後的仕途有著或多或少的影響。這種同年會和師生會的雅集在後世一直有著廣泛的影響。

　　中唐以後，隨著科舉制度的確立和舉子文人群體的形成，文人雅集的主體從宮廷走向了地方，從集中走向分散。從賈晉華先生的《唐代集會總集和詩人群研究》中可以看出，初唐時期文人雅集以宮廷為中心，有群臣唱和詩集《翰林學士集》和《景文龍館記》，中唐以後就出現了以鮑防為核心的浙東詩人群體，有唱和詩集《大曆年浙東聯唱集》；以顏真卿為核心的浙西詩人群體，有唱和詩集《吳興集》；以白居易為核心的洛陽老人閒官詩人群體，有唱和詩集《洛下遊賞宴集》；晚唐則出現了徐商襄陽幕府的段成式、溫庭筠、韋蟾詩人群體，有唱和詩集《漢陽題襟集》；蘇州刺史崔璞幕府的皮日休、陸龜蒙、司馬都詩人群體，有唱和詩集《松陵集》。科舉制度的確立使得文人群體不斷的壯大，並不是所有文人都能進入宮廷成為御用文人，更多的文人散落在地方，這就帶來文人雅集活動的分散化。這種狀況形成以後，後世宋元明清時期基本都沒有什麼改變。

　　科舉制度使眾多文人入仕，隨著年齡的增長，這些文人必然又會致仕。致仕老人的聚會在中唐時期出現，其首創者是白居易。唐武宗會昌五年（845）三月，白居易召集了胡杲、吉玫、鄭據、劉貞、盧貞、張渾六位老人在自己家中聚會，作詩《胡、吉、鄭、劉、盧、張等六賢，皆多年壽，予亦次焉。偶於敝舍合成尚齒之會，七老相顧，既醉甚歡，靜而思之，此會稀有，因成七言六韻以記之，傳好事者》：

> 七人五百七十歲，施紫紆朱垂白鬚。手裏無金莫嗟歎，
> 樽中有酒且歡娛。詩吟兩句神還王，酒飲三杯氣尚粗。巍峨
> 狂歌教禪拍，婆娑醉舞遣孫扶。天年高過二疏傳，人數多於
> 《四皓圖》。除卻三山五天竺，人間此會更應無。〔註38〕

同年夏天，白居易又在龍門香山寺與八位老人舉行了一次聚會，此次宴集增加了李元爽、禪僧如滿兩位老人。在其《九老圖詩》序中記載：「其年夏，又有二老，年貌絕倫，同歸故鄉，亦來斯會。續命書姓名年齒，寫其形貌，附於圖右。與前七老，題為九老圖。仍以一絕贈之。」〔註39〕後世文人習慣將這次聚會稱為「九老會」，「九老會」對後世文人影響很大，宋元時期都有傚仿的。歐陽光在《宋元詩社研究叢稿》一書中，據文獻可考的宋代怡老會就有李昉汴京九老會、馬尋吳興六老會、徐祐蘇州九老會、杜衍睢陽五老會、章岵蘇州九老會、文彥博洛陽耆英會、程俱衢州九老會、史浩四明尊老會等十幾個，這些怡老會基本上都是傚仿白居易香山九老會而來的。

　　可見，唐代的文人雅集打破了六朝時期皇室貴族的壟斷，雅集活動逐漸從中央走向地方，從宮廷走向了民間。科舉制度的確立為雅集活動帶來了新的類型，即同年會、師生會、怡老會。這三種類型的雅集對後世文人集會活動有著普遍而深遠的影響。

〔註38〕（唐）白居易著，顧學頡：《白居易集》，北京：中華書局，1979年，第850頁。

〔註39〕（唐）白居易著，顧學頡：《白居易集》，北京：中華書局，1979年，第1521頁。

五、宋元時期的雅集

宋代結束了五代的紛爭，使中國重新進入了一個集權王朝，這也是文人最幸福的王朝。趙宋王朝自太祖杯酒釋兵權之後便一直重文抑武，文人通過科舉入仕的門徑寬了許多，文官的數量大大增加，同時入仕後的待遇也非常優渥，文官階層有足夠財力滿足自己各種奢侈的需求。這些都在客觀上促進了文人雅集活動走向興盛。與前代相比，宋代的雅集活動不僅數量眾多，而且是自上而下全面爆發，有讀書人的地方就有雅集聚會，文人雅集在宋代進入全盛時期。

館閣雅集是宋代各種類型雅集中的大宗。宋代增加科舉取士的人數，更多的文人通過科舉進入仕途，部分辭章優秀的文人進入了國史院、集賢院這樣的館閣，這就為文人雅集提供了諸多便利。曾鞏《館閣送錢純老知愁州詩序》中記載：「蓋朝廷常引天下文學之士聚之館閣，所以長養其材而待上之用。有出使於外者，則其僚必相告語，擇都城之中廣宇豐堂、遊觀之勝，約日皆會，飲酒賦詩，以敘去處之情，而致綢繆之意。歷世浸久，以為故常」〔註40〕，這也只是館閣諸多雅集類型中的一種。諸多文人因朝廷公事聚集在一起，很容易在閑暇之時開展詩酒唱和活動。如真宗景德、大中祥符年間，楊億、劉筠、錢惟演等諸文人因被召集編纂《冊府元龜》而聚集秘閣，在工作之餘他們彼此集會唱和，將所作的唱和詩歌編為《西崑酬唱集》；嘉祐二年，歐陽修、王珪、韓絳、范鎮、梅堯臣同知禮部貢舉，鎖院五十日。在閑暇時間六人相互唱和，作詩一百七十餘首，編為《禮部唱和詩集》；元祐二年，張耒、鄧忠臣、晁補之等人入同文館閱卷，期間詩歌唱和，編成《同文館唱和詩》。與其類似的唱和詩集還有《翰林酬和集》、《瑞花詩賦》等，此類雅集活動在宋初有著較為廣泛的影響。

宋代文人雅集活動興盛不僅限於館閣，幾乎所有在朝為官的文人都熱衷於雅集活動。元祐二年，駙馬都尉王詵邀蘇軾、蘇轍、黃庭堅、

〔註40〕（宋）曾鞏撰，陳杏珍、晁繼周點校：《曾鞏集》，北京：中華書局，1984 年，第 214 頁。

李之儀、李公麟、晁補之、張耒、秦觀等十六人共遊西園，一同飲酒、作詩、繪畫，被稱為「西園雅集」。其又與東晉「蘭亭雅集」和元末「玉山雅集」並稱為文人三大雅集。西園雅集只是宋代文人雅集的一個縮影，當時文人的遊宴雅集活動非常頻繁，因此也產生了許多唱和詩集。如以蘇軾中心的《坡門酬唱集》和《汝陰唱和集》，葉夢得、蘇過、晁說之等人的《許昌唱和集》，朱熹、張栻、林用中三人的《南嶽唱酬集》。

　　雅集活動的大量增加帶來的是唱和詩歌數量上的增多，同時唱和詩創作的難度也不斷增加。文人雅集唱和，最初只是同題集詠，規定題目其他並不限定，但之後出現了限韻創作的模式，到了唐末開始有了次韻唱和。宋代文人次韻唱和發展到極致，宋人的集子中幾乎隨處可見題為次韻某某某的詩作。蘇軾存世詩作兩千七百多首，其中次韻之作有七百八十五首、黃庭堅現存詩作一千九百餘首，其中次韻詩五百六十六首、秦觀現存詩作四百餘首，其中次韻詩一百零八首。次韻詩成規模的大量創作是從宋代文人這裡開始的，之後詩歌唱和也常用到次韻，但似乎並沒有如宋人這般熱衷。文人官場上的詩文應酬可以解釋唱和詩歌大量創作的現象，但卻無法完全解釋次韻詩數量眾多的問題。唱和必次韻可以看作宋代文人逞才使氣的表現，詩歌唱和是一種交流，同時也帶有競技的性質。次韻作為一種難度極高的創作模式，能更好的展現詩人的文思和才氣。正因如此，北宋次韻創作中常常出現三次以上的反覆次韻現象。如元豐四年黃大臨曾作《奉寄子由》，蘇轍次韻回贈《次韻黃大臨秀才見寄》。黃庭堅作《次元明韻寄子由》回贈蘇轍。蘇轍在看到山谷的次韻詩後作《次「煙」字韻寄黃庭堅》，黃庭堅又次韻回贈《再次韻奉答子由》。蘇轍再作《復次「煙」字韻答黃大臨、庭堅見寄二首》，黃庭堅《再次韻寄子由》，後有用同樣的韻作《次韻寄上七兄》。至此，以「煙、天、年、顛」作為韻腳的次韻唱和才算結束。比之更過的次韻事件是，元豐二年，晁補之、廖正一、黃庭堅、李成季、唐公五人之間以「斗、還、間、賞、城、榮、子、喜、彈、攀、山」為韻腳進行次韻唱和。晁補之作《及第東歸將赴調

寄李成季》、《復用前韻答明略並寄魯直》、《復用前韻答魯直並呈明略》、《復用前韻答魯直明略且道見招不能往》、《復用前韻答唐公，唐公有一日紙貴傳都城之句，且訟其不知我也，並呈魯直成季明略》、《復答唐公並呈魯直成季明略》、《復用前韻呈明略》、《用寄成季韻呈魯直》、《復用前韻遣懷呈魯直唐公成季明略》、《復用前韻答十五叔父任城相見和詩，任城有李白舊遊處錄於詩中》（以上詩作見於《雞肋集》卷十四）；黃庭堅作《次韻晁補之廖正一贈答詩》、《再次韻呈廖明略》《走答明略適堯民來相約奉謁故篇末及之》、《答明略並寄无咎》、《再次韻呈明略並寄无咎》、《再答明略二首》；廖正一和唐公的次韻詩作亡佚。僅晁補之、黃庭堅兩人留存下來的此次次韻唱和詩作就有十五首，按照晁、黃次韻詩題目推算，五人此次次韻唱和詩作應該在二十首以上。北宋文人對次韻創作達到癡狂的程度，不但次他人之韻，還次自己原作之韻，甚至次古人詩作之韻。不但以詩歌次韻，還開創以詞次韻的先河。可以說，次韻詩歌的大量創作是宋代文人雅集唱和中一個值得關注的現象。

　　宋代進入了文人雅集的全盛時期，這裡特定歷史時期的客觀條件有著密不可分的聯繫。宋代的良好的文人環境促進了雅集活動的興盛，各個階層的文人官員成為各種類型集會的主力軍。在頻繁的雅集唱和中，次韻詩創作也出現了空前的興盛。

　　元承宋金餘緒，文人雅集之風轉而更盛。元代的詩文發展大致可分為三期，前期是從成吉思汗到忽必烈至元三十一年（1206～1294），是眾派匯流的階段；中期是成宗、武宗、仁宗等九帝共三十九年（1294～1333），是趨於雅正的「盛世元音」階段；後期是順帝三十五年（1333～1368），是詩風丕變的階段。元代的文人雅集也經歷了三期，前期是元初的南北方遺民文人雅集，中期是位於大都與杭州的館閣文人雅集，後期是各種民間的詩社雅集，其中以元末的玉山雅集最為盛大。元代的文人雅集以其時間跨度大、參與人數眾多且身份多樣化等特點，將中國古代文人雅集推向了一個新的高峰。以致有學者認為：「真正的文

人雅集直到元代才形成規模效應和深遠影響」〔註41〕。元朝是少數民族掌權的統一王朝，雖然世祖忽必烈、仁宗愛育黎拔力八達都曾重視對儒家文化的學習，但元代整體上還是一個輕儒重吏的時代。南宋滅亡，科舉即廢，儒生們學而優則仕的一條通途被堵住了。許多儒生迫於生計改而從吏，或者遠赴大都干謁求仕。元朝的皇室中對漢族文化熱衷的也是少數，因此官方背景的雅集活動大大減少，從整體上來看，元代是一個俗文化逐漸上升，雅文化逐漸衰退的時期，在這個過程中，雜劇、說話等俗文學不斷發展成熟並逐漸興盛起來，而詩文則逐漸退守到文人雅集的小圈子中。如果沒有元末盛況空前的玉山雅集的出現，元代的文人雅集可能不會受到太多關注。但玉山雅集並不是一蹴而就的，它是元代文人雅集活動長期積累後的一個爆發。在俗文化逐漸興盛的時期，文人雅集並沒有衰落，反而以更加自由開放的方式進行著。

第二節　元代前期：南、北方遺民文人雅集

　　元太宗六年（1234），蒙古鐵騎攻破蔡州，金哀宗殉國，自此北方歸入蒙元政府的統治。至元十六年（1279），崖山海戰後陸秀夫抱著宋帝昺投海，元朝徹底滅亡南宋，南方也歸入蒙古人統治。元朝征服北方的時間比南方早四十五年，當南方遺民文人紛紛為南宋滅亡而歎息之時，北方的金代遺民文人多數早已故去。因此，在元代文學發展的前期，即元太祖建蒙古國到元世祖至元三十五年（1206～1294），元代文壇活躍的文人大多是金代遺民和南宋遺民。金代遺民多數避亂於漢族世侯的幕府，而南宋遺民多數則隱於林野，但只要有文人聚集的地方，便少不了雅集唱和活動。蒙古滅金以後，金代遺民文人紛紛投奔到嚴實、史天澤、張柔等漢族世侯的幕府中，元代的遺民文人雅集也就此開端。

〔註41〕　黃仁生：《顧瑛在元末文壇的作為與貢獻》，《湖南文理學院學報》2005年第 1 期。

一、元初幕府中的文人雅集

　　貞祐四年（1214），金朝的宣宗皇帝政府面對蒙古國的強大攻勢，決定南遷開封，以黃河作為防線抵禦蒙古鐵騎。這樣一來河北、山東等大面積平原地區暴露在了蒙古軍隊面前，這些地區的地方官員或者世家大族便紛紛組織起武裝力量，以抗擊蒙軍，保一方平安。但臨時組織起來的地方武裝終究難於抵擋強大的蒙古軍隊，一旦戰敗城破便是滿城百姓被屠。蒙古軍隊的戰爭傳統是，「軍法，凡城邑以兵得者，悉坑之……凡敵人拒命，矢石一發，則殺無赦」。〔註42〕如此野蠻的屠城政策對一些地方的武裝勢力產生了強大的震懾作用，許多掌控一方的大家族選擇歸降蒙古。而對於主動歸附的地方勢力，蒙古貴族給予其掌管地方的實權。如嚴實曾在金朝任長清縣令等官職，貞祐南遷之後不斷壯大自己的武裝力量。元太祖十五年（1220），嚴實率其所部大名、磁州、滑州等八州之地，約三十萬戶歸降蒙古主將木華黎，被授予行尚書省事。後他又率軍進佔東平，被封為東平路行軍萬戶。與東平嚴實相類似的還有真定的史天澤、保定的張柔，他們成為了金元易代之時較為顯赫的三個漢人世侯家族。

　　金末元初的戰亂使得百姓們流離失所，而文人們的境遇也好不到哪裏去。為了獲得較為安穩的生活環境，許多知名文人紛紛投靠到漢人世侯的幕府中去。王惲《開府儀同三司中書左丞相忠武史公家傳》記載：「北渡後，名士多流寓失所。知公（史天澤）好賢，偕來遊依」〔註43〕，《元史·宋子貞傳》中記載：「金士之流寓者，悉引見周給，且薦用之……四方之士，聞風而至」〔註44〕。地方漢人世侯中嚴實、史天澤、張柔等都十分重視保存漢文化，在自己的轄區內興學養士，許多落

〔註42〕　（元）宋子貞：《耶律楚材神道碑》，《湛然居士文集》附錄，北京：中華書局，1986 年，第 323 頁。

〔註43〕　（元）王惲：《開府儀同三司中書左丞相忠武史公家傳》，《全元文》，第 6 冊，第 349 頁。

〔註44〕　（明）宋濂等撰：《元史》卷一百五十九「宋子貞傳」，北京：中華書局，1976 年，第 3735 頁。

難的儒生文人在他們的幕府中做幕僚。如東平嚴實的幕府中就曾收招
納過商挺、王磐、徐世隆、李昶、元好問、閻復、夾谷之奇等人,真定
史天澤幕府招納過楊果、王惲、王若虛、白樸等人,保定張柔幕府招納
過王鶚、趙克剛、郝經等人。文人們通過依附地方的漢人世侯幕府,以
求解決生計問題,並獲得較為安穩的生活環境。同時,也希望通過輔佐
這些地方的統治者來達成自己入世救世的政治理想。

　　有文人聚集交往的地方,就避免不了有雅集活動的發生,元初的
文人雅集就是在漢人世侯的幕府中進行的。如元好問的《千戶趙侯神
道碑銘》中記載,千戶侯趙天賜「在軍旅中,日以文史自隨,延至名
儒,考論今古,窮日夕不少厭。時或投壺雅詠,揮麈清座,倡優雜戲不
得至其前」〔註45〕,《元朝名臣史略》中記載,萬戶侯張柔「公性喜賓
客,每閑暇,輒引士大夫與之談論,終日不倦」〔註46〕。幕府主人對
文化活動的熱衷為參加幕府的文人提供了非常好的雅集環境,幕府文
人見的雅集唱和活動也隨之頻繁起來。

　　以元好問為例,太宗八年(1236),元好問便與嚴實、趙天賜在山
東泰安相見,並攜伴同遊泰山,後作《遊泰山》詩歌和《東遊略記》散
文一篇記錄此次事件。元好問在東平時期與許多當地文人有過交往唱
和,如《和仁卿演太白詩意二首》即是唱和東平文人李仁卿,《官園探
梅同康顯之賦》即是其與康顯之同遊官園而作,《送杜子》即是其送別
友人杜仁傑而作。太宗十年(1238),元好問在離開東平時,東平幕府
文人紛紛相送,元好問作《別張御史》、《別李周卿三首》、《別周卿弟》、
《留別仲經》、《酬韓德華送歸之作》等餞別詩作。元好問一生先後八次
寓居山東東平,參加了東平地區的許多文人集會活動,如紀子正杏園
宴集、歷下亭宴集等,其中較為著名的元憲宗三年(1253)舉行的寒食
靈泉宴集。該年寒食時節,元好問與東平諸多好友文人在東平鳳山靈

〔註45〕 (元)元好問:《千戶趙侯神道碑銘》,《全元文》,第 1 冊,第 640 頁。
〔註46〕 (元)蘇天爵撰:《元朝名臣史略》卷六《萬戶侯張忠武王》,北京:
　　　　中華書局,1996 年,第 95 頁。

泉舉辦了一次的宴集，其在《寒食靈泉宴集序》中記載：「不有蘭亭絕
唱，留故事以傳之。其在白雲老兄，負古人者多亦。五言古詩，任用韻
共九首，以『寒食』、『靈泉』、『宴集』命篇，而某為之序。諸公可共和
之。」〔註47〕參加此次宴集的有德華、周卿、英儒、文伯等諸文人。
元好問在東平地區的雅集唱和活動，是東平地區文人集會活動的一個
縮影。在漢族世侯的招募與庇護下，元初北方的遺民文人可以有一個
相對安逸的生活環境，相對自由的文人環境。北方的遺民文人相對的
集中在這幾大漢族世侯的幕府中，這也為文人間雅集唱和的繁盛提供
了便利。

　　在東平、保定、真定等北方漢族世侯幕府之後，元世祖忽必烈的
金蓮川幕府成為了元初北方文人又一個重要的聚集地。金蓮川，原名
「曷里滸東川」，是指灤河源頭到多倫段的地域。金世宗大定八年
（1168）盛夏，金世宗避暑至此，看到滿灘遍野金蓮花，遂將其更名為
「金蓮川」。元憲宗元年（1251），忽必烈受蒙哥汗之命總領漠南軍國庶
事，其便選址金蓮川開府建衙，廣招四方之士來輔佐自己。《元朝名臣
史略》中記載：「上之在潛邸也，好訪問前代帝王事蹟，聞唐文皇為秦
王時，廣延文學四方之士，講論治道，終始太平，喜而慕焉」〔註48〕。
忽必烈傚仿唐太宗為秦王時，廣招天下之士。在他的金蓮川幕僚中既
有經學之士，如劉秉忠、郝經、姚樞、竇默、許衡等；也有文辭之士，
如王鶚、徐世隆、李冶、宋子貞等；同時還有僧道人士，如吐蕃薩加派
僧師八思巴、禪宗僧人海雲、太一道教大師蕭公粥等。這些人共同組成
了金蓮川幕府的謀臣侍從集團，他們對忽必烈總領漠南，乃至以後締
造元帝國都產生了重大的影響。

　　在金蓮川幕府中，有著劉秉忠、趙璧、張德輝、張文謙、竇默、
姚樞、郝經、許衡、商挺、宋子貞、徐世隆、李德輝、楊奐等諸多的漢

〔註47〕（元）元好問：《寒食靈泉宴集序》，《全元文》第1冊，第324頁。
〔註48〕（元）蘇天爵撰：《元朝名臣史略》卷十二《內翰王文康公》，中華書
　　　　局，1996年，第237頁。

族文士。金亡之後，他們在忽必烈這裡受到文臣謀士應有的禮遇，自己
的政治主張得以踐行。他們認為「能行中國之道，則中國之主也」，而
忽必烈熱衷於漢族文化，並且願意推行中原制度，是他們願意輔佐的
賢主。於是幕府中的文士便紛紛薦舉自己的友人來到金蓮川，一同輔
佐忽必烈。如劉秉忠舉薦張文潛、李德輝、張易等人，而張德輝「告假
還家，臨行前又舉薦白文舉、鄭顯之、趙元德、李進之、高鳴、李槃、
李濤等數人」〔註49〕。文士間的相互舉薦，使得金蓮川幕府中的漢族
人士不斷增多，這些人多數是金代的遺民文人，如此眾多文人聚集在
金蓮川幕府之中，那麼以詩文唱和形式進行的雅集活動就不可避免。
如劉秉忠有《清明日欲攜酒與橙赴廉張會俄奉命出城有作》、《因張平
章就對東坡海棠詩二首遂賦一首》、《會故人小飲》、《勸友人酒》、《慶
王承旨慎獨八帙之壽》等，郝經有《贈楊伯通》、《答李淑玉》、《送闞彥
舉》、《贈劉茂之》等，許衡有《送姚靜齋》、《送竇清淑》、《中秋不見月
繼竇先生韻》、《繼人葵花韻》、《用吳行甫韻》、《和姚先生韻》等，王惲
有《寒食日韓式南莊宴集》、《夏日燕集田氏林亭御史諸公留別》、《留別
總府諸公》等。姚樞作有《送和甫道師西還》，而趙復和商挺都作有一
首《送和甫提點還秦》，可想見這些詩是在一次餞別活動中所作。由於
很多文人雅集活動沒有被文字所記載下來，或者記載雅集活動的文字
已經散佚，我們只能從文人的唱和詩作中去推測當時雅集活動的情形。

可見，在忽必烈即位之前，北方的東平、真定、保定三大幕府為
那些飽受戰亂之苦的金代遺民提供了一個較為安逸生活場所，並給了
他們一定的政治身份。這三大幕府成為了元初北方文人最為集中的地
方，因此也產生了諸多的宴集活動。隨後的金蓮川開府，許多文人在相
互舉薦的情況下進入了金蓮川，中原地區三大幕府的遺民文人雅集進
一步延伸到了漠北關外。直到忽必烈營建元大都，並進行遷都，北方文
人的聚集區才由東平、真定、保定、金蓮川四地轉移到元大都一地。

〔註49〕 （明）宋濂等撰：《元史·列傳五十》「李德輝」，北京：中華書局，1976
　　　　年，第3823頁。

二、元初大都地區的文人雅集

　　至元九年（1272），元世祖忽必烈在金中都遺址以北的地區重新建都城，命劉秉忠營造了城郭，並將此設為元大都，實行上都和大都的兩都制。自此，元朝的政治行政中心也又漠南的金蓮川遷至大都地區。原來金蓮川地區的文人也隨之來到了元大都，而一些地方幕府的文人也紛紛來大都進行干謁，以求獲得晉身的機會。元大都進一步成為了文人的交流活動中心，也成為了元朝的文化中心。元大都建立之時距離金朝滅亡已經近三十年了，此一時期大都地區的文人一部分仍是金代的遺老文人，但更大部分是在元朝成長起來的文人，如姚燧、閻復、王惲、夾谷之奇等。到了至元十三年（1276），宋帝奉表請降，元朝基本佔領了南方，許多南宋的文士也因被俘獲而北上大都，如趙復、文天祥等。而在此後的幾年間，更多南方文士因為被舉薦而北上大都，如趙孟頫、吳澄等。元初的大都文壇上，來自各地的文人開始廣泛的交流，而雅集唱和活動也成為大都文人的一種日常交流手段。胡祇遹的詩中寫道「傳聞好賓主，雅集日相酬。」〔註50〕此一時期文人間開始頻繁的開展雅集唱和，這其中規模較大，也較為知名的是雪堂和尚主持的「雪堂雅集」和廉希憲主持的「廉園雅集」。

　　至元二十年或二十一年（1283或1284），在大都城南的天慶寺的雪堂禪房召集了一次大規模的文人雅集活動，召集人是天慶寺的主持雪堂和尚，王惲稱其「禪悅餘暇，樂從賢士夫遊，諸公亦賞其爽朗不凡，略去藩籬，與同形跡，以道義定交，文雅相接」〔註51〕。而雅集的參與者是當時翰林集賢院的諸多文人和在朝仕宦。姚燧在《跋雪堂雅集後》中詳細記錄了參與雅集的二十八人名單：

　　　　釋統仁公見示《雪堂雅集》二帙，因最其目序四、詩十

〔註50〕　（元）胡祇遹撰：《胡祇遹集》，長春：吉林文史出版社，2008年，第
　　　　　91頁。

〔註51〕　（元）王惲：《雪堂上人集類諸名公雅製序》，《全元文》第6冊，第
　　　　　197頁。

有九、跋一、真贊十七、送豐州行詩九，凡五十篇。有一人
再三作者，去其繁複得二十有七人：副樞左山商公諱挺，中
書則平章張九思，右丞馬紹、燕公楠，左丞張鎮，參政張斯
立，翰林承旨則麓菴王公諱磐、董文用、徐琰、李謙、閻復、
王構，學士則東軒徐公諱世隆、李槃、王惲，集賢學士則苦
齋雷君膺、周砥、宋渤、張孔孫、趙孟頫，御史中丞王博文、
劉宣，吏曹尚書則谷之奇、劉好禮，郎中張之翰，太子賓客
宋衜，提刑使胡祇遹，廉訪使崔瑄，皆詠歌其所誌。〔註52〕

從這份二十八人名單中我們可以看出，此一時期的大都文壇仍舊是北
方的文士佔據了大絕對主導地位，而其中商挺、徐世隆、王磐、李謙、
徐琰、閻復、王構、李槃、王惲、雷膺、周砥、宋渤、夾谷之奇、馬紹、
張孔孫之父張澄、宋渤之父宋子貞，十六人又皆出自東平幕府，可見在
元初東平地區培養出的文人在翰林集賢兩院佔有重要地位。二十八人
中來自南方文士只有燕公楠、楊鎮、趙孟頫三人，他們初次進入大都，
逐步融入大都文壇的雅集圈子，開始與北方文人進行唱和交流。這其
中燕公楠和楊鎮並不以詩歌創作名，也沒有詩集流傳，而趙孟頫作為
南方詩人的代表，在此時的大都文壇受到很高的重視，許多北方文人
與其唱和，如張之翰《和趙子昂郎中見惠韻》、曹子真《和趙子昂韻二
首》、胡祇遹《題趙子昂畫石林叢篠》。趙孟頫也積極的回應，創作了頗
多與北方文士唱和的詩作，如《贈別夾谷公二首》、《次韻左轄相公》、
《次韻端父和鮮于伯幾所寄詩》、《投贈刑部尚書不忽木公》等。另外，
張之翰的《中秋會飲序》中記錄了趙孟頫參與了兩次中秋節宴集，集會
參與者還有張之翰、馬紹、張孔孫、夾谷之奇，除了趙孟頫都是北方文
人，在雅集活動最後還進行了詩歌唱和。可見，元初的南方詩風與北方
詩風在大都文壇的各類雅集中進行著初步交流。

　　此時期僅有很少一部分的南方文人通過舉薦的方式進入大都為

〔註52〕　（元）姚燧：《跋雪堂雅集後》，《全元文》第 9 冊，第 406 頁。

官，開始參與到大都文壇的雅集活動中。南方文士的官階較低，在主流的北方詩風籠罩下，他們詩歌創作的影響力還很有限。而這一時期能夠召集雅集活動的多是具有較高官階的北方士人，其中還包括一些具備較高漢文化修養的色目人，如廉希憲。至元十四年前後（1277），廉希憲就在自己的廉園召集了一次雅集。廉希憲，字善甫，色目人。其父布魯海牙，曾任燕南諸路廉訪使，遂以官為姓，子孫皆姓廉。廉希憲雖為色目人，但精通經史，漢化程度較深，忽必烈稱其為「廉孟子」。廉園是廉氏家族的私人花園，有元一代他們多次在此園中舉辦文人雅集活動。王惲在《秋日宴廉園清露堂》序文中記載：「右相廉公奉召分陝，七月初一日宴集賢、翰林兩院諸君，留別中齋有詩以記燕衎，因繼嚴韻，作二詩奉平章相公一粲。時坐間聞有後命，故詩中及之。」〔註53〕從序文可知，此次雅集召集了翰林集賢兩院的眾多文人，並且席上有詩文唱和。王惲的詩曰：「何處新秋樂事嘉，相君絲竹宴芳華。風憐柳弱婆娑舞，雨媚蓮嬌次第花。照眼東山人未老，舉頭西日手空遮。賓筵醉裏聞佳語，喜動金桴五色瓜。朝野歡愉到嘉靖，五年經制見金華。先聲遠動秦川樹，後命光融紫禁花。歸騎不妨沙路晚，留中恐為國人遮。自慚添列絲綸地，憔悴秋風一系瓜。」〔註54〕從王惲的詩中可以看出，宴集氛圍的歡愉。

　　王惲作為元初重要的館閣文人，他參與了這一時期眾多的宴集。如至元三十一年（1294）的玉淵潭燕集，其《玉淵潭燕集詩序》中記載了：「財賦總管王侯明之尚義好客，高出時彥。甲午秋孟（1294），置酒潭上，邀翰林諸公為一日之娛。沙鷗容與波間，幽禽和鳴於林際，若有以知野老之忘機，代清唱而侑觴也。酒有廛飫，賓主胥樂。煩襟滯慮，頓然一醒。清適夷曠，綽有餘思。然賞心樂事，良難四並。雅會清吟，烏可多得？信口吐詞，不計工拙。諸公走筆賡和，咸有所得。殆山陰禊事之修，幽情暢敘。笑金谷羽觴之罰，酒數何多！第以率爾居前，殊愧

〔註53〕 （元）王惲《秋日宴廉園清露堂》，《全元詩》第 5 冊，第 353 頁。
〔註54〕 （元）王惲《秋日宴廉園清露堂》，《全元詩》第 5 冊，第 353 頁。

其秕糠也。」〔註55〕此宴集的召集人是王侯明,參與者是翰林諸公,宴集在風光秀麗的玉淵潭上舉行,酒至半酣後進行詩歌唱和,然後囑一人為序以記其盛況,這基本是此一時期館閣文人雅集活動的標準範式。除此之外,王惲還參加了諸多雅集,但具體情形不得而知,僅存如《上巳日林氏花圃會飲序》、《清香詩會序》、《諸人酬詠既已復和前韻》等諸多唱和詩作。可以說,在元初的大都文壇上,三人以上的雅集活動非常頻繁,但由於文字記載的缺失,我們所能見到的只有眾多的唱和詩作,而雅集的時間、參與人員和具體情況則很難考察。

　　元初大都文壇的雅集主要以館閣文人雅集為主,並且參與者以北方文士為主。此時期南方文人已經初步進入大都文壇,並積極參與到各類雅集活動中去,南、北方的詩風也得到了初步的交流融合。但是由於南方文人的數量較少,對文壇產生的影響力也有限。此時的大都雅集仍舊以北方文士為主體。

三、南方地區的遺民雅集

　　至元十三年(1276),宋恭帝奉表請降,元朝佔領了杭州及南方大部。至元十六年(1279),陸秀夫負宋昺帝跳海,南宋自此徹底滅亡。在宋亡之後,許多南宋的遺民文人選擇了隱逸山林,並用詩歌的形式表達亡國的痛楚和對前朝的哀悼,這其中就形成了諸多的文人集會和詩歌唱和。

　　至元十六年(1279),即宋亡的那一年,周密、張炎和王沂孫、王易簡、馮應瑞、唐孫藝、呂同老、李彭老、陳恕可、唐珏、趙汝鈉、李居仁、張炎、仇遠,以及餘閒書院主人共十四位遺民文人在杭州與越中兩地先後開展了五次雅集唱和。五次雅集分別以龍涎香、白蓮、蕁、蟹、蟬為對象,以《天香·宛委山房擬賦龍涎香》、《水龍吟·浮翠山房擬賦白蓮》、《摸魚兒·紫雲山房擬賦蕁》、《齊天樂·餘閒書院擬賦蟬》、《桂枝香·天柱山房擬賦蟹》為題,同樣的詞牌,同樣的題目共創作詠

〔註55〕 (元)王惲:《玉淵潭燕集詩序》,《全元文》第 6 冊,第 186 頁。

物詞作三十七首。這五次雅集參與的人數不等，也並非全部到場。王易簡和呂同老參加了全部五次雅集，王沂孫、陳恕可、唐藝孫和唐珏參加了四次，周密參加了三次，李彭老、李居仁和餘閒書院主人參加了兩次，馮應瑞、張炎、仇遠、趙汝鈉僅參加一次。部分詞人雖參加多次雅集，也僅唱和創作一次。十四位南宋遺民詞人，五次不同地點的雅集，三十七首同題集詠詞作。雖然五次雅集所詠之物各異，但三十七首詞作的詞意、句法、境界卻頗為相似，撲朔迷離，隱晦而哀感無端，感情中充滿了亡國之痛、故國之思、身世之感。此次雅集南宋滅亡後的第一次大規模的遺民文人集會，詞作中流露出的不是聚會的歡愉，而是身世的悲離。朱彝尊在《樂府補題序》中說「誦其詞可以觀志意所存。雖有山林友朋之娛，而身世之感，別有淒然言外者。其騷人《橘頌》之遺音乎？」〔註56〕

　　至元二十三年（1286），此時距南宋滅亡已有七年，遺民們的亡國之痛開始逐漸的淡化，但每當他們聚集在一起時，這種隱藏在內心深處的情緒又會被激發出來，成為他們之間的共鳴。南宋的遺民入元後多選擇隱居不仕，或者從事閒散的山院教職，但只要有機會，他們便會聚在一起宴集唱和，用詩歌唱和的方式抒發出壓抑在心中的迷惘與悲傷。這一年，南宋著名詞人周密來到杭州，並在此暫居。此時居住杭州的南宋遺民文人有仇遠、白珽、屠約、張瑛、孫晉、曹良史、朱㻮、徐天祐、王沂孫、戴表元、陳方、洪師中。為傚仿東晉蘭亭修禊之事，他約定在三月三日在楊承之家中的池亭舉行宴集，並邀請以上在杭州的文人參加。這些人都允諾參加，但三月三日當天大雨如注，道路受阻，十四人中有六人沒有來，宴集還是正常進行了。戴表元在《楊氏池塘宴集詩序》中記載了此次宴集的情形：

　　　　丙戌之春，山陰徐天祐斯萬、王沂孫聖與、鄞戴表元帥
　　初、臺陳方申夫、番洪詩中中行皆客於杭。先是雪周密公瑾，

〔註56〕　（清）朱彝尊：《樂府補題序》，《文淵閣四庫全書》，臺北：臺灣商務
　　　　印書館，第 1490 冊，第 103 頁。

與杭楊承之大受有聯，依之居杭。大受和武恭王諸孫，其居之苑禁，多引外湖之泉以為池，泉流還回斗折，涓涓然縈穿徑間，松篁覆之，禽魚飛遊，雖在城市，而具山溪之觀。而留觴曲水者，諸泉之最著也。公瑾樂而安之。久之，大受昆弟捐其餘地之西偏，使自營別第以居，公瑾遂亦為杭人。杭人之有文者，仇遠仁近、白珽廷玉、屠約存博、張瑛仲實、孫晉康侯、曹良史之才、朱棨文芳日從之遊。及時公瑾以三月三日將修蘭亭故事，合居遊之士凡十有四人，共燕於曲水，客皆諾如約。……或膝琴而弦，或手矢而壺，或目圖而書，而口歌以呼。醉醒莊諧，駢嘩競狎，各不知人世之有盛衰今古，而窮達壯老歷乎其身。……於是座中之壯者茫然以思，長者愀然以悲，向之歡者，欲幡然以辭。既而歡曰：「事適有所寄也。今日之事，知飲酒而已，非歡所也。且我何用遠知古人，蓋各為辭以達其志。」辭之達志莫如詩。公瑾遂取十四韻，析為之籌，使在者人探而賦之，不至者授之所探而徵之。得其韻為古體詩若干言，得其韻為近體詩若干言。群篇鼎成，咸有倫理，是庶幾託晉賢之達，而返鄭風之變也。已矣，因次第聯為巨篇，而命表元為之序。〔註57〕

此次雅集皆為南宋遺民，席間他們撫琴、投壺、目圖而書、口歌以呼，醉醒之間，各盡莊諧之事，似乎忘卻了古今之變，亡國之悲。但當有人點醒他們時，茫然、悲歡的情緒又湧上心間，他們分韻賦詩以達其志。楊氏池塘的宴集是元初南方遺民文人雅集的一個範本，遺民們希望在酒樂聚會之間忘懷悲傷的一切，可同時又希望清醒過來重新尋找人生的支點。他們在痛苦與迷惘中生存著，這種情緒在雅集之中得到了集中的釋放。

元初的南方遺民群體是呈地域分布的，有以杭州為中心的臨安群，

〔註57〕（元）戴表元：《楊氏池塘宴集詩序》，《全元文》第 12 冊，第 146～147 頁。

以會稽、山陰為中心的紹興群，以浙東為中心的台州群、慶元群，以浙西為中心的浦陽群、嚴州群，以廬陵為中心的江西群，以建陽、崇安為中心的福建群等。〔註 58〕這些移民文人在各自的地域舉行集會唱和，如臨安群有楊氏池塘宴集等集會，浦陽群有月泉吟社，紹興群有山陰詩社、越中詩社等。許多南方遺民群體之間還有交集，如果浦陽群的方鳳與紹興群的謝翱就曾燕遊唱和。方鳳《金華洞天行記》載：至元二十六年「己丑歲正月，謝翱皋羽、方鳳韶卿約遊洞天。十一日辛卯，韶卿攜子樗肖翁入邑，與皋羽、陳公凱君用、弟公舉帝臣會。韶卿夜賦詩，示同遊者……子有出家藏先資政北山先生遺墨及久近諸賢書帖，共觀至夜分。韶卿書《北山感雪竹賦後》，皋羽亦題……韶卿賦《北山道中》，眾客皆和」。〔註 59〕可以說，南方遺民群體是一個相互聯繫的網狀結構組織，而文人詩社與雅集唱和是元初遺民群體最主要的組織形式。

四、南方地區的遺民詩社

文人結社在宋代已經非常興盛，如賀鑄參與過彭城詩社，葉夢得參與過許昌詩社、周紫芝參與過臨安詩社等。而雅集又與文人詩社有著密切的聯繫，詩社的每一次集體活動都可以看作一次文人雅集，詩社集會中的詩歌創作又多為相互唱和之作，因此，詩社是文人雅集的一種重要組織形式。詩社在宋代異常興盛，發展到元代也並沒有勢微，特別是在元初與元末兩端非常繁盛，民間的結社唱和活動在當時詩壇有著廣泛影響。《萬曆錢塘縣志·外紀·社集》中記載：「元時豪傑不樂進取者，率託情於詩酒，其時杭州有清吟社、白雲社、孤山社、武林社、武林九友會，儒雅雲集，分曹比偶，相觀切磋，何其盛也！」〔註 60〕僅杭州一地就有五家詩社，可見在元初南方地區文人結社的盛況，

〔註 58〕 參見方勇《南宋遺民詩人群體研究》第三章《群體網絡的布局結構特徵》，北京：人民出版社，2011 年第 2 版。

〔註 59〕 （元）方鳳：《金華洞天行記》，《全元文》第 10 冊，第 662～665 頁。

〔註 60〕 （清）丁丙、丁申：《武林掌故叢編》，廣陵書社，2008 年，《萬里錢塘縣志》，第 16 集。

由於許多詩社的資料和唱和作品沒有保存下來，我們無法瞭解元初南方詩社活動的全貌，只能從零星的幾家詩社活動去推演當時的整體情況。

月泉吟社是元初南方影響力最大的一個文人詩社，其創始人是浦江人吳渭。吳渭，字清翁，號潛齋，宋末時曾做過義烏令，入元後不仕，隱居浦江，創辦了月泉吟社。月泉吟社最初只是浦江地區的一個小詩社，其成名是因為在至元二十三年（1286）發起了一場以「春日田園雜興」為題的詩歌徵集活動，吳渭在《徵詩檄》文寫道：「本社預於小春月望命題，至正月望日收捲，月終結局。請諸吟社，用好紙楷書，以便謄副，而免於差舛。名書州里姓號，以便供賞，而不至浮沉。切望如期差人來問，浦江縣西地名前吳吳知縣渭，對面交卷，守回標照應，俟評校畢，三月三日揭曉。賞隨詩冊分送，此固非足浼我同志，亦姑以講前好，求新益云。」〔註61〕此次詩歌徵集範圍極廣，影響極大，南方各地的隱逸詩人都參與到了此次徵集之中，其中還有其他詩社的社員，如參與者中方文鳳，即是杭州清吟社社員，白珽、全璧是杭州孤山社社員，梁相是杭州武林九友會社員，周暕是武林社社員等。徵文題目是《春日田園雜興》，出自范成大的詩作，但要求「作者固不可捨田園而泛言，亦不可泥田園而他及，捨之則非此詩之題，泥之則失此題趣。」〔註62〕吳渭請來方鳳、謝翱、吳思齊三位著名文士作為評審，按照詩作水平進行排序，最終方文鳳獲得頭名，其詩曰：「老我無心出市朝，東風林壑自逍遙。一犁好雨秧初種，幾道寒泉藥旋澆。放犢曉登雲外壟，聽鶯時立柳邊橋。池塘見說生新草，已許遊魂入夢招」〔註63〕。詩歌追敘了自己棄官歸隱的行跡，描寫了自然風光的清新秀美，一句「池塘見說生新草，已許遊魂入夢招」，即含蓄委婉表達出自己對故國的深深思念，又表達了自己不願侍奉元庭的決心。而此次以《春日田園

〔註61〕（元）吳渭：《徵詩檄》，《全元文》，第 19 冊，第 561 頁。
〔註62〕（元）吳渭：《詩評》，《全元文》，第 19 冊，第 562 頁。
〔註63〕（元）方文鳳：《春日田園雜興》，《月泉吟社詩》，《叢書集成初編》本。

雜興》為題徵集來的詩歌，基本都是借歌頌田園風光，抒發亡國之痛和故國之思，通過對忠臣義士的追慕和對現實的關注揭露，表現自己隱逸抗節的志向。可以說，《月泉吟社詩》以詩歌大合唱形式展現了南方遺民文人的集體抗節活動。

汐社也是宋末元初在南方較有影響力的詩社之一，其創立人是謝翱。謝翱（1249～1295），字皋羽，號晞髮子，福建長溪人。至元十三年（1276），文天祥開府延平，謝翱任諮議參軍，文天祥被俘殉國後，其便一直隱居於浙東一帶，也正是在此期間，謝翱與王英孫、林景熙等當地的文人創立了汐社。元胡翰的《謝翱傳》中記載：「天祥轉戰閩廣，至潮陽被執，翱匿民間，流離久之。間行抵勾越。勾越多閥閱故大族，而王監簿諸人方延致遊士，日以賦詠相娛樂。翱時出所長，諸公見者，皆自以為不及」。〔註64〕文中的王監簿即王英孫，而汐社正是謝翱隱匿民間與諸多文人相唱和時所成立的。汐社命名的由來，何夢桂在其《汐社詩集序》中寫道：「海朝謂潮，夕謂汐，兩名也。汐社以偏名何？誌感也。社期於信，而又適居時之窮，與人之衰暮偶，而猶蘄以自立者，視汐雖逮暮夜而不爽其期，若有信然者類，此謝君皋羽所以盟詩社之微意。……潮以朝盈，汐不以夕虧，君有取諸此，固將以信夫盟，擬以為夫人之衰頹窮塞，卒至陸沉而不能自拔以死者之深悲也」。〔註65〕從序文中可以看出，汐社命名的有兩個含義，第一是詩社成員會定期聚會，如潮汐一樣不爽約，第二是詩社成員之間相互激勵，在國破家亡之時不至於衰頹沉淪。由於謝翱、林景熙等人是元初遺民文人中的名士，因此，汐社在當時南方詩壇具有非常大的影響力。

越中詩社，元初浙東地區的遺民詩社。黃庚的《月屋漫稿》中《枕易》一詩下注：「越中詩社詩題都魁」，其詩云：「古鼎煙銷倦點朱，翛然高臥夜寒初。四簷寂寂半床夢，兩鬢蕭蕭一卷書。日月冥心知代謝，陰

〔註64〕（元）胡翰：《謝翱傳》，《全元文》，第 51 冊，第 282 頁。
〔註65〕（元）何夢桂：《汐社詩集序》，《全元文》，第 8 冊，第 101～102 頁。

陽回首驗盈虛。起來萬象皆吾有，收拾乾坤在草廬。」〔註66〕詩中濃鬱
著一種淡淡的哀傷，感歎著世事變幻的無常，如夢似幻而又無可奈何，
希望歸隱於田園草廬，具有典型的遺民文人心態。在《枕易》之後附有
考官李侍郎的評語，評語曰：「詩題莫難於《枕易》，自非作家大手筆詎
能模寫，……此詩起句『倦』字便含睡意。額聯氣象優游，殊不費力，
曲盡枕易之妙。頸聯『冥心回首』四字，極其精到。結句如萬馬奔騰，
勢不可遏，且有力量。全篇體制合法度，音調諧宮商。三復降歎，此必
騷壇老手，望見旗鼓，已知其為大將也」〔註67〕。從考官李侍郎的評語
可以看出，此詩是詩社活動中命題作文式的參賽詩歌，諸多人共賦一題，
然後品列高下。黃庚的詩作合法度、諧宮商，曲盡枕易之妙，因此獲得
第一名。而且此次詩社競賽是糊名的，李侍郎並不知道作詩之人，而是
猜測其「必為騷壇老手，望見旗鼓，已知為大將也」。這樣的詩社活動很
類似月泉吟社的詩歌徵集活動，以科舉競賽的形式來進行同題集詠的詩
歌唱和。連文鳳的《百正集》中也有一首《枕易》，他正是月泉吟社詩歌
徵集活動的第一名，可見他也參與了越中詩社的這次活動。可以想見，
在元初的一段時間內，詩人結社遍布各地的詩壇，而詩社的詩歌創作競
賽是面相所有南方詩人徵集的，這种競賽活動曾經非常繁盛。至於繁盛
的原因，可能與宋亡之後科舉即取締，遺民文人為了彌補心中的一點缺
憾，便借用科舉考試的形式來進行詩歌競賽。黃庚除了參加過越中詩社
外，其《秋色》一詩題注云：「山陰詩社中選」，《梅魂》一詩題注云：「武
林試中」，可見其還參與了山陰詩社、武林詩社的詩歌競賽活動。

　　龍澤山詩社。趙文《熊剛申墓誌銘》中記載：「丙戌，與堯峰倡詩
會，歲時會龍澤徐孺子讀書處，一會至二百人，衣冠甚盛，觴詠率數日
乃罷。……領郡聞之，爭求其韻賽和，願入社，其風流傾動一時如此。」
〔註68〕熊剛申，名升，字剛申，江西豐城人。他與陳煥在家鄉的龍澤

〔註66〕　（元）黃庚：《枕易》，《全元詩》，第19冊，第50頁。
〔註67〕　（元）黃庚：《枕易》，《全元詩》，第19冊，第50頁。
〔註68〕　（元）趙文：《熊剛申墓誌銘》，《全元文》，第10冊，第158頁。

山一起創立詩社，參與者多大二百人，連續數日的唱酬，詩社之外的人都求其韻兒而競相賡和。可見，在該詩社在當地參與者眾多，影響力也很大。

此外，還有吳愚隱「與閩人謝翱皋羽，婺人方景山為友，結詩社於雙臺下」〔註69〕，徐元得「與宗族鄉黨相倡和，命詩社曰明遠」〔註70〕，甘景行「與邑人蔡觿、熊坦等十人結社龍澤山中」〔註71〕等。元初的遺民文人為了訴說內心的抑鬱與哀傷，採用結社賦詩得形式進行同題唱和。將身遭國破家亡的悲涼，與對隱逸山泉的渴望表達在創作之中，相互勉勵，相互慰藉。

綜上所述，元初的文人雅集在東平、保定、金蓮川的幕府之中就已經出現，雅集的參與者是金代遺民，唱和主題多是一般友人之間的宴集、送別。元朝遷都到大都以後，金蓮川幕府中的文人也隨之來到大都，而許多北方和南方的士人也因為舉薦而來到大都。此時期大都文壇彙集了南、北方的諸多文士，但在雅集唱和中北方文士還是佔據了主導地位。雅集唱和詩歌主要描繪雅集地的風光景色，賓主相歡的愉悅氛圍，多是自作詩，少有分韻和次韻之作。南方地區因為剛剛經歷了亡國之痛，遺民文人紛紛結社唱和，用同題集詠的方式將內心鬱結的情緒表達出來。同時，詩社還將同題唱和活動按照科舉取士的形式進行落實，糊名謄抄，評定出名次發榜。遺民文人在這種集體唱和中找到了情感的歸屬，相互撫慰、相互勉勵。

第三節　「南士北遊」雅集對元中期詩風的促成

元滅南宋前，南、北方的學術與詩文各自獨立發展，無甚交流。「南士北遊」率先打通了這種隔斷，南、北方的學術與詩文在大都產生了交流融合。在雅集唱和的交流過程中，南方的詩學理念與詩文傳統

〔註69〕　（元）何夢桂：《吳愚隱詩序》，《全元文》，第 8 冊，第 117 頁。
〔註70〕　（元）戴表元：《徐耕道遷葬碣》，《全元文》，第 12 冊，第 430 頁。
〔註71〕　（元）揭傒斯：《甘景行墓誌銘》，《全元文》，第 28 冊，第 530 頁。

逐漸佔據主導地位。延祐間，袁桷、虞集等南方文士倡導清和雅正的詩文風格，並通過雅集唱和的方式影響著詩壇的詩文創作傾向。在他們的影響下，元中期形成了趨於雅正的詩風。

顧嗣立《寒亭詩話》云「元詩承宋、金之際，西北倡自元遺山，而郝陵川、劉靜修之徒繼之，至中統、至元而大盛。然粗豪之習，時所不免。東南倡自趙松雪、而袁清容、鄧善之、貢雲林輩從而和之，時際承平，盡洗宋、金餘習，而詩學為之一變。延祐、天曆之間，風氣日開，赫然鳴其治平者，有虞、楊、范、揭，一以唐為宗，而趨於雅，推一代之極盛」〔註72〕，這段話基本勾勒出了元中期之前元代詩歌的發展軌跡。在元詩發展成熟的過程中，來自南方的詩人起到了積極地促進作用。

一、「南士北遊」風氣形成的緣由

在元代中期以前，南方士人中普遍存在著「北遊京師」以干謁求仕的風氣。余闕《楊君顯民詩集序》中云：「大江之南、山林之士有挾其文藝遊上國而遇知於當世。士之彈冠而起者，相踵京師，大官之家皆有其客，而遇知與當世者，亦比有之」〔註73〕。因為有前輩「遊上國而遇知」的示範效應，士人們便紛紛攜詩文北上，希望得到當權者的賞識而入仕。而導致這種風氣興盛的直接根源是科舉考試的中斷。

至元十三年（1276），宋恭帝奉表請降，南宋滅亡，江南地區的科舉隨之中斷。如果從中原地區來看，自窩闊台汗六年（1234年）蒙古滅金，至仁宗延祐二年（1315）重開科舉，中原地區的科舉中斷了81年〔註74〕。

〔註72〕（清）顧嗣立：《寒亭詩話》，《清詩話》本，上海：上海古籍出版社，1978年，第83頁。

〔註73〕（元）余闕：《楊君顯民詩集序》，《全元文》第49冊，南京：江蘇古籍出版社，2004年，第132頁。

〔註74〕窩闊台汗十年（1238）曾進行「戊戌選士」，旨在「遍試儒生，中者與牧守議，停蠲其役」，但因其選中的四千餘名儒生並沒有得到「與牧守議」的實職，僅僅確定了儒戶的身份，因此「戊戌選試」並不被看作是一次真正的科舉。

科舉的中斷，使士人們不得不重新考慮出路問題，或隱或仕，成為士人的兩個選擇。隱者，或隱於山林，或隱於僧道，或隱於農、工、商諸流，只要能解決生計問題。但如果想要出仕為官，則要別謀它途。《元史‧選舉一》載：「然當時仕進有多歧，權衡無定制，其出身於學校者，有國子監學、有蒙古字學、回回國學，有醫學，有陰陽學。其策名於薦舉者，有遺逸，有茂異，有求言，有進書，有童子。其出於宿衛、勳臣之家者，待以不次。」〔註75〕仕進的途徑似乎是多了不少，但對於普通儒士來說，其中真正走得通的途徑確沒有幾條。姚燧在《送李茂卿序》中云：

> 大凡今仕惟三途：一由宿衛，一由儒，一由吏。由宿衛者，言出中禁，中書奉行制敕而已，十之一；由儒者，則校官及品者，提舉教授，出中書。未及者則正錄而下，出行省宣慰，十分一之半；由吏者，省臺院中外庶司郡縣，十九有半焉。〔註76〕

該序文寫於「大德己亥秋八月」，即大德三年（1299），這是在延祐開科之前的狀況，士人想要入仕有宿衛、儒、吏三條途徑。「宿衛」是皇帝的侍衛親軍，一般來說只有貴族子弟才能走此途徑。王惲《論怯薛歹加散官事狀》中指出「朝廷一切侍從、宿衛、怯薛丹等官員多係功臣子孫」〔註77〕，對於普通士人來說「宿衛」這條路是走不通的，而由「儒者」和「吏者」入仕才是較為可行的途徑。

　　由儒者入仕即先出任各府州學校的教員，再逐步考核升遷至教授，而府州教授也只不過是從正九品的小官，但晉升之路卻極其艱難。《廟學典禮》卷一記載江浙行省教員設置：「總管府：教授二員……學路、學正各二員……散府：教授二員……學路、學正各一員……書院：山長二

〔註75〕（明）宋濂等：《元史》卷八十一，北京：中華書局，1976年，第2016頁。

〔註76〕（元）姚燧：《送李茂卿序》，《全元文》第9冊，第379頁。

〔註77〕王惲：《論怯薛歹加散官事狀》，《秋澗先生大全文集》卷八十四，四部叢刊本。

員……學路、學正各一員……縣學：教諭二員……」〔註78〕，教授之職
的數量是非常有限的。據蕭啟慶先生推算，元初全國共有儒戶約 114540
戶，但可以提供的教職僅有 4600 個左右，想要進入學校書院任教需要
經過考試選拔〔註79〕。在進入教職後，要升遷至教授並最終入仕，仍需
經過層層的考核選拔。《元典章》「保選儒學官員」條記載至元二十四年：

> 員多缺少，所有窒礙。今擬各處教授三年為滿，以例遷
> 轉須歷兩任所處；隨路教授遇有缺員，散府上中州教授歷一
> 考之上者升補；散府上中州教授有缺，各處學正歷一考之上
> 者升補；學錄、教諭有缺，於直學選補、升補。並依例體復
> 申呈。〔註80〕

從直學、教諭、學錄、學正到州教授、路教授不但要經過層層考核，並
且還要等待缺額，如果沒有缺額就要無限期的等下去。因此，出現了
「府州教授窠缺，南北八十九處，即目在選籍記五百餘員，已有守候八
九年者，尚未知何時注授」〔註81〕的情況，更有甚者「所歷月日前後
三十餘年，比至入流，以及致仕」〔註82〕。由儒者入仕之路是如此狹
窄而艱難，對於那些自負有所才學的年輕儒士，恐怕是不想在這條漫
長的路上耗下去的。

　　元代尚吏治，因此由吏入仕的路徑相對較寬一些。吳澄《贈何仲德
序》中云：「國朝用吏，頗類先漢。至元間，予嘗遊京師，獲接中朝諸
公卿，自貴戚、世臣、軍功、武將外，率皆以吏發身。蓋當時儒者進無

〔註78〕《廟學典禮》卷一「郡縣學院官職員數」條，浙江古籍出版社，1992
　　　　年，第 17 頁。

〔註79〕蕭啟慶：《元代的儒戶：儒士地位演進史上的一章》，《內北國而外中
　　　　國：蒙元史研究》，中華書局，2007 年，第 371 頁。

〔註80〕《元典章》吏部卷之三「教官」章「保選儒學官員」，中國廣播電視出
　　　　版社，1998 年影印元刊本，第 309 頁。

〔註81〕《元典章》吏部卷之三「教官」章「考試教官等例」，中國廣播電視出
　　　　版社，1998 年影印元刊本，第 311 頁。

〔註82〕《元典章》吏部卷之三「教官」章「正錄教諭直學」，中國廣播電視出
　　　　版社，1998 年影印元刊本，第 311 頁。

它途，惟吏而已。」〔註83〕元初重用吏，許多粗實文字的小民也有機會通過胥吏入仕，甚至做到高品階官員。而有才學的儒士卻因不屑與吏為伍，最後只能被排除在仕途之外。余闕《楊君顯民詩集序》中云：

> 自至元一下始浸用吏，雖執政大臣亦以吏為之。由是，中州小民粗識字、能治文書者，得入臺閣共筆箚，累日積月皆可以致通顯，而中州之士見用者遂浸寡。況南方之地遠，士多不能自至於京師，其抱才蘊者，又往往不屑為吏，故其見用者猶寡也。〔註84〕

元初的統治者漢化程度較低，在官吏的選拔上注重實際的辦事才能，因此由吏入仕者達到了「十九有半」的程度。忽必烈執政初期還能夠信任並任用郝經、許衡、劉因等儒士，但在中後期卻更喜歡任用阿合馬、盧世榮、桑哥等斂財之臣。隨之，儒士的地位下降，胥吏的地位上。余闕《貢泰父文集序》中說：「自至元初，奸回執政，乃大惡儒者，因說當國者罷科舉、擯儒士，其後公卿相師皆以為常然，而小夫賤吏亦皆以儒為嗤詆」〔註85〕。胥吏入仕的門徑寬了，即便是粗識字、能治文書的小民，只要機遇好，積年累月也可以身居高職。儒士們卻往往抱其才蘊，不屑為吏。在儒士的價值觀中，官員是決策者，掌握著生殺予奪的大權，而胥吏只是供官員驅使的走卒，想要有所提升就必須「強顏色，昏旦往仆於門，媚說以妾婢，始得尺寸」，而這種諂媚的行徑是「迂者之所不能為也」〔註86〕。即使儒士甘願屈身為吏，要從初級的胥吏做到有品階的官員也需要積年累月，經歷長時間的底層煎熬。《元史・選舉二》載至元十一年部照：

〔註83〕（元）吳澄：《贈何仲德序》，《全元文》第 14 冊，南京：江蘇古籍出版社，1999 年，第 87 頁。

〔註84〕（元）余闕：《楊君顯詩集序》，《全元文》第 49 冊，南京：江蘇古籍出版社，2004 年，第 132 頁。

〔註85〕（元）余闕：《貢泰父文集序》，《全元文》第 49 冊，南京：江蘇古籍出版社，2004 年，第 133 頁。

〔註86〕（元）余闕：《貢泰父文集序》，《全元文》第 49 冊，南京：江蘇古籍出版社，2004 年，第 133 頁。

> 江北提控案牘，皆自府州縣轉充路吏，請奉九十月方
> 得吏目，一考升都目，都目一考，升提控案牘，兩考正九
> 品，通理二百一十月入流……之後行省所設提控案牘、都
> 吏目，合依江北由司縣府州轉充路吏，通理月日，考滿方
> 許入流。〔註87〕

在一般情況下，由一個初級的路吏熬到入流的正九品官需要二百一十
月，約十七年半的時間。即便是從起點較高的書吏、典吏做起，要考滿
入仕也需要七年半的時間〔註88〕。如此漫長的吏途，使得許多入吏的
儒士可能最終沉鬱下僚，老於吏任。而對於那些仍懷揣治國理想的年
輕儒士來說，這條路實在太漫長、太難熬了。

　　由宿衛入仕的仕途最寬，入仕後所得官職待遇也最好，但卻是普
通士人不可企及的。由儒和吏入仕需要經過數十年的漫長煎熬，出仕
後也僅是擔任八九品的卑微官職。而在這三條途徑之外，還有存在著
一條終南捷徑，即是被當朝的權貴保舉入仕。《元史·選舉三》載：

> 凡保舉職官：大德二年制：「各廉訪司所按治城邑內，
> 有廉慎幹濟者，歲舉二人。」九年，詔：「臺、院、部五品以
> 上官，各舉廉能識治體者三人，行省臺、宣慰司、廉訪司各
> 舉五人。」

> 凡翰林院、國子學官：大德七年議：「文翰師儒難同常
> 調，翰林院宜選通經史、能文辭者，國子學宜選年高德邵、
> 能文辭者，須求資格相應之人，不得預保布衣之士。若果才
> 德素著，必合不次超擢者，別行具聞。」〔註89〕

〔註87〕　（明）宋濂等撰：《元史》卷八十二「選舉二」，中華書局，1976 年，
　　　　　第 2048 頁。

〔註88〕　《元史·選舉三》：「中瑞司、掌謁司典書，九十月與寺監令史一體除
　　　　　正八品。行臺察院書吏，俱歷九十月依舊出身敘，任回添一資陞轉。
　　　　　內臺察院轉部、行臺察院轉江南宣慰司令史，北人貢內臺察院各道廉
　　　　　訪司書吏，先役書吏歷九十月，擬正九品，任回添一資陞轉」。

〔註89〕　（明）宋濂等撰：《元史》卷八十三「選舉三」，中華書局，1976 年，

保舉有德行才幹的人入仕為官是五品以上高級官吏的一項職責，而對於翰林院、國子學這樣特殊的機構，其所急缺的人才也往往只能通過保舉來填補。如：劉賡「用薦者授國史院編修官」〔註90〕、張昇「用薦者授將仕郎、翰林國史院編修官」〔註91〕、張岩起「用薦者徵為國子助教」〔註92〕、陳旅被趙世延力薦，除國子助教〔註93〕，以及揭傒斯被程鉅夫、盧摯推薦，授翰林國史院編修官〔註94〕。

有關保舉推薦的詳細規定在《通制條格》卷六「舉保」條中有記載：

> 至元十三年閏三月……隨路州縣若有德行才能可以從政者，保申提刑按察司行訪察得實，申臺呈省。

> 至元二十一年五月……近年以來，內外臺監察御史每有保舉人員，多不呈臺，但移文各道按察司並諸衙門錄用……今後但凡保舉官吏及草澤之士，並須指陳實跡呈臺定奪，不得擅行公文於各道提刑按察司及諸衙門保舉委用，其諸衙門亦不得承受。

> 大德七年二月更新之後，聞各處行省宣慰元帥等官復用白狀公文泛濫保人。此途一啟，倖門捷徑，不可復室。

> 大德九年六月……孝子順孫曾旌表有才堪從政者，保結申明，量才任用。

第 2064 頁。

〔註90〕（明）宋濂等撰：《元史》卷一百七十四「劉賡」，中華書局，1976 年，第 4063 頁。

〔註91〕（明）宋濂等撰：《元史》卷一百七十七「張昇」，中華書局，1976 年，第 4126 頁。

〔註92〕（明）宋濂等撰：《元史》卷一百九十四「忠義二」，中華書局，1976 年，第 4400 頁。

〔註93〕（明）宋濂等撰：《元史》卷一百九十「儒學二」，中華書局，1976 年，第 4347 頁。

〔註94〕（明）宋濂等撰：《元史》卷一百八十一「揭傒斯」，中華書局，1976 年，第 4184 頁。

　　　大德十一年十一月……先為所保人員泛無實跡，議得：

　　風憲之職，責任尤重，苟非其人，不可妄舉。〔註95〕

從這些條格中可以看出，在仁宗延祐二年開科之前，「保舉」也曾是普通士人晉身的一條途徑，相對於教官與胥吏來說，它應該算是一條的捷徑。但保舉中也存在著所舉非人、濫用職權的情況，為此吏部對保舉的流程做了較嚴明的規定，以保證所舉之人確有實際才幹。

　　保舉入仕需要朝廷中有權力、有名望大臣的推薦，而這些具有保舉資格的高層官吏多集中大都，因此，去大都遊歷干謁成為四方士人的一種風尚。程鉅夫《送艾庭梧序》中云：「夫京師者，天下遊士之區，富貴利達之途」〔註96〕；袁桷《送范德機序》中云：「四方士遊京師，則必囊筆楮、飾賦詠，以偵侯於王公之門，當不當良不論也，審焉以求售」〔註97〕；揭傒斯《城南宴集詩後序》中云：「京師，天下遊士之所匯」〔註98〕；危素《送夏仲信序》云：「京師大眾之區，四方之士苟負一藝之長，一才之善，遠者萬里，近者數百里，航川輿陸，自東西南北而至者，莫有為之限隔」〔註99〕。

　　這些遊士用來干謁的主要工具便是自己的詩文，蒲道源《送國子伴讀王時清歸覲序》云：「及還京師，有生持詩叩門求見」〔註100〕；《元史》卷一百七十五載：張養浩「遊京師，獻書於平章不忽木，大奇之，辟為禮部令史」〔註101〕；《四庫總目提要》記載周權「嘗遊京師，以詩贄翰林

〔註95〕　《通制條格》卷六「選舉」「舉保」條，浙江古籍出版社，1986年，
　　　　　第101～103頁。
〔註96〕　（元）程鉅夫：《雪樓集》卷十五，文淵閣四庫全書本，臺北商務印書
　　　　　館，1983年，第1202冊，第209頁。
〔註97〕　（元）袁桷《送范德機序》，《全元文》第23冊，南京：江蘇古籍出版
　　　　　社，2001年，第188頁。
〔註98〕　（元）揭傒斯：《城南宴集詩後序》，《全元文》第28冊，第365頁。
〔註99〕　（元）危素：《送夏仲信序》，《全元文》第48冊，第171頁。
〔註100〕　（元）蒲道源：《送國子伴王時清歸覲序》，《全元文》第21冊，第204
　　　　　頁。
〔註101〕　（明）宋濂等撰：《元史》卷一百七十五，「張養浩」，中華書局，1976
　　　　　年，第4090頁。

學士袁桷」〔註102〕。在周權的《此山詩集》中保存著《呈伯長袁學士》、《呈趙子昂學士》、《呈虞伯生修撰》等詩作，應該即是其拜謁時所作。

元代中期，的確有一部分文士因為詩文得到了朝臣的賞識，最終成功獲薦入仕的，如：

（虞集）大德初，始至京師。以大臣薦，授大都路儒學教授。〔註103〕

（楊載）年四十不仕，田理問用之得其文，薦之行中書，舉茂才異等，不行……賈戶部國英數言其才能於朝，遂以布衣召入，擢翰林國史院編修官。〔註104〕

（范梈）年三十六，始客京師，即有聲諸公間，中丞董士選延之家塾。以朝臣薦，為翰林院編修官。〔註105〕

（陳旅）因相勉遊京師。既至，翰林侍講學士虞集見其所為文，既然歎曰：「此所謂我老將休，付子斯文者矣」……中書平章政事趙世延又力薦之，除國子助教。

（曹元用）始以鎮江路儒學正考滿遊京師。翰林承旨閻復，於四方士少所許可，及見元用，出所為文示之，元用輒指其疵，復大奇之，因薦為翰林國史院編修官。〔註106〕

遊士中能夠獲薦入仕的畢竟屬於少數，周權雖然獲得袁桷、趙孟頫等人極力推薦，但仍舊沒有得到入翰林院的機會。而更多的遊士可能連獲薦的機會都沒有，大多數遊士在困守大都一段時間後最終會選擇回

〔註102〕（清）永瑢等：《四庫全書總目提要》別集類二十，上海：商務印書館，1931年，第32冊，第39頁。

〔註103〕（明）宋濂等撰：《元史》卷一百八十一，「虞集、弟磐、范梈」，中華書局，1976年，第4174頁。

〔註104〕（元）黃溍：《楊仲弘墓誌銘》，《全元文》30冊，南京：江蘇古籍出版社，2004年，第285頁。

〔註105〕（明）宋濂等撰：《元史》卷一百八十一，「虞集、弟磐、范梈」，中華書局，1976年，第4183頁。

〔註106〕（明）宋濂等撰：《元史》卷一百七十二，「曹元用」，中華書局，1976年，第4026頁。

鄉。袁桷《送鄧善之應聘序》中云：

> 近世先達之士，類言求進於京師者，多羈困不偶，煦煦
> 道途間，麻衣弊冠，柔聲媚色，無以動上意。其言若諄切懇
> 款，後進之士懷疑而不進，百以十數。然遇不遇命也。〔註107〕

如果遊士的才能不被認可，其在大都的生活經費都成問題，更不要奢
望仕進了。許多乘興而去，卻悻悻而歸的士人勸告後進者還是不要去
了，機會渺茫。但即便如此，那些自負飽學詩書的士人仍舊願意通過這
種方式來獲得一個仕進的機會，因為相比教官與胥吏，干謁以獲舉薦
的時間成本是最低的，而一旦成功所獲得回報又比前兩者大很多。即
使機會渺茫，他們也願意遠赴京師碰碰運氣，所謂「遇不遇命也」。

北遊京師干謁以求仕進的風氣在延祐開科以前非常盛行，仁宗延
祐二年重開科舉後這種風氣就逐漸衰落了。在儒士的傳統觀念中，通
過科舉仕進才是讀書人的正途，既然有科舉之路可以走，就沒有必要
再卑躬屈膝於權貴之門。劉詵《送歐陽可玉》中云：「自宋科廢，而遊
士多，自延祐科復，而遊士少，數年科暫廢而遊士復起矣。蓋士負其才
氣，必欲見用於世，不用於科則欲用於遊，此人情之所同。」〔註108〕
可見，多數遊士進行遊歷的目的還是為了仕進。元滅南宋，科舉制度中
斷，南方文士為了仕進便紛紛北遊大都。延祐二年重開科舉，文士們又
紛紛返鄉讀書以備科考，遊士逐漸少了。元順帝初期伯顏專權，廢除科
舉，至元二年（1336）和至元五年（1339）兩屆沒有開科，因此遊士復
起。《元史·選舉一》載：「科舉既行之後，若有各路歲貢及保舉儒人等
文字到官，並令還赴本鄉應試」〔註109〕。開科之後，即便是被保舉了，
也仍舊要回本鄉參加科考，可見科考仍舊最重要的考核入仕途徑。

在北遊京師的士人中也有不為仕進的，如曾拜謁程鉅夫的艾庭梧。

〔註107〕（元）袁桷《清容居士集》卷二十三，叢書集成初編本，第405頁。
〔註108〕（元）劉詵：《桂隱文集》卷二，文淵閣四庫全書，第1195冊，臺北：
　　　　臺灣商務印書館，1983年，第151頁。
〔註109〕（明）宋濂等撰：《元史》卷八十一，「科目」，北京：中華書局，1976
　　　　年，第2022頁。

當程鉅夫問他：「子寧欲仕乎？」時，他大笑曰：「先生何量人之淺也。
方今，明君在上，賢公卿滿朝，才士如林，職修政舉，文武備用，又何
待三千里外一窮書生乎！不為是也」，拜謁而不求仕進，這倒讓程鉅夫
吃驚不小〔註110〕。可見，遊士中僅為遊歷而不為仕進的畢竟是少數，
大部分遊士遠赴京師還是為了求得出仕之途。

　　在延祐開科之前，南方士人為了求得仕進而紛紛北遊京師，並在
大都地區與北方的士人展開交遊唱和。原本相隔的南、北詩文風格與
詩學理論在唱和中得到交流融合，促成了元中期詩風的形成。

二、南、北方詩風在大都的融合

　　歐陽玄《周此山詩集序》云：「宋金之季詩人，宋之習近骹骸，金
之習尚號呼。南北混一之初，猶或守其故習」〔註111〕，元初南北方詩
風分別繼承宋、金遺緒，創作風貌上存在著差異，而造成這種差異既有
地理環境的因素，也有詩學傳承的因素。

　　在元滅南宋之前，北方與南方的詩文創作是各自獨立的，基本上
沒有什麼交流。《甌北詩話》云：「宋南渡後，北宋人著書有流播在金
源者，蘇東坡、黃山谷最盛；南宋人詩文，則罕有傳至中原者」〔註
112〕，在元朝一統中國之前，元初北方詩壇基本是遠宗蘇軾，近學元
好問的。正如虞集所云：「國初，中州襲趙禮部、元裕之之遺風，宗尚
眉山之體」〔註113〕。

　　元初北方詩歌承金代遺風，首倡元好問，郝經、劉因、王惲等人
繼之，倡導剛健豪邁、慷慨悲壯的詩風。元好問無疑是金元之際最有成

〔註110〕　（元）程鉅夫：《雪樓集》卷十五，文淵閣四庫全書，1202 冊，臺北：
　　　　　臺灣商務印書館，1983 年，第 209 頁。
〔註111〕　（元）歐陽玄：《周此山詩集序》，《全元文》34 冊，南京：江蘇古籍
　　　　　出版社，2004 年，第 447 頁。
〔註112〕　（清）趙翼：《甌北詩話》卷一二，《清詩話續編》，上海：上海古籍
　　　　　出版社，1983 年，第 1346 頁。
〔註113〕　（元）虞集：《傅與礪詩集序》，《全元文》26 冊，南京：江蘇古籍出
　　　　　版社，2001 年，第 265 頁。

就、最有影響的詩人，段成己云：「北渡而後，詩學日興，而遺山之名日重，世之留意於詩者，雖知宗師之，至其妙處人未必盡知之也」〔註114〕，顧嗣立稱：「先生蔚為一代宗工，以文章獨步者幾三十年。由是學者知所指歸，作為詩文，皆有法度」〔註115〕。元好問的詩學理論和創作風格對元初的郝經、劉因、王惲等眾多詩人有著顯著影響。

郝經的祖父郝天挺是元好問的老師，金亡後郝經曾拜見過元好問，並得到「子貌類汝祖，才器非常」〔註116〕的稱讚。郝經非常肯定元好問的詩學成就，其在《遺山先生先生墓銘》中云：「（元好問）獨以詩鳴，上薄風雅，中規李杜，粹然一出於正，直配蘇黃氏……識詩文之正而傳其命脈，繫而不絕，其有功於世又大也」〔註117〕。而郝經也繼承了元好問的詩學傳統，「其詩亦神思深秀，天骨秀拔，與其師元好問可以雁行」〔註118〕。清人陶自悅稱郝經「理性得之江漢趙復，法度得之遺山元好問」〔註119〕。

劉因雖然沒有見過元好問，但其對元好問的詩歌卻及其推崇，其《跋遺山墨蹟》中云：「晚生恨不識遺山，每誦歌詩必慨然」〔註120〕。劉因的詩歌「風格高邁，而比興深微」，「古詩不減陶、柳。其歌行律詩，直溯盛唐」〔註121〕。

王惲曾在元好問過衛州時攜詩文登門拜謁，並且受到了元好問的

〔註114〕 （金）段成己：《元遺山詩集引》，《全元文》2冊，南京：江蘇古籍出版社，1999年，第213頁。

〔註115〕 （清）顧嗣立：《元詩選》初集，北京：中華書局，1987年，第6頁。

〔註116〕 （明）宋濂等：《元史》卷一百五十七，「郝經」，北京：中華書局，1976年，第3698頁。

〔註117〕 （元）郝經：《遺山墓銘》，《陵川文集》，太原：山西人民出版社，2006年，第478頁。

〔註118〕 （清）紀昀等：《四庫全書總目提要》卷一百六十六。

〔註119〕 （清）陶自悅：《陵川集序》，《陵川文集》，太原：山西人民出版社，2006年，第3頁。

〔註120〕 （元）劉因：《靜修先生文集》卷十一，叢書集成初編本，上海：商務印書館，1936年，第231頁。

〔註121〕 （清）紀昀：《四庫全書總目提要》卷一百六十六。

指點〔註122〕，以致後來還會夢到此事，並作詩曰：「分明昨夜夢遺山，指授文衡履絢間」〔註123〕。《四庫提要》評論其：「文章源出元好問……詩篇筆力堅渾，亦能嗣響其師」〔註124〕。

此外，閻復、王思廉、李謙、孟祺、徐琰等人都曾直接受教於元好問，並且他們後來相繼進入翰林院。〔註125〕

在元好問的強大影響下，元初北方詩歌承金代遺風，多以剛健渾厚之筆，書寫天下民生疾苦，抒發詩人慷慨抱負。如袁桷所云：「金之亡，一時儒先，猶秉舊聞於感慨窮困之際，不改其度，出語若一。故中統、至元間，皆昔時之餘緒」〔註126〕。

南宋滅亡之時，江西詩派、江湖詩派、四靈詩派在南方詩壇上仍舊有著影響力。方回、劉壎等人極力維護江西詩風，張弘範、黃庚等人繼承了江湖、四靈的晚唐體詩風。同時，理學家的詩歌創作沒有斷絕，隱逸詩人在山林之中進行著自主創作，劉辰翁等人又開創出奇崛峭厲的賀體詩風。南方詩壇的風格流派多彩紛呈，卻並無統領詩壇的大家。

至元二十四年（1287）元庭「江南求賢」，程鉅夫將趙孟頫、吳澄等一批南方文士帶到了北方，並授以「臺憲及文學之職」，南北方的學術和詩文開始了直接的交流碰撞。〔註127〕這種交流主要方式是詩文的

〔註122〕　（元）王惲：《遺山先生口誨》，《全元文》第 6 冊，南京：江蘇古籍出版社，1999 年，第 280 頁。

〔註123〕　（元）王惲：《夜夢遺山先生》，《秋澗先生文集》卷十四，四部叢刊本。

〔註124〕　（清）永瑢等：《四庫全書總目提要》別集類十九，上海：商務印書館，1931 年，第 32 冊，32 頁。

〔註125〕　（明）宋濂：《元史》第一六十卷，「閻復」北京：中華書局，1976 年，第 3772 頁。

〔註126〕　（元）袁桷：《樂侍郎詩集序》，《全元文》第 23 冊，南京：江蘇古籍出版社，2001 年，第 244 頁。

〔註127〕　《元史》卷一百七十二載：「（程鉅夫）奉詔求賢於江南……鉅夫又薦趙孟頫、余恁、萬一鶚、張伯淳、胡夢魁、曾晞顏、孔洙、曾衝子、凌時中、包鑄等二十餘人，帝皆擢置臺憲及文學之職」（明）宋濂等撰：《元史》卷一百七十二，列傳五十九，「程鉅夫」，中華書局，1976 年，第 4016 頁。

贈答唱和，而在初次交流中，趙孟頫起到了積極的促進作用。

趙孟頫出仕之前即為「吳興八俊」之首，在南方文壇上有一定影響，並且與戴表元、周密、仇遠等文士有過交往，而其詩學觀也受到戴表元的影響。戴表元在《松雪齋集序》中云：「吳興趙子昂與余友十五年，凡五見，必以詩文相振激」〔註128〕。為了矯正江西、江湖末流之弊，戴表元提出了「宗唐德古」的詩學思想，而在趙孟頫的古詩創作中可以比較明顯看出復古傾向，如《有所思》、《烈婦行》等古體詩的質樸無文。戴表元贊其「古詩沉鮑、謝；自余諸作，猶傲睨高適、李翱云」〔註129〕，袁伯長也稱其「詩法高躋魏晉，為律詩則專守唐法，故雖造次酬答必守典則」〔註130〕。趙孟頫的詩學理論是宗唐復古的，詩歌風格卻帶有南方詩歌的鮮明特色。其多數詩作能夠將濃鬱的感情，通過細緻的景物描繪，涵蓄地表現出來，呈現出一種意韻閒婉、內斂低沉的風格，如《趙村道中》：

> 朝出南郭門，遙指西山陰。馬蹄與石斗，婉轉愁我心。溪谷莽回互，寒風振穹林。黃葉灑我衣，岩泉走哀音。淒淒霜露降，窮思浩難任。人生亦何為，百年成古今。華堂昔燕處，零落歸丘岑。況復不得保，悲來淚沾襟。〔註131〕

詩中要寫人生的無常和詩人的感傷，可是全篇幾乎句句寫景，在景色之中透漏出了詩人哀婉的情思。趙孟頫詩歌情感是內斂的，詩中景色是清麗的，這明顯與北方詩風不同。如果將趙孟頫與劉因的同題之作對比，可以鮮明地看出南北詩風上的巨大差距。

〔註128〕（元）戴表元：《松雪齋集序》，任道斌點校，《趙孟頫集》，杭州，浙江古籍出版社，1986年，第1頁。

〔註129〕（元）戴表元：《松雪齋集序》，任道斌點校，《趙孟頫集》，杭州，浙江古籍出版社，1986年，第1頁。

〔註130〕（元）袁桷：《跋子昂書贈李公茂》，李修生主編《全元文》23冊，第351頁。

〔註131〕（元）趙孟頫：《趙村道中》，任道斌點校，《趙孟頫集》，杭州：浙江古籍出版社，1986年，第17頁。

　　淵明豪氣昔未除，翱翔八表凌天衢。歸來荒徑手自鋤，
草中恐生劉寄奴。中年欲與夷皓俱，晚節樂地歸唐虞。平生
磊磊一無物，停雲懷人早所圖，有酒今與龐通沽。眼中之人
不可呼，哀歌撫卷聲嗚嗚。

——劉因《歸去來圖》〔註 132〕

　　生世各有時，出處非偶然。淵明賦歸來，佳處未易言。
後人多慕之，效顰或蚩妍。終然不能去，俯仰塵埃間。斯人
真有道，名與日月懸。青松卓然操，黃華霜中鮮。棄官亦易
耳，忍窮北窗眠。撫卷常三歎，世久無此賢。

——趙孟頫《題歸去來圖》〔註 133〕

同樣是讚揚陶淵明的高尚節操，劉因的詩作運用七古，語言慷慨豪邁，
一氣貫通。而趙孟頫運用五古，語氣平和低沉，詩思婉轉。一個「聲
嗚嗚」，一個「常三歎」，情感表達上存在著差異。正如傅若金所云：
「南方之作者婉密而不枯，其失也靡；北方之作者簡重而不浮，其失
也俚」〔註 134〕。

　　趙孟頫北上帶去了南方的詩風，但此時郝經已經過世，劉因也已
致仕歸鄉，佔據大都詩壇的是王惲、劉敏中、閻復等一批館閣文人。趙
孟頫到大都之後與北方文士進行詩歌唱和，並參加各種文人雅集活動。
雪堂雅集是至元後期大都文壇著名的雅集活動，參加該雅集的人員基
本上就是當時大都文壇的主要作家。姚燧的《跋雪堂雅集後》中記載參
與雅集的二十八人名單：商挺、張九思、馬紹、燕公楠、楊鎮、張斯立、
王磐、董文用、徐琰、李謙、閻復、王構、徐世隆、李槃、王惲、雷膺、
周砥、宋渤、張孔孫、趙孟頫、王博文、劉宣、夾谷之奇、劉好禮、張

〔註 132〕　（元）劉因：《歸去來圖》，顧嗣立《元詩選》初集，北京，中華書局，
　　　　　　第 1987 年，第 139 頁。
〔註 133〕　（元）趙孟頫：《題歸去來圖》，任道斌點校，《趙孟頫集》，杭州：浙
　　　　　　江古籍出版社，1986 年，第 23 頁。
〔註 134〕　（元）傅與礪：《孟天偉文稿序》，《全元文》49 冊，南京：江蘇古籍
　　　　　　出版社，2004 年，第 268 頁。

之翰、宋衢、胡祗遹、崔瑄。〔註135〕這二十八人中北方的文士佔據了絕對多數，來自南方文士只有燕公楠、楊鎮、趙孟頫三人。當時燕公楠任中書左丞，楊鎮任中書右丞，二人並不以詩文聞名，也沒有文集流傳。而趙孟頫任集賢學士，與朝中許多學士有詩歌唱和，《松雪齋集》中存有《贈別夾谷公二首》、《送闍子靜廉訪浙西》、《次韻左轄相公》、《次韻端父和鮮于伯幾所寄詩》、《投贈刑部尚書不忽木公》等。北方文士回贈趙孟頫的詩作現存有：張之翰《和趙子昂郎中見惠韻》、曹子真《和趙子昂韻二首》、胡祗遹《題趙子昂畫石林叢篠》、劉敏中《趙子昂惠胡椒以詩謝之》、《謝趙子昂同知惠梅》。

據《松雪齋集》統計，趙孟頫詩歌總數為 443 首，其中酬答唱和之作為 218 首，佔了 49.2%。這些唱和之作中就有一部分是與北方詩人進行的，唱和贈答使得詩人之間不斷交流，詩學理念與創作風格相互影響。但此時館閣中仍是北方文士佔據主流，趙孟頫雖然帶去了南方詩風，卻沒有能夠改變大都詩壇的整體面貌。更何況他在至元二十九年（1292）出同知濟南路總管府事，直到至大三年（1310）才重回大都供職翰林院。南方詩風對北方詩歌創作真正造成衝擊，是在大德、延祐時期南方文士大批入京之後。

自趙孟頫獲薦出仕，南方文士們紛紛傚仿。顧嗣立《元詩選》中載：「至元間，吳興有八俊之號……後孟頫被薦入朝，諸人皆相附以取官爵」〔註136〕；余闕《楊君顯民詩集序》中云：「大江之南、山林之士有挾其文藝遊上國而遇知於當世。士之彈冠而起者，相踵京師」〔註137〕。這些北上的南士中，有很多對元中期文壇產生重要影響的人物，如：鄧文原，大德二年（1298）被召入京，五年（1301）入翰林院；袁桷，大德六年（1302）被閻復、程文海、王構薦為翰林國史院檢閱官；

〔註135〕（元）姚燧：《跋雪堂雅集後》，李修生主編《全元文》9 冊，南京：江蘇古籍出版社，1999 年，第 406 頁。

〔註136〕（清）顧嗣立編：《元詩選》二集，北京：中華書局，1987 年，第 85 頁。

〔註137〕（元）余闕：《楊君顯民詩集序》，《全元文》第 49 冊，南京：江蘇古籍出版社，2004 年，第 132 頁。

虞集，大德六年（1302）被薦為大都路儒學教授，十一年（1307）擢國子助教；范梈，大德十一年（1307）遊京師，董士選薦為翰林院編修官；楊載，皇慶元年（1312）被賈國英薦為翰林院編修官；揭傒斯，延祐初經程鉅夫、盧摯推薦，授翰林國史院編修官。

「南士北遊」對北方的學術和詩文都產生了影響，「在文學方面，則表現為南方儒雅的、鴻朗高華的詩風對北方或質樸或清剛或雄豪的詩文風氣的衝擊」〔註138〕。南、北方詩人在交流之初可能會對彼此的詩文風格產生牴觸，但隨著詩文創作的不斷進行，南方文士的成就逐漸超越了北方，北方文士開始不得不向南方文士學習。《元史》列傳六十八「元明善」條中記載：

> 明善言：「集治諸經，惟朱子所定者耳，自漢以來先儒所嘗盡心者，考之殊未博。」集亦言：「凡為文辭，得所欲言而止，必如明善云『若雷霆之震驚，鬼神之靈變』然後可，非性情之正也。」〔註139〕

元明善是北方成長的學士文人，其對虞集治經獨尊朱熹的做法是看不慣的。而虞集則對元明善的詩文中「雷霆之震驚，鬼神之靈變」的風格是非常反對的。隨著學術和詩文的演進，朱熹的理學成為官方哲學，南方文人通過雅集唱和、相互提攜，最終佔據了大都文壇的主流地位。北方文士不得不潛下心來想南方文士學習，《元史》「元明善」條其後載：

> 真人吳全節，與明善交尤密，嘗求明善作文。既成，明善謂全節曰：「伯生見吾文，必有譏彈，吾所欲知。成季為我治具，招伯生來觀之，若已入石，則無及矣。」明日，集至，明善出其文，問何如，集曰：「公能從集言，去百有餘字，則

〔註138〕 查洪德：《理學背景下的元代文論與詩文》，北京：中華書局，2005年，第13頁。

〔註139〕 （明）宋濂等：《元史》卷一八一，「元明善」條，北京：中華書局，1976年，第4173頁。

可傳矣。」明善即泚筆屬集，凡刪百二十字，而文益精當。

明善大喜，乃歡好如初。〔註140〕

元明善一開始因為詩文創作方面的牴牾，而與虞集達到「不能相下」的地步。但因為虞集在詩文方面的才能是已經得到當世人認可的，元明善不得不向虞集請教學習，進而受到了其影響。大德、延祐時期，袁桷、虞集等南方文人在朝中站穩腳跟，開始與趙世延、馬祖常等北方文人進行頻繁的唱和交流，這種交流使得北方詩人學習到南方的詩歌理念與風格，南、北方的詩文風格也得到了統一。

南、北方詩學理念也在唱和中得到融合，這種融合集中反映在「宗唐復古」與「吟詠性情」的觀念上。

在南方，為了反對江西末流的弊端，嚴羽即倡導「以漢魏晉盛唐為師，不作開元天寶以下人物」〔註141〕。其後，戴表元在《洪潛甫詩序》中批評了近人學梅聖俞、黃魯直、「四靈」的種種弊端，提出了「唐且不暇為，尚安得古」〔註142〕的復古主張。仇遠亦宣稱「近體吾主於唐，古體吾主於《選》」〔註143〕。戴表元是元初「東南文章大家」，也是重要的詩論家，其與趙孟頫、仇遠等眾多詩人有交遊，並培養出袁桷等弟子，因此其詩論在元初有著較為廣泛的影響。

在北方，金南渡以後，詩文從宗蘇、黃，轉而宗盛唐。劉祁《歸潛志》云：「南渡後，文風一變，文多學奇古，詩多學風雅……故後進作詩者爭以唐人為法」〔註144〕。金亡後，元好問繼承了復古傳統，但與南方不同的是他並不排斥蘇、黃，其《論詩絕句》中云：「只知詩到

〔註140〕 （明）宋濂等：《元史》卷一八一，「元明善」條，北京：中華書局，1976年，第4173頁。

〔註141〕 （宋）嚴羽著，郭紹虞校釋：《滄浪詩話校釋》，北京：人民文學出版社，1983年，第1頁。

〔註142〕 （元）戴表元：《洪潛甫詩序》，《全元文》第12冊，南京：江蘇古籍出版社，1999年，第123頁。

〔註143〕 （元）方鳳：《仇仁父詩序》，《全元文》第10冊，南京：江蘇古籍出版社，1999年，第655頁。

〔註144〕 （金）劉祁：《歸潛志》卷八，北京：中華書局，1983年，第85頁。

蘇黃盡」、「肯放坡詩百態新」、「竟將何罪廢歐梅」〔註145〕。受元好問影響，郝經在《與撤彥舉論詩書》中批評江西、江湖、「四靈」詩風時說：「莫不病瘋喪心，不復知有李、杜、蘇、黃矣，又焉知三代、蘇、李性情風雅之作哉」；〔註146〕劉因《敘學》中亦稱：「學詩當以六藝為本，三百篇，其至者也……故作詩者，不能三百篇，則曹劉陶謝；不能曹劉陶謝，則李杜韓；不能李杜韓，則歐蘇黃。而乃效晚唐之萎榮，學溫李之尖新，擬盧全之怪誕，非所以為詩也」〔註147〕。可見，北方的詩學是不排蘇、黃，而排晚唐的。

　　大德、延祐之後，經過南北方詩學交流，蘇、黃的詩學傳統被主流詩人擯棄，戴表元倡導的「宗唐德古」理論大興。楊載稱「今之學者，倘有志乎詩，且須先將漢魏、盛唐諸詩，日夕沉潛諷詠」〔註148〕；虞集稱「詩之為學，盛於漢魏者，三曹七子，至於諸謝僑矣。唐人諸體之作，與代始終，而李杜為正宗」〔註149〕；袁桷稱「詩盛於唐，終唐盛衰，其律體尤為最精」〔註150〕；歐陽玄稱：「詩自漢魏以下，莫盛於唐。宋都南渡，名家可數，然可恨者亦多……近世學者於詩無作則已，作則五言必歸黃初，歌行、樂府、七言蘄至盛唐」〔註151〕。

　　為了向盛唐詩歌學習，嚴羽倡導「詩者，吟詠性情也」。入元後，

〔註145〕（元）元好問著，郭紹虞箋：《元好問論詩三十首小箋》，北京：人民文學出版社，1978年，第73、78、81頁。

〔註146〕（元）郝經：《與撤彥舉論詩書》，《全元文》4冊，南京：江蘇古籍出版社，1999年，第167頁。

〔註147〕（元）劉因：《敘學》，《全元文》第13冊，南京：江蘇古籍出版社，2001年，第392頁。

〔註148〕（元）楊載：《詩法家數》，張健編著《元代詩法校考》，北京：北京大學出版社，2001年，第13頁。

〔註149〕（元）虞集：《傅與礪詩集序》，《全元文》第26冊，南京：江蘇古籍出版社，2004年，第265頁。

〔註150〕（元）袁桷：《書番陽生詩》，《全元文》第23冊，南京：江蘇古籍出版社，2001年，第341頁。

〔註151〕（元）歐陽玄：《蕭同可詩序》，《全元文》第34冊，南京：江蘇古籍出版社，2004年，第444頁。

南、北詩論家都持這一詩學觀，元好問云：「詩家聖處，不離文字，不在文字。唐賢所謂『性情之外不知有文字』云耳」〔註152〕；郝經云：「詩，文之精者也，所以歌詠性情，以為風雅，故攄寫襟愫，託物寓懷，有言外之意，意外之味，味外之韻」〔註153〕；劉敏中云：「聲本於言，言本於性情，吟詠性情莫若詩，是以詩三百皆被之絃歌」〔註154〕；吳澄云：「夫詩以道性情之真，自然而然為之貴」〔註155〕；范梈云：「涵養性情，發於氣，形於言，此詩之本原也」〔註156〕。元人對性情的倡導，使得他們的詩歌徹底割除了宋詩之弊，恢復了「吟詠性情」的傳統。胡應麟在《詩藪》中說：「近體至宋，性情泯矣。元人之才不若宋人高，而稍復緣情」〔註157〕。

　　元人「吟詠性情」的詩論，有一個從「性情之真」到「性情之正」的轉變，這種轉變是在虞集手中完成的。〔註158〕元初北方詩論僅是詩歌要「吟詠性情」，而對「性情」沒有具體要求。南方的吳澄最初提倡：「詩以道性情之真。十五國風，有田夫閨婦之辭，而後世文士不能及者，何也？發乎自然而非造作也」〔註159〕，但後來卻對「性情」要求到：「性發乎情，則言言出乎天真。情止乎禮義，則事事有關於

〔註152〕（元）元好問：《陶然集詩序》，《全元文》第 1 冊，南京：江蘇古籍出版社，2001 年，第 317 頁。

〔註153〕（元）郝經：《與撤彥舉論詩書》，《全元文》4 冊，南京：江蘇古籍出版社，2001 年，第 166 頁。

〔註154〕（元）劉敏中：《江湖長短句引》，《全元文》11 冊，南京：江蘇古籍出版社，1999 年，第 439 頁。

〔註155〕（元）吳澄：《陳景和詩序》，《全元文》14 冊，南京：江蘇古籍出版社，1999 年，第 383 頁。

〔註156〕（元）范梈：《木天禁語》，張健編著《元代詩法校考》，北京：北京大學出版社，2001 年，第 176 頁。

〔註157〕（明）胡應麟：《詩藪》外編卷五，上海：上海古籍出版社，1958 年，第 206 頁。

〔註158〕查洪德：《理學背景下的元代文論與詩文》，北京：中華書局，2005 年，第 139 頁。

〔註159〕（元）吳澄：《譚晉明詩序》，《全元文》第 14 冊，南京：江蘇古籍出版社，1999 年，第 303 頁。

世教」〔註160〕。這基本上是繼承了《詩大序》:「發乎情,止乎禮義」
的詩教傳統。其後程鉅夫即要求詩歌「抒性情之真,寫禮儀之正,陶
天地之和」〔註161〕,將「性情之真」用「禮儀之正」來加以約束。到
了虞集就直接要求詩歌要寫「性情之正」,他批評元明善的詩文「『若
雷霆之震驚,鬼神之靈變』然後可,非性情之正也」〔註162〕;批評
「近世詩人,深於怨者多工,長於情者多美,善感慨者不能知所歸,
極放浪者不能有所返,是皆非得性情之正。」〔註163〕虞集生活在社
會相對穩定的元中期,時代的變遷必然引起詩風的轉變,他敏銳地感
受到這一點,於是倡導「平和雅正」的詩文風格。靠著他的詩文之名
和影響力,他的倡導得到了士人們的響應。蘇天爵《書吳子高詩稿後》
中云:「延祐以來,則有蜀郡虞公、澶儀馬公以雅正之音鳴於時,士
皆轉相效慕」〔註164〕。

三、元中期詩風趨同的原因

歐陽玄《李宏謨詩序》中云:「聖元科詔頒,士亦未嘗廢詩學,而
詩皆趨於雅正」〔註165〕,《羅舜美詩序》中云:「延祐以來……一去金
宋季世之弊,而趨於雅正」〔註166〕,可見「雅正」風格在元中期成為
詩歌創作的統一趨勢。詩壇上為何會出現如此強大的趨同性,這種趨

〔註160〕 （元）吳澄:《蕭養蒙詩序》,《全元文》第14冊,南京:江蘇古籍出
版社,1999年,第329頁。
〔註161〕 （元）程鉅夫:《王楚山詩序》,《全元文》第16冊,南京:江蘇古籍
出版社,2000年,第162頁。
〔註162〕 （明）宋濂等:《元史》卷一八一,「元明善」條,北京:中華書局,
1976年,第4173頁。
〔註163〕 （元）虞集:《胡師遠詩集序》,《道園學古錄》卷三十五,四部叢刊
本。
〔註164〕 （元）蘇天爵:《書吳子高書稿後》,《全元文》40冊,南京:江蘇古
籍出版社,2004年第109頁。
〔註165〕 （元）歐陽玄:《李宏謨詩序》,《全元文》34冊,南京:江蘇古籍出
版社,2004年,第443頁。
〔註166〕 （元）歐陽玄:《羅舜美詩序》,《全元文》34冊,南京:江蘇古籍出
版社,2004年,第445頁。

同性在詩派林立的宋代和詩風多樣的唐代是不曾有過的。這其中的原因是複雜，但應該包含著以下兩方面。

首先，元朝沒有文字獄，也沒有文人間黨派之爭。身居館閣的「南人」和「漢人」都掌握不了實權，他們日常的交往即是吟詩作序、品茶鑒畫，相同的生活方式帶來了相同的詩思情趣，相同的詩思情趣帶來相近的詩文風格。同時，「南人北遊」使得大都地區形成了南方士人的交遊圈，文人間交往離不開詩歌唱和，在唱和之中詩歌技藝得到切磋，切磋之後形成相近的創作傾向。陶宗儀《南村輟耕錄》卷四「論詩」條記載：

> 虞伯先生集、楊仲弘先生載同在京日，楊先生每言伯生不能作詩。虞先生載酒請問作詩之法，楊先生酒既酣，盡為傾倒，虞先生遂超悟其理。繼有詩送袁伯長先生枏扈駕上都，以所作詩介他人質諸楊先生，先生曰：「此詩非虞伯生不能也」。或曰：「先生嘗謂伯生不能作詩，何以有此？」曰：「伯生學問高，余會授以作詩法，余莫能及。」又以詣趙魏公孟頫詩，中有「山連閣道晨留輦，野散周廬夜屬橐」之句，公曰：「美則美矣，若改山為天、野為星，則尤美」。虞先生深服之。〔註167〕

虞集曾向楊載請教作詩之法，詩歌作品又受到趙孟頫的具體指點，在這種教授指點中，創作傾向和詩歌風格被拉近了，所不同的只是才力的高低。范梈也曾向楊載學詩，其《翰林楊弘仲詩集序》中云：「大德年間，余始得蒲城楊君仲弘詩讀之，恨不識其為人。及至京師，與余定交，商論雅道則未嘗不相與抵掌而說也」〔註168〕。而傅與礪曾向范梈學詩，揭傒斯《傅與礪詩文集序》中稱：「余每讀與礪詩，風格不殊，

〔註167〕 （元）陶宗儀：《南村輟耕錄》卷四「論詩」，北京：中華書局，1958年，第50頁。

〔註168〕 （元）范梈：《楊仲弘集原序》，《全元文》第25冊，南京：江蘇古籍出版社，2001年，第590頁。

神情俱詣，如復見德機」〔註169〕。詩人之間的相互學習使得創作的趨
同性進一步加強。元朝沒有文字獄和黨爭，文人之間很少出現不睦的
情況，使得文人間的交往唱和廣泛而頻繁。以袁桷為例，對其《清容居
士集》考察可知，其以詩文贈答唱和的對象多達 464 人，其中幾乎包
括了虞集、揭傒斯、貢奎、馬伯庸、商琦、元明善等元中期重要文士〔註
170〕。士人之間的雅集唱和促進了詩歌趨同，歐陽玄《雍虞公文序》中
云：「承平日久，四方俊彥萃於京師。笙鏞相宣，風雅迭唱，治世之音，
日益盛矣。」〔註171〕

　　詩序文可以表達作者的詩文理念，也是詩人間交流的重要手段，
因此元代的詩序文創作異常興盛。據《全元文》統計，戴表元有詩序文
53 篇、虞集 76 篇、黃溍 46 篇、歐陽玄 23 篇〔註172〕。一些較著名詩
人的集子常常是多人作序，如周權的詩集就有袁桷、歐陽玄、揭傒斯、
陳旅、謝端五人作序，傅與礪詩集有范梈、胡行簡、范梈、虞集四人
作序。詩人在不斷的切磋交流中逐漸形成相近的詩學觀和創作風格，
「宗唐德古」和「性情之正」的詩學理念就這樣成為詩壇的共識。

　　其次，當南方文士在朝廷中站穩腳跟，擁有了舉薦權時，後進的
士人必然要進行拜謁與唱和，在這過程中詩學觀得到了傳承。胡助《純
白先生自傳》中記載：

　　　　考滿，赴禮部選，再遊京師。見知於翰林學士元公復初，
　　中書參政王公繼學，翰林侍講袁公伯長、虞公伯生，集賢學
　　士貢公仲彰，御史中丞馬公伯庸，國子祭酒宋公誠甫，皆待
　　以奇士，而於繼學公猶深知，日相唱和，俾二季從遊。既授

〔註169〕（元）揭傒斯：《傅與礪詩文集序》，《全元文》28 冊，南京：江蘇古
　　　　籍出版社，2001 年第 390 頁。
〔註170〕�滢滢：《袁桷交遊人物表》，《袁桷及其詩論研究》，揚州大學碩士論
　　　　文，2013 年。
〔註171〕（元）歐陽玄：《雍虞公文集序》，《全元文》34 冊，南京：江蘇古籍
　　　　出版社，2004 年，第 456 頁。
〔註172〕韓格平：《元人詩序概說》，《中國文化研究》，2012 年春之卷，第 77
　　　　頁。

溫州路儒學教授，需次差遠。用諸公薦，改翰林國史院編修

官。〔註173〕

胡助的才能受到眾多在朝文士的賞識，便參與到了朝臣的詩歌唱和之
中。他從王士熙遊，日相唱和，最終得到諸公的提拔，授翰林國史院編
修。陳旅在遊京師時，「虞集見其所為文，既然歎曰：『此所謂我老將
休，付子斯文者矣』。即延至館中，朝夕以道義學問相講習」〔註174〕。
可見在類似虞集這樣的在朝文士，很關注對後進之士的培養。

　　遊士想要獲得在朝文士的贊許，其詩文風格就必須符合他們的審
美標準。蘇天爵《書吳子高詩稿後》云：「延祐以來，則有蜀郡虞公、
潘儀馬公以雅正之音鳴於時，士皆轉相效慕」〔註175〕。當干謁的詩文
風格符合在朝文士的審美標準，自然就能夠獲得舉薦的機會。《四庫總
目提要》記載周權「嘗遊京師，以詩贄翰林學士袁桷。桷深重之，薦為
館職，竟報罷。然詩名日起，唱和日多」〔註176〕。周權的詩文因為被
袁桷看重，所以得到舉薦。雖然推薦失敗，但他創作才能已經得到認
可，唱和機會也增多。陳旅在《周此山集序》中評價他的詩作：

　　夫志得意滿者，其辭驕以淫；窮而無所遇者，其辭鬱以
憤；高蹈而長往者，其辭放以傲。先生懷才抱藝，早有意於
用世，既而託跡於丘園，不見徵用，且老矣。今考其詩，簡
澹和平，無鬱憤放傲之色，非有德者能如是乎？傳曰：「溫柔
敦厚，詩教也」。先生可謂有溫柔敦厚之德矣。〔註177〕

〔註173〕　（元）胡助：《純白先生自傳》，《全元文》第31冊，南京：江蘇古籍
　　　　　出版社，2001年，第537頁。
〔註174〕　（明）宋濂等：《元史》卷一百九十，「儒學二」，北京：中華書局，
　　　　　1976年，第4347頁。
〔註175〕　（元）蘇天爵：《書吳子高詩稿後》，《全元文》40冊，南京：江蘇古
　　　　　籍出版社2004年，第109頁。
〔註176〕　（清）永瑢等：《四庫全書總目提要》別集類二十，上海：商務印書
　　　　　館，1931年，第32冊，第39頁。
〔註177〕　（元）陳旅：《周此山詩集序》，李修生主編《全元文》37冊，南京：
　　　　　江蘇古籍出版社，2004年，第256頁。

袁桷是延祐年間任翰林學士的，周權以詩文拜謁他應該及時這一時期。
此時大都詩壇已經以雅正為宗了，陳旅對驕淫、鬱憤、放傲詩風的態
度，基本上就當朝文士的共有態度。而其對周權簡澹和平的詩風贊許，
也代表了當朝文士的詩歌審美取向。歐陽玄《此山集序》中也稱「余愛
其無險勁之詞，而有深長之味；無輕靡之習，而有舂容之風」〔註178〕，
這也是贊許周權的簡澹和平詩風。後進的士人為了獲得入仕的機會，
則必須想虞集等館閣文士學習，在學習中詩文創作逐漸趨同。

　　仁宗時期，趙孟頫、袁桷、虞集等眾多南方文士佔據了重要的館
閣之職，他們在各個交遊圈廣泛地開展詩歌唱和，在唱和中創作風格
與詩學理念都得到了進一步統一。同時，他們利用職務之便，大力提攜
後進，推薦南方文士進入翰林院任職，使詩文理念得到傳承。時際承
平，由於虞集等館閣文人的倡導，合乎時代的「雅正」詩風在唱和中成
為主流。

第四節　元代中期：大都雅集與杭州雅集

　　至元三十一年（1294）正月，元世祖忽必烈在大都病逝。是年四
月，元成宗鐵木耳在上都即位，自此元朝逐漸進入了相對平穩和繁盛
的元中期。元代中期時間跨度為三十八年，先後經歷了元成宗（1295～
1307）、元武宗（1308～1311）、元仁宗（1312～1320）、元英宗（1321
～1323）、泰定帝（1324～1328）、元文宗（1329～1332）六個皇帝。雖
然先後經歷六次皇位繼承，但每次皇權的過渡都相對平穩，沒有發生
大的內鬥和政治動盪。六位皇帝可以堅持行漢法、用漢臣，特別是仁宗
皇帝，他具有較好的漢文化修養，重開科舉，重視文臣的任用。在這三
十八年間，趙孟頫、鄧文原、袁桷、虞集、楊載、范梈、揭傒斯、柳貫、
馬祖常等一批著名文人活躍在此時的文壇，而且多擔任館閣之臣，在

〔註178〕（元）歐陽玄：《此山詩集序》，《全元文》34 冊，南京：江蘇古籍出
　　　　版社，2004 年，第 447 頁。

此期間他們「以學問相淬礪，更唱迭和，金石相宣」〔註179〕，促成了大都地區館閣文人雅集的盛況。在更唱迭和之中，「宗唐德古」的理論主張逐漸成為大都文壇的共識，並應用到了創作實踐中。

　　元大都是當時全國的政治與文化中心，諸多文人在大都為官，更多未入仕的文人遊歷大都以渴望獲得仕進的機會。因此，在元代中期大都彙集了天下的菁英文人，也集中產生了眾多的雅集唱和作品。而元中期的杭州是前朝的首都，是南方的政治與文化中心，同時擁有著秀麗的自然風光，諸多北方來的文人必在杭州遊歷客居，這就產生了北方文人與南方文人在杭州的雅集與唱和活動。元代中期，大都和杭州成為了文人聚集的兩大中心，大都是在朝仕宦文人聚集區，而杭州是在野隱逸文人的聚集區。這兩個地區產生的雅集活動最多，唱和詩歌也同樣最多。

一、大都地區的文人雅集

　　大都是元朝的國都，自忽必烈在大都建都以後，金蓮川、東平、真定等各地的文人都紛紛來到了這裡。由於金朝滅亡之後北方便沒有科舉制度，而南宋滅亡之後，南方文人也晉身無路。許多文人為求生計不得不去任職低等的吏員，而元朝初期的統治者也是重吏而輕儒的，儒生們從吏可以說是沒有辦法的選擇。但吏員的晉升之路卻非常的狹窄，一旦從吏基本上就注定一生沉淪下僚了。而受人驅使的小吏，與儒生們治國平天下的理想相差也太遠了。自程鉅夫南宋訪賢，趙孟頫、鄧文原等文士被舉薦入朝為官後，儒生們懂得了一條同科舉一樣可以快速晉身的終南捷徑，那就是被有名望大臣舉薦。《元史·選舉三》「各廉訪司所按治城邑內，有廉慎幹濟者，歲舉二人。……臺、院、部五品以上官，各舉廉能識治體者三人，行省臺、宣慰司、廉訪司各舉五人。……文翰師儒難同常調，翰林院宜選通經史、能文辭者，國子學宜選年高德

〔註179〕（元）蘇天爵：《御史中丞馬公文集序》，《全元文》，第40冊，第54頁。

邵、能文辭者，須求資格相應之人，不得預保布衣之士。若果才德素
著，必合不次超擢者，別行具聞。」〔註180〕可見保舉制度是元朝選拔
賢良的一個重要制度，特別是翰林集賢等重要的文職部門，其選賢更
可以破格錄取。大都是全國的政治中心，眾多有名望的大臣都集中在
此，想要通過保舉入仕必須通過他們。於是眾多的南方文士開始北上
大都進行干謁，而去大都遊歷干謁也成為四方士人的一種風尚。余闕
《楊君顯民詩集序》中云：「大江之南、山林之士有挾其文藝遊上國而
遇知於當世。士之彈冠而起者，相踵京師，大官之家皆有其客，而遇知
與當世者，亦比有之」〔註181〕；袁桷《送范德機序》云：「四方士遊京
師，則必囊筆楮、飾賦詠，以偵候於王公之門，當不當良不論也，審焉
以求售」〔註182〕；危素《送夏仲信序》云：「京師大眾之區，四方之士
苟負一藝之長，一才之善，遠者萬里，近者數百里，航川輿陸，自東西
南北而至者，莫有為之限隔」〔註183〕。四方的文人不遠千里來到大都，
只希望通過自己的才華能被王公們賞識，進而得到晉升。文士胡助就
是千萬個遊士中一個成功的例子，其「考滿，赴禮部選，再遊京師。見
知於翰林學士元公復初，中書參政王公繼學，翰林侍講袁公伯長、虞公
伯生，集賢學士貢公仲彰，御史中丞馬公伯庸，國子祭酒宋公誠甫，皆
待以奇士，而於繼學公猶深知，日相唱和，俾二季從遊。既授溫州路儒
學教授，需次差遠。用諸公薦，改翰林國史院編修官」〔註184〕。胡助
通過自己與虞集、袁桷、王繼學等人的詩歌唱和，而讓自己的學識被發

〔註180〕 （明）宋濂等撰：《元史》卷八十三「選舉三」，中華書局，1976 年，
　　　　　第 2064 頁。

〔註181〕 （元）余闕：《楊君顯詩集序》，《全元文》第 49 冊，南京：江蘇古籍
　　　　　出版社，2004 年，第 132 頁。

〔註182〕 （元）袁桷《送范德機序》，《全元文》第 23 冊，南京：江蘇古籍出
　　　　　版社，2001 年，第 188 頁。

〔註183〕 （元）危素：《送夏仲信序》，《全元文》第 48 冊，南京：江蘇古籍出
　　　　　版社，2004 年，第 171 頁。

〔註184〕 （元）胡助：《純白先生自傳》，《全元文》第 31 冊，南京：江蘇古籍
　　　　　出版社，2001 年，第 537 頁。

現被賞識，進而獲得獲得了國史院編修的職位。這種南人北遊的風尚進一步促成了大都成為全國的文化中心，文人集散地，雅集唱和活動最活躍的區域。

大都地區的文人雅集活動眾多，但這些雅集與其他地區的雅集最明顯的區別就是召集者與參與人的官方背景。大都是政治中心，大都文壇的中流砥柱是任職翰林集賢兩院的學士們，求仕的遊子們所干謁的對象也正是他們。這些在朝任職的文臣或是原東平、金蓮川地區的幕府文人，如王惲、董文用等；或是被保舉的南方文人，如趙孟頫、鄧文原等。不管這些文臣來自哪裏，他們都是具有非常高文化修養的儒生，同時具有財力和閑暇來舉辦各類雅集活動。而那些比較潦倒的隱逸文人，或者沒有仕進的普通文人是沒有足夠的財力和號召力來舉辦各類雅集活動，即便能夠舉辦，其規模也無法與官方背景的文人雅集相比。正是因為如此，元中期的大都地區的文人雅集基本上就是官方文人的雅集，這些雅集活動在當時的詩壇有著廣泛的影響力。

翻開此時期一些文人的詩文集就會發現，大都地區雅集活動的頻繁，唱和詩作數量眾多。如虞集有《陳立持所畫山水及酒饌來求詩法，詩法無之，得與齋中朋友一晌之樂》、《九日諸生攜酒至東城看菊》、《遊長春宮詩分韻得「在」字》、《送周東揚赴零陵分韻得鳥字》、《魏氏園亭分韻得池字》、《喜雨分韻得須字》等；范梈有《奉陪京城諸友遊南城尋丘尊師道場作》、《秋日集詠奉和潘李二使君浦編修諸公十韻》、《奉同廉訪使君及僚友遊愛同寺》、《八月十五日公堂燕別作》等；柳貫有《九日試院諸友小集分韻得口字》、《出試院諸友小集湖中分韻得淡字》等；馬祖常有《貢待制文修撰王都司同賦牡丹得色字》、《秋雪聯句同袁伯長賦》、《鸚鵡聯句同王繼學賦》、《天慶寺納涼聯句》等；張雨有《玄文館省郎牛仲庸諸賢雅集籌韻賦詩得綠陰生書寂第三字》、《午日烏蜀山人鄭石門子元祐小集玄文官分韻得照字》、《次韻陳助清風堂燕集》、《廣德簿攜徐明初偕秋試諸君飲分韻得君字》、《徐元度清容齋分韻得深字》、《省郎中校檢陪集賢揭學士宴集約賦十韻得清字》等，單從詩歌題

目便可以看出，這些詩作皆創作於某次雅集活動之上。如果在詩歌題目中出現「分韻得某字」或是「某某聯句」，基本上可以斷定該詩作是在某次文人雅集活動中創作的。而更多的和韻與次韻詩作也可能是在某次雅集場合中完成的，只是現在我們已經無法判定了。

　　具有官方背景，並且有眾多官方文人參與是元中期大都文人雅集的一個顯著特點。這其中規模最大的一次官方背景的雅集活動，是蒙古王室在天慶寺舉辦的一次書畫鑒賞大會。元英宗治至三年（1323），魯國大長公主祥哥剌吉召集翰林集賢等諸多文臣在天慶寺召開了一次大型鑒賞大會。袁桷《魯國大長公主圖畫記》記載：「治至三年三月甲寅，魯國大長公主集中書議事執政官，翰林、集賢、成均之在位者，悉會於南城之天慶寺。命秘書監丞李某為之主，其王府之僚案以佐執事」〔註185〕。魯國大長公主祥哥剌吉是武宗的妹妹，文宗的姑母和岳母，也是一位著名的書畫收藏家，她是此次雅集的召集人，而此次雅集的參與者有袁桷、朱德潤、曹元用、李泂、吳全節、王觀、鄧文原、柳貫、趙世延、李㠭魯翀、馮子振等諸多文人。天慶寺雅集是一次書畫鑒賞大會，大長公主向諸多文人出示自己收藏的畫作，並請文臣們來題畫賦詩。題畫詩的創作成為此次雅集活動最突出的成果，僅袁桷在此次雅集中所創作的題畫詩就有《徽宗扇面》、《定武蘭亭》、《九馬圖》、《水塘秋禽圖》、《梅雀圖》、《江山圖》、《海潮圖》、《錦標圖》等數十首。天慶寺雅集能夠成為元中期規模最大的一次雅集，是因為召集者王室的身份，也體現了大都雅集的官方背景。元朝王室召開的雅集活動由於有較為嚴格的等級身份和諸多禮法規矩，文人們在言行和創作中較為拘謹。因此，雅集活動可能會比較沉悶。但這樣的雅集只是很少的一部分，大都地區更多的是文臣之間私下開展的雅集唱和。如在天曆（1328～1329）、至順（1330～1332）間，禮部同仁在辦完公務之後舉行的一次遊宴。如巙巙的《聖安寺詩》序云：「去冬十二月，聖安寺提調水陸

〔註185〕 （元）袁桷：《魯國大長公主圖畫記》，《全元文》第 23 冊，第 483 頁。

會，本部伯庸尚書及咬住尚書、梁誠甫侍郎等相訪畢，咬住尚書邀往其
伯父禿堅帖木兒丞相葫蘆套，盡日至醉而還，馬尚書作序詩。」這就是
同僚之間一次燕游雅集，規模不大，只有巙巙、馬伯庸、咬住、梁誠
甫和禿堅帖木兒五人，並且是喝酒喝到醉以後才還，可見氣氛的自由。
揭傒斯在《城南宴集詩後序》中說：「雜以談諧，終歸以雅。……飲者
既不知其醉，而不飲者若素嗜焉。賓既不知其主，而主者亦自忘焉」
〔註186〕，這種雅集的氛圍才是他們所追求的理想狀態。

　　由上可見，元中期大都地區的雅集活動參與者主要是在朝的仕宦
文人，按照具體的召集人和集會目的，可以將大都雅集分為三大類。第
一類是皇室貴冑召集主持的雅集活動，這其中一些包括大型的朝會活
動。這是純官方背景的雅集活動，在此類的雅集中，文人們作為人臣，
必須嚴格恪守君臣之儀，即便有酒有樂，也不能肆無忌憚的暢飲作樂。
而不論是作詩還是作文也都非常的拘謹，詩文也離不開對聖主的讚頌。
在如此的雅集中，文人不是主人，只是君主附庸風雅的陪襯。第二類是
文人官員之間私下的燕游雅集活動，這在大都雅集中佔據了非常大的
比重，許多唱和詩作都是產生在此種雅集情況之下。在此類雅集活動
中，主人與客人之間的關係相對平等，飲酒至醉也不無妨，文人之間有
共同的娛樂愛好，高談闊論，暢飲達旦，言語自由，詩文創作也無拘
束。此類雅集正是歷代文人雅集的經典範式，也是大都雅集中最精華
的部分。第三類是干謁遊士與在朝權宦之間的雅集，此類雅集往往帶
有明確的目的性，遊士們是為了被舉薦的機會而參與雅集，在雅集活
動中他們始終恪守晚輩學人的規矩，在唱和時竭盡所能的展露自己的
才華，以便得到在朝文士的賞識，而獲取一絲仕進的機會。

　　「詩可以群」的文學觀念在大都文人雅集中得到了非常好的體現，
眾多的雅集活動和詩文唱酬是當時文人重要的社交方式。特別是在翰
林集賢兩院的文臣之間，同題集詠、分韻賦詩、次韻唱和等唱酬活動成

〔註186〕　（元）揭傒斯：《城南宴集詩後序》，《全元文》第 28 冊，第 365 頁。

為交往活動的重要組成部分。虞集現存的詩文中就有《次韻陳溪山送蘭花》、《次韻國子監同官二首》、《次韻馬伯庸尚書》、《次韻朱本初訪李溯之學士不遇》、《和范德機從楊撝進士見寄》、《次韻吳宗師》等大量的詩文酬答唱和之作，其唱酬的對象多是同樣在朝為官並且與其有交往的重要文臣，一小部分是向其干謁而得到他賞識的遊士。值得注意的是，這種私下的雅集唱和活動，文人具有較為強烈的參與意識，如柳貫有《袁伯長侍講虞伯生馬伯庸二待制同赴北都卻還宿夜聯句歸以示予次韻效體發三賢一笑》。袁桷、虞集、馬祖常三人同赴元上都，在上都雅集聯句，歸來後出示給柳貫。雅集聯句活動已經結束，但柳貫還是熱情清的次韻了這首聯句，並仿傚其體。再如虞集的《次韻劉伯溫送王止善員外詩四首》、李存的《次韻吳宗師和元參議道宮墨竹詩》等，他們都不是最初唱和活動的參與者，卻積極地用韻奉和主動參與詩歌唱和之中。這種積極於詩文唱和的情緒，也是元代文人雅集得以興盛的一大原因。

　　元大都是文人們在北方地區的集散地，遊歷北方的文士必到大都。而杭州則是文人們在南方地區的集散地，遊歷南方的文士也必然會在杭州客留一段時間。因此，杭州是除元大都以外，文人雅集活動最為興盛的地區。

二、杭州地區的文人雅集

　　杭州即是南宋的都城臨安府，是南宋時期的政治文化中心。至元十三年（1276），在蒙古軍隊的強壓之下宋恭帝奉表請降，杭州城得以避免戰火的毀壞。一座完好的杭州城成為了元代南方地區重要的經濟與文化中心。與「南人北遊」風尚相對，在元朝也存在著「北人南下」的風潮，而南下的主要目的地就是杭州。

　　「北人南下」是指北方地區的文人到原南宋轄區內任職或遊歷。這種風潮自南宋請降後便開始了，但其形成的原因較為複雜。北方人南下的原因多種多樣，如色目人在隨軍征戰的過程中就南下駐紮在了

南方，一些入仕的官員被委派到南方地區任職，北方士人對程朱理學
的嚮往而南下求學，北方遊士對南方秀麗自然風光的嚮往而南下遊歷
等。諸多的北方詩人出於多種原因而南下，這其中就有如馬祖常、孛朮
魯翀、丁鶴年、鮮于樞、余闕、高克恭等一些知名文士。不論他們是何
種原因來到南方，杭州都是他們的必遊之地。另外，南方許多其他地域
的人士也會到杭州遊歷。這使得杭州成為了文人在南方的集散地，也
是雅集唱和最活躍的地區。戴表元在《千峰酬倡序》中寫道：「庚子歲
其在錢塘，有攜《千峰酬倡》過余。朱墨伊憂中取而疾讀之，蓋皆新定
居諸公所作」〔註187〕，可見有許多人士來到杭州定居，並進行了一系
列的雅集唱和活動。因此戴表元才會說：「交之群莫盛於杭」〔註188〕。

鮮于樞作為北方人，在至元二十四年（1287）被任命為兩浙轉運
司經歷來到杭州，至大德六年（1302）才北還大都，在杭州寓居了十五
年之久。在此期間，他就以北方官僚的身份在杭州與眾多南方文人密
切來往，開展的眾多的雅集活動，促進了南北方士人的交往。據現存文
獻可知的有「池上宴集」和「霜鶴堂雅集」兩次重要宴集，活動時間都
在大德二年前後。

> 大德二年二月廿三日，霍肅青臣、周密公瑾、郭天賜
> 祐之、張伯淳師道、廉希貢端甫、馬昫德昌、喬簣臣仲山、
> 楊肯堂子構、李衎仲賓、王芝子慶、趙孟頫子昂、鄧文原
> 善之集於鮮于樞伯機池上。祐之出右軍《思想貼》真蹟，
> 有龍跳天門，虎臥鳳閣之勢，觀者無不諮嗟歎賞，神物之
> 難遇也。〔註189〕

> 鮮于伯機霜鶴堂落成之日，會者凡十二人：楊子構肯堂、
> 趙明叔文昌、郭祐之天賜、燕公楠國材、高彥敬克恭、李仲

〔註187〕 （元）戴表元《千峰酬倡序》，《全元文》，第 12 冊，第 164 頁。
〔註188〕 （元）戴表元《城東倡和序》，《全元文》，第 12 冊，第 154 頁。
〔註189〕 （清）吳升：《大觀錄》，《中國歷代書畫藝術論著叢編》第 29 冊，中
國大百科全書出版社，1997 年，第 52 頁。

賓衍、趙子昂孟頫、趙子俊孟籟、張師道伯淳、石民瞻岩、
吳和之文貴、薩天賜都剌。〔註190〕

兩次宴集都是在鮮于樞的府邸舉行的，第一次是賞王羲之《思想帖》的
書畫鑒賞之會，第二次是慶祝鮮于府邸霜鶴堂建成的宴集，兩次雅集
共有十九位士人參加，分別是霍肅、周密、郭天賜、張伯淳、廉希貢、
馬昫、喬簣臣、楊肯堂、李衎、王芝、趙孟頫、鄧文原、趙文昌、燕國
材、高克恭、趙孟籟、石岩、吳文貴、薩都剌。這十九人中北方漢人有
霍肅、郭天賜、馬昫、喬簣臣、楊肯堂、李衎、趙文昌共七人；北方色
目人有廉希貢、高克恭、薩都剌共三人；南方人有周密、張伯淳、王
芝、趙孟頫、趙孟籟、石岩、吳文貴、燕國材、鄧文原共九人。北方文
士十人，南方文士九人，可以看出南北方文人在杭州地區的雅集交流
活動已經開始。兩次雅集主持人是兩浙轉運司經歷鮮于樞，參與者是
南下任職的北方官員和一些南方的名士。因此，這兩次雅集可以看作
是具有一定官方背景的高規格文人雅集活動。

　　除了高規格的南北文士交流的雅集活動，在杭州地區舉行更多的
是南方文士私下間的各類宴集，這類宴集是元初南方遺民文人雅集的
延續，其召集者與參與者都是以南方文士為主。但與元初遺民雅集不
同，文人聚會不再是對朝代更迭的悲歡，對內心壓抑情緒的宣洩，而變
成了對現有清雅時光的享受，文人間交往唱和的歡愉。以戴表元所參
與的系列雅集活動為例，我們可以看出此時南方文士的雅集活動大致
情況。大德二年三月，戴表元參加牡丹宴席，其《牡丹燕席詩序》記
載：

　　　人之於交遊會合談燕之樂，當其樂時，不知其可慕
　　也。……而循王孫張功父使君，以好客聞天下。當是時，遇
　　佳風日，花時月夕，功父必開『玉照堂』，置酒樂客。其客盧
　　陵楊廷秀、山陰陸務觀，浮梁姜堯章之徒以數十。至輒歡飲

─────────────────

〔註190〕（元）陸友仁：《研北雜志》，《文淵閣四庫全書》本，臺北：臺灣商
　　　務印書館，第866冊，第582頁。

> 浩歌，窮晝夜忘去。明日醉中唱酬詩，或樂府詞，累累傳都
> 下。都下人門抄戶誦，以為盛世。……大德戊戌春，功父諸
> 孫之賢而文者國器甫，復尋墜典。自天目山致名本牡丹百餘
> 歸第中，以三月九日，大享客。瓶罍設張，屏筵絢輝，衣冠
> 之華，詼諧之歡，咸曰：『自多事以來，所未易有是樂也，不
> 可以無述。』於是國器甫與永嘉陳某等，各探韻賦詩，通得
> 古律若干篇，而命前進士剡源戴表元序其卷端云。〔註191〕

大德二年（1298）距離南宋請降已過去了二十二年，南方文人逐漸從亡
國之痛、黍離之悲的感傷中清醒過來，接受了異族統治下的繁榮盛世。
戴表元是南宋的進士，入元之後一直沒有出仕，但於遊生活困頓而在
杭州等地教徒售文為生。大德二年三月九日，戴表元在杭州參加了張
甫召集的一次雅集活動，張甫從天目山移植了百餘株牡丹花，邀請賓
客在家中賞花飲酒。戴表元讚譽這次宴集直追前朝張鎡召集，楊萬里、
陸游、姜夔等數十人參與的雅集，而其「衣冠之華，詼諧之歡，……自
多事以來，所未易有是樂也」。此次雅集所達到的歡愉氛圍是易代以來
所沒有的，此時的文人已經走出了家國滅亡的心裏陰影，在新的昌平
盛世繼續自己著清新雅致的生活。

　　是年八月十五，戴表元又參加了一次好友間的賞月雅集，其在《八
月十六日張園玩月詩序》中記載：

> 斯人之居斯世，雖學道不可以過勞。於是乎必有時節燕
> 遊詠歌之樂，以節適其筋骸，而調娛其血氣。其盡遊之樂，
> 非遠之乎山林寬閒曠野之處，則不暢。……大德戊戌歲八月
> 十五夜，望舒掩其明，遊者闕焉。乃以次夕合燕於「君子軒」
> 之圃。圃主清和張瑛仲實，其族焞如晦、烈景忠，客剡源戴
> 表元帥初、錢塘屠約存博、龍泉陳康祖無逸、會稽王潤之德
> 玉、戴錫祖禹、嘉興顧文琛伯玉。侍遊者，仲實之子炬、燈、

〔註191〕（元）戴表元：《牡丹燕席詩序》，《全元文》第12冊，第148頁。

如晦之子奎、無逸之子繹曾。是夕也，雲河豁舒，風露娟爽，客主諸人，談謔莊諧，嘯歌起止，各盡其趣。而圃在杭廛闠闤中，略無囂聲，深垣窈徑，芳林遠榭，居然令人有山谷意。酒半，有歌退之《贈張功曹》長句者，遂取其末章，分韻賦詩以為樂。夫其遊足以散勞而不煩，飲足以合歡而不亂，氣清而能群，樂最而有文，是豈非學道者之所許，而騷人逸士之事也耶！明日聊其詩一編，而謂表元之齒稍長於諸客也，命以為序云。〔註192〕

此次宴集的地點是張瑛的「君子軒」園圃，主題是飲酒賞月。主人張瑛，參與者有煩如晦、烈景忠、戴表元、屠約、陳康祖、王潤之、戴錫、顧文琛、張瑛之子張炬、張爁、張烆之子張奎、陳康祖之子陳繹曾共十二人。雅集過程中，「談謔莊諧，嘯歌起止，各盡其趣」，諸人還以韓愈的《八月十五夜贈張功曹》的末章，「一年明月今宵多，人生由命非由他，有酒不飲奈明何」之句進行分韻賦詩。戴表元分得「一」字，創作了《八月十六張園玩月得一字》。詩云：

明河湯殘雲，青海收晚日。婆娑林端月，為我良久出。洗杯問勞苦，天女笑肸肸。月行虛空中，萬古無損失。且可娛今宵，勿復思昨日。歌情天水遙，坐影入樹密。嗔醒有微酒，徵詩或呼筆。仲容歡入林，懷祖嬌在膝。初猶整裘褐，久乃忘冠櫛。趯鏘翻弈盤，笑嗷驚帳室。寧來共喧呶，不許私暇逸。蚩蚩復擾擾，醉態不可一。情知此月下，此樂節無匹。月光本天性，清瑩本其質。動定極淳涵，聲沉轉蕭瑟。匆忙寄醉語，悟遲已難述。〔註193〕

從序文以及詩歌中可以看出，文人在醉酒的狀態下完全沉浸在宴集的

〔註192〕　（元）戴表元《八月十六日張園玩月詩序》，《全元文》，第 12 冊，第 149 頁。

〔註193〕　（元）戴表元：《八月十六日張園玩月得一字》，《全元詩》，第 12 冊，第 97 頁。

歡愉氛圍之中。戴表元稱其「遊足以散勞而不煩，飲足以合歡而不亂，氣清而能群，樂最而有文，是豈非學道者之所許，而騷人逸士之事也耶」，把這種雅集活動看作是文人逸士必備之事，是在學道之餘對氣筋骸的節適，對血氣的調娛。這就與元初遺民文人將宴集當作亡國之悲的集體宣洩大相徑庭了。同年的十二月二十二日夜，戴表元、方鳳、顧文琛三人會與陳康祖的住所，四人飲酒甚歡，「左觴右弈，前歌後笑……詩籌再探，群篇告成」〔註194〕，戴表元作有五古《十月廿二夜與方韶卿陳無逸顧伯玉客樓分韻得鐙字》。同年歲末，戴表元、屠約、白珽與顧文琛四人再次宴集，《城東倡和小序》記載：

> 於是歲在大德戊戌，嘉興顧伯玉客於杭城東，杭之賢而文者皆與之遊。而屠存博、白廷玉，以歲晏立春前一日過廬，清談劇飲甚適。既少倦，即相與循關坰，步江臯，眺太白、錢鏐之荒墟，弔陶朱、子胥之遺跡，意色蒼莽，襟神飛竦。退而存博遂先成古詩二韻六言五章以紀其事。既而廷玉有和，伯玉又和，又別為詩。而張仲實、陳無逸諸賢，又皆有和，和詩遂不可勝紀。〔註195〕

此次雅集與前幾次不同，之前幾次都是在固定場所的宴集，而此次是四人同行的燕遊，在遊的過程中少了酒樂的助興，但卻多了自然風光、人文遺跡的關照。在燕遊後，屠約作詩以紀其事，白珽、顧文琛進行唱和，後又另作詩以紀，張瑛、陳康祖等諸多並沒有參加此次燕遊的文人也進行了唱和，以至「和詩遂不可勝紀」。這裡值得注意的是，即便沒有參與雅集活動的文人，也非常渴望參與到詩歌的唱酬之中，這與前面大都文人的詩歌唱和相類。可見，此一時期文人對於雅集活動的嚮往，對於詩歌唱和的熱衷。

戴表元在大德二年（1298）一年的時間裏，就分別於春、秋、冬

〔註194〕（元）戴表元：《客東樓夜會合詩序》，《全元文》，第12冊，第157頁。

〔註195〕（元）戴表元《城東倡和小序》，《全元文》，第12冊，第154頁。

三個季節裏參加了較為有影響力三次雅集活動。其後大德三年（1299）清明節前兩日，戴表元與顧伯玉、陳無逸共遊北山訪林以道，在山中宴飲並分韻賦詩，作《北山小序》以紀之；大德四年（1300）清明日，戴表元、方回、盛元仁、林靜一同在趙君實的別墅宴集，戴表元作詩《庚子清明日陪方使君盛元仁林敬與同載過趙同年君實西湖別墅小集使君有詩五章次韻》以紀之；大德六年（1302）十月一日，戴表元與王應夔、虞舜臣、虞舜民、宋如曾、鄭仁則、曾道華、徐如礪、王叔太、王叔謙、鄭義榮、湯及翁，共十二人同遊南岩，並分韻賦詩，戴表元作《遊南岩寺詩序》以紀之。除了這些節日宴集和出行遊宴，戴表元還參加了許多臨別相送的餞別宴集，並創作大量的送序文章。

　　由戴表元所參加的各類宴集活動可以看出，在杭州地區有一個交往密切的文人團體，其核心成員是戴表元、方鳳、屠約、顧文琛、張瑛、白珽等南方文人，他們在新朝或者隱居不仕，或者出任較為低級的教員、學正等職。他們在交往過程中不定期的開展各類雅集聚會，極大的活躍了南方地區的文壇。

　　由上可見，在北人南下的風潮下，諸多的北方文士湧入了杭州地區，並客留了較長的時間。期間，他們與南方的士人頻繁地進行雅集唱和活動，促進了南北方詩文的交流。與此同時，南方文人圈在杭州地區不定期的開展各類雅集，此時的他們已經忘卻了亡國之痛，故國之思，開始在新的太平盛世中享受屬於他們的雅趣生活。在這些雅集中，他們創作了大量唱和類詩歌，推進了南方文人間的交流切磋。

三、其他地區的文人雅集

　　元代中期，大都和杭州分別是北方和南方的文化中心，文人聚集地，因此在這兩地舉行的各類雅集活動頻繁，同時雅集參與者多為在當時文壇具有最有影響力和號召力的重要文人，這也使得該兩地成為元朝全國文人雅集活動的中心。但有文人聚集的地方就會有雅集，在大都和杭州以外的許多地方也會有文人的集會，只是它們活動的地點

較為分散，並且影響力非常有限。

上都地區是元朝另一個較為重要的文人聚集地，在此也舉行了不少的雅集活動。上都是元朝的陪都，即忽必烈即位前的金蓮川開平府，元朝遷都大都以後，改開平府為上都，成為陪都。上都在元朝具有重要的政治地位，每一位即位的蒙古皇帝都必須在這裡登基，否則其王位不具有合法性。忽必烈後的七位皇帝中只有泰定帝沒有在上都即位，許多重要的宮廷爭鬥，如「南坡之變」、「兩都之戰」、「上都兵變」都發生在上都地區。上都能夠成為元代文人的重要聚集地，這與元朝皇帝的上都巡幸制度有著密切關係。自忽必烈建都大都以後，元朝的兩都制度建立起來，但上都地區南控漢地，北連朔漠，曾作為忽必烈的潛邸，其具有非常重要的戰略意義。因此，忽必烈在遷都以後制定了上都巡幸制度，大約每年二月出發，八月返回，在大都要待上半年之久。元武宗以後的皇帝已經熟悉了漢地的生活，因此儘量縮短在上都居住的時間，但也差不多有四個月時間。王褘的《上京大宴詩序》記載：「自世祖皇帝統一區夏，定都於燕，復採古者兩京之制度，關而北即灤陽為上都，每歲大駕巡幸……後宮諸闈、宗藩戚畹、宰執從僚、百司庶府，皆扈從以行。……今賡唱諸詩，其所鋪張揚厲，亦不過模寫瞻視之所及，……詩自宣文閣授經郎貢公為倡，賡者若千人，總凡若千首」〔註196〕，在扈從上京的百官當中就有翰林集賢院的諸多文臣，如王惲、陳孚、袁桷、虞集、馬祖常、柳貫、黃溍等館閣文人，他們都曾扈從去過元上都。這些館閣文臣除了在詐馬宴上進行歌功頌德的詩歌唱和外，還在行程之中或之後創作了一系列的上京紀行詩組詩。由於從大都到上都是三條固定的線路，因此在諸多文人創作的紀行詩中一些風光獨特的地點被反覆的歌詠，以至產生了同題集詠的現象。如龍門峽，地勢險峻，景色壯麗，張弘範、張養浩、王惲、袁桷、虞集、揭傒斯、黃溍、柳貫、許有壬、胡助、廼賢等數十位文人都曾在上京紀行詩中吟詠過此

〔註196〕（元）王褘：《上京大宴詩序》，《全元文》，第55冊，第293頁。

地。其他的如槍桿嶺、牛群頭、彈琴峽、南坡等具有獨特風光的景點，也存在著同題集詠的創作。

　　除了沿路風光的同題集詠外，諸多館閣文人在上都地區滯留四五個月之久，期間除了參加宮廷大宴，他們也會組織一些小規模的私人宴集雅集，席間唱和。如馬祖常有《昌平道中次繼學韻》、《度居庸關次繼學韻》、《治至癸亥八月望同袁伯長虞伯生過槍桿嶺聯句》、王士熙有《上京次伯庸學士韻二首》、《上京次李學士韻五首》，虞集有《上京有感次韻馬伯庸待制》、《和上都華岩長老見寄》、《王真人眉叟在京上都賜酒倡和》，胡助有《灤陽七夕分韻得青字》、許有壬有《和閒閒宗師至上京韻》等。另外還有許多唱和詩作題目中雖不標明「上都」，但亦是在上都時創作。可見，上都巡幸制的存在與施行，使得大批館閣文人先後來到上京，並在此地開展了一些雅集唱和活動。

　　除大都、杭州、上京三地位外，其餘地域的文人雅集活動較為冷清，且影響力也有限。如元英宗治至二年（1322）南臺官員曾同遊石頭城，許有壬在《九日登石頭城詩》序中云：「至治壬戌九日，中執法石公、侍書郭公具酒肴登焉。監察御史劉傳之、李正德、羅君寶、八札子文、廉公瑞、阿魯灰夢吉、照磨萬國卿既有任佐行。時宿雨初霽，萬象澄澈，長江鉤帶，風檣出沒，淮西江南諸山，歷歷可數與夫川原之逶迤，樓閣之雄麗，雖一草一木不能逃也。……酒一再行，二公督詩不已，乃各誦所記九日詩，率古作之傑出者，相與大笑傾倒，不知深盃之屢空也。」〔註197〕此次登臨石頭城的南臺官員有許有壬、石珪、郭思貞、劉宗說、萬家閭、八札、廉公瑞、李秉忠、羅廷玉、阿魯灰共十人，其中萬家閭為蒙古人，八札、廉公瑞、阿魯灰為色目人，其餘皆為漢人。雖然燕遊中一樣會有賦詩紀行，但十人中唯有許有壬一人以文著稱，其餘九人在文壇並沒有什麼地位和影響。而類似於此的雅集活動，在全國各地零散的分布著，只是它們沒有什麼影響力，

〔註197〕（元）許有壬：《九日登石頭城》，《全元詩》，第34冊，第323頁。

也湮沒在諸多的雅集之中。

綜上所述,大都和杭州是元代中期文人雅集活動最為集中的地區,大都地區的文人雅集多具有官方背景,以館閣文人為主要參與者。而杭州地區的雅集多是文人私下的聚會,各類文人名士都可以參與到雅集之中。此時距離南宋滅亡已過了二十餘年,南方文人的唱和已經脫離了遺民氣質,轉而關注與雅集的場景與氛圍。大都地區的雅集唱和進一步促進了南、北詩風的交流融合,平和雅正的詩風在中期館閣文人的手中成熟。

第五節 元代末期:玉山雅集及其他文人詩社、雅集

至順四年(1333),元順帝妥歡帖睦爾在上都登基,元朝進入了逐漸衰敗的末期。這種衰敗跡象在之前的文宗朝就已經露出端倪。元文宗在位之時(1328～1332),燕鐵木兒即因擁立之功而拜右丞相,權傾朝野。凡號令、刑名、選法、錢糧、造作,一切中書政務,悉聽總裁,諸王、公主、駙馬、近侍和所有官員都不得越過他奏事。文宗駕崩後,其擔心順帝會追究其毒死明宗之事,而遲遲不迎順帝登基,致使皇帝的位置空缺了六個月。直到燕鐵木兒因縱慾而死後,順帝才能順利的登基。但元順帝即位之初,另一個權相伯顏把持著朝政,他仍舊只是個傀儡。《元史》中記載當時的伯顏「勢焰薰灼,天下之人惟知有伯顏而已」〔註198〕,伯顏在與燕帖木兒家族殘餘勢力的鬥爭中取勝,之後他大肆排斥異己,甚至殺了自己的老主人郯王徹徹禿一家,並貶謫宣讓王帖木兒不花和威順王寬徹普化。伯顏極度排漢,在他的主導下制定了一系列民族壓迫的政策,如蒙古、色目毆打漢人、南人不得還手,禁止漢人、南人學習蒙古、色目文字,重申漢人、南人不得執兵器之戒,嚴格控制漢人做官的限界,漢人和南人遭到前所未有的排斥。在面臨

〔註198〕 (明)宋濂等撰:《元史》卷一百三十八「伯顏」條,北京:中華書局,1976 年,第 3338 頁。

漢人反抗時，伯顏甚至提出了殺絕張、王、劉、李、趙五姓漢人的主
張，所幸順帝沒有聽從。至元元年（1335）十一月，伯顏又取消了科舉
考試，直到至正元年（1341），脫脫任相時才得以恢復。元順帝為了擺
脫傀儡皇帝的處境，於至元六年（1340）二月，與脫脫利用伯顏出獵之
機，發動政變，罷黜伯顏，先貶為河南行省左丞相，再流放南恩州陽春
縣，後其死於途中，伯顏的時代才算終結。元順帝想要勵精圖治，先後
任用脫脫、阿魯圖、別兒怯不花、朵兒只為相，推出一些新政，但此時
的元朝政治腐敗已不可挽救。加之天災頻繁，「開河變鈔」之後農民起
義和少數民族起義此起彼伏，社會矛盾進一步激化，元朝政府的統治
岌岌可危。陶宗儀《南村輟耕錄》記載了一首無名氏的《醉太平》：「堂
堂大元，姦佞專權。開河變鈔禍根源，惹紅巾萬千。官法濫，刑法重，
黎民怨。人吃人，鈔買鈔，何曾見。賊做官，官做賊，混愚賢，哀哉可
憐」〔註199〕，這首小令在元末廣為流傳，它反映了當時社會的黑暗與
混亂。在元末動盪的政治環境，使得文人們不再積極於建功立業，而轉
向追求內心的平和與自適。隨之而來的是元末文人雅集和結社活動的
遍地開花，大都和杭州兩地不再是文人雅集的中心，而雅集活動主流
群體也不再侷限於仕宦文人。在元末各類雅集和文人詩社中，玉山雅
集是其中的最高峰。

一、顧瑛與玉山雅集

　　玉山雅集是指元末在顧瑛的玉山佳處等私人別館所舉行的數十次
文人集會活動，這種集會前後歷時長達數十年。楊鐮在《顧瑛與玉山雅
集》一文中說道：「至正年間，與顧瑛交遊唱和，參與玉山雅集者，多
達百人，今存詩篇，在 5000 首以上」〔註200〕。玉山雅集是中國文人
雅集史上，歷時最長，參與者最多的一次雅集，是繼蘭亭雅集、西園雅

〔註199〕　（元）陶宗儀：《南村輟耕錄》，北京：中華書局，1959 年，第 283 頁。
〔註200〕　楊鐮：《顧瑛與玉山雅集》，《西南民族大學學報》，2008 年 09 期，第
　　　　　136 頁。

集後的文人雅集最高峰。

　　顧瑛，字仲瑛，崑山人，其家族本就是吳中巨賈，家境優裕。顧瑛童年時期熱衷詩書，發奮為學。成年後繼承父志，開始打理家業。在他的經營治理下，其家族財富日益豐厚。在他四十歲時，選擇了隱退，將自己的主要精力放在玉山佳處的經營，和與文人詩酒唱和的閒逸生活中。《金粟道人顧君墓誌銘》載：「年逾四十，田業悉付子婿。於舊地之西偏。壘石為小山。築草堂地其址。左右亭館若干所。傍植雜花木，以梧竹相映帶。總名之為玉山佳處」〔註201〕。顧瑛的雅集正是以其雄厚的財力為支持，以其所營建的玉山佳處為舉辦場所，召集當時社會上各界的名士前來宴飲聚會，形成一時的盛況。黃溍在《玉山名勝集原序》中記載：「中吳多遊宴之勝，而顧君仲瑛之玉山佳處，其一也。顧氏自闢疆以來，好治園池，而仲瑛又以能詩好禮樂與四方賢士大夫遊，其涼臺燠館，華軒美榭，卉木秀而雲日幽，皆足以發人之才趣。故其大篇小章，曰文曰詩，閒見曾出，而凡氣序之推遷，品匯之回薄，晴雨晦明之變幻叵測，悉牢籠摹狀於更倡迭和之頃。雖復體制不同，風格異致，然皆如文繒貝錦，各出機杼，無不純麗瑩縟，酷令人愛。仲瑛既乃萃成卷，名之曰《玉山名勝集》，復屬余為之序。」〔註202〕顧瑛輕財好客，吸引了四方遊士前來拜訪，顧瑛與遊士們在玉山佳處的各個景點舉行宴飲。這種宴集的情形被畫家張渥繪成了《玉山雅集圖》，可惜原畫已佚，現只有從《玉山雅集圖記》中一窺當時盛況。

> 故至正戊子二月十又九日之會，為諸集之冠。鹿皮衣，紫綺坐，據案而申卷者，鐵笛道人會稽楊維楨也。執笛而侍者，姬翡翠屏也。岸香幾而雄辨者，野航道人姚文奐也。沉吟而癡坐搜句於景象之外者，笤溪漁者郯韶也。琴書左右，捉玉塵從容而色笑者，即玉山主人者也。姬之侍為天香秀也。

〔註201〕 （元）顧瑛：《金粟道人顧君墓誌銘》，《全元文》，第 52 冊，第 553 頁。
〔註202〕 （元）黃溍：《玉山名勝集原序》，《全元文》，第 29 冊，第 115 頁。

展卷而作畫者，為吳門李立。傍視而指畫者，即張渥也。席
橐比曲肱而枕石者，玉山之仲晉也。冠黃冠坐蟠根之上者，
匡廬山人於立也。美衣巾束冠帶而立，頤指僕從治酒肴者，
玉山之子元臣也。奉肴核者，丁香秀也。持觴而聽令者，小
瓊英也。一時人品，疏通俊朗，侍姬執伎皆妍整，奔走童隸
亦皆馴雅，安於矩矱之內。觴政流行，樂部諧暢。碧梧翠竹，
與清揚爭秀；落花芳草，與才情俱飛。登口成句，落豪成文。
花月不妖，湖山清發。是宜斯圖一出，一時名流所慕尚也。
時期而不至者，句曲外史張雨、永嘉徵君李孝光、東海倪瓚、
天台陳基也。夫主客交並，文酒賞會，代有之矣。而稱美於
世者，僅山陰之蘭亭、洛陽之西園耳，金谷、龍山而次，弗
論也。然而蘭亭過於清則隘，西園過於華則靡；清而不隘也，
華而不靡也，若今玉山之集者非歟？故余為撰述綴圖尾，使
覽者有考焉。是歲三月初吉，客維楨記。〔註203〕

《玉山雅集圖》所記錄的是至正八年（1348）的一次宴集，召集人是顧
瑛，參與者有楊維楨、姚文奐、郯韶、李立、張渥、顧晉、于立、顧元
臣共九人。其中楊維楨伏案展卷，姚文奐與人雄辯，郯韶癡坐搜句，顧
瑛從容談笑，李立作畫，吳渥在旁指點，顧晉曲肱而臥，于立坐蟠根之
上，顧元臣吩咐僕人治酒肴，宴集上每個人的姿態與容貌都活靈活現，
席間還描繪了翡翠屏、天香秀、丁香秀、小瓊英四位侍姬。圖中的幾位
文人在席間從事著不同的事情，但詩酒狂歡，自適隨性的精神狀態卻
是一致的。楊維楨稱此次雅集可以媲美」山陰之蘭亭，洛陽之西園」。

　　元末的玉山雅集可以成為中國文人雅集的最高峰，在於其具備的
四個重要要素，是歷代文人雅集都不曾具備的。

　　第一，時間跨度長，參與人數多。普通的文人雅集往往僅限於一
日一地一次，如蘭亭雅集、西園雅集，而玉山雅集前後跨度有幾十年，

〔註203〕（元）顧瑛輯，楊鐮、葉愛欣整理：《玉山名勝集》，北京：中華書局，
　　　2008年，第46頁。

雅集地點包含玉山佳處內的二十四個景點，和玉山佳處外的一些景點。
早在後至元四年（1338），顧瑛就邀請柯九思、泰不華來到自己的宅邸
進行宴集。至正八年後（1348），顧瑛將家業交給子婿打理，自己營造
了玉山佳處，潛心於邀請四方文士舉辦各類雅集活動。至此，玉山雅集
漸成氣候。從此年到至正十二年（1352），可以算作玉山雅集最為興盛
的黃金時期，在此期間先後舉辦了六十餘次雅集，參與者多達百餘人，
其中又以至正十年的雅集為最盛，玉山雅集也逐漸成為吳中地區聲名
遠揚的文人集會活動。至正十一年（1351），元朝徵十五萬民治理黃河，
引起民怨，朝廷又印發新鈔，引起物價飛漲，加之自然災害和疫情頻
發，已經達到民不聊生的程度，劉福通等人率先起義，隨後南方各地農
民起義軍蜂擁而起，社會陷入動盪。此時，戰亂還沒有波及到吳中，顧
瑛還定期舉辦宴集，只是許多文人被戰亂阻隔而無法參加，宴集的數
量也大大減少。至正十六年（1356），張士誠攻佔吳中，顧瑛攜家眷出
逃，至正十七年才重新返回家中。在戰亂中，顧瑛損失了不少家資，其
後的雅集也不似從前奢華。至正十六年以後，雅集活動以每年三、四次
的頻率艱難維持著，到了至正二十年（1360）以後，雅集活動更是變的
寥寥了。如果以玉山亭館的焚毀為玉山雅集的終結，那麼最後一次雅
集發生在至正二十年（1360），謝應芳有《書畫舫宴集序》以記錄了此
次宴集。其後謝應芳就有《聞顧玉山芝雲堂火而所藏之書具焚，恐其不
能為懷，寄詩釋之》。如果將顧瑛與友人最後的唱和作為玉山雅集的終
結，那年最後一次雅集發生在至正二十八年（1368），袁華等友人為顧
瑛賦詩送行，現存有袁華《分題得南武城送顧瑛之濠梁》。即便從至正
八年（1348）算起始，以至正二十年（1360）算作終結，那麼玉山雅集
也維持了長達十二年之久，這在歷代的文人雅集中幾乎是沒有人。同
時，玉山雅集前前後後參與的人數多大四百餘人，留下文學作品的就
有二百七十餘人，〔註204〕許多人只是出席過一次雅集，而楊維楨、柯

〔註204〕參見谷春俠《玉山雅集研究》，中國社會科學院，2008 屆博士學位論
文，第 63 頁。

九思、釋良琦、郯韶、張雨、鄭元祐、熊夢祥、高啟、陳基、張翥、謝應芳等人卻是雅集的常客。並且「元季知名之士，列其間者十之八九」〔註205〕，這其中包括了詩人、學者、書畫家、金石家、僧人、道士等各方知名人士。

　　第二，綜合性文藝聚會。玉山雅集不是簡單的詩酒唱和，還包含了宴飲、茶會、出遊、品鑒書畫、金石文物等多種文藝形式。可以說玉山雅集是集琴棋書畫詩酒舞樂為一體的綜合性文藝聚會。玉山雅集的常客中就有書畫家倪瓚、張渥、郯韶等人，有樂伎伶人翡翠屏、天香秀、南枝秀、小瑤池等數十人。從張渥的《玉山雅集圖》中就可以看出，雅集中文人各從其事，琴棋書畫樣樣皆占。

　　第三，詩歌唱和形式多樣化。單次雅集活動的詩歌唱和往往僅限於一種形式，而玉山雅集因其歷時持久，宴集次數眾多，其在詩歌唱酬贈答中幾乎運用到了所有唱和形式，這其中有分韻賦詩、聯句、次韻、題畫、口占等。分韻賦詩是玉山雅集中使用最為頻繁的唱和形式，一般都是以某位詩人的某首詩的其中一聯進行分韻創作。如吳克恭有《碧梧翠竹堂以暗水流花徑春星帶草堂為韻得星字》，即是以杜甫《夜宴左氏莊》中的頷聯「暗水流花徑，春星帶草堂」進行分韻。于立的《芝雲堂以風林纖月落分韻得纖字》，即是以《夜宴左氏莊》的首句進行分韻。聯句是也是多人宴集時的一種唱和形式，它要求是每人賦一句，最終合成一篇。如顧瑛、于立等人的《湖光山色樓聯句》，楊維楨、顧瑛等人的《浣華館聯句》。題畫是文人雅集重要的唱和形式，玉山雅集中釋良琦有《題蕙蘭圖》，陳基《題杏花鬥雀》、《題水仙》，鄭東《題王若水山鵲圖》等。次韻詩創作形式難度大，但依舊是文人熱衷的唱和形式。玉山雅集中就有，顧瑛《錢思復泛舟過玉山作詩見寄，次韻以復兼呈匡山》，陳基《次韻答張庸》、《次韻袁仲長竹堂感興》，袁華《次韻顧玉山感懷》等。口占是即景賦詩，出口成誦的創作方式。玉山雅集中有顧瑛

〔註205〕（清）紀昀等：《四庫全書總目提要・總集類三》卷一百八十八，文淵閣四庫全書本。

的《湖光山色口占四首》、《春柳堂口占》等。玉山雅集的所有唱和詩作都收錄在《玉山名勝集》、《玉山名勝外集》、《玉山紀遊》、《玉山倡和》、《玉山遺什》、《草堂雅集》這六部唱和總集之中，其中的詩作基本上涵蓋了已知的所有唱和形式。

第四，多民族文人參與。玉山雅集的參與者中不僅有漢人、南人，還有蒙古人和色目人。泰不華在後至元五年（1339）即訪問了玉山，並在顧瑛的草堂題「魚莊」、「金粟影」、「雪巢」等匾額數塊；蒙古人聶鏞在至正八年（1348）參與了《碧梧翠竹堂題句》；薩都剌有《席上次顧玉山韻》，曾走訪玉山與顧瑛宴飲；色目人昂吉為玉山佳處的常客，《玉山名勝集》收錄其唱和詩文甚多。元朝是蒙古人統治下的多民族國家，在元代中後期，少數民族的漢文化修養不斷提高，以詩文唱和為主的雅集活動開始出現少數民族文人的身影。玉山雅集的參與主體雖然是東南文士，但作為一個開放的文人集會活動，也有不少少數民族文人參與到其中。

由上可見，元末玉山雅集作為一個時間跨度長，參與人數多，唱和作品豐富的文人集會，其實元代文人雅集，乃至中國歷代文人雅集的一次高峰。

二、多地域的文人詩社

元末動盪的社會氛圍消磨了文人們渴望入仕的進取精神，卻刺激他們追求宴飲唱和的興致。《明史・張簡傳》記載：「當元季，浙東、西士大夫以文墨相尚，每歲必聯詩社，聘一二文章鉅公主之，四方名士畢至，宴賞窮日夜，詩勝者輒有厚贈」〔註206〕。無意於仕進的文人們將主要經歷放在了詩歌唱和之上，他們積極結社，並定期開展詩酒唱和。元末的諸多詩社中，在當時影響力較大的有吳中的北郭詩社，廣州的南園詩社，嘉興的聚桂文會和閩中的壼山文會。

〔註206〕（清）張廷玉等：《明史・文苑傳》卷二百八十五，北京：中華書局，1974 年，第 7321 頁。

　　北郭詩社是元末吳中地區一個持續時間較長詩社團體，其核心人物是高啟、徐賁、張羽等人。高啟在《送唐處敬序》中說：「十餘年，徐君幼文字毘陵，高君士敏自河南、唐君處敬自會稽，余君唐卿自永嘉，張君來儀自潯陽，各以故來居吳，而卜第適皆與余鄰，於是北郭之人物遂盛矣。余以無事，朝夕諸君間，或辨理詰義以資其學，或賡歌酬詩以通其志；或鼓琴瑟以宣湮滯之懷，或陳几筵以合宴樂之好，雖遭喪亂之方殷，處隱約之既久，而優游怡愉，莫不自所得也。」〔註207〕此序寫於至正二十五年（1365）冬，由文中所述的「十餘年」，可以推斷北郭詩社成員的活動時間至少在至正十五年（1355）前。文中還提到「雖遭喪亂之方殷」，可知他們最初集會之時，元末戰亂剛剛興起，至元十二年（1352）方國珍、張士誠、郭子興紛紛起兵。因此，高啟等人創辦北郭詩社的時間當在至正十三年（1353）前後。而北郭詩社結束的時間大概在至正二十七年，此年高啟隱居青丘，張羽回杭州，其他詩社成員也紛紛離開吳中。北郭詩社的唱和活動持續了十餘年，期間詩社成員也因人員的調動而有所增減，其成員先後有高啟、高遜志、余堯臣、張羽、唐肅、楊基、呂敏、宋克、徐賁、王行、僧道衍、陳則、王彝等十餘人。由於北郭詩社是元末一個重要的詩社團體，同時許多詩社成員都在入明後仍舊具有詩名。因此，北郭詩社對明初吳中詩派的詩歌也具有一定的影響。

　　南園詩社是元末廣州地區的文人詩社團體，其核心成員是孫蕡、李德、王佐等人。孫蕡在其《西菴集》卷八《琪林夜宿聯句一百韻》的序中記載道：「河東與余焚香淪茗，共語疇昔。因思十八九時，承先人遺澤，得弛負擔過從貴遊之列，一時聞人相與友善，若洛陽李長史仲修、鬱林黃別駕楚金、東平黃通守庸之、武夷王徵士希貢、維揚黃長史希文、古岡蔡廣文養晦、番禺趙進士安中，及其弟通判澄、徵士訥、北平蒲架閣子文、三山黃進士原善，皆斯文表表者也，共結詩社南園之

曲，豪吟劇飲，更唱迭和。」〔註208〕孫蕡生於後至元三年（1337），根據序文中提到的「思十八九時」可以推斷，南園詩社創立的時間應該在元末至正十四（1354）前後。序文中又提到「而河東（王佐）與余為同庚，情好尤篤，歡會為幾，殷憂相仍，城沿兵火，朋從散落」，可知南園詩社的雅集活動並沒有持續多久。

聚桂文會是元末的「月泉吟社雅集」，其參與者多達五百餘人。至正十年（1350）春，楊維楨來到嘉興地區的幽湖，當地的望族名士濮樂閒將其延請至家中，聘其教授其子詩書。東南一帶文人聞聽楊維楨在嘉興幽湖，紛紛攜詩文前來請其裁評。楊維楨在《聚桂文會序》中記載：「嘉禾濮君樂閒為聚桂文會於家塾，東南之士以文卷赴其會者凡五百餘人，所取三十人，自魁名吳毅而下，其文皆足以壽諸梓而傳於世也。余與豫章李君一初，實主評裁，而葛君藏之，鮑君仲孚又相討議於其後，故登諸選列者，物論公之，士譽榮之。即其今日之所選，可以占其後日之所至已。今士以藝選者，莫盛於江浙，而江浙之盛，饒信為稱首者，鄉評里校之會，歲不乏絕也。」〔註209〕此次文會的地點是濮氏家宅，濮樂閒借著楊維楨的聲望在自己召集文會，前來參與者有五百餘人。但序文中沒有交代此次文會是否是命題而作。文章的第一裁定人是楊維楨和李一初，二審是葛藏之和鮑仲孚，這樣也顯得此次文會的公正。最終選定了前三十名，並將其詩文付梓。而這種「鄉評里校之會，歲不乏絕也」。

壺山文會是元末閩中壺公山地區的一個隱逸文人詩社團體，其核心成員是方時舉、方炯、郭完等人。陳田的《明詩紀事》中記載：「閩中有壺山文會，初會九人：宋貴誠、方樸、朱德善、丘伯安、蔡景誠、陳本初、楊元吉、劉晟、陳觀。續會者十三人：陳惟鼎、李芯、郭完、陳必大、吳元善、方炯、鄭德孚、黃性初、黃安、陳熙、方坦、葉源中、

〔註208〕（元）孫蕡：《琪林夜宿聯句一百韻》，《全元詩》，第63冊，第309頁。
〔註209〕（元）楊維楨《聚桂文會序》，《全元文》，第41冊，第226頁。

釋清源。月必一會，賦詩彈琴，清談雅歌以為樂。」〔註210〕這裡記載的詩社成員多達二十二人，並且參社人員有一個不斷發展的過程，他們每月組織一次雅集活動，並有唱和詩集《壺山文會集》。明代人陳觀有《壺山文會稿序》，其中提到「追念是會始於至正丁未（1367），終於洪武庚戌（1370）」〔註211〕，可知該詩社活動一直延續到明初。壺山文會是元末明初閩中地區的重要詩社集會，每月一會，歷時長達三年，他們的活動時間比明初的閩中十才子早十餘年。

　　由上可見，在元明之交，南方地區詩社大量出現，且地域十分分散。其中一部分詩社影響著明初的一些重要的詩人團體。

三、多地域的文人雅集

　　元朝末期的文人雅集活動逐漸從館閣走向民間，且活動地點也不再僅集中於大都與杭州兩地，幾乎是文人遊歷到哪裏，雅集活動就舉行在哪裏。同時，由於元中期皇帝對漢文化的熱衷，為蒙古和色目子弟開設專門的國子學、國子監。仁宗朝又重開科舉，分左右兩榜，左榜錄取漢人、南人，右榜錄取蒙古人、色目人。這些都在客觀上促進了少數民族士人對漢文化的學習。漢文化修養的提高，使得許多少數民族文人參與到雅集唱和中來。多民族文人共同參與的雅集唱和，也是元代中期以後文人唱和的一個重要特點。

　　至正以後，文人入仕的積極性逐漸衰退，北上大都干謁求仕的風潮也有所消退。虞集、馬祖常、袁桷、趙孟頫等一批具有影響力的館閣文人逐漸故去，大都雅集的影響力逐漸減小。但大都作為元朝的皇城，館閣文人的聚集地，天下遊士的必經地，在此舉行的雅集活動還是非常頻繁。迺賢作為赴大都干謁的遊士，其客居大都期間參與了許多文人雅集。迺賢，字易之，葛邏祿部人。至正五年（1345），迺賢從離開

〔註210〕（清）陳田：《明詩紀事》，《明代傳記叢刊》本，臺灣明文書局，第
　　　　　12冊，第724頁。
〔註211〕（明）鄭岳：《莆陽文獻》，《續修四庫全書》，第548冊，第84頁。

浙江北上大都，希望通過干謁而獲得舉薦。其在大都居住了六年之久，期間與各族的文人仕宦進行了交往唱和，希望通過詩文切磋而獲得賞識，進而得到入仕的機會。迺賢的《金臺集》中唱和過的對象，有國子祭酒趙期頤、翰林學士宋褧、太常博士危素、太常博士張翥、奎章閣授經郎貢師泰、翰林待制楊舟等諸多在朝文士。其《金臺集》、《河朔仿古記》兩書的序跋的作者有歐陽玄、李好文、黃溍、貢師泰、揭傒斯、泰不華、許有壬、危素、余闕等文士，可見迺賢在大都期間的交遊唱和之廣。迺賢的《南城詠古十六首》的序中記載了一次雅集：「至正十一年秋，八月既望，太史宇文公、太常危公，偕燕人梁處士九思、臨川黃君殷士、四明道士王虛齋、新進士朱夢炎與余，凡七人，連轡出遊燕城，覽故宮之遺跡。凡其城中塔、廟、樓、觀、臺、榭、園、亭莫不徘徊瞻眺，拭其殘碑斷柱，為之一讀，指其廢興而論之……各賦詩一有六首，以記其事，庶來者有徵焉」〔註212〕。從序文中可以看出，此次雅集的參與者有危素、宇文公諒、黃玠、王虛齋、朱夢炎、梁九思，其中危素、宇文公諒是館閣文人，黃玠、梁九思是布衣，王虛齋是道士，朱夢炎是新科進士，可見迺賢在大都時期交遊的廣泛。迺賢在大都頻繁的參與雅集唱和，其詩文才華也得到了在朝文人的稱許，至正二十二年（1362），迺賢終以布衣之身被薦舉為翰林編修。迺賢等一批渴望仕進的元末文人，在大都地區依舊積極的遊走於各類的雅集活動，他們是大都雅集的重要參與者。另一方面，此時期的館閣文人則是諸多雅集的組織者兼參與者。

楊維楨是元末南方最具有影響力的文人，而由他發起的「西湖竹枝詞唱和」也是元末最具盛名的一次同題集詠唱和。楊維楨的《西湖竹枝集序》中記載：「余閒居西湖者七八年，與茅山外史張貞居、苕溪鄭九成輩為唱和交。水光山色浸沉胸次，洗一時尊俎粉黛之習，於是乎有竹枝之聲。好事者流佈南北，名人韻士屬和者無慮百家。」〔註213〕至

〔註212〕 （元）迺賢：《南城詠古十六首序》，《全元文》，第52冊，第532頁。
〔註213〕 （元）楊維楨：《西湖竹枝集序》，《全元文》，第42冊，第497頁。

正初年，楊維楨客居杭州，期間他與張雨、郯韶等文人同遊西湖，首倡「西湖竹枝詞」歌詠杭州本地的風物人情，隨後響應者眾多。《西湖竹枝集》收錄了詩人共一百一十八家，這其中有館閣文士、隱逸文人、道士、僧人、女性文人等，以南方的漢族詩人為主，但也有十一位蒙古、色目詩人。這使得「西湖竹枝詞」成為元末重要的同題集詠唱和主題。楊維楨作為元末南方文壇的巨擘，其所到之處文人們聞風而至。其還參與了玉山雅集、聚桂文會、應奎文會等著名雅集活動，可以說楊維楨走到了哪裏，雅集活動便舉行到哪裏。

　　元末除了大都和杭州兩處雅集勝地外，文人們也都在各自宦遊之地舉行各類雅集活動。如福建地區舉行的「道山亭燕集」和「玄沙寺雅集」。至正九年（1349），福建廉訪使僧家奴、僉事申屠駉、奧魯赤、赫德爾四人一同遊覽福州烏石山，並創作聯句詩：「追陪偶上道山亭，疊嶂層巒繞郡青（申屠駉）。萬井人家鋪地錦，九衢樓閣畫幛屏（僧家奴）。波搖海月添詩興，座引天風吹酒醒（赫德爾）。久立危欄頻北望，無邊秋色杳冥冥（奧魯赤）。」〔註214〕至正二十一年（1361），宣政院使廉惠山海牙在福州西郊玄沙寺舉行雅集，貢師泰《春日玄沙寺小集序》中記載：「春正月廿六日，宣政院使廉公公亮崇酒載肴，同治書李公景儀、翰林經歷答祿君道夫、行軍司馬海君清溪遊玄沙，且邀與於城西之香岩寺。是日也，氣和景舒，生物鬱遂，花明草縟，禽鳥上下。予因緩轡田間，轉入林塢，徘徊吟詠，不忍遽行。及至，則四君子已坐久飲酣，移席於見山之堂矣。既見，則皆執酒歡迎，互相酬酢。廉公數起舞，放浪諧謔。李公援筆賦詩，佳句捷出，時亦有盤薄推敲之狀。道夫設險語，操越音，問禪於藏石師，師拱默卒無所答。清溪雖莊重自持，聞道夫言輒大笑。……乃相率以杜工部「心清聞妙香」之句分韻，各賦五言詩一首，而予為之序。」〔註215〕此宴集的召集人是廉惠山海牙，參與者

〔註214〕（元）僧家奴：《道山亭聯句》，《全元詩》，第 36 冊，第 154 頁。
〔註215〕（元）貢師泰：《春日玄沙寺小集序》，《全元文》，第 45 冊，第 184～185 頁。

有貢師泰、李國鳳、答祿與權、海清溪，其中貢師泰、李國豐為漢人，廉惠山海牙、海清溪為色目人，答祿與權為蒙古人。以上兩個雅集都是多民族文士參與的雅集聚會，期間還有分韻賦詩和聯句等唱和活動。可見，經過元中期以後，蒙古、色目人的漢族文化涵養得到普遍提高，許多蒙古、色目文人參與到各類雅集之中。

此外，至正十九年（1359）石抹宜孫在浙江處州召集的「掀蓬雅集」，至正二十年（1360），劉仁本在浙江餘姚召集的「續蘭亭雅集」，至正二十六年（1366年），悅堂大禪師顏公在江蘇崑山召集的「城南小隱真率會」等，元末的文人雅集的興盛在於其分散且眾多。

綜上所述，元末的文人雅集並沒有動亂的時局而減少或湮沒，而是逐漸形成了分散和擴大到局勢，變得異常興盛。顧瑛的玉山雅集如泰山北斗一樣成為元末諸多文人雅集的典範，大都和杭州仍舊是文人的聚集地，各類燕集活動的舉辦地。同時，各個地方文人紛紛在自己的地域內結社唱和、雅集聚會，文人詩社在經過元中期短暫的沈寂後又重新勃興。各類的仕宦文人也都在自己的任職地進行著燕遊與唱和，這其中包括許多蒙古、色目文人。元末雅集的興盛不在侷限於大都與杭州兩地，而是呈現遍地開花之勢。這些眾多而零散的文人詩社與雅集如眾星拱月般圍繞在玉山雅集周圍，使得元末的文人集會活動顯得異常興盛。

小結

雅集唱和作為文人間的社交活動，其在先秦時期就已經誕生。《小雅‧鹿鳴》中：「呦呦鹿鳴，食野之苹。我有嘉賓，鼓瑟吹笙」，即是有詩歌佐興的雅集活動。其後隨著時代的演進，唱和形式的不斷發展，文人雅集活動的主題也逐漸豐富。從最早的以帝王為中心的官方雅集，發展出文人私下的宴集聚會，再出現節日雅集、同年雅集、贈別雅集、燕游雅集等等。雅集中唱和形式也推陳出新，從最早自作詩，到聯句，再發展出用韻、次韻、分韻、分題多種等唱和形式。到了元代，所有雅

集的主題與唱和形式都基本完備了，元人在前人鋪就的基礎上將雅集活動推向了高潮。

　　元朝前期，北方文人以金代遺民為主，他們在金亡之後避亂於東平、保定、真定的幕府之中，諸多士人在相對安逸的幕府之中時有雅集。隨後忽必烈的金蓮川幕府成立，諸多北方文人通過相互推薦先後進入忽必烈的幕府，金蓮川成為繼東平、保定、真定幕府之後，又一個北方文人的聚集地。忽必烈遷都大都之後，金蓮川幕府中的文人亦隨之來到了元大都，成為了大都地區第一代館閣文人。元初的大都地區雖然也有少數南方文人，但北方文士在大都地區的各類雅集中仍舊佔據主導。而剛剛經歷家國破亡的南方文人仍舊沉浸在悲傷與迷惘之中，他們通過結社唱和的形式，互相撫慰與勉勵，吟唱出他方共同的心聲。元初很長一段時間內，遺民文人唱和的主題都是故國之思和隱逸之情。元朝進入中期以後，遺民文人退出了歷史舞臺，這種唱和情緒才算告一段落。元中期，北方的大都和南方的杭州是全國的兩個文化中心，在這兩地彙集了來自全國的文士。大都因其特殊的政治地位，全國各地文人都想要北上大都，通過干謁而獲得舉薦的機會。而干謁的重要內容就是與權臣進行詩歌唱和，以展現自我的創作才華。而許多南方的文人，如虞集、袁桷、揭傒斯等文人正是此時期通過舉薦入仕，並且在翰林、集賢等館閣中逐漸佔據了主導地位。由於諸多精英文人進入朝廷的館閣，而諸多布衣文人不得不向朝中文人進行干謁，因此，館閣成為了元中期詩壇的中心，館閣文人的唱和活動影響著整個詩壇。而南方的情況卻截然不同，杭州作為前朝的國都，南方的文化中心，也聚集了很多的文人。但這裡文人多為低品級的地方官員和布衣名士，以及僧道文人，他們的雅集唱和頻繁而隨性，賓客與主人的地位平等，飲酒與唱和也非常盡興。此時期南方文人的唱和已經擺脫了元初遺民文人的情緒，開始關注宴集本身多帶來的身心愉悅。元中期除了大都和杭州兩地，在上都等其他地方也有雅集舉辦，但數量和規模都不及大都和杭州，影響力也對象較小。元末皇權內鬥，政治黑暗，地方武裝湧

現，社會進入了動盪時期。此時期的文人多數選擇遠離政治漩渦，以雅
集聚會的方式來逃避動亂的社會。在這種背景環境下，顧瑛的玉山雅
集成為元末最盛大的文人集會。其前後歷時長達數十年，參與者多達
百人，存詩五千首以上，這在文人雅集歷史上是空前絕後的。可以說，
玉山雅集將古代文人的雅集活動推向了最高峰。除了玉山雅集之外，
元末還有北郭詩社、南園詩社等諸多詩社雅集。

　　元代的文人雅集從數量上和規模上都超越了前代，無論是前期的
月泉吟社，還是後期的玉山雅集，其參與者數量及唱和範圍都是前代
雅集無法比擬的。而元代文人雅集最突出的特點是多民族文士的共同
參與，這一點將在第三章作為重點詳細探討。

第二章　元代文人唱和研究

　　詩歌唱和在文人交際之中佔有重要的地位，唱和活動涉及文人間的宴集、送別、出遊、贈答、題畫等多種社交活動。元代文人唱和的形式非常多，包括同題集詠、分韻、分題、次韻、用韻、聯句等，每種唱和形式都會在文人雅集使用到。而雅集與唱和的具有著密切的關係，元代絕大多數的文人雅集，都會包含詩歌唱和的環節。文人在雅集之中，逐漸形成了固定的文人群體，在詩文唱和之中，逐漸形成了統一風格的詩歌流派。本章重點探討元代唱和詩歌的創作範式及其影響，關於元代文人唱和的多民族性將放在第三章進行專門討論。

第一節　元代唱和詩詞總集敘錄

　　元代文人雅集的興盛，必然帶來詩歌唱和的繁榮，而唱和詩作的大量創作，則帶來了唱和詩詞集的集中湧現。唱和詩詞得以保存下來，一部分依靠的是文人別集的載錄，而另一部分則靠的是唱和詩詞集的收錄。唱和詩詞集的產生，多依賴於一定時期，一定群體文人的雅集活動。雅集活動的影響大小，也關係到唱和詩詞集的流傳程度。因此，除了類似玉山雅集、月泉吟社等影響較大的雅集活動，所產生的唱和詩詞集，得以廣泛流傳外。其餘眾多的小型雅集的唱和詩詞集都湮沒無聞了，僅能從文人的詩集序，及唱和詩中一窺端倪。下文將以現存和亡佚為分類標準，對元代的唱和詩詞集進行梳理。

一、現存的元代唱和詩詞集

1. 《樂府補題》

　　宋末元初之時，十四位南宋遺民詞人於杭州雅集結社，以同題集詠方式所創作詠物詞的合集。這些詞人分別是王沂孫、周密、張炎、馮應瑞、王易簡、呂同老、李彭老、唐藝孫、李居仁、趙汝鈉、唐玨、陳恕可、仇遠，以及無名氏。《樂府補題》共收錄詞作五題三十七首，其中《天香・宛委山房擬賦龍涎香》八首、《水龍吟・浮翠山房擬賦白蓮》十首、《摸魚兒・紫雲山房擬賦蒪》五首、以《齊天樂・餘閒書院擬賦蟬》十首，以及《桂枝香・天柱山房擬賦蟹》四首。《樂府補題》成書時間應該在元初，現存最早版本為明正統年間由吳訥所刊刻《唐宋名賢百家詞》本。但該書在元、明兩代一直沒有引起文人的注意，直到清初朱彝尊重新發現它。朱彝尊在《樂府補題序》中言：「《樂府補題》一卷，常熟吳氏抄白本，休寧汪氏購之長興藏書家。予愛而亟錄之，攜至京師，宜興蔣京少好倚聲為長短句，讀之賞激不已，遂鏤刻以傳」〔註1〕因為朱彝尊的抄錄，蔣景祁的刊刻，《樂府補題》才會被重新發現。《樂府補題》現存《唐宋名賢百家詞》本、《知不足齋叢書》本、《彊村叢書》本。

2. 《月泉吟社詩》

　　元初浦江人吳渭以「春日田園雜興」為題徵集詩歌，諸多南宋遺民紛紛來稿，最後徵集上來的詩歌多達二千七百三十五卷，作者遍及蘇、浙、閩、贛等多地。吳渭聘請方鳳、謝翱、吳思齊作為評審，評選出前二百八十名，並將是個編輯付梓。詩集中詩作語句和平溫厚，沒有警拔之詞，卻多隱含追懷宋室之意，內容借歌頌田園風光來抒發亡國之痛和故國之思，表明詩人們不仕元朝的情操。《月泉吟社詩》原本已佚，現存本為一卷，收錄前六十名的詩作七十四首。現存有《粵雅堂叢

〔註1〕（清）朱彝尊：《樂府補題序》，《曝書亭集》卷三十六，上海：國學整理社，1937年，第445頁。

書》本、《金華叢書》本、《詩詞雜俎》本。

3.《梅花百詠》

　　馮子振與釋明本的唱和詩集。馮子振，字海粟，攸州人，官承事郎集賢待制。明本，元朝僧人，俗姓孫，號中峰，法號智覺，錢塘人，工於吟詠，與趙孟頫友善。《四庫全書總目提要》載：「子振方以文章名一世，意頗輕之，偶孟頫偕明本訪子振，子振出示《梅花百韻詩》，明本一覽，走筆和成；復出所作《九字梅花歌》以示子振，遂與定交。是編所載七言絕句一百首，即當時所立和者是也。後又附「春」字韻七律一百首，則僅有明本和章，而子振原倡，已不可復見矣。」〔註2〕《梅花百詠》有「古梅」、「老梅」、「疏梅」、「孤梅」、「瘦梅」、「矮梅」、「蟠梅」、「新梅」、「早梅」、「鴛鴦梅」等共一百題，每題下有馮子振原唱一首，明本唱和附後。其後李祺也唱和《梅花百詠》，只是沒有流傳下來。韋珪亦有《梅花百詠》，但集中八十四首皆明本和詩相同，只有十六首未見於馮、釋的《梅花百詠》。馮子振、明本唱和《梅花百詠》有《四庫全書》本，韋珪《梅花百詠》有《宛委別藏》本。

4.《圭塘欸乃集》、《圭塘補和》

　　《圭塘欸乃集》是許有壬、許有孚、許子禎叔侄三人的唱和詩歌總集。至正八年，許有壬致仕後買下康氏廢園，改為自己的圭塘別館。每日攜賓客子弟在期間燕集唱和，後將唱和詩編成一集，共得詩二百一十九首，樂府六十六首，取名《圭塘欸乃集》。其中除了《樂府十解》為客人馬熙所作，其餘詩作皆是出自許家三兄弟之手，集中唱和方式多為次韻。第二年，許子禎至京師見到馬熙，將《圭塘欸乃集》出示給馬熙。馬熙又重新唱集中的詩詞，得到詩七十八首，詞八首，別題名《圭塘補和》，附在《圭塘欸乃集》之後。現存《圭塘欸乃集》、《圭塘補和》有《四庫全書》本、《叢書集成初編》本。

〔註2〕（清）紀昀等：《四庫全書總目提要》集部卷四十一，商務印書館，1931年，第38冊，第30頁。

5.《玉山名勝集》

　　《玉山名勝集》是顧瑛的朋友們對玉山佳處中二十八個景點唱和的詩歌總集。二十八景點分別是：玉山堂、玉山佳處、釣月軒、芝雲堂、可詩齋、讀書舍、種玉亭、小蓬萊、碧梧翠竹堂、湖光山色樓、浣花館、柳塘春、漁莊、金粟影、書畫舫、聽雪齋、絳雪亭、春草池、綠波亭、雪巢、君子亭、澹香亭、秋華亭、春暉樓、白雲海、來龜軒、拜石壇、寒翠所。每一地點先載題匾額之人，次載顧瑛自作春題，其餘詩詞、序記分類其後。黃溍的《玉山名勝集原序》記載：「中吳多遊宴之勝，而顧君仲瑛之玉山佳處，其一也。顧氏自闢疆以來，好治園池，而仲瑛又以能詩好禮樂與四方賢士大夫遊，其涼臺燠館，華軒美樹，卉木秀而雲日幽，皆足以發人之才趣。故其大篇小章，曰文曰詩，間見曾出，而凡氣序之推遷，品匯之回薄，晴雨晦明之變幻叵測，悉牢籠摹狀於更倡迭和之頃。雖復體制不同，風格異致，然皆如文繪貝錦，各出機杼，無不純麗瑩縟，酷令人愛。仲瑛既乃萃成卷，名之曰《玉山名勝集》。」〔註3〕《玉山名勝集》現存有《四庫全書》本。楊鐮、葉愛欣有《玉山名勝集》整理本。

6.《草堂雅集》

　　該集亦是顧瑛所編，收錄作品主要是顧瑛與賓客在玉山草堂唱和之作。吳克恭《草堂雅集序》載：「玉山草堂者，崑山顧仲瑛為之讀書弦誦之所也。……日以賓客從事，而惟詩是求，詠歌之不足，其來將無窮哉」〔註4〕。與顧瑛相唱和的，顧瑛原作附錄於後，與其他人相贈答，而非顧瑛的賓客，顧瑛覺得可觀者亦收錄，只是低書四格以區別。關於《草堂雅集》的體例四庫館臣評說：「四方名士，無不延致玉山草堂者，因仿段成式《漢上題襟集》例，編唱和之作為此集，自陳基至釋自恢，凡七十人。又仿元好問《中州集》例，各位小傳，亦有僅載字號，里居，

〔註3〕　（元）黃溍：《玉山名勝集原序》，《全元文》，第29冊，第115頁。
〔註4〕　（元）吳克恭：《草堂雅集序》，《全元文》，第39冊，第98頁。

不及文章行誼者，蓋各據其實，不虛標榜，猶前輩篤實之遺也。與其瑛贈答者，即附錄己作於後，其與他人贈答，而其人非與瑛遊者，所作可取，亦附錄焉，皆低書四格以別之。蓋雖以《草堂雅集》為名，實簡錄其人平生之作，元季詩家，此數十人括其大凡；數十人之詩，此十餘卷具其梗概。一代精華，略備於是」〔註5〕。該集以人繫詩，而不同於《玉山名勝集》以地繫詩。並且所收錄之作並不限於草堂雅集唱和之作，基本涵蓋了詩人生平主要詩作，有元末詩人精選集的意思。《草堂雅集》成書後流傳廣泛，之後的版本系統較為複雜，現存有元刊本、清抄本、影印元刊本等多種版本。其中刊刻於民國前期的陶湘刻本《草堂雅集》十八卷，以清徐渭仁舊藏鈔本為底本，是《草堂雅集》內容比較完備的版本，收錄詩人多達八十人。

7.《玉山紀遊》

該集所收錄的是顧瑛與其友人在至正年間的紀遊唱和之作，由袁華將其分類編輯刊刻。其所遊之地為崑山玉山草堂以外的著名景點，如天平山、林岩寺、西湖、虎邱、觀音山等。從遊者皆是顧瑛的好友，有袁華、楊維楨、鄭元祐、吳興、郯韶、沈明遠、于立、陳基、張遲、瞿智、周砥、釋良琦、陸仁、顧佐、馮郁、王濡之。每遊覽一地，必賦詩唱和，並有小序以記其事。該集現存版本有《四庫全書》本，楊鐮、葉愛欣的《玉山名勝集》整理本其中亦有《玉山紀遊》。

8.《西湖竹枝集》

該集為楊維楨發起的「西湖竹枝詞」唱酬詩歌集。楊維楨為元末東南為一代詩宗，其居住杭州期間，常與張雨、剡韶等友人去西湖各處遊覽。西湖山水的秀麗風光，激發了其詩歌創作的興致，楊維楨便以「西湖」為題，用「竹枝詞」的形式，創作了九首樂府詩歌。詩作皆歌詠西湖，內容清新脫俗，富有生活情趣，一時在南方地區產生了很大影

〔註5〕（清）紀昀等：《四庫全書總目提要》集部卷四十一，商務印書館，1931年，第38冊，第26頁。

響，唱和者眾多。楊維楨將選取了一百二十二位詩人的一百八十四首詩編輯成書，取名《西湖竹枝集》。集前有楊維楨自序，曰：「余閒居西湖者七八年，與茅山外史張貞居、莒溪鄭九成輩為唱和交。水光山色浸沉胸次，洗一時尊俎粉黛之習，於是乎有竹枝之聲。好事者流佈南北，名人韻士屬和者無慮百家。」〔註6〕該書現存有清光緒九年嘉惠堂刻本。

9.《靜安八詠集》

該集是元末時期詠上海靜安寺的詩歌總集，由靜安寺僧人釋壽寧編輯。釋壽寧，字無為，號一庵，上海人，居於邑西之靜安寺。靜安寺中本有七處古蹟，分別是赤烏碑、陳檜、蝦子潭、講經臺、滬瀆壘、湧泉、蘆子渡。釋壽寧又手植檜竹桐柏，積十年而參天，自號曰綠雲洞，以續古蹟為八。然後自作《靜安八詠》，並向元末文壇中所有長於詩者求題詠。再將所收集來的題詠進行篩選，編輯成《靜安八詠集》，請楊維楨作《靜安八詠序》，請錢鼎作《靜安八詠事蹟》和《靜安八詠詩後序》。《後序》中記載：「靜安八詠者，松江無為師所編輯也。師自昔處名剎歸靜安，目其寺之古蹟者凡七，而寺有綠雲冬，足而八之。求題詠於時之長於詩者凡十年，……既而摘其精，獲其雋永，若汰礫選金玉，其用心亦勤矣哉。帙既成，會稽鐵崖先生首為之序，而命鼎述八景之事蹟」〔註7〕。「靜安八詠」為同題集詠之作，詩集中收錄的參與者有貢師泰、成廷珪、楊瑀、釋壽寧、鄭元祐、王逢、韓璧、唐奎、馬弓、顧彧、錢岳、釋如蘭、趙覲、余寅、釋守仁、陸侗、孫作、張昱、吳益、錢惟善、張紘共二十一位。每人收錄八首，共一百六十八首詩作。詩歌體裁不一，古體、律體、絕句皆有。該集現存的版本有《藝海珠塵》本、《叢書集成初編》本。

〔註6〕（元）楊維楨：《西湖竹枝集序》，《全元文》，第42冊，第497頁。

〔註7〕（元）釋壽寧：《靜安八詠集》，《叢書集成初編》本，商務印書館，1936年，第37頁。

10. 《荊南唱和詩集》

元末周砥和馬治的唱和詩集。周砥，字履道，號東皋，別號菊溜生，吳門人，曾與楊維楨、顧瑛遊，元末歿於兵。馬治，字孝常，宜興人，入明授內邱知縣，遷建昌同知，洪武十七年猶存。元順帝至正十三年（1353），周砥避戰亂於荊南馬治家中，二人便常遊荊溪山水之間，於山泉林野間詩歌唱酬，後將所有唱和詩作編為一輯，名曰《荊南唱和詩集》。鄭元祐為該集作序，曰：「諗知履道更亂難，與其友馬孝常遊荊溪之間，邃之為谷崖泉石，深之為洞窟，聳之為岩巒，幽之為林壑，敞之為人煙聚落。二子者，窮幽極深，一草一木，蓋無不入於其所賦詠者」〔註8〕。周砥、馬治二人亦分別有自序。該集現存有《四庫全書》本。

11. 《金蘭集》

元末徐達左與其友人的唱和之作。徐達左（1333～1395），字良夫（良輔），別號耕漁子（畊魚子），又號松雲道人。平江（江蘇蘇州）人，元季曾遁跡鄧尉山。明初曾任建寧府學訓導，卒年六十三歲。元末至明初未出仕以前，徐達左家居蘇州吳縣光福里，在宅邸之中設計營造了「耕漁軒」和「遂幽軒」兩處園林，一時名流文士與之相往還，並在其間雅集聚會、詩文唱酬。後徐達左將自己與友人的唱和詩作編為一集，名曰《金蘭集》。至正二十二年（1362），王行作《耕魚軒詩序》，至正二十五年（1365），釋道衍作《耕魚軒詩後序》，可知其成書即在此期間。《金蘭集》收錄了元末一百二十位詩人的唱和詩作，包括同題集詠、分韻賦詩、次韻唱酬、題畫等多種詩歌唱和形式，可以想見當時雅集的盛況。《金蘭集》集現有清乾隆二十五年庚辰澕溪草堂重刻本，翠古齋鈔本，中華書局排印本。其中楊鐮、張頤青校勘整理的中華書局本最為精當詳備。

12. 《敦交集》

魏仲遠，號竹深，元末人。其與李季和、潘子素、高則誠、王元

〔註8〕（元）鄭元祐：《荊南唱和詩集序》，《全元文》，第38冊，第607頁。

章諸君往還，並集其倡和詩為一卷，名《敦交集》。朱彝尊《跋敦交集》云：「右敦交集一冊，上虞魏仲遠錄其友酬和之詩也。作者二十四人，詩七十六首，其末宜有仲遠題認而今亡之，非完璧矣。」〔註9〕該集的詩文唱和以魏仲遠為中心，採用次韻、贈答等形式。該集有連平範式雙魚室民國四年刻本。

13. 《至正庚辛唱和詩集》

元末至正庚子年（1360）和辛丑年（1361），分別在南湖和景德寺組織了兩次雅集唱和活動，後釋克新將唱酬詩歌編為一卷，名曰《至正庚辛唱和詩集》，前有周伯琦作序。序云：「至正庚辛唱和詩，為嘉禾同守繆君廣文、曹君偕諸名輩分韻之什也。讀其庚子兵亂之作，則知方岳匪人苗獠驕肆悲音於邑，何其戚也。比讀辛丑避暑之作，則藩衛有人民庶樂業逸興超舉，何其歡也。蓋其為時不過一再逾年，而二十八詩之歡戚頓異，要亦一系乎人焉耳矣。」〔註10〕由序文可知，兩次雅集組織者分別為繆思恭、曹叡，相隔時間不過一年，但詩歌表現出的情緒卻反差很大。「庚子唱和」在至正二十年（1360）南湖上舉行，郁遵參與了「庚子唱和」，並寫了《詩序》，序云：「至正己亥兵後，明年庚子八月之望，同守繆公招同諸彥小集南湖。以杜甫『不可久留豺虎地，南方猶有未招魂』為韻，人得一字，即席而成，亦足以紀一時之變，且幸此會為不易得云而」〔註11〕。此次唱和的參與者有繆思恭、高巽志、徐一夔、姚桐壽、釋克新、江漢、陳世昌、鮑恂、樂善、金絅、史澤民、殷從先、近仁明、朱德輝、郁遵，共十五人。「辛丑唱和」在至正二十一年（1361）景德寺中舉行，序云：「至正辛丑秋七月十有三日，永嘉曹叡以休假西郭，憩景德寺。諸公攜酒相慰藉，環坐以唐人『因過竹園逢僧話，又得

〔註9〕　（清）朱彝尊：《跋敦交集》，《敦交集》卷末，《元人選元詩》本。

〔註10〕　（元）周伯琦：《至正庚辛唱和詩集序》，《橋李詩繫》卷六，《四庫全書》本。

〔註11〕　（元）周伯琦：《至正庚辛唱和詩集序》，《橋李詩繫》卷六，《四庫全書》本。

浮生半日閒」之句分韻賦詩。雲海師裒集成什，以志一時之良會云。」
〔註 12〕參與此次唱和的有：呂安坦、鮑恂、牛諒、釋智覺、常真、丘
民、張翼、王綸、來志道、聞人麟、曹叡、徐一夔、尤存、周棐，共十
四人。兩次雅集參與者共二十七人，存世二十九首。現存的《至正庚辛
唱和詩集》有《四庫全書》本。

二、已佚的元代唱和詩詞集

　　元代文人雅集活動興盛，唱和詩詞集的數量也相當可觀。只是在
歷史的大浪淘沙下，眾多唱和詩詞集沒有流傳下來，現在僅能從留存
的詩序和唱和詩作中一窺端倪。

1.《淇奧唱和詩》

　　王惲與友人的唱和詩集，其《淇奧唱和詩序》云：「既老日閒，心
無所運用，感悟興懷，情有弗能已者。即作為詩歌以示同志，顧不揆乃
相與賡唱迭和，累積日久，遂成卷束，總得詩大小凡若干首。」〔註 13〕

2.《雪堂雅集詩》

　　王惲《跋雪堂雅集後》載：「釋統仁公見示《雪堂雅集》二帙，因
最其目序四、詩十有九、跋一、真贊十七、送豐州行詩九，凡五十篇。
有一人再三作者，去其繁複得二十有七人。」〔註 14〕《雪堂雅集》的
作者二十七人有商挺、徐世隆、王磐、李謙、徐琰、閻復、王構、李槃、
王惲、雷膺、周砥、宋渤、夾谷之奇、馬紹、張孔孫、宋渤、燕公楠、
楊鎮、趙孟頫、董文用、張九思、王博文、劉宣、張之翰、宋衢、崔宣、
劉好禮，基本涵蓋了至元後期大都文壇的主要作家。

3.《經筵唱和詩》

　　蘇伯修與館閣文臣及大都文士的唱和詩集。陳旅《經筵唱和詩序》

〔註 12〕　（元）周伯琦：《至正庚辛唱和詩集序》，《橋李詩繫》卷六，《四庫全
　　　　　書》本。
〔註 13〕　（元）王惲：《淇奧唱和詩序》，《全元文》第 6 冊，第 184 頁。
〔註 14〕　（元）姚燧：《跋雪堂雅集後》，《全元文》，第 9 冊，第 406 頁。

云：「今監察御史鎮陽蘇君伯修時為授經郎兼經筵譯文官，論定其說，使譯者得以國言悉其旨歸。沐日又賦詩鋪寫盛世，約同館之士與京師能詩者和之，匯為一卷，不鄙為旅，使序之。」〔註15〕

4.《楊氏池塘宴集詩》

至元二十三年（1286）三月三日，周密、仇遠、白珽、屠約、張瑛、孫晉、曹良史、朱菶、徐天祐、王沂孫、戴表元、陳方、洪師中等南宋遺民，在楊承之家中的池亭舉行宴集，並進行分韻賦詩，編成一集。戴表元《楊氏池塘宴集詩序》中云：「辭之達志莫如詩。公瑾遂取十四韻，析為之籌，使在者人探而賦之，不至者授之所探而徵之。得其韻為古體詩若干言，得其韻為近體詩若干言。群篇鼎成，咸有倫理，是庶幾託晉賢之達，而返鄭風之變也。已矣，因次第聯為巨篇，而命表元為之序。」〔註16〕

5.《千峰酬倡詩》

元中期，來杭州新定居的士人們的唱和詩作。戴表元《千峰酬倡序》中寫道：「庚子歲其在錢塘，有攜《千峰酬倡》過余。朱墨伊憂中取而疾讀之，蓋皆新定居諸公所作」〔註17〕

6.《遊長春宮詩》

大德八年（1304），虞集與袁桷、貢奎、周天鳳、劉光、曾德裕同遊位於大都城西南的長春宮。登上長春宮殿後，六人又以「蓬萊山在何處」為韻進行分韻賦詩創作，得古體詩六首，又以貢奎所賦詩進行唱和，再得律詩十三首，後將所得唱和詩作編為一集，名曰《遊長春宮詩》。虞集《遊長春宮詩序》云：「國朝初，作大都於燕京北東，大遷民實之。燕城廢，惟浮屠老子之宮得不毀。……大德八年春，集與豫章周儀之、四明袁伯長、宣城貢仲章、廣信劉自謙、盧陵曾益初，始得等於

〔註15〕（元）陳旅：《經筵唱和詩序》，《全元文》，第37冊，第284頁。
〔註16〕（元）戴表元：《楊氏池塘宴集詩序》，《全元文》第12冊，第146～147頁。
〔註17〕（元）戴表元《千峰酬倡序》，《全元文》第12冊，第164頁。

其宮之閣而觀之。……乃以「蓬萊山在何處」為韻，以齒序而賦之，得古詩六首。別因仲章所賦唱和，又得律詩十有三首，稡為一卷，謹序而藏之。」〔註18〕原集已佚，現存有虞集《遊長春宮分韻得在字》〔註19〕、袁桷《遊長春宮分韻得萊字》〔註20〕、貢奎《長春宮同伯長德生儀之分韻得山字》〔註21〕。

7. 《續蘭亭詩集》

元末至正二十年（1360），劉仁本在浙江餘姚召集當地的四十二位名士，舉行了一次續蘭亭雅集。集會上取晉人蘭亭雅集詩歌審視，替當年蘭亭雅集上沒有創作詩歌文士的進行補唱。劉仁本《續蘭亭詩序》：「是以至正庚子春，治師會稽之餘姚州。……合甌越來會之士，或以官為居，或以兵為戍，與夫避地而僑，暨遊方之外者，若樞密都事謝理、元帥方永、鄒陽朱右、天台僧白雲一下得四十二人，同修禊事焉。……仍按圖取晉人所詠詩，率兩篇。若闕一而不足者，而二篇而不就者，第各占其次補之。總若干首，目曰續蘭亭會。……會人請紀，以冠詩端，而諸姓名則各因詩以附見如左。」〔註22〕該集已佚，現存有徐昭文《雩詠亭續蘭亭會補府主簿後棅詩二首》、朱綗《雩詠亭續蘭亭會補府曹勞夷詩二首》、謝理《雩詠亭續蘭亭會補侍郎謝瑰詩》、張溥《雩詠亭續蘭亭會補鎮國大將軍卞迪詩二首》。

8. 《劉石唱和詩》

元末劉基與石抹宜孫的唱和詩集。劉基，字伯溫，元統元年進士，至正十六年（1356），與石抹宜孫同守處州，三年間詩歌唱和，編為《唱和集》。劉基《唱和集序》云：「至正十六年，以承省檄與元帥石抹公謀括寇，因為詩相往來。凡有所感輒形諸篇，雖不達諸大廷以詖君子之

〔註18〕（元）虞集：《遊長春宮詩序》，《全元文》第 26 冊，第 218 頁。

〔註19〕（元）虞集：《遊長春宮分韻得在字》，《全元詩》，第 26 冊，第 236 頁。

〔註20〕（元）袁桷：《遊長春宮分韻得萊字》，《全元詩》，第 21 冊，第 83 頁。

〔註21〕（元）貢奎：《長春宮同伯長德生儀之分韻得山字》，《全元詩》，第 23 冊，第 97 頁。

〔註22〕（元）劉仁本：《續蘭亭詩序》，《全元文》第 60 冊，第 319 頁。

心。而亦豈敢以疏遠自外而忘君臣之情義。」〔註23〕

9. 《掀篷唱和詩》

元末契丹族官員、詩人石抹宜孫組織了一次掀篷雅集，集上所唱和的詩作編成一集，名曰《掀篷唱和詩》。該集已佚，《元詩選》中現存有何宗姚《妙成觀掀篷》一首，另有石抹宜孫、費世大、謝天與、廉公直、趙時奐、陳東甫、郭子奇、孫原貞、吳立、張清、寧良的《妙成觀掀篷和何宗姚韻》各一首。

10. 《上京大宴詩》

至正九年（1349），貢師泰等諸多館閣文臣在上都舉行詐馬宴期間唱和的詩歌總集。王褘《上京大宴詩序》中云：「至正九年夏五月，天子時巡上京。乃六月二十有八日，大宴失剌斡爾朵，越三日而竣事，遵彝典也。……然則鋪張揚厲，形諸頌歌，以焯其文物聲容之烜赫，固有不可闕者，此一時館閣諸公賡和之詩所為作也。故觀是詩，足以驗證今日太平極治之象，而人才之眾，悉能鳴國家之盛，以協治世之音。……、今賡唱諸詩，其所鋪張揚厲，亦不過模寫瞻視之所及，……詩自宣文閣授經郎貢公為倡，賡者若干人，總凡若干首。」〔註24〕

綜上所述，元代文人唱和的盛況被《月泉吟社詩》、《雪堂雅集》、《玉山名勝集》等唱和總集記錄下來，從這些唱和總集中，我們可以看到元代文人唱和主題類型的豐富，唱和模式的多樣。

第二節　元人唱和的創作模式

唱和詩歌的創作模式有一個自誕生到發展的過程，最初的文人唱和沒有形式上的約束，一贈一答皆隨性創作，韻部體裁都比較自由。但文人為了追求娛樂性和競賽性，不斷的增加唱和的難度。從同韻部的依韻，到相同韻字的用韻和次韻，再到不同韻部的分韻賦詩，唱和

〔註23〕（明）劉基：《唱和集序》，《誠意伯文集》，《四庫全書》本。
〔註24〕（元）王褘：《上京大宴詩序》，《全元文》第 55 冊，第 292 頁。

詩歌的創作模式變得日益豐富。以致到了元代中期，文人雅集上很少有隨性唱和的贈答之作。雅集唱和幾乎都附著於某一高難度的唱和形式。這種形式包括同題集詠、分韻賦詩、分題賦詩、用韻、次韻、聯句等。

一、同題集詠

同題集詠，是指文人們針對同一事件或同一事物，使用同一題目，甚至同一體裁，所進行地群體性命題創作。同題集詠的限定前提只有詩歌的題目，因此其靈活性較分韻、次韻、聯句等其他形式要好很多。並且對參與者的數量沒有上限要求，幾乎可以人人參與。而像分韻、次韻、聯句等唱和模式，其參與人數不能夠無限度擴大。特別次韻，往往僅能限制在三、五人以內進行創作，如果多了，人的才力恐怕很難達到。而分韻，往往適合十幾人以內的雅集，拈出前人一首詩的一聯進行分韻，有時候還會有人分不到韻。如宋代馮時行的《梅林分韻得梅字序》中云：「客有十五，韻止十四，呂義父別以詩為韻」。聯句唱和相對自由寬鬆，理論上參與人數沒有上限，可真正創作中，由於雅集人數的限制，和實際操作上的難度，聯句唱和規模也是非常有限的。而同題集詠具有極大的創作自由度，可以無限制的擴展。這主要在於同題集詠唱和，不僅僅是共時的創作，還可以是跨空間的、歷時的創作。

許多文人雅集喜歡用分韻賦詩進行創作，這主要為了體現其遊戲性，以及增加參與的難度，唱和活動一般也會隨著雅集的結束而結束。而同題集詠的創作形式是跨時空的，其並不侷限於一時一地，某一次雅集活動，其唱和地點可以涵蓋半個中國，其唱和活動可持續數月，甚至數年。以「月泉吟社」為例，至元二十三年（1286），吳渭發起了以「春日田園雜興」為題的詩歌徵集活動，活動時間從至元二十三年十月十六日，直到此年的正月十五年，持續時間約三個月，共收到詩作近三千卷，參與者近兩千餘人，作者遍及當時南方的各個地域。再如「靜

安八詠」唱和，釋壽寧將靜安寺湊足八景之後，向全國長於詩者徵集詩歌，前後耗時十年才結束，然後精選其中佳作編輯成冊。同題集詠因其不限韻，參與難度較低，使得同題集詠的數量眾多。

同題集詠除了限製詩題外，對用韻、體裁等方面是不做要求的。但在實際唱和中，文人們更傾向於使用五、七言的律體進行創作。如《玉山名勝集》對「玉山草堂」的題詠中，于立作五言律詩，釋良琦、郯韶、陳基等作七言律詩、王濡之作五言古體，鄭元祐作七言古體，陸仁作五言絕句。詩人可以自由選擇體裁進行創作，但從總體數量上來說，七言律詩的占比還是較大。月泉吟社發起的「春日田園雜興」詩歌徵集活動，是元代規模最大的同題集詠，但吳渭的《徵詩榜》、《詩評》、《春日田園題意》等文中並沒有提到對詩歌體裁的限制，也就是說任何體裁都可以參加活動。但現存的《月泉吟社詩》中，七言律詩佔了五十首，五言律詩佔了十首。明人田汝耔在其《刻月泉吟社詩序》中言：「其詩多律五、七言近體，其詞宛微，其氣平淡，其音清翕」〔註25〕。毛晉在《月泉吟社詩跋》中言：「共得詩二千七百三十五卷，選中二百八十名，今茲集所載僅六十名，凡四韻詩七十有四首」〔註26〕。是否有律體以外的體裁參與唱和，甚至獲得名次，現在已經不得而知。但從這種現象可以得知，在同題集詠中，參與者和評判者更傾向於律詩，其中七言四韻的律詩更是占優。

同題集詠在元代的詩歌唱和活動中貫穿始終，並且一直興盛不衰，究其原因，大致有以下四點：

第一，同題集詠創作在元代的興盛，與此一時期文人詩社大量湧現有密不可分的關係。宋代詩社便已經較為普遍，發展到元代詩社更是興盛。宋人詩社的規模還較小，據歐陽光《宋元詩社研究叢稿》中考證，宋代詩社多數還是二十人以下的小型詩社，每次活動的規模很小，

〔註25〕（明）田汝耔：《刻月泉吟社詩序》，《月泉吟社詩》卷一，《叢書集成初編》本。
〔註26〕（明）毛晉：《月泉吟社詩跋》，《叢書集成初編》本。

參與人數也有限。因此，分韻賦詩的方式足以滿足社員之間的唱和。而元代詩社活動規模有所擴大，像月泉吟社的唱和活動參與者兩千餘人，龍澤山詩社的每次集會都有近二百人，越中詩社以《枕易》為題的唱和有三十餘人參加。參與人數的增多使得分韻賦詩的模式不再適用，同題集詠成為了可以使眾多人廣泛參與的，最好的唱和形式。

　　第二，同題集詠的興盛與科舉制度的取締有一定關係。元朝滅亡南宋之後，一直延續的科舉選官制度中斷了，大量的漢族士人失去了一條晉身之路。科舉的廢除使長久以來以讀書為業的儒生們感到無所適從，為了填補科舉缺失所造成的空白，元初的眾多詩社以同題集詠的形式開展詩歌大賽。其具體的操辦形式與科舉的命題賦詩相近，糊名、謄卷、品評、排名，樣樣都模仿科舉。李東陽在《懷麓堂詩話》中曾說：「元季國初，東南士人重詩社，每一有力者為主，聘詩人為考官，隔歲封題於諸郡之能詩者，期以明春集卷。私試開榜次名，仍刻其優者，略如科舉之法。」〔註27〕科舉考試中的命題賦詩，從形式上看也與同題集詠如出一轍。因此，眾多的詩社模擬科舉的形式進行詩歌比賽，滿足了士人們內心對科舉的渴望。這客觀上促進了元初詩社大量同題集詠活動的出現。

　　第三，同題集詠有利於文人集體情緒的宣洩。文人間的唱和活動，本質上是一種情感的交流。當文人們在特定時空下，同時具有了某種情緒時，他們就需要一種渠道將內心的情感釋放出來，而同題集詠是最好的形式。元初南方的文人遭受著亡國的痛苦經歷，制度的破壞，異族的統治使他們感到無所適從。故國已經遠去，而新主卻無法使他們接受，內心中迷惘與痛苦交織著，這種掙扎成為了遺民文人的集體情緒。遺民文人需要將內心壓抑的情緒用詩歌的形式呼喊出來，於是有了月泉吟社的同題唱和，表達了遺民文人們隱而不仕，集體守節的情緒；有了「樂府補題」與「冬青吟」的同題集詠，表達了對先朝的懷念

〔註27〕　（明）李東陽：《懷麓堂詩話校釋》，北京：人民文學出版社，2009年，第158頁。

和先帝的哀悼；有了以「題汪水雲詩卷」為題的同題唱和，表達南宋遺老們的亡國之痛和故國之思。即便到了元中期，乃至元末，文人們的同題集詠唱和仍舊帶有一些集體情緒宣洩的性質。

　　第四，同題集詠適用於廣泛的唱和主題。文人詩歌唱和的主題是多種多樣的，宴集聚會、贈別友人、紀遊、詠物、詠地方風物、題畫等等。不論何種唱和主題，都可以運用到同題集詠的唱和形式。宴集聚會，同題集詠可以容納較多人參與其中，如鄭蘭玉、鄭子寬、操智達、章子才、姚希愈、俞彥聖、林德芳、宋則翁、方玉父、方仁存、方則芳、吳鵬飛、毛翼、潘東明、閔全、閔齊、姚籌、劉恪、鄭思道、趙鎮遠、俞希聖等二十餘人同題創作的《知州郭公之父壽詩》〔註28〕；贈別友人，同題集詠可以將人們的情感集中釋放，如陳天益、屠銓、張衡、張元德、許應旂、唐禮、施文振、閔全、閔齊、俞希聖、劉鉉、史臺孫、胡維杓、仇幾、釋志勝、釋可權等人的《送文卿知州赴浮梁任》〔註29〕；紀遊，如虞集、馬祖常、袁桷等人的《上京紀行詩》，顧瑛、鄭元祐、于立等人的《玉山紀遊》；詠物，如王沂孫、周密、李彭老等人的《樂府補題》，馮子振、釋明本的《梅花百詠》；詠地方風物，如楊維楨首倡的《西湖竹枝集》；題畫，如魯國大長公主所藏的《秋塘圖》，有趙世延、馮子振、鄧文原、王毅、曹元用、魏必復、張珪等十幾位文人創作題畫詩。

　　同題集詠的唱和模式以其形式簡單自由，限制條件寬鬆，參與創作難度小，可容納參與者眾多等優勢，成為了元代使用最為廣泛的文人唱和形式。

二、分韻賦詩、分題賦詩

　　分韻賦詩是文人雅集上一種重要的唱酬方式，其適合三人以上，

〔註28〕　（元）鄭蘭玉等：《知州郭公之父壽詩》，《全元詩》第27冊，第123～130頁。

〔註29〕　（元）陳天益等：《送文卿知州赴浮梁任》，《全元詩》第27冊，第138頁。

二十人以下的集中唱和。分韻賦詩最主要的特點就是分韻，每人分得一個韻部，作詩要用該韻部中的字作為韻腳，並且要用到自己所分的韻字。如袁桷《遊長春宮分韻得萊字》〔註30〕：

> 珠宮敞殊界，積構中天臺。神清歷倒景，青紅隱蓬萊。群山助其雄，袞袞從西來。八荒昔禹甸，為此增崔嵬。舊邑環蟻垤，清泉覆流杯。雲低落日淨，莽蒼同飛埃。緬懷古仙伯，採芝雪毿毿。長春豈酒國，殺氣為之回。天風起高寒，玉佩聲徘徊。空餘水中輪，歷錄環春雷。之人去已久，松聲有餘哀。

該詩用到了「萊」字所在的上平「灰」韻韻部中的「臺、來、嵬、杯、埃、毿、回、雷、哀」字，還用到了所分到的「萊」字。再如虞集《遊長春宮分韻得在字》〔註31〕，該詩用了去聲「隊」韻韻部中的「黛、礙、背、佩、慨」等字，還用到了所分得的「在」字。可見，分韻所得的字是必須用的，其餘的韻腳用字則必須出自所分得的韻部。貢奎的《長春宮同伯長德生儀之分韻得山字》〔註32〕，其韻腳用字來自平聲「刪」韻，並且用到了「山」字作為其中一句的韻腳字。

　　分韻賦詩需要有韻字才可以，而韻字往往來自一句古人的詩句，該詩句又通常是詩人在雅集中根據當時的情景所想到的。如鄭元祐《分韻賦詩序》中云：「遂置酒書畫舫，夜參半，酒已酣，析杜律句『春水船如天上坐，老年花似霧中看』平聲字為韻」〔註33〕，因詩人們在畫舫上宴集，想到了杜甫的「春水船如天上坐」的詩句。蕭景微的《分韻詩序》中云：「於是飲酒樂甚，明當重九，遂以『滿城風雨近重陽』為韻賦詩」〔註34〕，因為時近重陽，所以用於重陽相關的詩句為韻。顧瑛的《分題詩引》中云：「余會於匡山、琦龍門於樓上。輕風吹衣，爽

〔註30〕　（元）袁桷：《遊長春宮分韻得萊字》，《全元詩》，第21冊，第83頁。
〔註31〕　（元）虞集：《遊長春宮分韻得在字》，《全元詩》，第26冊，第236頁。
〔註32〕　（元）貢奎：《長春宮同伯長德生儀之分韻得山字》，《全元詩》，第23冊，第97頁。
〔註33〕　（元）鄭元祐：《分韻賦詩序》，《全元文》第38冊，第634頁。
〔註34〕　（元）蕭景微：《分韻詩序》，《全元文》第58冊，第662頁。

氣浮動，……以『危樓高百尺』分韻賦詩」〔註35〕。一般來說，所選詩句都是雅集之上文人根據當時的情景所聯想到的。

分韻的詩句確定了，下一步是怎麼分的問題了。現存的諸多分韻賦詩的序文中，僅言及以某某句分韻賦詩，而很少提到分韻的方式，考察分韻賦詩最集中的玉山雅集唱和，獲知分韻的方式大概主要有兩種。第一種是抓鬮，吳克恭《分題詩序》中云：「暨余凡十人，以杜甫『暗水流花徑，春星帶草堂』之韻分鬮，各詠言紀實，不能詩者罰酒二觥。」〔註36〕第二種是按座位此序分韻。鄭元祐《分韻賦詩序》云：「人各賦詩而俾余為序，因拈得春字，次李君得船字，餘各以坐次分韻而賦云。」〔註37〕

韻分定後，就要開始各自賦詩。但因為有些文人的才力有限，一時創作不出來，於是便有了懲罰的方式。宴集上最主要的處罰方式是罰酒，沈明遠《分題詩序》云：「乃以『銀漢無聲轉玉盤』分韻賦詩，元璞得銀字，德輔得漢字，仲瑛得聲字，余得無字，詩不成者罰酒一觥。」〔註38〕除了罰酒之外，還可以用作畫代替作詩，鄭元祐《分韻賦詩引》云：「已而觴詠之於芝雲堂，酒半興洽，分『冰衡玉壺懸清秋』為韻，相與賦詩以紀一時邂逅之樂。仲瑛得壺字，詩先成。莒城趙善長作畫以代詩，坐客不能成詩者各罰酒一觥。」〔註39〕從詩序來看，基本上每次分韻都有不能詩者被罰酒的情況，有的罰酒一觥，有的罰酒三觥。

分韻賦詩是一種限韻體創作，它並不限製詩歌的體裁，理論上詩人可以自由選擇體裁創作。如至正十年秋，在玉山佳處芝雲堂舉行的宴集上，詩人們以「藍田日暖玉生煙」分韻賦詩。顧瑛得藍字，作了七言十韻的排律；于立得田字，作七言十四韻的排律；昂吉得日字，

〔註35〕 （元）顧瑛：《分題詩引》，《玉山名勝集》，北京：中華書局，2008年，第204頁。
〔註36〕 （元）吳克恭：《分題詩序》，《全元文》第39冊，第99頁。
〔註37〕 （元）鄭元祐：《分韻賦詩序》，《全元文》第38冊，第634頁。
〔註38〕 （元）沈明遠：《分韻詩序》，《全元文》第58冊，第485頁。
〔註39〕 （元）鄭元祐：《分韻賦詩引》，《全元文》第38冊，第635頁。

作五言古體詩；釋良琦得暖字，作五言古體詩；顧衡得玉字，作五言
古體。顧進得生字，作五言律詩；徐彝得煙字，作七言絕句。可以說，
古體、律體、絕句都有了。理論上說，分韻賦詩只是限制用韻，而不
限制體裁，詩人們是可以自由選擇的。但實際情況並不是這樣，但有
些詩人分到仄聲字的話，他就無法使用律體和絕句進行創作，只能用
古體創作。如上文中的「暖」為上聲字，「日」和「玉」為入聲字，因
此昂吉、釋良琦和顧衡只能用古體，沒有選擇體裁的餘地。有時候為
了避免這種情況，讓詩人們擁有更多的創作自由，分韻賦詩時常常規
避仄聲字，僅僅以平聲字進行分韻。顧瑛《口占詩序》中有：「是夕以
『己公茅屋下』平聲字分韻賦詩，詩成者三人」〔註40〕，該詩句的平
聲字僅有「公」、「茅」二字，後又補入「詩」字為韻。顧瑛得公字，
作七言律詩；盧昭得茅字，作五言律詩；秦約得詩字，作七言律詩。
再如于立《分韻詩序》：「是日以『解釣鱸魚有幾人』，分平聲韻賦詩，
詩成者三人」〔註41〕，該詩句中的平聲字有「鱸」、「魚」、「人」，于
立得鱸字，釋良琦得魚字，顧瑛得人字，他們三人的創作皆為七言律
詩。在另一次以「荷淨納涼時」平聲字分韻賦詩時，于立得荷字，顧
瑛得涼字，釋良琦得時字，他們三人的創作皆為七言絕句。可以說，
在決定用平聲字進行分韻時，詩人們會儘量選用統一的近體詩體裁唱
和。

　　分韻賦詩的韻部定了，其唱和的內容基本上也定了。詩歌創作的
內容基本上是圍繞分韻所選用的詩句而來，而分韻詩句則根據雅集的
情景而來。如顧瑛、釋良琦、于立三人以「危樓高百尺」分韻，其詩歌
皆表現高樓之上的風光與樓中宴集的歡愉；以「解釣鱸魚有幾人」分平
聲字分韻，其詩歌皆是描繪水中風光，以及垂釣的閒逸，並且提及了鱸

〔註40〕 （元）顧瑛：《口占詩序》，《玉山名勝集》，北京：中華書局，2008 年，
　　　　第 137 頁。
〔註41〕 （元）于立：《分韻詩序》，《玉山名勝集》，中華書局，2008 年，第 244
　　　　頁。

魚；以「荷淨納涼時」平聲字分韻，其詩歌皆表現夏日微風下池邊賞荷的感受與聯想。因為詩句的選擇本來就出自雅集的場景，而分韻創作的內容與雅集相關，自然也就與分韻的詩句相關聯。

在顧瑛的玉山雅集中有一種與分韻賦詩相類似，卻又很不同的唱酬形式，即分題賦詩。分韻賦詩，分的是韻部，而分題賦詩，分的是詩題。顧瑛的玉山佳處有二十八處景點，在有些雅集聚會上會以這些景點為題，進行分題賦詩。張翥《釣月軒詩序》：「時坐客能詩者九人，以玉山佳處之亭館，分題賦詩，予得《釣月軒》，乃為記小引並賦長句。」〔註42〕張翥分題釣月軒，作七言古體詩；釋良琦分題梧翠竹堂，作七言古體；顧瑛分題金粟影，作七言古體；于立題芝雲堂，作七言古題；郯韶分題柳塘春，作七言古體；鄭元祐分題湖光山色樓，作七言排律；華翥伯翔分題玉山佳處，作七言排律；李元珪分題玉山草堂，作七言古體；釋福初分題漁莊，作七言古體。〔註43〕另一次，至正十一年（1351）八月，顧瑛與友人「以吳中山水分題，得詩若干首」〔註44〕。劉西村題楓橋，釋良琦題震澤湖，郯韶題虎邱，袁華題泰伯廟，俞明德題館娃宮，周砥題百花洲，皆為五言律詩；顧瑛題洞庭湖，沈明遠題龍門，皆為七言律詩；陳基題太湖，張田題滄浪池，張簡題姑蘇臺，皆為五言古體。可以看出，分題賦詩僅限製詩歌創作題目，對體裁、用韻皆不限制。值得注意的是，元人許多名為「分題詩序」的序文，其中的唱和多為分韻賦詩，真正的分題賦詩並不多。

分韻賦詩和分題賦詩主要是三人以上，二十人以下的雅集活動中的唱酬形式，當唱酬活動僅僅發生在二人以內時，和詩、依韻、用韻，以及次韻便成了最為主要的唱和形式。

〔註42〕 （元）張翥：《釣月軒詩序》，《全元文》第48冊，第594頁。
〔註43〕 （元）顧瑛輯，楊鐮、葉愛欣整理：《玉山名勝集》，北京：中華書局，2008年，第71～76頁。
〔註44〕 （元）陳基：《送鄭同夫歸豫章分題詩序》，《玉山名勝集》，北京：中華書局，2008年，第383頁。

三、和詩、依韻、用韻、次韻

　　和詩、依韻、用韻、次韻多是在兩人之間進行的唱和形式，其中和詩是對韻沒有任何限制的，屬於和意不和韻的唱和形式，而後三種則是不同程度的限韻唱和。限韻體唱和起源於唐中期的元白二人，劉攽在《中山詩話》中說：「唐詩賡和，有次韻（先後無易），有依韻（同在一韻），有用韻（用彼韻不必次）。」其中依韻，即和詩使用與原唱相同的韻部，不必限定韻部中的字；用韻，即和詩使用與原唱相同的韻腳，但韻腳的排列順序與原唱不同；次韻，即和詩使用與原唱相同的韻腳，且前後順序完全一致。依韻、用韻、次韻，三種限韻唱和的難度是逐級遞增的，依韻最易，次韻最難。但自從中唐限韻體唱和產生以來，反而是次韻的創作數量最多，依韻的創作數量最少。文人們反而喜歡使用較難的形式，而不是較為容易的形式。究其原因，文人可能希望使用最難的形式，來彰顯自己的詩歌創作的才華。與其用簡單的限韻形式，還不如不用的效果好。這種情況在北宋最盛，北宋館閣文人間次韻唱和非常興盛，蘇軾、黃庭堅的次韻唱和詩作佔了全部詩作數量的四分之一還要多。這種情況到了南宋和元朝略微衰落，但限韻體的唱和卻大量存在於三人以下的唱和活動中。

　　元代兩人之間唱和之中，次韻依舊是用到最多的唱和形式，超過了和詩、依韻和用韻三種形式。特別是許多唱和作品題名「和詩」，實際卻依舊是次韻。如胡助的《和黃晉卿北山紀遊八首》〔註45〕名曰「和」，可是實際次韻了黃溍《金華北山紀遊》〔註46〕。

　　　　《和黃晉卿北山紀遊八首》前二首：

　　　　　　山中念昔遊，曾借山房宿。靈瀨洗幽耳，孤燈懸佛屋。

　　　　晨興訪隱者，杖履沿澗曲。

　　　　　　上方極清邃，人世有此景。水木圍燕坐，翛然吟骨冷。

　　　　澗谷雲幽深，何止三萬頃。

〔註45〕（元）胡助：《和黃晉卿北山紀遊八首》，《全元詩》第29冊，第20頁。
〔註46〕（元）黃溍：《金華北山紀遊》，《全元詩》第28冊，第237頁。

《金華北山紀遊》原唱前二首：

偶為山中游，遠過雲關宿。蒼燈閃初夜，雨氣蒸深屋。
時聞清梵音，窈眇松林曲。

迢迢上方界，水木翳清景。山深不可留，日暮衣裳冷。
淒其懷昔遊，百歲皆俄頃。

黃溍的《金華北山紀遊》為五言三韻，第一首韻腳分別是「宿」、「屋」、「曲」，第二首韻腳為「景」、「冷」、「頃」。胡助的和詩完全同體同韻，且韻腳的排列與原唱相同，即是完全次韻了。並且所詠的也是山中幽靜的景色，做到了和韻兼和意。如其相似的情況，還有虞集的《和馬侍御西山口占》〔註47〕，該詩名曰「和」，但實際次韻了馬祖常《西山》〔註48〕。

《西山》原唱：

鳳城西去玉泉頭，楊柳堤長馬上游。六月薰風吹別殿，
半天飛雨灑重樓。山浮書蓋連雲動，露滴荷盤並水流。艤岸
龍舟能北望，翠華來日正清秋。

《和馬侍御西山口占》：

迢遙宮殿水西頭，春日時聞翠撞遊。霧引旌幢連閣道，
風傳鍾鼓出城樓。群臣頌德金為刻，萬壽稱觴玉作流。避暑
醴泉涼氣早，旋京應作大田秋。

馬祖常的原唱是七言律詩，首句入韻，韻腳分別為「頭」、「遊」、「樓」、「流」、「秋」。虞集的和詩的韻腳排列與其完全相同，並且首句亦入韻，明顯是次韻之作。

和詩中也有只和意而和韻的，如安熙《和陶淵明飲酒》「我本山澤臞，殊非廊廟英。忘意羲皇上，千載有深情。豈無樽中酒，持杯向誰

〔註47〕（元）虞集：《和馬侍御西山口占》，楊鐮主編《全元詩》第26冊，北京：中華書局，2013年，第100頁。
〔註48〕（元）馬祖常：《西山》，《全元詩》第29冊，第345頁。

傾。遙憐昆丘鳳，朝陽亦孤鳴。願言躡高躅，要不負此生。」〔註49〕詩中所和的是陶淵明《飲酒》的退隱之意，而並沒有用其韻。但在元人和詩之中只是少數。

元詩中許多題為「用韻」的詩作，實際也是次韻。如胡助的《再用韻答虞學士》，名曰「用韻」，實際是次韻了自己的前作《灤陽述懷》〔註50〕。

《灤陽述懷》原唱：

翰院何曾紀聖謨，灤陽萬里一身孤。秋風起處黃榆落，夜雨盡時青草枯。雪壓黑山屯戍帳，雲飛白海獵圍圖。屬車來往常親見，神武開基自古無。

《再用韻答虞學士》：

稽古雄文自典謨，先生忠義立朝孤。秋生灤水情偏逸，爽人鼇峰思不枯。經世大書光製作，奎章諸老盛儀圖。岷峨山色青長好，一任浮雲自有無。〔註51〕

原唱為七言律詩，首句入韻，韻腳為「謨」、「孤」、「枯」、「圖」、「無」，再用韻之作體裁相同，韻腳相同，且首句入韻，應為次韻之作。緊隨其後創作的《三用韻吳宗師見和》和《四用韻贊虞公為宗師書看雲記》〔註52〕亦都是次韻。與其相類似的還有虞集的《謝吳宗師惠墨》為原唱，其後創作的《再和》、《三用韻答巢翁就以奎章賜墨賜之》，及《四用韻寄吳宗師奉祠城東岱祀其一謝夏真人送海棠一枝》〔註53〕都是次韻了第一首詩作；吳全節的《再用韻贈孟集虛》，次韻了其《又七言律奉介石先生一笑》〔註54〕。

〔註49〕（元）安熙：《和陶淵明飲酒》，《全元詩》第23冊，第334頁。
〔註50〕楊鐮主編：《全元詩》第29冊，第63頁。
〔註51〕楊鐮主編：《全元詩》第29冊，第63頁。
〔註52〕楊鐮主編：《全元詩》第29冊，第63頁。
〔註53〕楊鐮主編：《全元詩》第26冊，第218～219頁。
〔註54〕楊鐮主編：《全元詩》第23冊，第24頁。

　　元代文人兩人之間的唱和，除贈答之作外，基本都是次韻，即便題名為「和詩」、「用韻」的唱和也基本是次韻。而在一些二人以上的集體唱和中，也可能用到次韻，這種情況多出現在館閣文臣之間。如虞集代祀成都，離京之時諸多館閣文臣為其送別，席間就有集體的次韻唱和，參與唱和的有袁桷、元明善、李源道、文矩、王士熙、柳貫、馬祖常等人。該次雅集現存的唱和之作如下：

　　　　袁桷《送虞伯生降香還蜀省墓》〔註55〕：

　　玉雪祠官貂帽低，笑乘飛雁上天梯。寶幡繡重圍金粟，鈿合香嚴印紫泥。官饌每供千歲鹿，驛程深聽五更雞。流沙可是河源地，搖首揚鞭更欲西。

　　丞相墳前雙闕摧，泉聲隱隱柏崔嵬。金牛已向秦中去，銅馬空傳渭上來。叢竹雨留銀燭淚，落花風颭楮錢灰。百年華表塵千劫，聞道曾孫始一回。

　　　　《再次韻》：

　　振衣千仞笑雲低，捫歷星辰履劍梯。度阪正鬚三尺篿，入關應笑一丸泥。神君祭重祠青馬，墨客才工頌碧雞。萬里遨頭端不負，花開緩醉玉東西。

　　閣道新平舊石摧，望鄉使客意嵬嵬。犀牛坐見降王去，杜宇聲隨望帝來。三卯錄成魂有燐，五丁神泣劫揚灰。推醺欲作鄉鄰會，揮手先催弓矢回。

　　　　《三次韻》：

　　觸石危藤壓路低，哀猿送客上丹梯。一百八盤雲亦雨，二十四番化似泥。解佩浮游憐野馬，振衣亭育聽天雞。拾遺已去武侯遠，空戀祠堂與瀼西。

　　時平弔古莫心摧，去驛斜陽指馬嵬。曲曲松陰隨帽轉，層層山影入懷來。草玄有意池留墨，觀象無心箸畫灰。為問

丈人今在否，青牛穿嶺日千回。

王士熙《送虞伯生祭祠還蜀用袁待制韻》〔註56〕：

蜀道揚鞭舊險摧，家山遙認碧崔嵬。奉香暫別金鑾去，題柱真乘駟馬來。祠罷汾陰迎漢鼎，路經驪谷弔秦灰。歸鰲宣室須前席，不似長沙遠召回。

李源道《次韻送虞伯生使蜀降香》〔註57〕：

城南尺五去天低，回首彤樓十二梯。六月岷山猶有雪，三春雲棧迥無泥。浣花溪上看秧馬，芳草渡頭聞竹雞。見說草堂遺構在，公餘須到錦城西。

喬木千年劫火摧，峨眉封頂自崔嵬。閩江東去人西上，驛馬南嘶雁北來。蜀國山川明似畫，文公風化冷於灰。太常直筆今詞伯，既倒狂瀾賴挽回。

文矩《次韻元復初韻送虞伯生代祀江瀆二首》〔註58〕：

成均十載宛遺經，未識沙墩長短亭。旌旆曉霞穿化日，文章秋月映華星。鳥鳴春晝岷江白，鶻沒天低隴樹青。四海車書今混一，摩挲劍閣重鐫銘。

山宿春城宿霧低，閱人老眼似層梯。功名愧我蠅攢紙，文采憐君玉在泥。蜀道連雲春繫馬，巴山踏月夜聞雞。贈言卻笑瀛洲客，吟落梅花日又西。

吳全節《送虞伯生使蜀》〔註59〕：

送別應思舊所經，秦川花柳短長亭。三峰高拊仙人掌，萬里先占使者星。錦水東流江月白，潼關西去蜀山青。當年不盡登臨意，待爾重鐫劍閣銘。

〔註56〕楊鐮主編：《全元詩》第21冊，第7頁。
〔註57〕楊鐮主編：《全元詩》第28冊，第146頁。
〔註58〕楊鐮主編：《全元詩》第23冊，第9頁。
〔註59〕楊鐮主編：《全元詩》第23冊，第29頁。

馬祖常《和袁伯長待制送虞伯生博士祠祭嶽鎮、江河、
后土二首》〔註60〕：

芙蓉仙掌座中低，后土宵光手可齊。閣道蹴雲衣有瓣，
蜀天漏雨石無泥。岐山過馬應聞鳳，陳寶停輈莫信雞。揚我
大邦文物盛，題詩應近草堂西。

房闥歌兒翠黛摧，不禁夫婿陟崔嵬。一春花好人相別，
四月梅黃雨又來。酒酌玉缸酣臉暈，香消銀葉蠹爐灰。祠官
好致君王意，早奉神休馬首回。

柳貫《奉同伯庸奉韻送伯生博士行祠西嶽，因入蜀，望
祭河源二首》〔註61〕：

旌旗前隊一星低，燎王薰薌嶽色齊。石戴殘雲開便面，
棧懸斜日落郫泥。曾聞祕祝藏金虎，複道祠臣致碧雞。聖代
新儀將考貢，崑河之在大荒西。

馬首西南太白開，祠庭佳氣拂崔嵬。河邊織女機絲出，
霧裏仙人翠蓋來。鳥道山盤燒後棧，龍池塹黑劫前灰。少城
萬里層雲色，遙送清秋使節回。

該次雅集唱和中，原唱詩是袁桷的《送虞伯生降香還蜀省墓》和元明善
的《送虞伯生代祀江瀆》（已佚），其後的唱和之作都是次韻這兩首作品。
袁桷自己有《再次韻》、《三次韻》，次韻自己的前作。王士熙的《送虞伯
生祭祠還蜀用袁待制韻》次韻袁桷第二首的「灰」韻，李源道的《次韻
送虞伯生使蜀降香》次韻袁桷兩首。文矩《次韻元復初韻送虞伯生代祀
江瀆二首》，第一首次韻袁桷的「齊」韻詩，第二首次韻了元明善的「青」
韻詩。因題名為「次韻元復初」，而沒有提到袁桷，可以推斷元明善的原
唱有兩首，一首「齊」韻，可能是次韻袁桷，另一首「青」韻，應為原
唱。吳全節的《送虞伯生使蜀》題名不曰次韻，但實際次韻了元明善的
「青」韻詩。以上幾位詩人所作都是次韻，而馬祖常與柳貫的唱和之作

〔註60〕楊鐮主編：《全元詩》第29冊，第354頁。
〔註61〕楊鐮主編：《全元詩》第25冊，第165頁。

題曰「和」、「奉同」，但與次韻之作也僅僅是幾個韻腳的差距。馬祖常《和袁伯長待制送虞伯生博士祠祭嶽鎮、江河、后土二首》中第一首用「齊」韻，將第二個該次的韻腳由「梯」改成了「齊」，其餘四個韻腳皆相同。第二首則是五個韻腳相同，先後順序相同，完全是次韻之作。柳貫《奉同伯庸奉韻送伯生博士行祠西嶽，因入蜀，望祭河源二首》唱和的是馬祖常，其第一首「齊」韻詩與馬祖常原唱韻腳完全相同，是次韻之作。第二首「灰」韻詩，第一個韻腳由「摧」改成了「開」，其餘四個韻腳完全相同，先後順序一致。馬祖常和柳貫二人的和作是幾近次韻的依韻之作，僅僅改了其中一個韻腳用字。從中可以看出，此次雅集所有唱和之作都是盡力去次韻的，只是在能力有限無法完全次韻的情況下，才改變一個韻腳用字改為奉和之作。此次為虞集餞行的雅集上，參與者至少八人，實際情況應該更多。而在這樣人數的雅集上，唱和一般會選擇分韻賦詩，或者同題集詠。但館閣文人們卻選擇了次韻的形式，也許是一時的興致所致，但也可以看出此時期文人唱和中對於次韻形式的熱衷。

　　次韻唱和在宋代文人那裡達到了鼎盛，幾乎已經達到了唱和必次韻的地步，元人在宋人之後，能做的只有倣仿和依從。元人次韻唱和的總體數量和所佔比例都不及宋人，但卻仍舊是文人間唱和的常用形式之一。次韻作為最嚴格的和韻唱和，比同題集詠、分韻賦詩等形式難度上高出不少，並且有著不成文的唱和要求。

　　第一，次韻之作必須與原唱體裁保持一致，即原唱為律體，則次韻亦為律體，原唱為古體，次韻亦為古體。從為虞集送別的集體次韻創作可以看出，所有唱和之作都是七言律詩，與原唱相同體裁。而古體次韻，如袁桷《次韻虞伯生夜坐》〔註62〕為五言十四韻的古體詩，其原唱虞集的《夜坐》〔註63〕就是五言十四韻的古體詩。若原唱為排律，則次韻之作不能是古體。如虞集的《次韻杜德常博士萬歲山》〔註64〕

〔註62〕楊鐮主編：《全元詩》第21冊，第81頁。
〔註63〕楊鐮主編：《全元詩》第26冊，第235頁。
〔註64〕楊鐮主編：《全元詩》第26冊，第158頁。

為七言六韻的排律：

> 秘閣沉沉便殿西，頻年立此聽春鸝。風搖翠岸新生柳，
> 雨浥銅池舊產芝。玉幾由來常咫尺，衡門此日遂棲遲。申生
> 欲去柴車在，杜甫長吟雪鬢垂。墨沼遊魚翻宿藻，畫簷飛燕
> 冒晴絲。山中竹簟涼如水，應共鈞天九奏時。

杜秉彝的原唱已佚，但現存有宋褧的和詩《和杜德常萬歲山春暮》〔註65〕，實際上亦是次韻：

> 霧杳雲深日馭西，紅稀綠暗鬧黃鸝。雙娥有淚仍啼竹，
> 四老無情謾採芝。遊冶喜逢三月閏，芳菲空度一春遲。誰家
> 甲第歌聲咽，何處名園舞袖垂。祇有情懷似中酒，那能心緒
> 及游絲。少年笑我真癡絕，一日閑愁十二時。

宋褧的和詩與虞集的次韻詩都是七言六韻的排律，且兩詩韻腳完全一致，可以推測杜秉彝的原唱亦是七言排律之作。可見，次韻必須與原唱保持一致的體裁。

第二，原唱為律體，如果首句入韻，唱和之作首句也必須次韻。律體是有首句入韻和首句不入韻兩種情況，如果首句入韻，則有五個韻腳，反之則有四個。在送別虞集的集體次韻中，袁桷的原唱即是首句入韻的七言律詩，而後其次韻之作都是將首句的「低」和「摧」兩個韻腳，納入次韻的範圍內。而馬祖常的和詩，雖然將首聯末尾的「梯」韻腳改為同韻部的「齊」，但首句依舊次了「低」韻腳。這說明元人在唱和中對律體詩首句入韻的次韻是有意識的。柳貫的兩首詩是唱和馬祖常的，除了第二首首句的韻腳不一樣，即將首句「摧」韻腳改為同韻部的「開」之外，其餘皆符合次韻的標準。但僅因為這一點點差別，其詩只能題曰「奉同」，而不是次韻。可見，在律體次韻之中，首句入韻的情況下，該韻腳也必須次韻，否則只能是「和」，而達不到次韻的標準。

〔註65〕楊鐮主編：《全元詩》第 37 冊，第 261 頁。

　　第三，次韻之作要和韻兼和意。文人間的唱和是就用詩歌的形式
進行交談，所以唱和的內容應該與原唱的內容語意相應答。最早的唱
和之作僅僅是和意，如陶淵明的《五月旦作和戴主簿》是現存最早的唱
和詩，其時還僅僅和意，沒有限韻。自元稹、白居易開啟大規模的和韻
創作後，限韻體的唱和才逐漸發展起來。宋人將次韻創作發展到鼎盛，
到了元人那裡略有衰落。次韻按照唱和對象可以分為次韻自己、次韻
他人和次韻古人。次韻自己，如袁桷的《再次韻》、《三次韻》；次韻他
人，如李源道的《次韻送虞伯生使蜀降香》、文矩的《次韻元復初韻送
虞伯生代祀江瀆二首》；次韻古人，如柯九思《題危太樸所藏李昭道所
畫春江圖次蘇東坡韻》〔註 66〕、薩都剌《經姑蘇與張天雨楊廉夫鄭明
德陳敬初同遊虎丘山次東坡舊題韻》〔註 67〕。不論唱和對象為何人，
次韻之作都要做到和韻兼和意。袁桷的次韻己作，和作與原唱都是描
繪入蜀道路的艱辛以及對友人的囑咐。李源道、文矩的次韻之作也基
本是蜀山景色的描繪與對虞集行程的囑咐。柯九思和薩都剌次韻蘇軾
的詩作，內容也與蘇軾的原唱相呼應。次韻要在照顧韻腳的同時，兼和
原唱的詩意，如果離題太遠，則不成唱和。

　　第四，同一事件引起的唱和，次韻創作一以貫之。即兩人之間因
為某一種事情開展次韻活動，之後的相關唱和基本沿用該次韻。這種
情況並不如前三項那樣嚴格，只是文人在唱和之中的一個習慣。如朱
思本有《清明日感興呈元德真人》〔註 68〕、《元德真人連枉二詩下教
且分上尊見餉，其二章有山閣看雲之約，再用韻以謝》、《元德真人三
和清明詩韻歸興浩然，復用元韻賦詩兩章以勖掛冠之志》，共三題四
首，都是唱和元德真人。第一首為原唱，之後元德真人一下子次韻了
兩首（已佚），朱思本於是又次韻一謝。後元德真三和，朱思本再次
韻。雖然元德真人的次韻之作已佚，但從朱思本的次韻題目可以看出，

〔註 66〕楊鐮主編：《全元詩》第 36 冊，第 39 頁。

〔註 67〕楊鐮主編：《全元詩》第 30 冊，第 257 頁。

〔註 68〕楊鐮主編：《全元詩》第 27 冊，第 52 頁。

其唱和之作是和韻兼和意的。之後，朱思本又創作了《伯生學士見和僕與李學士詩，紙尾批云已與溉之約紅梨花盛開當往訪也，臥病不知春事淺深，清明後四日聞紅梨花盛開，復用清明詩云呈元德真人伯生溉之二學士》〔註69〕，該詩的內容是邀請虞集、李溉之來家中賞梨花盛開，與元德真人關係不大，但依舊用前「清明詩」韻，因此也呈元德真人一份。後虞集和李溉之都沒有赴約，朱思本又作《清明後四日紅梨花盛開用明字韻賦詩一章奉邀虞李二學士以踐看花之約，元德真人且屬和矣，學士竟不至，又六日風雨大作花以委地，依韻再賦一章呈元德真人簡二學士》，該詩仍舊是「清明詩」韻，並且呈元德真人。朱思本在一段時間內將自己的原唱次韻了六遍，主要是與元德真人進行唱和。與之相類的例子，還有朱思本的《辛酉歲所作》〔註70〕為五言十六韻的古體詩，其後次韻作《賦詩之餘，見者咸謂僕殊無白鬢不類六十歲人，明日元旦遲明山雨和韻已至，清麗可愛，用韻再賦一章呈諸友》、《次韻答程竹逸》、《次韻答程從禮》、《從禮一和三章，字字精粹，鈍根纔答三章復至，愈出愈奇。其一論文敢不退避三舍，其一論道因攄所得答之，其一詫僕遠遊輒序出處，述懷共成三章奉謝》〔註71〕，共四題六首，皆是一時之間與友人用同一韻反覆唱和的作品。

次韻唱和的難度大，但元人依舊熱衷於此。究其原因，大致有一下三點：

第一，增加參與難度，提高唱和的競技性。文人間的唱和贈答，除了為了一般社交應酬外，還是展現自己詩歌才華的機會。次韻創作是一種高難度的創作模式，非一般的才力是無法進行的。在諸多文人間就同一韻部，同一題材進行反覆創作後，還能夠愈出愈奇的詩作，必然受到文人群體的重視與激賞。在以詩文創作才華為重的文人群體中，這種次韻唱和的競技性可以讓某些人脫穎而出，文人也樂意於此種形

〔註69〕楊鐮主編：全元詩》第27冊，第53頁。

〔註70〕楊鐮主編：《全元詩》第27冊，第62頁。

〔註71〕楊鐮主編：《全元詩》第27冊，第62～64頁。

式來展現自己的創作才能。

第二，兩人之間的贈答，增加唱和的趣味性。以前文中的朱思本用「清明詩」韻與元德真人反覆唱和為例，如果不是次韻相酬的形式，恐怕很難一連唱和多首。次韻唱和增加了詩歌創作的互動性和趣味性，兩人在相同韻腳下反覆創作，既可以達到增進社交友情的目的，也可以達到切磋詩意的功用。因此，兩人間的相互次韻贈答在館閣文人之中尤多。

第三，元人在宋人之後，對宋人所開創的唱和必次韻範式的繼承。次韻創作的模式是唐人開啟，宋人達到頂峰的，元人在宋人之後，很難立刻從山頂下來，必然會繼承宋代文人的詩文傳統，其中唱和必次韻便是傚仿的一項。

元人部分繼承了宋代文人唱和必次韻的傳統，在三人以下的唱酬活動中，廣泛使用次韻的形式進行詩歌唱和，使得次韻相酬的形式在元代依舊興盛發展。

四、聯句

聯句是文人之間一種特殊的唱和形式，該形式即由兩人或兩人以上共同完成一首詩歌創作。最早的聯句詩是真偽存疑的漢武帝《柏梁臺詩》，該詩為七言古體詩，每句用韻，分別由二十六位大臣各作詩一句，然後聯接而成整首詩，後人又稱聯句為「柏梁臺體」。之後的陶淵明、鮑照、謝朓、韓愈、孟郊等文人都創作過聯句詩。元代文人雅集上，聯句創作並不如分韻賦詩那麼頻繁，聯句詩的數量也遠不及分韻詩。其原因可能是聯句的遊戲性太強，在一定程度上剝奪了詩人創作的獨立性，所以聯句唱和在元人那裡僅是偶一為之的遊戲之作。

聯句是兩人以上完成詩歌創作的唱和模式，理論上其可以用任何體裁進行創作。但在實際操作中，因為唱和人數的變化，其題材選擇就不得不受到限制。當唱和人數在四人以下時，他們可以選擇任何體裁進行創作。如顧瑛《舟中與陳敬初聯句》：「行春橋下看山回（瑛），翠

幕紅簾面面開（基）。一夜水風吹不斷（立），蜻蜓飛入畫船來（瑛）」
〔註72〕，顧瑛、于立、陳基三人聯句作絕句；趙孟頫《醉後同張剛父
清風樓聯句》：「碧樹未黃風露秋，晚雲蕭瑟亂山愁（趙）。千家疏雨催
砧杵，兩岸殘陽入釣舟（張）。畫角吹殘人罷市，清尊飲散客登樓（趙）。
古今回首俱陳跡，唯有溪聲日夜流（張）」〔註73〕，趙孟頫、張剛父兩
人聯句作七律；貢師泰與吳子彥、劉子清、侯敬文四人的《剪燈聯句》
為五言排律；馬祖常與王士熙二人的《鸚鵡聯句》為五言古體。可見四
人一下聯句，選擇體裁相對自由，但當五人以上唱和詩，則必須選用排
律，或者古體了，否則無法讓所有人都參與進來。如顧瑛、于立、秦
約、張守中、袁華五人的《可詩齋夜集聯句》，為五言古體。但總體來
看，聯句的長篇詩作要多於短篇的律體、絕句，這可能是因為短篇聯句
往往僅唱和一句就終結了，詩人們會感到非常的不盡興，於是加長篇
幅，興盡而歸，長篇的聯句也就成為主要的聯句形式。

聯句唱和的方式主要有兩種，第一種是每人各賦一整句，即一聯。
如于立《東廡池上聯句》〔註74〕：

> 玉山山中清晝長，偶來池上據胡床（立）。桐陰竹色不
> 見日，水氣荷風多是涼（琦）。
>
> 魚度波心行個個，鶴來林下舞蹌蹌（立）。嫩篁承宇清
> 搖幘，文藻縈波綠映裳（琦）。
>
> 每愛湯休詩句好，獨憐賀監醉時狂（立）。飯輸香積真
> 成愧，酒送金莖或可嘗（琦）。
>
> 冰盌泠泠寒欲凍，蕈絲細細滑仍香（立）。濯纓聊復鬥
> 清溜，結佩還須擷野芳（琦）。

〔註72〕 （元）顧瑛：《舟中與陳敬初聯句》，《全元詩》，第46冊，第93頁。
〔註73〕 （元）趙孟頫：《醉後同張剛父清風樓聯句》，《全元詩》，第17冊，第
250頁。
〔註74〕 （元）于立：《東廡池上聯句》，《全元詩》，第45冊，第407頁。

世上黃塵方沒馬，山中白石忽為羊（立）。詩成醉臥不知處，翠雨霏霏滿竹房（琦）。

該聯句為七言排律，于立起作首聯，之後他與釋良琦各賦一聯，直至詩歌結尾。這樣的唱和形式下，詩人只需根據上文構思自己的詩句，然後自成一聯即可。這種形式相對容易一些。

　　第二種聯句形式是跨句聯法，即一人起句作首聯，之後再作第二聯的出句。下一人賦出第二聯的對句，再作第三聯的出句，後面的人依次類推。基本上每一個人都要為前一人的出句作對，然後為下一人出對。這種聯句形式是由韓愈、孟郊的《城南聯句》首創的，之後文人們紛紛傚仿。在這樣的聯句形式中，除了首聯和尾聯可能由一個人獨自完成，其餘的整聯都是二人共同完成的。聯句過程很像文人間對對子，需要對出上一人的對子，才給下一人出對子。這種形式的聯句，一般都會唱和成長篇排律的體裁，即便是押仄聲韻的古體詩〔註75〕，也常常是中間數聯對仗，如顧瑛的《可詩齋夜集聯句》：

今夕乃何夕，歲律已云暮。更長燈燭明（顧瑛），夜冷冰雪冱。滕六巧薦瑞（于立），封姨怒相妒。籌盎各盡歡（秦約），杯行不知數。肉臺春筍纖（袁華），法曲冰弦度。紅淚泣風蠟（張守中），翠煙積春霧。鼎沸雀舌烹（顧瑛），酒瀉龍頭注。咿嚶囀鶯喉（于立），蹣跚躅鵝步。燕譴落語阱（秦約），驅馳慨行路。計窮酋授首（袁華），車墜費誅屢。風塵闇城郭（張守中），稼穡罄場圃。憂傾漆室葵（顧瑛），啖分懶殘芋。天王狩河陽（秦約），姦臣拒官渡。濟時風雲會（于立），曠世龍虎遇。前席宣室徵（袁華），下詔輪臺布。凱奏杕杜詩（張守中），諫諷校獵賦。干羽舞兩階（顧瑛），歌謠誇五褲。時清仰皇澤（秦約），會少憶良晤。春冰破微甲（于立），夜月照寒素。雲間鶴鳴陸（袁華），吳下書惟顧。瘦袁

聱似戟（張守中），短於腹如瓠。張也鄉曲英（顧瑛），秦亦廊廟具。孔問鄭子官（于立），杜賞已公句。暌違念契闊（秦約），茗芋寫情愫。冉冉歎駒馳（袁華），營營笑蚊聚。浮生草棲塵（張守中），虛名日晞露。嗟彼嘍咨徒（顧瑛），有此和樂孺。用繼石鼎聯，聊以識所寓（秦約）。〔註76〕

這是一首押去聲「遇」韻的五言古體，顧瑛作首聯，並作第二聯出句，之後于立對下聯，並作第三聯的出句，後面的秦約、袁華、張守中依次如此唱和。最後一聯秦約獨立創作，進行唱和的收尾。整首詩除了首尾兩聯不對仗，中間的數聯皆是整齊的對仗。因此可以說，聯句創作多採用的體裁是律體，特別是五言排律。如張雨、李孝光的《燈花聯句》：

星閣迎寒闥，霜鐘動夜掀（孝光）。酒深燔術火，漏下續蘭缸。寸草熒芝小（雨），丹葩瑞帶雙。金枝交婉變（孝光），銀粟亂鬖髿。螘結飛蛾笑（雨），膏融吐鳳幢。汞珠光透鏡（孝光），火齊幻垂幢。的的輝青瑣（雨），淫淫颭玉缸。燭龍拏紫蓋（孝光），翹燕綴紅矼。鄰眼書窺隙（雨），仙眉墨暈窗。狂吟心蕊發（孝光），喜聽足音跫。折聖風吹座（雨），鉤簾月墮江。青藜如見遇，揮手出紛厖（孝光）。〔註77〕

該詩是五言十二韻的排律，李孝光起首句，但卻不是由他開始作出句，而是張雨的第三聯中作出句，因此第一、二聯和尾聯都是獨立創作的，中間數聯為聯句創作。這可以看出，在聯句唱和作為一種文人遊戲，其並沒有死板的紀律。唱和中除了努力將對句對得工正外，詩人們的創作較為隨意。有時候可以一人一句，一人始終作出句，一人始終作對句。如顧瑛的《與繆叔正聯句》

短檠二尺照清酣（顧瑛），圓餅裁肪韭味甘（繆侃）。舊雨今為紅葉雨（顧瑛），閑雲不障白雲庵（繆侃）。范君遠饋

〔註76〕 （元）顧瑛：《可詩齋夜集聯句》，《全元詩》，第49冊，第65頁。
〔註77〕 （元）張雨、李孝光：《燈花聯句》，顧嗣立《元詩選》初集，北京：中華書局，第2449頁。

　　吳健肉（顧瑛），錢老能分林屋柑（繆侃）。今夕共謀真率醉

　　（顧瑛），莫將時事說江南（繆侃）。〔註78〕

這是一首七言律詩，出句都是顧瑛所作，對句皆為繆侃所作。全是僅有四聯，全部都是二人的共同創作。再如貢性之的《題紅梅翠鳥圖與唐愚士聯句》：「萼綠枝頭翠羽鮮（貢），春風早入豔陽天。幾回夢覺頻聽處（唐），正是書聲欲斷邊（貢）」〔註79〕。這時一首七言絕句，貢性之作首句，即出句，唐愚士作對句，並賦第二聯出句，貢性之再作對句，詩歌結束。每人出對一次，對對一次。由此可見，在文人聯句時，體裁的選擇相對自由，而唱和中的形式約束也很少。

　　兩人以上進行聯句唱和時，通常都是按一定的順序，依次進行賦詩作句。如上文提到的《可詩齋夜集聯句》，其基本按照顧瑛、于立、秦約、袁華、張守中的順序進行依次聯句，中間偶有于立與秦約調換順序，但大致順序是不變的。在多人聯句唱和時，按照一定順序依次賦詩，應該是聯句的標準形式，這樣可以保證每一個人參與性。但實際操作中，常常會因為創作能力問題，中間的某人無法完成自己的創作，只好將其跳過，由下一人繼續來進行聯句。這樣以來聯句的標準次序就被打亂了，於是就有了創作形式完全被打亂的聯句。如鄭元祐的《至正十年正月一日，與龍門僧良琦、臨海陳基聯句，送匡廬道士於彥成歸越，兼柬蕭元泰、盧益修云》〔註80〕：

　　歲朝逢王春，雨雪暗吳下。行人明當發（鄭元祐），別
　　袂慘莫把。飄颻賀監舟（陳基），躞蹀靈運馬。山驛梅始繁
　　（釋良琦），溪船浪仍打。行紓莊舃吟（祐），去結遠公社。
　　禹穴紬奧編（基），蘭亭集群雅。神韻鶴氅朗，風標鵝經寫
　　（祐）。雙鳧繼逡巡，千秋祝純嘏（基）。信憑回潮尾，春

〔註78〕　（元）顧瑛：《與繆叔正聯句》，顧嗣立《元詩選》初集，北京：中華書局，第2365頁。

〔註79〕　（元）貢性之：《題紅梅翠鳥圖與唐愚士聯句》，《全元詩》，第58冊，第308頁。

〔註80〕　楊鐮主編：《全元詩》，第36冊，第368頁。

融枯樟脖（祐）。越臺瞰蓬瀛，胥濤駕黿鼉（基）。白戰隱
鞍甲，綠醑酣鮮䍐（祐）。智囊倒精悍，詞鋒發侈哆（琦）。
蕭史德符㦤，盧敖天遊者。道樞混溟涬，語阱脫謏㩧（祐）。
但令冠峨峨，肯羨綬若若？滄海等稊米，黃金真土苴。接
㰸或露髮，短褐不掩踝。捷若矢離弦，勇如金躍冶。青雲
步伊始，白雪和殊寡（基）。土膏動勾芒，春情滿原野（琦）。
桂樹歌詎已？柳枝折難捨（基）。別夢梁月墮，清談松風灑
（琦）。蓬蓽既可居，蘆菔自堪鮓（基）。望望玉山阿，來
朝卜燈炧（祐）。

該詩前六聯還算是標準的跨句聯句的唱和，但到了七聯，鄭元祐作出
句，又自己對出對句，獨自完成一聯，之後形式就改成了一人一聯的唱
和法。第十三聯開始，鄭元祐一次作兩聯，陳基一次五聯。之後又是一
人一聯，直到尾聯結束。該詩將整句聯句與跨句聯句相雜糅在一起，同
時還突破了一人一聯的形式。期間，釋良琦僅僅參與了開篇兩聯和結
尾兩聯的唱和，中間數聯都沒有參與，聯句創作的次序也是混亂的。出
現這種情況的原因，可能是因為唱和者創作能力的限制，此聯句僅有
三人參與，釋良琦最先詞窮，退出唱和。陳基與鄭元祐也有意識的降低
難度，將跨句聯改為整句聯。當整句聯句都無法繼續的時候，只好一個
人多作幾聯。當興致最高的那位詩人也創作不下去的時候，聯句才算
終結。這種唱和情況是根據詩歌文本的推測，當時的具體情景我們無
從得知。在聯句唱和中，如此混亂的聯句形式畢竟是少數，大多數的聯
句還是較為標準的形式。但在多人聯句唱和中，跳過一個人次序的現
象還是常有的，其原因可能是此人一時詞窮。

　　從上述分析我們可以看出，聯句創作的遊戲性非常大，文人在創
作時並沒有抱有嚴肅的創作態度，僅僅把它當成一種互動娛樂。因此，
聯句創作雖然有較為標準的形式，但在實際操作中文人們可以隨意改
變。

　　除了元末玉山雅集有較為集中的聯句創作外，元中期的館閣文人

也曾用此形式唱和。如馬祖常有《秋雪聯句同袁伯長賦》、《鸚鵡聯句同王繼學賦》、《都城南有道者居名松鶴堂，暇日同東平王繼學為避暑之遊，因作松鶴聯句》、《天慶寺納涼聯句》、《治至癸亥八月望同袁伯長虞伯生過槍竿嶺馬上聯句》，〔註81〕袁桷《送曾編修同王繼學聯句》、貢師泰有《剪燈聯句》，趙孟頫有《醉後同張剛父清風樓聯句》等。

五、口占

口占是不起草稿，出口即成章的詩歌創作形式，在文人雅集之中，有時會以此種形式來進行同題集詠或次韻的唱和。嚴格的說，口占並不是唱和的形式，而是唱和詩歌創作的方式。

顧瑛《口占詩序》云：「至正十年五月十八日，余與延陵吳西水、龍門僧元璞、匡山於外史，避暑於樓中。時輕雲過雨，霽光如秋，各口占四絕云」〔註82〕，這是文人雅集聚會上，以當時的風光情景進行的同題集詠，用口占的方式創作出來。在另一次宴集中顧瑛記載「是夕，賓客既散，遂與范陽盧伯融、淮海秦文仲張燈啜茗於可詩齋，以杜工部『己公茅屋下，可以賦新詩』平聲字分韻，因各口占一首，以紀歲月」〔註83〕，這是以分韻賦詩的形式唱和，用口占的方式創作出來。在某些雅集上，創作難度很大的次韻也可以口占。如顧瑛《口占詩序》記載：「七月九日復飲秋華亭上。天香侵人，幽花倚石。時猩猩軋琴與寶笙合曲，瓊花起舞，蘭陵美人度觴，與琦龍門行酒。余為作詩，以紀良會。就邀匡山龍門同韻」〔註84〕，釋良琦與于立所作的口占詩皆為次韻顧瑛之作。

口占要求出口即成的創作方式，對多數文人來說都是非常困難的，因此其以口占方式創作的詩歌數量很少。在文人唱和之中，也很少用

〔註81〕 《全元詩》第 29 冊，第 399～401 頁。
〔註82〕 （元）顧瑛輯，楊鐮、葉愛欣整理：《玉山名勝集》，中華書局，2008年，第 201 頁。
〔註83〕 （元）顧瑛輯，楊鐮、葉愛欣整理：《玉山名勝集》，第 137 頁。
〔註84〕 （元）顧瑛輯，楊鐮、葉愛欣整理：《玉山名勝集》，第 324 頁。

到此種形式。即便偶然用到，也是絕句或者律詩等短小的體裁。

綜上所述，元代文人唱和的主要形式有同題集詠、分韻賦詩、分題賦詩、和詩、次韻、聯句等幾種。其中以同題集詠、分韻賦詩和次韻三種形式較為常用，這三種唱和形式各具特點，有著自己相對固定的使用範圍。它們的創作難度是由易到難，同題最易，次韻最難。元人會根據各種雅集的具體情景，選擇不同的唱和形式進行詩歌創作。

第三節　元人唱和的主題類型

元代文人唱和詩作數量眾多，這些唱和常常發生在不同的環境之下，如宴集、紀遊、贈答、題畫、送別、應制等。而不同主題的唱和活動，其唱和模式和創作手法也會有很大差別。

一、宴集

宴飲聚會是人類最重要的社交集會方式之一，自先秦時代就有「呦呦鹿鳴，食野之苹。我有嘉賓，鼓瑟吹笙」的宴集活動，而《小雅·鹿鳴》就是此時期以宴集為主題詩歌。此後，還有曹操的「對酒當歌，人生幾何。譬如朝露，去日苦多。慨當以慷，憂思難忘。何以解憂？唯有杜康」，也是宴席上的詩歌創作。到了元代，宴集一直都是文人唱和的最重要主題，而宴集上的唱和活動佔據了全部唱和詩創作的絕大部分。元代文人的幾乎每一次宴集，都會有詩歌唱和的環節，這種唱和或是同題集詠，或是分韻賦詩，他們希望自己的宴集能同自己的詩歌一樣流傳後世，希望他們的宴集如蘭亭、金谷一般令後來人嚮往。這種情緒常常表露在他們的詩歌裏面，如許有壬《水木清華亭宴集十四韻並序》云：「酒旨樂備，物腴意勤。適雨霽秋清，塵空地迥。庭木湧翠，渚蓮散紅。北瞻闌闔，五雲杳靄。極目西望，舳艫汎汎於煙波浩渺雲樹參差之間，蕭然有江鄉之趣，不知其為轂擊肩摩之境也。煩襟滯慮，滌濯淨盡。茲遊奇絕，宜造物之不輕畀也。公儼請曰：『人生四美，百年機遇，

不可不紀也。』乃即水木清華亭為韻賦詩，有壬分『華』字。」〔註85〕
至正十五年（1355），許有壬與呂仲實、杜德常、王本中等人在侍御史
王公儼別墅裏的水木清華亭宴集，宴飲過半，他們希望以詩歌的形式
來記錄此次宴集活動，於是以「水木清華亭」分韻賦詩，許有壬分得
「華」字韻，其詩云：

> 世祿推門閥，天墀幾拜嘉。高情忘勢利，大隱謝紛嘩。
> 朝市塵無染，蓬瀛路豈賒。眷言營別墅，初不遠東華。畫舸
> 堂前過，青簾柳外斜。晴紅迷菡萏，寒翠接蒹葭。揮麈風生
> 座，扶筇雨壓沙。萍開輕泛鴨，荷側重擎蛙。只訝神仙府，
> 誰知宰相家。賓朋玄圃玉，文采赤城霞。麗曲凝雲表，仙妝
> 炫水涯。添栽三徑竹，遞賞四時花。心事尊中物，人生海上
> 槎。相逢須盡興，明日各趨衙。〔註86〕

該詩為即席所作，詩歌中大量篇幅描繪了宴集舉辦地秀麗的林園風光，
以及賓朋們飲酒歡愉的活動氛圍。這種在文人宴集上創作的唱和詩歌，
基本上其都是以宴集活動為主題內容，這也使得此主題類型的唱和詩
歌數量最多。

　　宴集主題的唱和詩歌，其創作內容大致可以分為三部分。第一部
分，描繪宴集舉行的地點風光。舉行宴集之地一般都是風光秀麗、景色
宜人的林園別墅，因此詩人們往往在詩歌中極盡讚美。第二部分，描寫
宴集時的活動場景，如飲酒、賦詩、弈棋、題畫、作樂、談笑等，展現
雅集之上自適歡愉的氣氛。第三部分，抒發詩人自己的感懷。這種述懷
多是感慨如此的集會恐怕再難得，應該好好珍惜眼下的時光，或者是
一些其他的感想。三段內容唱完，詩歌也就基本終結了。較為典型的例
子，如周砥的《西澗宴集得體字》：

〔註85〕　（元）許有壬：《水木清華亭宴集十四韻並序》，《全元詩》，第34冊，
　　　　　第314頁。
〔註86〕　（元）許有壬：《水木清華亭宴集十四韻並序》，《全元詩》，第34冊，
　　　　　第314頁。

> 永日池館闊，翳然此林水。夏綠繞澗縈，夕嵐當戶起。
> 飛鳥翔深竹，遊魚在清沚。覽物契真賞，開筵進芳醴。賓
> 朋詠《大雅》，絲竹合流徵。意適神自曠，交親情益喜。凱
> 風垂南沐，頹景汎西委。嘉會恒難得，世紛方未已。凡此
> 賢達人，希當慎玉體。〔註87〕

該詩前四聯描繪了宴集地的自然風光，中間三聯是宴集時的活動氛圍，最後兩聯是宴集對詩人觸發的感想，全詩三段分明，是該類型創作的一個範本。三段體的宴集詩一般是長篇的詩作，在創作中易於詳細描寫環境、鋪排場景、抒發感懷。而短篇的律體詩在創作此類型題材時，因篇幅所限，無法詳盡的鋪排，因此可能會省去景色描繪的部分，或者只進行簡單的勾勒，或者將宴集場景與抒發感懷雜糅在一起展現出來。如陶宗儀的《和山翁寒夜竹所宴集韻》：「西湖雪裏喚相宜，欲約重遊未可期。歲月匆匆多契闊，杯盤草草足委蛇。金荷燒燭光逾粲，石鼎聯詩句益奇。老子婆娑嗟莫預，買花載酒不為遲」〔註88〕，詩歌開篇沒有對景色進行描寫，而是抒發了歲月契闊，難得一聚的感慨，之後簡單描繪了宴集場景，最後又是抒發感懷，全篇並沒有對宴集情況進行細緻的描寫與鋪陳，只是以述懷為需要而進行的簡單勾勒。再如薩都剌的《寒夜與王記室宴集》：「欲雪無雪風力強，欲睡不睡寒夜長。玉奴剪燭落燕尾，銀瓶煮酒浮鵝黃。二君豪飲不可敵，醉倒綠髮參軍郎。夜深大吟且就枕，明朝萬瓦看晴霜」〔註89〕，該詩自然風光與宴集場景的描繪都是粗線條的勾勒，在粗獷的描繪中展現了詩人的豪情，同時最後一句展開想想。也有一些詩歌可以在短篇幅中將三部分精妙細緻的表現出來，如徐賁的《綠水園宴集》：「客集金閨彥，筵張綠水園。池陰夏荷滿，日正午葵繁。和曲均歡喜，摛詞涉道言。欲還惜餘興，更為坐前

〔註87〕 （元）周砥：《西澗宴集得體字》，《全元詩》，第54冊，第181頁。
〔註88〕 （元）陶宗儀：《和山翁寒夜竹所宴集韻》，《南村詩集》卷二，四庫全書本。
〔註89〕 （元）薩都剌：《寒夜與王記室宴集》，《雁門集》，上海：上海古籍出版社，1982年，第66頁。

軒」，詩歌開篇描繪了宴集地點的景色，之後描寫了宴集上的活動，最後一聯是詩人的片刻感想。

　　文人宴集上詩歌唱和多採用分韻賦詩的方式，因此，該類主題的詩歌多是分韻詩。如陳鎰《聚星堂與諸文士宴集分韻得涼字》、周砥《西澗宴集得體字》、《芸閣宴集得塹字》、戴良《芳橋宴集分韻的兩字》等。也有部分使用次韻的形式創作，一人作詩，另一個次韻唱和，如陶宗儀的《和山翁寒夜竹所宴集韻》、曹伯啟《君山宴集用韓正學韻》、郭鈺《和袁方茂才秋夜宴集韻》、迺賢《次韻趙祭酒城東宴集》等。

二、送別

　　元代文人一生之中常常會遊歷多地，很少有人能在一地定居終老，特別是那些已經進入仕途的館閣文人。在這些文人的朋友圈裏，只要有一個人將要離開故地、遠赴他方，必定會引來朋友圈的集體送別，在送別活動中朋友們紛紛賦詩相贈，這就產生了大量的以送別為主題的唱和詩歌。如《全元詩》中有陳天益、屠銓、張衡、張元德、許應旂、唐禮、施文振、閔全、閔齊、俞希聖、劉鉉、史臺孫、胡維杓、仇幾、釋志勝、釋可權等數十人的同題詩歌《送文卿知州赴浮梁任》〔註90〕，這就是在一次送別活動中的同題集詠。再如在送虞集赴蜀代祀的贈別活動上，馬祖常、袁桷、王士熙、文矩、李源道、吳全節、柳貫等人進行了大規模的次韻唱和。元代館閣文人的詩文集中散存著大量的送別詩歌，其中有許多都是在集體贈別活動中的同題集詠作品。

　　送別詩根據送行人物的不同，出行目的的不同，其創作中所表達的寄託也不同。如果送人北上大都求仕進，則多讚美其文韜武略，希望其早日建功立業。如尹廷高的《送葉一山求官》：「金臺百尺正招賢，肯戀槎川二頃田。直欲排雲叫閶闔，未應釣月老林泉。劍橫壯氣沖燕雪，馬踏平蕪度楚煙。他日北方看燄焰，願乘款段候歸轅。」〔註91〕而官

〔註90〕　楊鐮主編：《全元詩》第27冊，第138頁。
〔註91〕　（元）尹廷高：《送葉一山求官》，《全元詩》，第14冊，第32頁。

場的送行詩，一般是送友人遠赴異地赴任某一官職，詩中表達的則是
對他才能的認可，希望其盡快在任上作出一番事業。如成廷珪的《送秘
書太卿高志道總戎淮西》:「秘閣儒臣讀武經，親承齋斧下清溟。魚龍出
海瞻卿月，牛斗回天避將星。掃蕩妖氛清社稷，指揮能事速風霆。玉堂
豈少昌黎筆，重刻平淮第一銘。」〔註 92〕送落第書生歸鄉，則語氣較
為悽愴，語意中盡是勉勵，希望其不要放棄，總有一天會成功。如吳當
《送人下第南歸》:「落卷人爭讀，扁舟客自歸。苑花秋冉冉，江雨夢霏
霏。壯志經留笥，傷心線在衣。看君負文采，他日倍光輝。」〔註 93〕
送人致仕還鄉，則會先讚譽其仕宦生涯所取得的功績，然後描繪致仕
後的閒逸生活。如成廷珪《送劉將軍致仕歸襄陽》其一:「當年鐵馬渡
襄江，敵國聞風夜納降。今日卻歸江上去，峴山青滿讀書窗」，其二:
「五月樓船始到家，山中無處不桑麻。今人卻笑東門老，白髮春田獨種
瓜。」

　　送別詩有長篇，亦有短章，而以短篇的律詩為多。其唱和形式多
是同題集詠，如陳天益、屠銓、張衡等數十人的《送文卿知州赴浮梁
任》。但也有少量的次韻唱和，如李源道《次韻送虞伯生使蜀降香》、薩
都剌《次韻送虞伯生入蜀代祀》、文矩《次韻元復初韻送虞伯生代祀江
瀆二首》等。

三、紀遊

　　紀遊題材的詩歌產生於文人結伴出遊之時，是文人集體出遊的唱
和作品。元人有遊歷之風，遠遊可以南人北上大都，北人南下杭州，近
遊可以是遊覽附近的自然山水、道觀廟宇。

　　元大都的館閣文人經常會有結伴出遊的情況，他們遊歷的地方多
是大都城南的一些景點，目的是暫時遠離官場事物，獲得一些身心的

〔註 92〕　（元）成廷珪:《送秘書太卿高志道總戎淮西》，《居竹軒詩集》卷三，
　　　　　四庫全書本。
〔註 93〕　（元）吳當:《送人下第南歸》，《全元詩》，第 40 冊，第 132 頁。

放鬆。如迺賢的《南城詠古十六首》的序中記載了一次雅集:「至正十一年秋,八月既望,太史宇文公、太常危公,偕燕人梁處士九思、臨川黃君殷士、四明道士王虛齋、新進士朱夢炎與余,凡七人,連轡出遊燕城,覽故宮之遺跡。凡其城中塔、廟、樓、觀、臺、榭、園、亭莫不徘徊瞻眺,拭其殘碑斷柱,為之一讀,指其廢興而論之……各賦詩一有六首,以記其事,庶來者有徵焉」〔註94〕。參加燕遊的人員構成比較複雜,宇文公諒、危素、梁九思,有布衣黃玗、迺賢,有新進士朱夢炎,有道士王虛齋。迺賢還根據大都南城的十六處景點作了詠古詩十六首。再如虞集、袁桷、馬祖常三人同遊大都城南長春宮,並分韻賦詩。其後顏元卿、危素、周伯琦三人又同遊長春宮並賦詩。大都南城的諸多景點都留下了館閣文臣的唱和詩篇。

館閣文臣除了私下的赴大都南城遊覽外,最多的共同出遊機會就是扈從上京。元朝皇帝在每年三月前後,都會從大都出發去上都,並在那裡待上三到五個月時間,期間需要文武百官陪同。諸多的館閣文臣需要輪流扈從上京,這為他們共同出遊提供了機會,也帶來了上京紀行詩創作。從大都到上都有三條線路,在這三條線路上分布著數十個奇險的地域景點,館閣文臣們每到那裡都會進行賦詩創作,因此在扈從上京的路上產生了許多同題集詠的作品。如陳孚有《龍虎臺》、周伯琦有《紀行十首》其九《龍虎臺》、袁桷有《龍虎臺》、陳璉有《登龍虎臺》、劉鶚有《龍虎臺肅駕》等,迺賢有《居庸關》、馬祖常有《度居庸關次繼學韻》、劉秉忠有《過居庸關》、貢奎有《居庸關早行》、陳孚有《居庸關》、周伯琦有《過居庸關》、柳貫有《晨度居庸至南門關》、薩都剌有《過居庸關》等,馬祖常有《龍門》、《還過龍門》、劉鶚有《過龍門》、張翥有《扈從之上京過龍門》、周伯琦、柳貫、胡助、袁桷、黃溍、鄭元祐都有《龍門》詩。這些紀行詩多是描繪北方地區奇峻的山川風光和艱險的自然地貌。如迺賢的《龍門》詩云:「崢嶸龍門峽,曠古稱險絕。

疏鑿非禹功,開闢自天設。聯岡疑路斷,峭壁忽中裂。雲蒸雨氣暝,石觸水聲咽。羸駿涉溝澗,執轡屢愁蹙。憶昔兩羝羊,忿鬥蛟龍穴。暴雨忽傾注,淫潦怒奔決。人馬多漂流,車軸盡摧折。我行愁陰霾,慘慘情不悅。日落樵唱來,三歎腸內熱。」〔註95〕全篇都是對龍門地區險峻地貌的驚歎,從正面描寫,側面烘托,表現了龍門地區的險惡地形。一些紀行詩歌通過文人地理環境、歷史遺跡的引發,進行詠懷詠史詩的創作。如陳孚的《李陵臺約應奉馮昂霄同賦》:「落日悲笳鳴,陰風起千嶂。何處見長安,夜夜倚天望。臣家羽林中,三世漢飛將。尚想甘泉宮,虎賁擁仙仗。臣豈負朝廷,忠義夙所尚。橫天青茫茫,萬里隔亭障。可望不可到,血淚墮汪漾。空有臺上石,至今尚西向」〔註96〕,由李陵臺的想到西漢的悲情人物李陵,簡單勾勒其一生的軌跡,進而歎息其不幸的歷史命運,全篇詠史述懷。在扈從上京的路上,館閣文臣還曾聯句賦詩,如馬祖常、袁桷、虞集有《至治癸亥八月望日同虞伯生馬伯庸過槍竿嶺馬上聯句》。可以說,扈從上京的一路,就是館閣文臣紀遊唱和的一路。

大都以外的文人圈也常常組織結伴出遊,在遊覽的路上進行各種形式的詩詞唱和。如至元二十六年(1289),方鳳、謝翱、陳公舉等人從浦陽出發,越太陽嶺,一同遊歷了金華洞天,前後歷時五日,創作詩文三十餘篇。〔註97〕後至元四年,許有壬與阿魯渾氏一同遊覽林慮山,「往返九日,遊歷四百里。清賞之餘,則有從者絃歌。馬上疲憊,則聽和叔劇談,可以遣睡,餘力所及,得詩凡二十八首」〔註98〕,此次出行僅有兩人,但創作詩作卻有二十八首。至正九年(1349),福建廉訪司的官員僧家奴、申屠駉、奧魯赤、赫德爾四人一同遊覽福州烏石山,並在道山亭舉行聯句唱和。元末影響力最負盛名的文人遊覽之會,當

〔註95〕 (元)迺賢:《上京紀行》,《全元詩》,第 47 冊,第 31 頁。
〔註96〕 (元)陳孚:《李陵臺約應奉馮昂霄同賦》,《全元詩》,第 18 冊,第 411 頁。
〔註97〕 (元)方鳳:《金華洞天行記》,《全元文》,第 10 冊,第 662 頁。
〔註98〕 (元)許有壬:《記遊》,《至正集》卷四十一,四庫全書本。

屬顧瑛、鄭元祐、于立、郯韶、陳基等人結伴同遊之舉，他們在遊覽中創作出來大量的唱和詩作，現存於《玉山名勝集》之中。遊覽以顧瑛為中心，遊覽地點主要是蘇杭的一些自然風光和文人景點，並且每到一處景點都會留下唱和詩作。如顧瑛、于立、周砥、陳基同題賦《橫塘寺》，于立、陳基、周砥同題賦《觀音岩》、《過姑蘇臺》等。同時也有一些記錄行程的吟詠，如顧瑛的《發齊門》、《泊閶門》、《發閶門》、《許墅道中》，于立、周砥、陳基等人也都賦詩唱和了顧瑛。

　　文人的紀遊詩歌，其主要內容就是對所到之處、不同景點的連續吟詠。其開展唱和的主要方式就同題集詠，如前文提到的虞集、馬祖常、袁桷等館閣文人對扈從上京沿途景色的吟詠，再如顧瑛、于立、釋良琦等人對杭州、蘇州等地景點的同題賦詩。同題集詠唱和一般都是各自按照自己的思路去創作，每個人選用的體裁、韻部都不相同。如同題《觀音岩》一詩，顧瑛是七言絕句，「尤」韻；于立是七言絕句，「灰」韻；陳基是七言律詩，「陽」韻，周砥是七言絕句，「微」韻。除了同題唱和，次韻和詩是紀遊詩中另一種較為常用的唱和形式，一般都由一人首先作紀遊詩，然後其他人紛紛次韻。如顧瑛有《舟中作》：「自愛玉山書畫船，西風百丈大江牽。出門已是三十日，到家恰過重九天。青山白水與君賞，翠竹碧梧惟我憐。近聞海上鯨波靜，爛醉草堂松菊前。」〔註99〕于立《舟中作次韻玉山》：「落日清江好放船，西風滿棹未須牽。鯨鯢已靜波澄海，鴻雁初來水接天。過眼風光如隔夢，近人風月也堪憐。歸來尚有黃花在，暫醉佳人錦瑟前。」〔註100〕另外，周砥、釋良琦也有《舟中坐次韻玉山》之作。聯句唱和也可以用於紀遊詩歌，如前文中的馬祖常、虞集、袁桷的《至治癸亥八月望日同虞伯生馬伯庸過槍竿嶺馬上聯句》和僧家奴等人的《道山亭聯句》，但聯句創作還是遊戲性的，總體上創作數量並不多。紀遊唱和

〔註99〕　（元）顧瑛：《舟中作》，《玉山名勝集》，中華書局，2008 年，第 501頁。

〔註100〕　（元）于立：《次韻》，《玉山名勝集》，中華書局，2008 年，第 502 頁。

主要還是以同題集詠和次韻和詩的方式進行。

四、題畫

　　如果說次韻詩創作在北宋發展到鼎盛的話，那麼題畫詩創作就是在元代發展到了鼎盛。元代的文人畫家數量多，並且畫家與詩人之間的交往密切，各種雅集聚會的舉行，使得題畫詩創作異常興盛。陳邦彥《歷代題畫詩類》收錄題畫詩不到九千首，其中元代的題畫詩作卻佔了近四千首。顧嗣立的《元詩選》中所收錄的題畫詩就有兩千多首，其中近三分之二的詩人都有題畫詩創作，虞集、柯九思、王惲等館閣文臣的題畫詩更是多達百首以上。題畫本質上是詩歌與繪畫兩種藝術形式的唱和，由於通常是先有畫作，然後文人再進行題畫，因此，題畫詩是用詩歌的形式唱和繪畫。在元人的眼裏，詩歌與繪畫是相同事物不同的表現形式，楊維楨曾言：「東坡以詩為有聲畫，畫為無聲詩。蓋詩者，心聲；畫者，心畫。二者同體也。」〔註101〕一般繪畫家同時也是詩人，而一些詩人也具備一定的繪畫、書法才能。如高克恭為元代著名的色目族畫家，同時他又是一位詩人，參加過諸多的文人唱和活動，有詩集傳世。

　　題畫詩的創作動因源於繪畫，詩歌創作時繪畫已經完成。因此，題畫的創作內容多是因畫而生發。按題畫詩的內容，大致分可以分為四種類型，即摹畫作、評畫功、依畫抒懷、因畫敘事。

　　第一類摹畫作，即將畫作描繪的內容，以詩的語言的形式再現出來。如貢師泰的《題山水圖》：「前山後山雲亂起，山腳入溪清見底。溪南更有山外山，散如浮塵聚如米。老楓枯櫟葉紛紛，下有人家深閉門。釣絲欲收風浪急，卻回雙艇來籬根。老翁曳杖行傴僂，一童負樵一童斧。筆端意度盡神妙，卷裏衣冠自淳古。商周寂寞經幾秦，後來莘渭寧無人。茫茫耕釣去不已，武陵竟隔桃花春」〔註102〕，詩歌從

〔註101〕（元）楊維楨：《無聲詩意序》，《東維子集》卷十一，四部叢刊本。
〔註102〕（元）貢師泰：《題山水圖》，《全元詩》，第40冊，第255頁。

近處的山看起，然後溪水和遠山，再描繪了樹下人家，船上釣客、杖
行老翁、砍柴孩童等諸多人物，畫上的圖景一一展現在詩中。再如丁
復的《題煙波雲樹圖為楊元清賦》：「江鄉自是多煙雲，綠波青樹渺不
分。小簷大棟隔兩漬，黑犍如蟻人如蚊。布帆西來飽風色，寒聲動地
秋紛紛。黃蘆白藚搖斷渚，坐客回頭聽急雨。孤篷遙遙半針許，健刺
沙灣逆風去。亦知家在前村住，百年即合老為農。六十江湖禿鬢翁，
而今借宅六帝宮，眼花霧落天濛濛。夢魂不到潯陽浦，為人愁水更愁
風。」〔註103〕該詩全篇從煙、樹、船、人、秋等多方面再現了畫作的
內容，特別「黃蘆白藚搖斷渚，坐客回頭聽急雨」一句，將靜態的畫
面以動態的形式展現出來，讓畫作也活了起來。吟詠畫作內容，對畫
作進行全方位的重現展現，是題畫詩創作中的最重要的方式之一，也
是最常用的方式。

　　第二類評畫功，即品評畫家作畫的筆法，以及繪畫的技法。這種
題畫詩是從繪畫的專業技術角度來對畫作進行分析，但分析的目的還
是讚美畫家的高超的畫技。如杜本《題柯敬仲竹木圖》：「絕愛鑒書柯博
士，能將八法寫疏篁。細看古木蒼藤上，更有藏真長史狂」〔註104〕，
詩中讚譽柯九思將書法的用筆「八法」運用到繪畫中，畫出的墨竹有懷
素、張旭草書的味道；趙孟頫《題李衎君子林圖卷》：「李侯寫竹有清
氣，滿紙墨光浮翠筠。蕭郎已遠丹淵死，欲寫此君惟此人」〔註105〕，
評價了李衎所畫墨竹所蘊含的清氣，唯有其能做到；虞集《子昂墨竹》
中云：「子昂畫竹不欲工，腕指所至生秋風。古來篆籀法已絕，止有木
葉雕蠹蟲」〔註106〕，讚譽趙孟頫的墨竹不求工筆，而儘量傳神寫意，
用篆書籀法來繪畫樹的枝葉。虞集另一首《為達兼善御史題墨竹》中

〔註103〕（元）丁復：《題煙波雲樹圖為楊元清賦》，《全元詩》，第37冊，第
　　　　285頁。
〔註104〕（元）杜本：《題柯敬仲竹木圖》，《全元詩》，第28冊，第162頁。
〔註105〕（元）趙孟頫：《題李衎君子林圖卷》，《全元詩》，第17冊，第310
　　　　元。
〔註106〕（元）虞集：《子昂墨竹》，《全元詩》，第26冊，第216頁。

云：「知君深識篆籀文，故作寒泉溜崖石」〔註107〕，讚賞泰不華的熟悉篆籀文，能用該筆法去畫崖石。虞集還有「蕭條破墨作清潤，殘質刊落精英留」〔註108〕，評說柯九思的「破墨」技法；「險危易好平遠難，如此千里數尺間」〔註109〕，評說繪畫構圖的難易問題。如張翥有「縱橫不在摩詰下，蕭爽直與洋州敵」〔註110〕、「吳興筆法妙天下，人藏片楮無遺者」〔註111〕、「百年留在范寬筆，水墨精神且蕭瑟」〔註112〕等詩句，都是對畫家繪畫技法的讚譽。

　　第三類依畫抒懷，即通過描摹畫作所表現的內容，引發出詩人的某種聯想或情緒，再通過詩歌的形式吟唱出來。此類詩作一般只是簡單對畫作內容點題，或者並不提及畫作內容，便展開詩人的聯想或抒情。如馬祖常《駿馬圖》：「天馬西來入帝閒，風鬃霧鬣駁文班。房星一夜光如水，卻怨龍媒萬里還」〔註113〕，前兩句是對畫作內容的描摹，後兩句是詩人的想像。再如熊夢祥《題王元章梅》：「紫禁春醲雪未消，年年香冷只飄颻。許身入畫酬清賞，不嫁東風過小橋」〔註114〕，前一聯還有關畫中梅，後一聯竟是詩人的想像。鄭元祐的《題王元章墨梅》：「舊時月色有誰歌，拔劍王郎鬢已皤。惆悵春風舊詞筆，南枝香少北枝多」，柯九思的《題王元章寫紅梅》：「姑射燕支襯露華，一枝楚楚進天家。君王不作梁園夢，金水河邊厭杏花」〔註115〕，兩首詩全篇都不涉及畫作內容的再現，只是詩人由梅花而引起的聯想和述懷。此類依畫

〔註107〕　（元）虞集：《為達兼善御史題墨竹》，《全元詩》，第26冊，第42頁。

〔註108〕　（元）虞集：《題柯敬仲畫竹》，《全元詩》，第26冊，第299頁。

〔註109〕　（元）虞集：《江貫道江山平原圖》，《全元詩》，第26冊，第49頁。

〔註110〕　（元）張翥：《息齋竹石古木為會稽韓季博士題》，《全元詩》，第34冊，第124頁。

〔註111〕　（元）張翥：《題趙文敏公木石有先師題於上》，《全元詩》，第34冊，第52頁。

〔註112〕　（元）張翥：《范寬山水》，《全元詩》，第34冊，第51頁。

〔註113〕　（元）馬祖常：《駿馬圖》，《全元詩》，第29冊，第370頁。

〔註114〕　（元）熊夢祥：《題王元章梅》，《全元詩》，第42冊，第330頁。

〔註115〕　（元）柯九思：《題王元章寫紅梅》，《全元詩》，第36冊，第13頁。

述懷的詩作一般都是絕句短章。

　　第四類因畫敘事，即因畫作生發，而去敘述一段故事。此類題畫詩數量並不多，一般在為那些具有典故性的畫作進行題詠時，才會使用敘事的方式重現事件。最為典型的例子是諸多詩人的《題劉平妻胡氏殺虎圖》，該故事主要是劉平赴零陽戍邊，妻子胡氏陪同，途中遇虎。老虎將劉平咬死，妻子胡氏拔刀殺死了老虎。這件事情廣為流傳後，畫家們將其表現在紙上後，詩人們紛紛題畫歌詠胡氏的英勇。如張翥《為古紹先題劉平妻胡氏殺虎圖》:「沙河岸邊秋草白，棗陽城頭落日黑。老兵辛苦踐更來，林下稅車聊一息。黃蘆颯颯中夜鳴，倀鬼叫嘯悲風生。虎饑得人怒不置，婦急徒手危相爭。直前死力持虎足，呼兒進刀屠虎腹。但知有夫豈知虎，視之何殊機上肉。當時一擊寧顧軀，驚魂碎骨仍攜扶。九原瞑目已無憾，舊血勿涴身上襦。千秋節義傳鄉閭，我猶膽怯見畫圖。健婦果勝一丈夫，向來馮婦有不如」〔註116〕，陳旅《題劉平妻胡氏殺虎圖》:「沙河野黑秋風粗，棗陽戍卒車載孥。道旁老虎夕未餔，車中健婦不見夫。倉皇下車持虎足，呼兒授刀割其腹。夫骨已斷不可續，泣與孤兒餐虎肉」〔註117〕，兩首詩都是採用敘事的手法，將胡氏殺虎事情的經過講述了一遍。第一首末尾還有詩人對胡氏英勇行為的讚歎，第二首全篇都是敘事，詩人沒有進行評論。

　　題畫詩作除了是詩與畫相和外，在其創作中還常常出現同題集詠的現象，如「劉平妻胡氏殺虎」就有陳旅《題劉平妻胡氏殺虎圖》、張翥《為古紹先題劉平妻胡氏殺虎圖》、陳鎰《題劉平妻殺虎圖》;李衎的「墨竹」就有丁復《題息齋竹為袁弘甫賦》、《題息齋竹為袁仲方賦》、元明善《題息齋墨竹圖》、貢性之《題息齋竹次韻》、柯九思《題李息齋畫竹》等。在一些著名畫家知名畫作上，題畫詩往往有數首之多。

〔註116〕　（元）張翥《為古紹先題劉平妻胡氏殺虎圖》，《全元詩》，第34冊，第51頁。
〔註117〕　（元）陳旅:《題劉平妻胡氏殺虎圖》，《全元詩》，第35冊，第12頁。

　　除同題集詠外，題畫詩創作還有次韻情況，如朱德潤《次韻王繼學參政題美人圖》、鄧文原《題耕雲徵士東軒讀易圖次韻三首》、張仲深《題衛明鉉溪山獨步圖次韻》、袁桷《秋泉德生仲章梅叔章周儀之皆次餘韻題廬山圖再次韻以謝》等。

　　可見，題畫詩創作不僅是詩人與畫家的唱和，也是詩人與詩人的唱和。題畫詩、次韻題畫詩一同促成元代詩畫相成的繁榮局面。

五、詠物

　　詠物是詩歌創作的一個重要題材，同時也是文人間唱和的重要主題類型，元代文人諸多的詠物詩都是以同題集詠和次韻的方式進行創作的。詠物詩，即以某一物品或事物為啟發，激起詩人的情思和創作欲望，進而以詩歌的形式對這一物品或事物進行吟詠，在吟詠中寄託個人的思想情感。

　　詠物詩按照其所詠之物分，大體可分為四大類，即詠器物、詠植物、詠建築。

　　第一，詠器物，即吟詠文人身邊的生活用品，常被吟詠到的有筆、墨、紙、硯、茶酒、香等。對這些事物的吟詠，寄託了文人雅致的生活情趣。如謝宗可的《雪煎茶》：「夜掃寒英煮綠塵，松風入鼎更清新。月團影落銀河水，雲腳香融玉樹春。陸井有泉應近俗，陶家無酒未為貧。詩脾奪盡豐年瑞，分付蓬萊頂上人」〔註118〕，煮茶、品茶在文人那裡代表著一種閒適自得的生活狀態。另外有些詠物卻包含了深深的寄託，如《樂府補題》中的《天香‧宛委山房擬賦龍涎香》，周密、王沂孫等人將故國之觴，身世之感都寄託了詠物之中。

　　第二，詠植物。在元代文人的詠物詩詞中，吟詠最為頻繁的當屬植物，而植物當中出鏡最為頻繁的當屬梅花。其中最有代表性的是馮子振和釋明本的《梅花百詠》，兩人以梅花為題連續唱和百首，幾乎寫盡了梅花的所有姿態，以及詩人對梅花的無限熱愛。元人對梅花的熱

〔註118〕（元）謝宗可：《雪煎茶》，《全元詩》，第 51 冊，第 51 頁。

愛，是因為將梅花的生理屬性主觀附加上了精神屬性，將冬季嚴寒中的傲立風雪，讚譽為飽經磨礪、孤傲高潔的品質。在詠植物的詩歌創作中，基本都是賦予植物某種高貴的品格，而這種品格正是文人所追求的。與詠梅相類似，文人還熱衷於詠菊、詠竹、詠松等。

第三，詠建築。元代文人的唱和詩中，有大量是關於亭臺樓閣的同題集詠作品。元人在營造園林別墅之後，都會請相識的文人前來遊覽，並在各處的亭臺進行題詩。如張養浩《過李溉之天心亭》、王沂《題李溉之別業紅雲島》、鄭元祐《題湖光山色樓》、于立《題芝雲堂》、李元珪《題玉山草堂》等。詩人們對建築的吟詠，多是讚賞建築所處環境之優美，與其之上所能得到的良好體驗。如張養浩《過李溉之天心亭》：「放眼乾坤獨倚闌，古今如夢水雲閒。南山也解留連客，直送嵐光到坐間。」〔註119〕

一般來說，詠物詩詞多有寄託，或賦予物品高貴的品質，以彰顯詩人的精神追求，或通過物品所帶來的審美體驗，來展現詩人的雅致生活。詠物創作通常為同題集詠，如《樂府補題》之中的系列創作，但也有部分的次韻唱和，如楊載《次韻羅雲叔紅梅》、于立《次韻鑒中八詠》、大欣《次韻王繼學侍御金陵雜詠十首》等。

六、贈答

贈答唱和，即文人之間以書信往來的方式進行詩歌唱和。一般情況是一方因某種原因創作出詩歌，然後將其寄送給某位友人，友人在收到贈詩之後作答詩回寄。答詩可能是用韻、次韻，也可能是不限韻的和詩，但答詩與贈詩在詩意上肯定有一定的關聯。如虞集有《寄丁卯進士薩都剌天錫》：「江上新詩好，亦知公事閒。投壺深竹裏，繫馬古松間。夜月多臨海，秋風或在山。玉堂蕭爽地，思爾佩珊珊」〔註120〕，

〔註119〕（元）張養浩：《過李溉之天心亭》，《全元詩》，第 25 冊，第 74 頁。
〔註120〕（元）虞集：《寄丁卯進士薩都剌天錫》，《全元詩》，第 26 冊，第 62頁。

該詩是寄給他曾經的館閣同僚薩都剌的。薩都剌泰定四年進士，因文采出眾被安排到翰林院供職，也因此成為了虞集的館閣同僚。後薩都剌升遷為南臺御史，但因彈劾權貴被貶謫為鎮江錄事司達魯花赤，而虞集的贈詩就是創作於此時。從詩中我們可以看出，虞集應該是見到了薩都剌在鎮江所創作的新詩，然後創作該詩寄送薩都剌的。詩中對薩都剌遊山玩水的閒情逸致表示豔羨。薩都剌有《次韻答奎章虞閣老伯生見寄》云：「衰職須公稱，江波屬我閒。宦情魚鳥畔，德譽董韓間。黃閣論思地，金焦放浪山。盡操舟泛泛，空憶佩珊珊。」〔註121〕開篇即回答虞公對公事比較稱職，而我之想著遊山玩水，是對自己遊玩情況的描繪。

元代館閣文人之間的贈答詩創作非常興盛，並且有次韻之風。如月魯不華《次韻答見心上人二首》、劉因《次韻答河閒趙君玉見寄》、安熙《次韻答友見贈》、宋褧《張仲容七夕來征詩就次韻以答》、《又次韻述懷見答》、趙孟頫《劉端父御史見和初到濟南詩次韻答之》、黃溍《次韻答蔣春卿》等。

有些贈答是某人寄贈友人一件物品，可能附詩，也可能沒有，友人在收到物品以後作詩答謝。如李存《祝丹陽以古琴見惠且寄以詩，次韻答之復以史略一本為謝》、趙汸《次韻謝朱伯初惠橘》、迺賢《答朱景明惠墨兼次韻》、《病中答張元傑宗師惠藥》、周權《次韻僧惠茶》等。

七、應制

應制，即由皇帝下詔命而進行作文、賦詩的一種創作活動，其主要目的是讚頌帝王英明神武，讚頌當今昌平盛世，以及為皇帝提供文化娛樂，屬於帝王家的幫閒文學。任何一個館閣文臣都不可避免的作一些應制詩歌，這些詩歌一般思想上、藝術上水平都不太高，只是為了完成指標任務，取悅帝王。

〔註121〕（元）薩都剌：《次韻答虞閣老伯生見寄》，《全元詩》，第30冊，第263頁。

　　應制詩的創作方式通常是同題集詠，皇帝下令以某某為題，然後諸多文臣一起創作。如至大四年（1311），吳全節代祀江南名山，在龍虎山作松下畫像。回朝後，仁宗命館閣文臣為吳全節畫像題贊，趙孟頫、鄧文原、虞集、袁桷、元明善、李源道等諸多文士都作題贊。〔註122〕再如至正二年（1342），西域貢馬，周伯琦在《天馬行應製作》序中云：「至正二年歲壬午七月十有八日，西域拂郎國遣使獻馬一匹，高八尺三寸，脩如其數而加半，色漆黑，後二蹄白，曲項昂首，神俊超逸，視他西域馬可稱者，皆在膕下。金轡重勒，馭者其國人，黃鬚碧眼，服二色窄衣，言語不可通，以意諭之，凡七度海洋，始達中國。是日天朗氣清，相臣奏進，上御慈仁殿，臨觀稱歎，遂命育於天閑，飼以肉粟酒湩。仍敕翰林學士承旨臣巙巙命工畫者圖之，而直學士臣揭傒斯贊之，蓋自有國以來，未嘗見也。殆古所謂天馬者邪？承詔賦詩題所畫圖，臣伯琦謹獻詩曰」〔註123〕，西域獻馬，皇帝命畫工作畫，文臣賦詩題畫。許有壬有《應制天馬歌》、宋無有《天馬歌》、陸仁有《天馬歌》、陳泰有《天馬賦》、丁鶴年有《題佛郎天馬圖》、張昱有《天馬歌》、楊維楨有《佛郎國新貢天馬歌》，以及周伯琦的《天馬行應製作》等。

　　綜上所述，宴集、送別、紀遊、題畫、詠物、贈答、應制等唱和方式，在元代文人的唱和中都得到了廣泛運用。不同的唱和主題往往使用不同的唱和模式，宴集多分韻，贈答多次韻，詠物多集詠等。元代文人正是通過頻繁的雅集唱和，進而形成相對穩定的社交群體，同一文人群體在唱和之中相互切磋，相互影響，共同推動了元代詩歌的發展。

第四節　文人唱和對元代詩壇的影響

　　「詩可以群」是中國古代儒家詩論中重要的一則，其「詩」的本

〔註122〕（元）虞集：《玄教大宗師吳公畫像贊第一序》，《全元文》，第26冊，第257頁。

〔註123〕（元）周伯琦：《天馬行應製作》，《全元詩》，第40冊，第360頁。

義指的《詩經》，其後可以泛指一切詩歌，這其中體現了詩歌的交際功能，詩歌逐漸成為文人間溝通思想與情感的重要手段。在「詩可以群」理論下，詩歌唱和成為文人雅集的重要組成部分，同時，許多文人團體在頻繁的唱和活動中逐漸形成。同一唱和團體內的成員，在創作中會自覺的追求某種相同的藝術風格，欣賞審美出現了統一的標準。而在相同審美的驅使下，詩歌的風格流派也逐漸顯現。

一、唱和活動與文人雅集的關係

　　詩歌唱和是文人之間進行情感交流一種方式，它與雅集活動有著緊密的聯繫。從現存文獻來看，相當一部分唱和之作是在雅集活動中創作的，特別是分韻賦詩、分題賦詩、聯句等形式的唱和，必定產生於雅集之中。但也有一部分贈答、送別、題畫之作並不是在雅集之上創作的，這些類型的詩歌僅僅是友人私下間的酬唱題贈。也有一些雅集活動並沒有詩歌唱和行為。因此，雅集活動與唱和活動是兩個有一定交集的獨立個體。在研究考察中，我們將其關係可以細分為雅集中的唱和行為，獨立的唱和行為，無唱和的雅集活動三類。

　　第一，雅集中的唱和行為。附著於雅集活動的唱和行為，在元人的唱和創作中佔據絕對主導的地位。我們今天看的大多數唱和詩作都是產生於某次雅集之中，並且唱和的主題與雅集的氛圍有著非常緊密的聯繫。如《樂府補題》雅集，其參與者為王沂孫、周密等南宋遺民，雅集舉行之時南宋剛剛滅亡，這些遺民聚在一起往往是對故國的懷念，對身世的感歎。雅集中唱和形式為同題集詠，分別詠龍涎香、蓴、白蓮、蟬、蟹，創作體裁為詠物詞。這些唱和之作不但具有相同的主題類型和創作手法，還具有非常相近的感情基調和審美風格，他們的詠物之中飽含了故國之思和黍離之悲。可以說，雅集活動中相同的感情基礎，使得唱和之作產生了共同的情緒格調和審美追求。

　　再如虞集、袁桷、貢奎等人遊長春宮雅集，在燕遊中他們以「蓬萊

山在何處」之句進行分韻創作，有虞集《遊長春宮分韻得在字》〔註124〕：

　　神宮古城端，千里見畿內。幽關轄北戶，連嶂瑣西黛。
南樹蕩何極，東暝渺無礙。中天積紫翠，雲氣常靉靆。孰雲萬
有賾，攬括固茲在。奇懷得縱觀，指顧百生慨。天風政浩蕩，
春物尚茫昧。翻愁目力短，奕奕飛鳥背。永感神禹跡，願託穆
王載。仙人騎黃鶴，一往不復來。忽然會予心，雲中贈環佩。

袁桷《遊長春宮分韻得萊字》〔註125〕：

　　珠宮敞殊界，積構中天台。神清歷倒景，青紅隱蓬萊。
群山助其雄，袞袞從西來。八荒昔禹甸，為此增崔嵬。舊邑
環蟻垤，清泉覆流杯。雲低落日淨，莽蒼同飛埃。緬懷古仙
伯，採芝雪皚皚。長春豈酒國，殺氣為之回。天風起高寒，
玉佩聲徘徊。空餘水中輪，歷錄環春雷。之人去已久，松聲
有餘哀。

虞集和袁桷的分韻唱和詩作都是贊詠長春宮的，開篇即讚歎長春宮的壯
麗，然後從周圍的環境描寫入手，由遠及近的對長春宮的景色進行展現，
最後加入詩人登臺的切身感受和身臨高處的遐想，進一步刻畫出長春宮
的雄偉壯麗。全是用五言古體創作，風格蕭瑟沉靜。另有貢奎的《長春
宮同伯長德生儀之分韻得山字》〔註126〕，其創作手法和藝術風格與之相
類。由此可見，對於雅集之中的唱和來說，雅集活動的主題，及其參與
者的精神狀態，決定了唱和詩歌的創作主題與審美追求。歡愉宴集上的
唱和之作，往往描繪賓主相關的具體情景，詩歌色彩明麗，情緒積極。
如成廷珪《和周伯溫參政九日南園宴集詩》：「步履巉岩若跨鼇，望中詩
興與秋高。西山拄笏東山屐，右手持杯左手螯。返照入湖明塔影，斷雲
將雨過林皋。松間飲散歸來晚，金粉霏霏濕錦袍」〔註127〕。送別集會上

〔註124〕楊鐮主編：《全元詩》第 26 冊，第 236 頁。
〔註125〕楊鐮主編：《全元詩》，第 21 冊，第 83 頁。
〔註126〕楊鐮主編：《全元詩》，第 23 冊，第 97 頁。
〔註127〕（元）成廷珪：《和周伯溫參政九日南園宴集詩》，《全元詩》，第 35

的唱和之作，往往充滿了依依惜別的情誼和對前路的囑咐。如張雨《柳道傳送別還茅山次韻復謝》：「烏蜀先生相見稀，鍾陵初載橐書歸。江南蕭艾作人立，卷裏盧龍看雪飛。最憐玉斧有道氣，重惜子真猶布衣。去去空山相憶夜，朱弦三歎為君揮」〔註128〕。可以說，此類唱和與雅集活動相得益彰，凸顯了雅集的主題與氛圍。

雅集之上的唱和一般採用分韻賦詩、分題賦詩、同題集詠等形式，間有次韻、聯句創作。多數雅集活動的參與人數在五人以上，十人以下，因此分韻賦詩便成為了最適合的唱和形式。參與者根據雅集的地點和氛圍選取相關的詩句，以詩句為韻進行分韻唱和。如登高樓之上便以「危樓高百尺」、「攀桂仰天高」等句分韻；泛舟於湖水之上，便可以「春水船如天上坐」之句分韻。分韻賦詩是元代文人雅集中使用最為頻繁的一種唱和形式。而分題唱和的創作在雅集中較少，一般會出現在燕遊之中，參與者將燕遊地的不同景點進行分題創作。次韻和聯句的創作數量也都明顯少於分韻賦詩，而同題集詠一般用在人數眾多的雅集中。究其原因，應該是分韻賦詩即可以保持了詩人創作的獨立性，又有一定的創作難度，並且限韻的難度適中。在分韻的同時，唱和的主題基本就確定下來。而同題集詠唱和限制主題不限韻，難度非常小。次韻唱和，必須有一人先作首倡，並且限制題材、體裁、每一句的韻腳用字，難度太大，雅集的片刻間無法完成。而聯句的形式更近於遊戲，使詩人喪失了創作的獨立性。比較優劣，分韻賦詩才能夠成為文人雅集之中唱和形式的主力。

可以說，雅集中唱和的創作主題與藝術風格，都與雅集的氛圍緊密相關，因此，雅集活動與唱和行為常常能夠做到相得益彰，互為表裏。

第二，獨立的唱和行為。元代有部分唱和詩歌是脫離雅集活動而

册，第 425 頁。

〔註128〕 （元）張雨：《柳道傳送別還茅山次韻復謝》，《全元詩》，第 31 冊，第 374 頁。

獨立存在的，這些詩歌主要是贈答類，通常是兩人之間的書信往來，或者當面的贈答唱和。如劉因《次韻答河閒趙君玉見寄》、張雨《次韻柯敬仲學士見寄》、《次韻答薩天錫見寄》、張翥《寄見心上人次韻》、李孝光《次韻虞學士見寄》、鄭元祐《次韻沈存齋見寄》、柳貫《次韻奉答德機冬日見寄》、趙孟頫《次韻端父和鮮于伯幾所寄詩》、丁復《次韻答惠長老》等，元代文人詩集中類似的贈答之作幾乎比比皆是。贈答唱和一般發生於兩人之間，但亦有三人以上的贈答，一人以一首詩唱和兩人的情況也不算少有。如袁桷《次韻答馬伯庸兼簡繼學二首》，次韻馬祖常的詩作，同時也寄給王士熙，曹伯啟《次韻侯岩甫兼寄張景先》，次韻侯岩甫詩作，同時將和詩寄給張景先。類似的例子還有虞集《次韻伯庸尚書春暮遊七祖真人庵兼簡吳宗師二首》、《次韻馬伯庸寶監學士見貽詩並簡曹子貞學士燕信臣待制彭允蹈待制》、柳貫《貫草草南歸伯生秘監方晨赴經筵馳詩見別舟中次韻徙便答寄兼簡伯庸贊善》、吳景奎《次韻答錢思復並簡呂彥夫》、黃溍《次韻答陳君採兼簡一二同志二首》等。一首唱和詩作卻同時寄送給另外一人或幾人，其最初的目的可能是將兩人之間發生的事情告知其共同的友人，但在無形中又擴大了唱和的範圍。

文人間私下的贈答唱和，其唱和形式僅有兩種，一種是限韻體，一種是不限韻的自由體。限韻體，和意兼和韻；自由體，和意不和韻。選取何種形式進行唱和，一般有詩人的喜好而定。一些館閣文臣喜歡通過高難度的限韻體來彰顯才華，因此多以限韻的形式贈答唱和。如迺賢《答朱景明惠墨兼次韻》、月魯不華《次韻答見心上人二首》、安熙《次韻答王仲安》、趙孟頫《劉端父御史見和初到濟南詩次韻答之》、郝經《次韻答王國範》、薩都剌《次韻答奎章虞閣老伯生見寄》等。一些普通詩人可能不喜歡限韻體的羈絆，而常常採用自由體的形式進行唱和。如盧摯《席上答周饒州》、成廷珪《奉答道林書記二首》、朱晞顏《答汪桐陽所和覺衰四首》、余闕《飲散答盧使君》、吳萊《還舍後人來問海上事詩以答之》等。

　　第三，無唱和的雅集活動。通常情況下，文人雅集活動是離不開詩歌唱和的。在元代各類的雅集宴飲中，每當文人們飲至微醺，都會有一人站出來號召大家作詩以記之，或分韻賦詩，或同題集詠，或次韻聯句，都會進行詩歌唱和以佐興。但也有部分文人雅集並不存在詩歌唱和，如大德二年（1298），鮮于樞府邸進行的書畫鑒賞之會。明人吳升《大觀錄》記載：「霍肅青臣、周密公瑾、郭天賜祐之、張伯淳師道、廉希貢端甫、馬昫德昌、喬簣臣仲山、楊肯堂子構、李衎仲賓、王芝子慶、趙孟頫子昂、鄧文原善之集於鮮于樞伯機池上。祐之出右軍《思想貼》真蹟，有龍跳天門，虎臥鳳閣之勢，觀者無不諮嗟歎賞，神物之難遇也」〔註129〕。該雅集的主題是鑒賞書畫，雖然彙集了當時南北方諸多知名文人，但從現存文獻來看，並沒有進行詩歌唱和。與之相類的天慶寺雅集，同樣是大型的書畫鑒賞之會，但天慶寺雅集卻進行了大量的題畫詩創作。從現存資料看，在元代的文人雅集中，沒有唱和的情況還是比較少見的，多數的文人集會都會進行詩歌唱和的環節。

二、唱和活動與元代文人群體

　　唱和是文人之間進行交往的重要手段，迎來送往、干謁仕進、雅集聚會都離不開詩歌唱和活動。在這種頻繁的雅集唱和作用下，往往會形成一個固定的交友圈子，進而一個文人群體逐漸形成。這種文人群體可能有一定的組織形式，如元初和元末的諸多詩社。也可能沒有組織形式，只是詩人之間交往唱和頻繁，進而形成一個較為固定的文人圈子，如元中期虞集、袁桷、馬祖常等諸多館閣文臣之間。一個文人群體就是一個較為固定的唱和圈子，圈子外的人想要加入這個團體，常常要與圈內人進行唱和，並得到他們的認可才行。如迺賢北遊大都之時，廣泛的參與當時舉行的各類雅集唱和活動，其在唱和活動中展現了自己的才華，同時也得到了諸多大都文士的認可。以至後來，虞

〔註129〕（清）吳升：《大觀錄》，《中國歷代書畫藝術論著叢編》第 29 冊，中國大百科全書出版社，1997 年，第 52 頁。

集、歐陽玄、黃溍、貢師泰、李好文、揭傒斯、泰不華等眾多館閣文臣
為其詩文集《金臺集》作序作跋。可見，迺賢北遊大都之時雖為布衣之
身，但依舊通過唱和活動進入了大都館閣文人的交遊圈。唱和活動是
群體成員之間相互聯繫的一個紐帶，同時也潛移默化的促進了文人群
體的形成與壯大。在元代詩歌發展史上，有眾多的文人群體出現，壯
大，又逐漸消亡。其中影響力較大的有：元初的詩社文人群體、元中的
館閣文人群體、元末的玉山文人群體。

　　第一，唱和活動與詩社文人群體。元初在南方出現了眾多文人詩
社，如月泉吟社、汐社、武林社、山陰社等，這些詩社的成員之間定期
開展詩歌唱和活動，並按照科舉考試的模式進行點評排名。詩歌唱和
詩是詩社成員聯繫的唯一紐帶，而唱和的形式則主要是同題集詠。月
泉吟社曾以「春日田園雜興」為題徵集詩作，南方諸多遺民詩人都參與
了此次同題唱和。詩社通常是由幾位文人首先組建，之後通過詩歌唱
和的形式，不斷增加詩社成員，擴大影響力。月泉吟社最初只是浦江地
區的小規模詩社，但其通過開展徵集詩歌活動，使其成員迅速增多，影
響力也逐漸擴大。

　　通常來說，一個詩社就是一個文人群體，群體之間通過唱和活動
相聯繫。但在有些情況下，不同的詩社之間也可能產生某種聯繫，不同
的詩社成員共同形成一個更大規模的詩人群體。如謝翱是汐社的創辦
者，但他同時又是月泉吟社的成員，其在「春日田園雜興」徵集中擔任
了點評官。連文鳳是月泉吟社「春日田園雜興」唱和的第一名，但其
《百正集》中也有一首《枕易》，而「枕易」是越中詩社一次同題唱和
的題目。因此，他至少參與了兩個詩社的唱和活動。元初的詩社多為南
方的遺民文人所組織，因為身份境遇的相似，其詩社唱和的情感基調
也大抵類似。這使得文人參與諸多詩社唱和活動成為可能，只要對詩
社所提供的題目有一定感觸，並可賦詩唱和。元初南方詩社林立，而文
人們往往會參與諸多詩社的唱和，這就形成了詩社和社員之間複雜的
網狀結構關係，不同詩社之間也因此存在著各種關聯。

　　第二，唱和活動與館閣文人群體。元朝中期，大都地區是天下文人的一個交流唱和中心，北遊的士人通過詩歌唱和的形式進入大都的交遊圈，館閣文臣們也不時的開展各類雅集唱和活動。大都作為元朝的政治中心，匯聚了大量的精英階層，其中包括已經入仕的館閣文人，和渴望入仕的布衣文人。而在眾多唱和之中，又是以館閣文士的唱和活動為中心，趙孟頫、袁桷、虞集、貢奎、馬祖常、王士熙等一批士人組成了一個館閣文人群體，他們的詩學理論和創作風格影響著大都地區的整體詩壇風貌。

　　元朝的館閣指的是翰林國史院、集賢院，以及後來的奎章閣，這裡彙集了整個國家的精英文人，而諸多文人彙集一處，必然帶來了雅集唱和的興盛。這其中有類似天慶寺雅集那樣的大型官方舉辦集會，但更多的是文人之間私下的唱和活動。縱覽虞集、趙孟頫、袁桷等館閣文人的詩集，其中有大量的唱和之作，而唱和對象很大一部分是館閣中的僚友。如虞集《次韻馬伯庸少監四首》、袁桷《送虞伯生降香還蜀省墓二首》、貢奎《袁伯長虞伯生約重賦次其韻》、馬祖常《次韻繼學三首》、范梈《奉和王繼學懷濟南舊遊四》、柳貫《袁伯長侍講伯生伯庸二待制同赴北都卻還夜宿聯句歸以示予次韻效體發三賢一笑》、薩都剌《次韻答奎章虞閣老伯生見寄》等，館閣文臣之間的唱和即是情感聯繫的紐帶，同時又是詩歌切磋的方式。在唱和之中，館閣文人的創作理念與詩歌風格趨於統一。

　　不同於元初詩社文人群體的單一種族，元中期的館閣文人群體呈現出多民族共同唱和的特性，這與「延祐復科」前後蒙古、色目士人的文化修養不斷提高有關。同時，科舉取士使得蒙古、色目進士有機會進入館閣，同館閣中的漢族文士進行交流唱和。馬祖常即是延祐首科的進士，後授應奉翰林文字。與其相類似的，還有泰不華、廉惠山海牙、雅琥、觀音奴、余闕、月魯不華等。

　　第三，唱和活動與玉山文人群體。顧瑛的玉山雅集是元末亂世之中，南方地區的一件文化盛事。玉山雅集第一次集會發生在至正八年

（1348），最後一次集會發生在至正二十年（1360），期間可考的雅集有
七十五次，參與賓客的人數多達一百八十人餘人。〔註130〕在這諸多的
賓客中，以漢族的文人居多，但也有不少蒙古、色目族的士人。因此，
可以說玉山雅集是元末多民族文人的大規模雅集唱和活動。玉山雅集
通過多次的雅集唱和活動，將四方的文人聯繫到一起，形成了一個人
數眾多的文人群體。玉山文人群體不同於詩社文人群體，它沒有固定
的組織形式，沒有大規模的詩歌競賽。玉山文人群體是多次參與到顧
瑛的玉山雅集中，並在唱和逐漸形成密切交往聯繫的一個群體。玉山
文人群體的身份不同於館閣文人群體的單一性，玉山雅集之中有在朝
的仕宦，有渴望入仕的布衣文人，有逃世的隱逸文人，有方外的僧侶文
人，人員構成非常複雜。顧瑛舉辦雅集活動的開放性和包容性，使得玉
山雅集促成了元末最大文人群體的產生。

參與到玉山雅集的文人眾多，有些僅僅列席一次，而有些則是其
中的常客。而這些雅集的常客就是玉山文人群體的主力成員，包括顧
瑛、釋良琦、于立、陳基、楊維楨、袁華、秦約、鄭元祐、郯韶等十數
人。與他們相關的唱和活動佔據了玉山唱和的大半數以上，他們也在
唱和之中，增進了彼此的聯繫，也在唱和之中形成了相對一致的創作
風格。

除了上述三個較為有影響力的文人群體外，元代還有其他眾多較
小的文人群體，如元末徐達左在自己「耕漁軒」和「遂幽軒」兩處私人
園林中，與當地的著名文人雅集聚會、詩文唱酬，形成了一個文人群
體。元末魏仲遠與李季和、潘子素、高則誠、王元章等友人進行雅集唱
和，並結集《敦交集》，他們就形成了一個文人群體。

唱和活動和文人群體之間的關係是相輔相成的，唱和活動在某種
程度上促成了文人群體的形成。在文人群體逐漸形成後，又要通過唱
和活動來增進成員之間的聯繫與交往，通過詩歌唱和來達到切磋詩藝

〔註130〕參見曾瑩《文人雅集與詩歌風尚研究——從玉山雅集看元末詩風的衍
　　　　變》，廣州：廣東高等教育出版社，2011 年，第 32 頁。

的目的，這又反過來了促進了唱和活動的興盛。當唱和活動得到更多人的相應時，文人群體也逐漸的發展壯大了。

三、唱和活動與詩歌流派的形成

唱和活動在促成文人群體形成與壯大的同時，又會在一定程度上影響到群體成員詩歌創作風格的變化。唱和活動本質是文人的一種情感交流活動，但因其採用了詩歌創作的形式，又在某種程度上具有詩歌切磋的效果。特別是在一些詩社之中，同題集詠的唱和常常要品評出高下優劣，這更凸顯了相互切磋的效用。而這種切磋與評判，必須要求評判者具有相對統一的審美標準，這種標準又必須是廣大唱和參與者所認可的。反之，眾多人的評判標準在一定程度上會影響群體成員的創作追求。而在這種機制的促進下，同一文人群體的創作理念和藝術風格逐漸接近，最後可能趨於一致。在某種程度上看，一個詩歌流派就因此產生了。目前，得到學界公認的元代詩歌流派僅有「鐵崖詩派」，其以楊維楨為首領，受其影響的有顧瑛、張雨、李孝光、倪瓚等數十位詩人。楊維楨首倡的「西湖竹枝唱和」，響應者多達一百餘人，可見其在當時的影響力。但如果按照文人群體進行劃分，以詩歌創作的藝術風格為評判標準，那麼元代詩派不應該僅有一例。元初諸多詩社文人群體的唱和活動，一定程度後促成了遺民詩派的形成。元代中期大都地區的文人唱和活動，也引領了詩風的轉變，促成了館閣詩派的形成。

第一，南方詩社與遺民詩派。元初南方詩社林立，而詩社成員基本都是南宋的遺民。這些遺民文人聚集在一起唱和，其主題不外乎追思和隱逸，詩歌風格多抑鬱憂傷、隱晦曲折。王沂孫等人的《樂府補題》唱和，就是追故國之思，傷身世之感的詠物創作，作品隱晦多諷。月泉吟社的「春日田園雜興」唱和，就是以隱逸守節為主題的同題集詠，其作品在歌頌田園生活的同時，表達了絕不出仕、為前朝守節的決心。遺民文人們結社唱和，他們共同的創作傾向與藝術風格構成了元初的遺民詩派。遺民詩派的代表性人物有謝翱、林景熙等人。

　　謝翱（1249～1295）字皋羽，一字皋父，號宋累，又號晞髮子，原籍福建長溪，後隨父遷建寧府浦城縣。宋度宗咸淳間應進士舉，不第。宋恭宗德祐二年（1276），文天祥開府延平，謝翱率鄉兵數百人投之，任諮議參軍。文天祥兵敗，脫身避地浙東，往來於永嘉、括蒼、鄞、越、婺、睦州等地，並與多地的文人結社唱和。其先與方鳳、吳渭等人創立月泉吟社，後又於王英孫、林景熙等人創立汐社，元初最著名的兩個文人詩社都與其相關。至元二十七年（1290），謝翱登嚴子陵釣臺，設文天祥牌位於荒亭隅，以竹如意擊石，歌招魂之詞曰：「魂朝往兮何極，暮來歸兮關水黑，化為朱鳥兮有咮焉食。」〔註131〕亡國之痛溢於言表，歌罷竹石俱碎。同時，謝翱還寫《哭所知》、《西臺哭所思》、《哭廣信謝公》等詩，都是哀悼故國和亡友的泣血之作。謝翱的詩作重苦思錘鍊，在沉鬱頓挫之中，深刻的表達了亡國之痛與故國之思。

　　林景熙（1242～1310），字德暘，一作德陽，號霽山，溫州平陽人。咸淳七年（1271），由上舍生釋褐成進士，歷任泉州教授，禮部架閣，進階從政郎。宋亡後不仕，隱居於平陽縣城白石巷。他教授生徒，從事著作，漫遊江浙，名重一時。元世祖至元二十二年（1285年），總統江南釋教的楊璉真迦將南宋歷代帝王后妃的陵墓全部發掘，把剩骨殘骸拋棄在草莽中，慘狀目不忍睹，但無人敢去收拾。這時林景照正在會稽，其與鄭樸翁等扮作採藥人，冒著生命危險，上山拾取骨骸。景熙收得殘骨兩函，託言佛經，埋葬於蘭亭山中，並移植宋常朝殿前冬青樹作為標誌，並寫了《冬青花》詩：「移來此種非人間，曾識萬年觴底月。蜀魂飛繞百鳥臣，夜半一聲山竹裂。」〔註132〕又作《夢中詩》四首，以悽愴的聲調記錄了埋骨的經過，抒發了自己的悲憤。林景熙的詩文風格幽婉，沉鬱悲涼。論詩主張「詩文歸一」、「根於性情」。他的詩歌大多以託物比興的手法，精粹簡練的語言，委婉曲折的表達方式，來展示自己心靈深處對於故國的哀悼與追思。

〔註131〕（元）謝翱：《登西臺慟哭記》，《全元文》，第 13 冊，第 536 頁。
〔註132〕（元）林景熙：《冬青花》，《全元詩》，第 10 冊，第 454 頁。

　　除了謝翱、林景熙外，元初諸多文人詩社的成員都可以算作遺民詩派的一員。這些遺民文人在元初的一段時間內結社唱和，懷念故國，感傷身世，歌頌隱逸生活，在當時南方地區產生了很大影響。但遺民詩派畢竟是宋元易代特殊歷史時期的產物，當元朝進入太平昌盛的中期，南宋遺民們逐漸故去或隱去，這一詩派也就銷聲匿跡了。

　　第二，大都唱和與館閣詩派。元初期的館閣文臣多是原東平幕府和金蓮川幕府中的北方文人，如商挺、張九思、董文用、徐琰、閻復、王構、徐世隆、李槃、王惲等諸文士。他們的詩歌或質樸或清剛或雄豪，具有典型北方文學的特點。元初北方文人的詩學理念主要受元好問的影響，主張恢復風雅傳統，宗盛唐，同時不排斥蘇、黃。到了元代中期，大批南方士人北遊大都，通過舉薦或科第的方式進入仕途，同時也參與到大都地區的唱和活動中來，這些人之中就有諸如虞集、袁桷、范梈、歐陽玄、黃溍等館閣文士。他們帶來了南方詩壇「宗唐復古」的詩學理念，創作上要「吟詠性情」。「性發乎情，則言言出乎天真。情止乎禮義，則事事有關於世教」〔註133〕，不僅要吟詠性情之真，還要吟用性情之正。南北方詩風在交流之初曾出現激烈對抗，虞集評論元明善的詩作：「『若雷霆之震驚，鬼神之靈變』然後可，非性情之正也」〔註134〕。但隨著唱和交流的不斷深入，南方文人的詩學理念逐漸佔據了主導地位，而以「典雅平和」為主要特徵的館閣詩派也就此產生。可以說，館閣詩派的產生與元中期社會昌平穩定，文人在心態上從對抗轉向合作有一定關係。

　　館閣詩派的成員主要是翰林國史院、集賢院等館閣之中的文士，其中以虞集、袁桷、馬祖常、王士熙、歐陽玄等文人為代表。他們的詩作趨於「平和雅正」，沒有前期遺民文人的哀怨與憤懣，也較少激烈的情感表達。詩作唱和的主題以贈答、送別、紀遊為主，主要是私人情感

〔註133〕　（元）吳澄：《蕭養蒙詩序》，《全元文》第 14 冊，第 329 頁。
〔註134〕　（明）宋濂等：《元史》卷一八一，「元明善」條，北京：中華書局，
　　　　　1976 年，第 4173 頁。

的抒發，較少涉及家國民生的大事。由於館閣詩派的主要成員是身居
要職的館閣文臣，他們的創作在當時的文壇具有較大影響力。因此，許
多館閣之外的文人也積極學習館閣詩派的創作風格，努力參與到他們
的唱和中來。蘇天爵《書吳子高詩稿後》云：「延祐以來，則有蜀郡虞
公、潘儀馬公以雅正之音鳴於時，士皆轉相效慕」〔註135〕。許多晚輩
文人也的確因為傚仿館閣詩風，而受到前輩的重視。如胡助與「繼學公
猶深知，日相唱和，俾二季從遊。既授溫州路儒學教授，需次差遠。用
諸公薦，改翰林國史院編修官」〔註136〕；如陳旅遊京師，「虞集見其所
為文，既然歎曰：『此所謂我老將休，付子斯文者矣』。即延至館中，朝
夕以道義學問相講習」〔註137〕。館閣詩派的文人利用他們的政治，使
「平和典雅」的館閣詩風成為元中期詩壇的主導性風格。

　　館閣詩派的興盛與元中期社會較為穩定，文人生活較為安逸有一
定關係，到了元末戰亂頻繁、政治動盪，館閣詩派就逐漸消亡，取而代
之的是鐵崖詩派。

　　第三，玉山雅集與鐵崖詩派。鐵崖詩派是元末以楊維楨為宗主的
一個詩歌流派，其成員還包括顧瑛、李孝光、郯韶、張雨、郭翼、陳樵
等數十人，其中許多人為玉山雅集的常客。這一詩派的主要特色是創
作上取法唐人李賀的樂府詩，追求構思的超乎尋常和意境的奇特非凡。
同時又融匯了漢魏樂府以及李白、李賀、杜甫等人詩作的長處，以氣勢
雄健的奇思幻想，鮮明激烈的詩歌語言，打破了元代中期詩歌平和典
雅的風格侷限，給人以石破天驚的感覺。鐵崖詩派的創作風格是楊維
楨首倡的，但鐵崖詩派的發展壯大卻與元末的玉山雅集有著密切聯繫。

　　首先，楊維楨是玉山雅集的常客，其在玉山雅集中具有重要的地
位。同時，鐵崖詩派的許多重要成員也是玉山雅集的積極參與者。據黃

〔註135〕（元）蘇天爵：《書吳子高詩稿後》，《全元文》，40冊，第109頁。
〔註136〕（元）胡助：《純白先生自傳》，《全元文》，第31冊，第537頁。
〔註137〕（明）宋濂等：《元史》卷一百九十，「儒學二」，北京：中華書局，
　　　　1976年，第4347頁。

仁生在《鐵雅詩派成員考》中統計,鐵崖詩派成員共計九十一人,其中主力詩人有三十人。而在這三十人中,玉山雅集的參與者就有十八人,包括楊維楨、李孝光、張雨、陳樵、顧瑛、郯韶、陳基、倪瓚、陸仁、錢惟善、張簡、于立、王逢、釋行方、郭翼、張憲、袁華、呂誠、楊基。〔註138〕其餘楊維楨宗鐵崖詩派的宗主,李孝光、顧瑛、楊基三人是鐵崖詩派不同發展階段的主力幹將。可以說,鐵崖詩派中最具影響力的人物都曾參與到玉山雅集唱和之中。

其次,玉山雅集的許多唱和活動都是鐵崖詩派詩學主張的創作實踐。玉山雅集的參與賓客同鐵崖詩派的成員之間存在著身份上的重疊,這使得玉山雅集中的許多集會成為了鐵崖詩派成員間切磋創作技藝的交流活動。如楊維楨有樂府詩《周郎玉笙謠》,其小引云:「「予嘗於靈巖虎阜間聞其奇弄,令人飄飄然有伊洛間意,時坐客勾曲張貞居、東海倪元鎮、崑山顧仲瑛、雲丘張仲簡、吳興郯九成咸名能詩者也。予為賦玉笙謠一首,且率諸君子同賦,而予又為引之如此。」〔註139〕可見,在此次雅集之中,張雨、倪瓚、顧瑛、張簡、郯韶等人都唱和了其樂府詩。現存有張簡的《玉笙引》、于立的《玉笙謠玉山席上贈周生,時鐵崖同賦》、張雨的《玉笙謠為鐵門笙伶周奇賦》。至正八年,楊維楨與顧瑛、張雨等人同遊石湖,楊維楨作《花遊曲》,顧瑛和之。事後,郭翼、于立、袁華、陸仁等諸多鐵崖派詩人都唱和了此詩。但只有顧瑛和詩最佳,其餘諸人對楊維楨的極盡模仿,卻失之綺縟浮淺。翁方綱在《石洲詩話》中云:「玉山諸客,一時多為鐵崖和《花遊之曲》,然獨玉山一篇為佳。蓋諸公和作,與鐵崖原唱,縱極妍麗,皆不免傖俗氣耳」〔註140〕。可見,楊維楨的樂府創作在玉山雅集之中,具有非常顯著的示範意義,

---

〔註138〕黃仁生:《鐵雅詩派成員考》,《中國文學研究》,1998 年第 2 期,46～52 頁。

〔註139〕(元)楊維楨《鐵崖古樂府》,卷二,《四庫全書》本,第 1222 冊,第 19 頁。

〔註140〕(清)翁方綱:《石洲詩話》,卷五,《清詩話續編》,上海:上海古籍出版社,1983 年,第 1472 頁。

成為眾多玉山文人的模仿對象。在這種模仿與學習之中，鐵崖詩派也逐漸的興盛壯大。

　　玉山雅集的唱和活動推動了鐵崖詩派的發展壯大，而楊維楨發起的「西湖竹枝唱和」活動又將鐵崖詩派的詩學主張推向了更廣泛的詩人群體，可以說在鐵崖詩派的發展過程中，唱和活動起到了非常有力的推動作用。

　　綜上所述，唱和活動與文人雅集、文人群體、詩歌流派有著密切的關係。元代多數的雅集活動都有詩歌唱和的環節，而文人們又在長期的雅集中形成了固定的唱和群體。唱和作為一種詩歌交流活動，使得文人群體在長期的唱和之中逐漸趨同，最終形成統一的詩歌流派。

小結

　　元代文人雅集唱和活動頻繁，也留存下來不少詩詞唱和總集，但更多的唱和集卻已經散佚，我們僅能從元人的序跋中瞭解一二。詩歌唱和發展到元代，已經產生了同題集詠、分韻賦詩、分題賦詩、次韻、用韻、聯句等多種的創作模式，而每一種唱和模式都有各自的特點。文人在舉辦雅集之時，會根據參與者人數的多寡，創作水平的高低而選擇相應的唱和模式。一般來講，同題集詠的形式常被詩社用來組織大規模的唱和活動，而分韻賦詩常常用在十人以下的文人宴集之上，次韻、用韻的形式常被用在兩人之間的贈答唱和中。按照唱和活動發生環境的不同，唱和詩歌有著不同的主題內容。最常見的是宴集、送別、紀遊、贈答、題畫等，而隨著唱和主題的變換，所使用到的唱和模式也會隨之變化。

　　唱和活動與雅集關係密切，元代的文人雅集通常都會有詩歌唱和的環節，最常用到的唱和模式是分韻賦詩。但也有許多私下的文人唱和脫離了雅集的環境，這樣的唱和常用到次韻、用韻的形式。元代許多文人因為長期的唱和活動，而形成了固定的文人群體，如遺民詩人群

體、館閣詩人群體、玉山詩人群體等。這些詩人群體的成員經常舉在一起詩歌唱和，在這種唱和中切磋詩歌技藝，逐漸統一了各自的創作理念，形成了一致的創作風格，進而產生了新的詩歌流派。

第三章　元代多民族士人的雅集唱和

　　元朝是蒙古人建立的統一多民族國家，統治者將諸多民族劃分為蒙古人、色目人、漢人、南人四類。其中色目人包含了西夏、回鶻、契丹、也里可溫等多個族群，而漢人主要是原金統治下的漢族、女真族、契丹族等，南人主要是原南宋統治下的漢族和其他南方少數民族。元朝統治初期，蒙古、色目人士的漢文化水平尚處於較低的水平，朝中的館閣文士以北方的漢族文人居多。隨著蒙古國子學、色目國子學的建立，統治者開始重視本族子弟對儒家文化的學習，特別是仁宗朝重視文教，長期中斷的科舉制度重新實施，各民族文人都受到了極大鼓舞。元中期以後，蒙古、色目族文人開始登上文壇，他們在大都、杭州等地與漢族文人開展廣泛的雅集唱和，促進了民族間的文化交流。少數民族文人在向漢族文士學習的同時，也將自己的民族性格融入到詩歌創作中去，在平和雅正的主流詩風之外，開拓出了剛勁質樸的藝術風格，豐富了元代詩歌的風貌。

第一節　「延祐復科」對多民族士人雅集的促成

　　元朝初期，朝廷中的文臣多為金代遺民和南宋遺民，其中又以漢族文士居多，蒙古、色目文士少有高修養者。但元中期以後，統治者開始重視本族群的文化教育，分別設立蒙古國子學和色目國子學，延請

漢族大儒來進行教學，少數民族文人的儒家文化修養也逐漸提高。到了仁宗朝，重開科舉，並實行左右榜取士，這在一定程度上激發了少數民族文人的學習熱情，到了元代中後期，朝廷中湧現出一批具有較高文化涵養的少數民族士人。據蕭啟慶統計：「前期蒙古漢學者不過十七人，占總人數（包括一人兼一門以上而致重見者）10.90％。在中、後期則持續增加，分別增至 28.21％與 58.97％。前期色目漢學者僅占總人數的 8.15％，在中、後期分別為 40％與 45.19％，顯然是與日俱增。就專長而言，前期大多數之蒙古及色目漢學者皆為儒學者，長於文學、藝術者甚為少見。而在中、後期擅長文學、美術之人數皆有大幅成長。」〔註1〕蒙古、色目文人文學、繪畫等藝術水平的提高，有助於他們更好的融入到文人雅集之中。而科舉取士的重新實施，使不同種族的文人群體擁有了相同的政治身份，這進一步促進了他們之間的交往。元朝中後期，師生之間、同年之間、同僚之間的多民族唱和活動屢見不鮮。

一、「延祐復科」與「兩榜取士」

金朝與南宋相繼被蒙古軍隊所滅，其長久實行各項典章制度也因此中斷。由於蒙元的前期統治者漢族文化並不感興趣，也無意於學習金朝與南宋的典章制度。科舉制度作為中原漢文化重要的選人用人機制也就此中斷。忽必烈時期開始重視漢法，但依舊側重於漢法中的集權政治制度和財政制度，官吏選拔制度並沒有被重視。元朝官員的任用重視「跟腳」，即出身，那些位高權重的官職被少數大跟腳的家族壟斷，而一些低品階的官職則多任用具備實用才能的吏員，儒生的出路變得非常狹窄。姚燧在《送李茂卿序》中記載道：「大凡今仕惟三途：一由宿衛，一由儒，一由吏。由宿衛者，言出中禁，中書奉行制敕而已，十之一；由儒者，則校官及品者，提舉教授，出中書。未及者則正錄而下，出行省宣慰，十分一之半；由吏者，省臺院中外庶司郡縣，十

〔註1〕蕭啟慶：《內北國而外中國：蒙元史研究》，中華書局，2007 年，第484頁。

九有半焉。」〔註2〕該序文寫於「大德己亥秋八月」，即大德三年（1299），這是在延祐開科之前的狀況。宿衛多出自具有大跟腳的家族子孫，王惲曾言「朝廷一切侍從、宿衛、怯薛歹等官員多係功臣子孫」〔註3〕，由宿衛而晉身者多為位高權重的官職。其餘州縣的小員從吏員中選拔，儒生出路只有去書院任教官。

　　為了說服統治者推行選用儒生入仕的科舉制度，元代前期的文士們一直在不斷努力著。窩闊台十年（1238），在耶律楚材、郭德海等人的主張下進行了「戊戌選士」，遍試各路諸生，中試者復起賦役，並除本籍貫議事官之職。《廟學典禮》記載：「其中選儒生，若有種田者納地稅，買賣者出納商稅，……其餘差發並行蠲免。……與各住達嚕噶齊管民官一同商量公事勾當著。宜後依照先降條例開辟舉場，精選入仕，續聽朝命」〔註4〕，從詔令可以看出，選試儒生的工作是計劃長期進行的，中選者是可以被委派官職，參與州縣政事決策的。但是實際情況卻並不是這樣，中選儒生僅僅獲得免除差役的特權，並沒有獲得參與政事的權利。並且這種選試工作也僅進行了一屆，選中儒生四千餘人。戊戌選士作為一次科舉取士的嘗試失敗了，這源於蒙元統治者對漢法選官制度的不理解不重視，但此後仍有無數的文士努力游說統治者恢復科舉制度。忽必烈開金蓮川幕府，招募諸多漢族儒生，在其管轄的區域內試行漢法，其即位後更是依照漢法建立諸多典章制度。只是科舉制度的實行卻受到層層阻礙。至元七、八年間，禮部擬定以經義、詞賦兩科取士，提案送至尚書省，尚書省建議只用明經、經義取士，但此提案後來就沒有下文。此期間王惲作《論科舉事宜狀》、《論明經保舉等科目狀》來說服統治階層實行科舉制度，徒單公履也曾奏請恢復科舉，忽必烈召集許衡、姚樞、董文忠進行商議，徒單公履被董文忠斥為「俗儒守

〔註2〕 （元）姚燧：《送李茂卿序》，《全元文》，第9冊，第379頁。
〔註3〕 （元）王惲：《論怯薛歹加散官事狀》，《秋澗先生大全文集》卷八十四，《四部叢刊》本。
〔註4〕 《廟學典禮》卷一「選試儒人免差」條，浙江古籍出版社，1992年，第9頁。

亡國餘習」，復科也就沒有了結果。之後儒生們進過多次嘗試，但最終結果都是不了了之，直到元仁宗即位才最終成行。元仁宗愛育黎拔力八達自幼便師從太常少卿李孟學習儒家典籍，在漢儒李孟的長期教導下，仁宗熱衷於儒家文化與漢法制度。仁宗登基後即宣稱：「朕所願者，安百姓以圖至治。然匪用儒生，何以致此」〔註5〕，想要大規模的選用儒生，就實行漢法的科舉選試制度。皇慶二年（1313），仁宗即詔令天下重開科舉，科舉以程朱理學為考試的內容，每科錄取進士一百人，其中蒙古、色目、漢人、南人各占二十五人，以後每三年開科一次。延祐元年（1314）八月，全國的十七處考場舉行鄉試。此年二、三月又在大都舉行會試和殿試，首科取士為五十六人，因為本次科舉是在延祐年間舉行的，被稱為「延祐復科」。自延祐復科至元順帝敗北漠北，期間共開科十六次，錄取進士一千一百三十九人。僅在元惠宗時期，因權相伯顏勒令廢除科舉，科舉被迫停辦兩次。

在復科的四十八年間，共錄取進士一千一百三十九人，平均每屆僅錄取七十餘人，這與在朝官員的總人數比起來微乎其微。並且通過進士晉身入仕者在文職官員中占比極小，僅占百分之四多一點。〔註6〕即便在科舉制度實行以後，元代官員的主要來源是仍舊是吏員，蘇天爵曾說：「科舉取士，三歲止得百人，今吏屬出身，一日不知其幾！」〔註7〕元朝官員選拔的途徑有七種：一曰宿衛，二曰科舉，三曰國子歲貢，四曰吏員出職，五曰蔭敘，六曰舉薦，七曰入粟補官。〔註8〕科舉制度作為元朝眾多選拔官吏的途徑之一，其選拔人數不及吏員，任用後的前途不及宿衛，中選的難度又大於其他途徑。因此，元朝進士出身的官員無論人員數量，還是任職地位在官僚構成中都居於劣勢。以致許多儒生在科舉復行後，仍舊努力試圖通過舉薦入仕。

〔註5〕（明）宋濂等：《元史》卷二十四，《仁宗紀》一，中華書局，第558頁。
〔註6〕數據來源姚大力《元代科舉制度的行廢及其社會背景》，《蒙元制度與政治文化》，北京大學出版社，2011年，第219頁。
〔註7〕（元）蘇天爵：《災異建白十事》，《滋溪文稿》卷三六，四庫全書本。
〔註8〕參見《元史》八二《選舉》二，中華書局，第2037頁。

　　雖然延祐復科對儒生入仕門徑的影響甚微，但卻對儒家文化在多民族文人中普及，以及多民族文人的交遊起到了非常重要的作用。元朝科舉制度與歷代科舉最大的不同，即考試分為左右榜，左榜是錄取漢人、南人，右榜錄取蒙古人、色目人，狀元只能是蒙古人。但由於蒙古、色目人的漢文化修養較之漢儒還略差一些，所以每次錄取左榜人數都多於右榜，如首科錄取五十六人，其中右榜僅十六人。值得注意的是左右榜同甲進士初授的品階是相同的，雖然以後升遷機會蒙古、色目人可能較多，但科舉制度為他們提供了一個平等的交往基礎。即便屬於不同的民族，同年之間的情誼也是相同的，入仕之後的交往也更加容易。因此，延祐開科對元朝官僚構成的影響不大，卻促進了多民族文人交遊圈的形成。

二、多民族的師生關係

　　左右榜制度為蒙古、色目族人入仕提供了極大便利，他們不必去和儒學涵養深厚的漢人和南人競爭，只需在其內部選拔出佼佼者。因為左榜右榜都是以程朱理學取士，蒙古、色目族人想要參加科舉，就必須學習儒家文化。顧嗣立《元詩選》中說道：「自科舉之興，諸部子弟，類多感勵奮發，以讀書稽古為事」﹝註9﹞。為了學習漢文化，蒙古、色目子弟不得不通過各種途徑拜漢族儒生為師，這其中包括進入國子學、地方官學，以及在家中私塾延請漢儒教師。這就客觀上形成了多民族的師生關係，一定程度上促進了多民族文士的交遊活動。

　　元朝前期，忽必烈採納了許衡的建議，沿用宋金官學制度，中央設有國子學，地方各路、府、縣設立官學，教育內容統一為程朱理學，以小學、四書為主要教材，然後涉及五經。許衡作為國子學的創始人，曾兩次出任祭酒之職，其任職期間培育出不少蒙古、色目弟子。

　　許衡（1209～1281），字仲平，號魯齋懷慶路河內人。至元八年（1271），拜集賢大學士兼國子祭酒。其後因權臣屢次破壞漢法，致使

﹝註9﹞　（清）顧嗣立輯：《元詩選》，初集庚，中華書局，1987年，第1729頁。

學生缺糧，許衡便請求辭職返回懷慶故里，忽必烈恩准其還鄉。至元十三年（1276），忽必烈令王恂制定新曆。王恂認為一般曆家只知曆數不知曆理，奏請許衡回京，以集賢大學士兼國子祭酒來主持太史院事，許衡再次出任國子祭酒。許衡在國子學期間，其教授了堅童、不忽木、禿忽魯、不憐吉歹、野仙鐵木爾等人。堅童，蒙古族蔑兒乞氏，曾與其父闊闊隨王鶚及張德輝遊，年長後入國子學。不忽木和禿忽魯康里氏族人，不忽木後來成為儒相，禿忽魯後來官至樞密副使。不憐吉歹，蒙古族良哈氏，官至河南行省左丞相。野仙鐵木爾族群不祥，官至中書平章。許衡在元初的國子學中有重要地位，其弟子在忽必烈晚期和成宗朝多出任重要職務，成為元初重要的儒臣。

吳澄（1249～1333），字幼清，晚字伯清，撫州崇仁鳳崗咸口人。自幼聰慧、勤奮好學，宋末中試鄉貢。宋亡後隱居家鄉，潛心著述。元武宗至大元年（1308），被徵召任國子監丞。吳澄在國子監其教授的弟子有阿魯丁、廉充等人。阿魯丁，回族人，字元鼎，天曆間官至翰林學士。廉充，維吾爾族，廉希憲家族子弟，皇慶元年任浙西廉訪司照磨。

虞集（1272～1348），字伯生，號道園。成宗大德初，以薦授大都路儒學教授，後升國子助教，泰定帝時任翰林直學士兼國子祭酒。其國子學弟子有斡玉倫徒、劉沙剌班、卜顏帖木兒等人。斡玉倫徒，唐兀人，出身西夏儒學世家，後登進士第，後與虞集成為奎章閣同僚，二人之間有詩歌唱和。劉沙剌班，唐兀人，官至西臺侍御史。虞集的《道園類稿》中與劉沙剌班相唱和的詩文多達八篇，並且為其父寫了神道碑，為其詩集作序，師生情誼可見一斑。卜顏帖木兒，蒙古人，官至江西廉訪副使。

除了中央的國子學，各路、府、州、縣還有各地的地方官學。許多當地的蒙古、色目子弟往往入各地官學。

胡助（1278～1355），字履信，一字古愚，自號純白老人，婺州東陽人。始舉茂才，為建康路儒學學錄，歷美化書院山長、溫州路儒學教授，兩度為翰林國史院編修官。胡助教授的弟子眾多，其中不乏蒙古、

色目人，包括劉沙剌班和廉惠山海牙。劉沙剌班先從胡助學，後進入國子學師從虞集。廉惠山海牙，畏兀兒人，至治元年進士，官至宣政院使。

夏溥，字大志，淳安人，治至三年進士，曾任龍興路教授，其教授的色目子弟有伯顏子中。伯顏子中，畏兀兒人，曾任東湖書院山長，建昌路教授，官至吏部侍郎。

梁寅（1303～1389），字孟敬，江西新喻人。曾任南昌宗濂書院，建康路儒學訓導，其色目弟子有伯睦爾、雅志。

除了進入國子學、地方官學學習，一些蒙古、色目的貴族常常聘請漢族儒生為家中私塾教師，教授族中子弟儒學。

拔不忽（1245～1308），蒙古族，官至江東道宣慰使。其年幼時在家中私塾師從李康伯，後師從周正方。至元二十年（1283），其退休後，聘請吳澄為家中諸子教師。

阿魯威，蒙古人，官至翰林侍講學士。曾聘請漢儒李昱教授其子。李昱（1314～1381），婺州永康人，後出仕明朝，為國子助教。

脫脫，蒙古族蔑兒乞氏，官至中書右丞相。其幼年在家中私塾師從漢儒吳直方。其任右丞相之時，重用儒生，恢復科舉。後聘請鄭深教授其子哈拉章，鄭深因教導有方，被舉薦為宣文閣授經郎。

余闕，色目人，至正十一年駐安慶，聘請舒城人賈良教授其子弟。

馬祖常，色目人，曾就讀於陶氏家塾，師從蔣捷。

泰不華，蒙古人，曾師從李孝光，周仁榮。

薛昂夫，回族，曾師從劉辰翁。

由於蒙古統治者實行嚴格的族群等級制度，漢人、南人的政治地位遠低於蒙古、色目族人，在這兩大族群之間存在著很多的隔閡。而師生關係是一種學問與倫理的結合，不因為族群的不同而有所不同。蒙古、色目族的學生不會因為族群政治地位懸殊，而降低對漢族老師的尊敬。相反，許多例子表明蒙古、色目學生對漢族儒師極為崇敬。因此，師生關係為不同族群間交往提供了一個突破口，成為多民族文人交遊的一個基礎。

三、多民族進士的交遊圈

　　元代文士科舉及第後，不僅進入了朝廷的官僚階層，同時也進入了官方文人的雅集唱和圈。科舉考試帶來了座主與門生關係，產生了諸多同年。座主與門生是另一種重要的師生關係，在巨大關係網編織出的官僚社會中，座主與門生之間有著非常緊密的聯繫，他們通常都站在相同的政治立場，容易一榮俱榮，一損俱損。如馬祖常、許有壬皆為趙世延的門生，至治元年（1321），趙世延受權相鐵木迭兒的陷害而入獄。馬祖常率同列劾奏鐵木迭兒的十項大罪，因而累遭貶黜。許有壬在至治三年（1323）上書為趙世延平反。座主與門生之間有一定的依附關係，而同年之間則更多是平等的交往。

　　由於科舉以儒學為考試內容，因此主考官以漢人居多，這就產生了多民族的門生與漢族座主的師生關係。元朝末期，隨著蒙古、色目士人漢學修養的不斷提升，不少、蒙古、色目文人也成為科考的考官，如馬祖常在泰定四年（1327）以翰林直學士身份擔任會試同知貢舉，並擔任了殿試的閱卷官。余闕曾在至正五年（1345）以翰林修撰的身份擔任了殿試閱卷官。這就產生了蒙古、色目座主與多民族門生的師生關係。

　　多民族進士之間最重要的雅集便是同年會，元代進士繼承了唐宋的傳統，座主與門生之間為了增進聯誼，會定期不定期的開展同年集會。這種同年會是座主與門生，同年與同年之間的雅集聚會。如元文宗天曆三年（1330）在王守誠的秋水軒舉辦的一次同年會，此雅集的參與者泰定元年（1324）及第的進士，及他們的座主蔡文淵。宋褧的《同年小集詩序》中記載：

> 天曆三年二月八日，同年諸生謁座主蔡公於崇基萬壽宮寓所。既退，小集前太常博士、藝林使王守誠之秋水軒，坐席尚齒，酒肴簡潔，談詠孔恰，探策賦詩。右榜則前許州判官粵魯不華、前沂州同知曲出、前大司農照磨譜篤樂、奎章閣學士院參書雅琥。左榜則前翰林編修王瓚、前翰林修撰張

益、前富州判官章轂、翰林應奉張彝、編修程謙。疾不赴者，
前陳州同知納臣、深州同知王理，太常太祝成鼎。時粵魯調
官監濠之懷遠縣，曲出監慶元之定海縣，轂廣東元帥府都事，
皆將赴上。琥即雅古，蓋御更今名云。執筆識歲月者，前翰
林編修、詹事院照磨宋褧也。〔註10〕

此次同年雅集的參與者為泰定元年及第的進士，而泰定元年進士及第
著有八十六人，此次雅集到場的僅有十一人，有三人因疾病而不能到
場。右榜五人，分別為粵魯不華、曲出、雅琥、納臣、諳篤樂。左榜九
人，分別為王瓚、張益、章轂、張彝、程謙、王理、成鼎、宋褧、王守
誠。此次雅集還有「探策賦詩」，宋褧有《同年小集探策賦詩得天字》，
即是此次雅集所分韻賦得。

　　與泰定元年科雅集相類的同年集會，還有至元三年（1337），泰定
四年科的大都南城的雅集。黃清老有七律詩便是作於此次雅集，其詩
題為《丁丑三月七日，會同年於城南。子期工部、仲禮省郎、世文編
修、文遠照磨、學升縣尹、子威主事、克成秘書、至能照磨、子通編修
凡十人，二首》。黃清老（1290～1348），字子肅，正是泰定四年的進
士。此次同年集會共有十人參與，每人賦詩二首，但僅黃清老的詩留存
下來。從詩的題目中可以看出，參加雅集的有蒙古士人篤列圖（字克
成），色目士人偰善著（字世文）、觀音奴（字至能），漢族人趙期頤（字
子期）、羅允登（字學升）、李黻（字子威）、黃清老。

　　由上可見，同年集會是一種多民族文士的雅集，它幫助各民族士
人突破族群等級的障礙，以同年這一平等身份進行交流。座主與門生，
同年與同年之間相互交流的方式不僅僅有雅集聚會，還有彼此間的詩
文唱酬。

　　馬祖常是延祐二年（1315）首科進士，會試第一，廷試第二。由
於狀元必須是蒙古族人，而馬祖常是色目人，只能屈居第二。該科廷試

―――――――――――――――

〔註10〕 （元）宋褧：《同年小集詩序》，《全元文》，第 39 冊，第 322 頁。

的監試官為李孟，閱卷官為元明善、趙孟頫和趙世延。馬祖常是元中期
的著名詩人，其《石田先生文集》中就有不少詩歌是與其座主唱酬的。
如《秋谷平章生日》是寫給他的座主李孟的。李孟，字道復，號秋谷。
馬祖常在詩中頌揚李孟的功業、文章，同時為其拜壽。《田居二首》是
寄贈元明善的，詩歌寫了其退居家鄉的田園生活。元明善過世後，其神
道碑就是有馬祖常所撰。馬祖常還有題畫詩《題趙承旨枯木竹石圖》和
《題趙子昂承旨墨竹》，這是與趙孟頫的題畫唱酬。除了與座主詩文唱
酬外，馬祖常還與同年之間有著密切聯繫。馬祖常的《石田先生文集》
中有與王沂、焦鼎、楊載、歐陽玄、趙篔翁、許有壬等同年的唱和詩
作，其中與許有壬的唱和最為頻繁，許有壬的《至正集》中存二人唱和
詩作多達十餘篇。

　　余闕是元統元年（1333）進士，其座主為宋本、王沂、陳旅等人。
余闕有《宋祭酒輓歌》二首，是悼念其座主宋本的。余闕在及第後，被
授予泗州同知，其座主王沂有《送余闕之官泗州序》，陳旅有《送余廷
心同知泗州二首》為其送行。李祁作為余闕的同年，曾為其《青陽先生
文集》作序，而《青陽先生文集》中贈酬的各族同年多達九人。

　　科舉制度帶來的座主、門生、同年的關係，使多民族文人間的交
往突破了族群的障礙，進而促進了多民族文人雅集唱和的興盛。

四、館閣中的多民族士人唱和

　　元代兩榜制的科舉取士，在一定程度上提升了蒙古、色目人的整
體漢學水平，而右榜及第的士人中，許多都已經具備了非常高的文化
涵養，如貫雲石、馬祖常、泰不華、余闕、雅琥等諸多館閣文臣。而館
閣文人的雅集是貫穿元朝始終的雅集活動，由於館閣中有諸多族群的
文士，因此館閣是多民族雅集最集中地方。元朝重要的館閣有兩處，一
是翰林國史院，一是奎章閣。

　　元前期中統二年（1261），元世祖忽必烈傚仿漢制設立了翰林院，
後又設立國史院。至元元年（1264）將兩者合併，建翰林學士院，秩正

三品。至元四年（1267）改立翰林兼國史院。至元二十年（1283），又與集賢院合併為翰林國史集賢院。至元二十二年（1285），翰林院與集賢院重新分立，復為翰林國史院。大德九年（1305）升正二品。皇慶元年（1312）升從一品。翰林國史院主要掌管纂修國史、典制誥、備顧問三項職責，設承旨六員，學士、侍讀學士、侍講學士、直學士各兩員，另有待制、修撰、應奉翰林文字、編修官等職若干。翰林院部分官員的安排有尊賢養老之意，故其中有一些不學無術的蒙古、色目貴冑。但翰林院中多數仍舊是具備較高漢學修養的各族文士，他們對文學翰墨有著共同的興趣，也因此經常雅集聚會，詩文唱酬。元朝中期，供職翰林院的蒙古、色目士人有貫雲石、馬祖常、散散、阿魯威等人，而此時的漢人館臣有劉敏中、程鉅夫、趙孟頫、元明善、袁桷等人。館閣中丞多民族文士交往唱酬非常密切。

　　貫雲石（1286～1324），字浮岑，號成齋，疏仙，酸齋，畏兀兒人，精通漢文。出身高昌回鶻畏吾人貴冑，祖父阿里海涯為元朝開國大將。原名小雲石海涯，因父名貫只哥，即以貫為姓。初因父蔭襲為兩淮萬戶府達魯花赤，讓爵於弟，北上從姚燧學。仁宗時拜翰林侍讀學士、中奉大夫，知制誥同修國史。不久稱疾辭官，隱於杭州一帶，在錢塘賣藥為生，自號「蘆花道人」。貫雲石在館閣任職期間，與諸多館臣交往密切。其曾與程鉅夫、元明善等人商議恢復科舉的各項制度，程鉅夫有《跋酸齋詩文》，袁桷有《寄貫酸齋侍讀》與其唱和。貫雲石亦有《題趙孟頫雙駿圖》、《翰林寄友》。其《翰林寄友》是隱居江南之後，對翰林院諸友的懷念之作，詩云：

　　　　興來何所依，惟杖歸而已。夢遊白玉堂，神物撼青史。
　　我師秋谷叟，秦楚可豈箠。中庵四海名，羸老久無齒。珍重
　　白雪樓，涕唾若行水。北山已東山，高臥呼不起。泊然萬卷
　　懷，廉苦悉之比。諸孫趙子昂，揮遍長安紙。文郁老經學，
　　閎義出名旨。復初持高節，鬚鬚備清美。希孟文氣澀，道義
　　淪於髓。垂雪公諒翁，字學貴窮理。諸公衰盛世，忝會總知

己。濃頭一杯外，相思各萬里。〔註11〕

這首詩中提到了十位館閣文臣，分別為李孟（秋谷叟）、劉敏中（中庵）、程鉅夫（白雪樓）、陳嚴（東山）、趙孟頫（子昂）、元明善（復初）、張養浩（希孟）、宇文公諒（公諒翁），泊然、文郁〔註12〕。這些人都是在當時非常具有名望的耆老，貫雲石在任職翰林院之時與他們建立有敦厚的情誼。詩中貫雲石除了表達對他們的崇敬之外，也有對當年僚友的調侃，可見其作為色目文士與諸多漢族文士交往甚密。

阿魯威，字叔重，號東泉，蒙古族人。延祐年間（1314～1320）官南劍太守，即延平江路總管。至治間（1321～1323）官泉州路總管。泰定間（1324～1328）任翰林侍講學士。曾譯《世祖聖訓》、《資治通鑒》等為泰定帝講說。天曆元年（1328）官同知經筵事，是年遂掛冠南遊。家於杭州，居城東，被李昱聘為西賓。後至元二年（1336）因捲入平江路總管道童案坐罪，不久冤明，仍閒居杭州。能詩善曲，明代朱權的《太和正音譜》評其詞「如鶴唳青霄」。其詩今不傳。楊朝英的《陽春白雪》錄其小令十九首，情感深沉質樸，格調曠達豪邁。阿魯威在供職翰林院期間，與當時的翰林直學士虞集、編修王沂交往甚密，有詩文唱酬。虞集的《道園學古錄》中有《寄阿魯翬學士》、《奉別阿魯威東泉學士遊甌越》、《寄魯學士》〔註13〕三首詩作贈酬阿魯威，其詩有「憶惜同經幄，春明下玉除」等句，可見二人有著深厚的友情。王沂，字師魯，延祐二年（1315）首科中進士。歷任臨淮縣尹、嵩州同知。元文宗至順間為翰林編修，後歷國子博士、翰林待制，元順帝至正初，任禮部尚書。曾主持元統元年（1333）科舉，以「總裁官」的身份編定遼、金、

〔註11〕（元）貫雲石：《翰林寄友》，《全元詩》第33冊，第311頁。

〔註12〕泊然、文郁二人不知其姓名履歷。文郁，疑為楊文郁。《元史》「本紀第十九，成宗二」載：「以翰林王惲、閻復、王構、趙與票、王之綱、楊文郁、王德淵，集賢王顯、宋渤、盧摯、耶律有尚、李泰、郝采、楊麟，皆耆德舊臣，清貧守職，特賜鈔二千一百餘錠。

〔註13〕《寄魯學士》雖然沒有明言阿魯威，但詩中「泉南五馬傳燈後，天上群龍進講餘」之句，說的就是阿魯威由泉州內調翰林侍講的經歷，而且阿魯威又被稱為魯東泉。因此，該詩篇應該是贈酬阿魯威的。

宋三朝史。有文名，並能詩，有詩文集《伊濱集》已佚，清四庫館臣後從《永樂大典》中輯出王沂《伊濱集》二十四卷。《伊濱集》中有《醉鄉詩為阿魯威學士賦》唱酬阿魯威，詩中云：「南園寂寂幾經春，草木還曾識鳳麟。不獨文章高一世，由來道誼重千鈞。乾坤勝概寧無意，今古神交自有人。惟以壺觴留好客，卻拋軒冕樂閒身」〔註14〕。詩歌稱讚了阿魯威的道德與文章，又對朝優游江湖的隱退生活感到羨慕。可見，在阿魯威隱退期間還有與館閣友人的唱和來往。

散散，維吾爾人，泰定年間任翰林侍讀學士，供職期間與虞集、吳澄等人交往密切。《南村輟耕錄》中載：「虞邵庵先生集在翰苑時，宴散散學士家，歌兒郭氏順時秀者，唱今樂府，其《折桂令》起句云，博山銅細嫋香風。一句而兩韻，名曰短柱，極聯易作。先生愛其新奇，席上偶談蜀漢事因命紙筆亦賦一曲」〔註15〕。這時散散參加虞集家宴的情景，席間有歌姬唱散曲，虞集即興作曲。可見二人私交甚好。至正四年（1344），散散奉使宣撫江西、福建之時，虞集已經退隱在家，但還是作《右丞北庭散公宣撫閩江序》相贈。吳澄亦有《回散散學士書》，言及散散致信吳澄索求他近期的著作，而散散父親的神道碑即為吳澄所撰，可見其二人情誼不淺。

奎章閣是元文宗於天曆二年（1329）所建，目的是陳列珍玩，儲藏書籍。後改為學士院，彙集著名學者文士，「非嘗任省、臺翰林及名進士」不可以出任奎章閣官職。奎章閣又成為當時文壇最優秀文人的聚集地，虞集、揭傒斯、宋本、趙世延、歐陽玄、許有壬、泰不華等一批有影響力文人都曾出任過奎章閣。奎章閣也成為了館閣文臣另一個重要的活動中心。至元六年（1340），元順帝將奎章閣改為改為宣文閣，後又改為端本堂，其職能有所改變，奎章閣也失去瞭望日的輝煌。

奎章閣也是一個多民族文士匯聚的地方，除了虞集、揭傒斯等漢

〔註14〕　（元）王沂：《伊濱集》，《全元詩》第33冊，第111頁。

〔註15〕　（元）陶宗儀：《南村輟耕錄》卷四，北京：中華書局，1959年，第52頁。

族文士外，還有蒙古文士阿榮、鐵柱等人，色目文士胡都魯都兒迷失、
趙世延、沙剌班、雅琥、泰不華、巙巙等人。諸多文人之間經常相互
交往唱和，形成了多民族館閣文臣的交遊圈。

趙世延（1260～1336），字子敬，雍古族人。泰定帝五年（1328），
元泰定帝駕崩後，趙世延支持樞密院事燕鐵木兒擁立懷王圖帖睦爾為
帝，是為文宗。趙世延因迎立有功，加授集賢大學士、奎章閣大學士、
中書平章政事等職，因年高多疾，元文宗還特許其可乘小車入朝。趙世
延與漢族文士虞集、許有壬交往甚密。至順元年（1330 年）二月，趙
世延與國史院編修官虞集等人仿唐宋會要體例纂修《皇朝經世大典》。
虞集的《道園學古錄》、《道園類稿》中存四篇詩文與趙世延有關，分別
是《寄趙子敬平章》、《趙平章加封官制》、《趙平章像贊》和《魯國公趙
公哀詞二首》。趙世延與許有壬是座主與門生，亦是翁婿的關係。至元
元年（1320），趙世延被權相鐵木迭兒誣陷入獄，許有壬極力上書為其
平反，二人之間的關係非常密切。

泰不華（1304～1352），字兼善，伯牙吾臺氏，原名達普化，元文
宗賜名泰不華。至治元年（1321），右榜進士第一，授集賢殿修撰，官
至翰林侍講學士。元文宗皇帝建奎章閣學士院，泰不華擢升為典簽。泰
不華在奎章閣期間與虞集交往過密，其《顧北集》中有《春日宣則門書
事簡虞邵庵》、《贈堅上人重住江西謁虞閣老》。虞集有《送達溥化兼善
赴南臺御史詩》、《題達兼善御史所藏墨竹》。另外，傅若金有《奉送達
兼善赴河南憲僉十二韻》、《題達兼善御史壁間劉伯希所畫古木圖》，袁
桷有《送達兼善祠祭山川序》，都是泰不華唱酬的。

康里巙巙（1295～1345），字子山，號正齋、恕叟，元康里部人。
至順元年（1330），以禮部尚書兼群玉內司，成為奎章閣官員。其任職
期間與虞集等館臣有詩文唱酬。虞集有《記子山尚書》、《題康里子山尚
書凝香亭六韻》是與巙巙唱和之作。另有《題跋子山學士所藏永興公
墨蹟》、《題李重山所藏巙子山墨蹟》二首，前者是應巙巙之邀而題畫
創作，後者是題巙巙之畫作。

雅琥，字正卿，也里可溫人。泰定元年進士，初名雅古，文宗御筆改為雅琥。至順元年授奎章閣參書。至元間，調任廣西靜江同知，傅若金有《憶昔行送雅琥正卿參書南歸參書居閒京師行中書調廣西選為靜江同知比上其名中書正奏授高郵時廣西寇盜而參書母老即移家歸武昌待次遂作此奉送兼問訊江漢故人》之詩相送。馬祖常《送雅琥參書之官靜江詩序》中云：「館閣僚友與京師聲明之士，各忻然為文章，以美其行而勸其無久於外」〔註16〕，可見諸多館閣文士都與其交誼甚好。另外，雅琥有《擬古寄京師諸知己二首》，即是唱酬館閣僚友的。

畢申達，唐兀人，曾任藝林庫提點與奎章閣授經郎。後期為歸家奉養父母而辭官，眾多館閣僚友作詩送行。揭傒斯的《送藝林庫提點畢申達棄官歸養詩序》中云：「車既膏，馬既秣，凡工為文辭者皆詩以送之，而奎章閣承旨學士李公命余為之序」〔註17〕，描繪了奎章閣僚友為畢申達賦詩餞別的場景。畢申達棄官而奉養父母的行為得到了在朝文士的一致稱讚。虞集亦有《題張希孟中丞送畢申達卷後》。

不論是翰林國史院，還是奎章閣，其中都雲集了文化涵養較高的多民族文士。這些文士在一起供職，相互之間詩文唱酬，迎來送往，宴集聚會，逐漸形成了一個龐大的多民族文人交遊圈。

綜上所述，延祐科舉制度的重啟，在很大程度上促進了蒙古、色目士人對漢文化的學習，在學習過程產生了多民族的師生關係。同時，一批具有較高文化水準的非漢族士人通過科舉入仕，在朝中構成了座主、門生、同年的多民族關係。部分文士進入了翰林國史院、奎章閣，與眾多高水平的館閣文臣成為僚友，在雅集聚會，詩文唱酬過程中形成了多民族文士的交遊圈。

〔註16〕（元）馬祖常：《送雅琥參書之官靜江詩序》，《全元文》，第 32 冊，第 411 頁。

〔註17〕（元）揭傒斯：《送藝林庫提點畢申達棄官歸養詩序》，《全元文》，第 28 冊，第 382 頁。

第二節　多民族士人的雅集活動

　　元朝中期以後，隨著蒙古、色目士人文學藝術修養的逐漸提高，他們也開始參與到各類雅集活動中，多民族文人共同參與也成為了元代雅集的一個顯著特點。在這些雅集中，有些是蒙古、色目文人召集主持的，如天慶寺雅集、廉園雅集等；有些是漢族文士召集，蒙古、色目文人積極參與的，如玉山雅集，南城雅集等。無論作為召集者，還是參與者，少數民族文士的雅集唱和都在一定程度上促進了多民族文化的交流融合。

一、廉園雅集

　　廉園是位於大都南城的一處園林建築，其最早由布魯海牙營造，是屬於廉氏家族的私人花園。廉氏家族原是高昌畏兀兒族，很早即歸順成吉思汗，在元初乃至元中期，廉氏家族的成員在朝中位居高官要職。同時，廉氏家族是較早漢化的色目氏族，其從第一代布魯海牙開始便重視學習漢族文化，到後來的廉希憲、廉希恕、廉希閔那一代漢文化修養逐漸提高，並且與諸多漢族人士交往密切。而廉園正是廉氏家族與漢族人士雅集聚會的主要場所。

　　廉園是元代前期大都地區的著名園林，最早由布魯海牙營造。布魯海牙（1197～1265），畏兀兒人，年輕時即歸附成吉思汗，隨蒙古軍西征。後成為忽必烈之母唆魯禾帖尼的家臣，專管燕京、中山的軍民匠戶。不久，升任為真定路達魯花赤，後改官為燕南諸路廉訪使，執法平允，慎於用刑。後升順德等路宣慰使。布魯海牙不僅為官清廉，且漢化很深，以其官職「廉訪使」為子孫取漢姓「廉」，其子中廉希憲是元初的一代名臣，也是廉園雅集的主要召集人。

　　廉希憲（1231～1280），一名忻都，字善甫，畏兀兒族，布魯海牙之子。廉希憲幼魁偉，篤好經史，年十九，入侍忽必烈於藩邸。廉希憲嗜讀經史，手不釋卷。有一天正在讀《孟子》，忽必烈要召見他，他便懷揣《孟子》覲見。忽必烈詢問是什麼書，廉希憲回答為《孟子》，並

闡述《孟子》中的思想精華。忽必烈大喜，稱他為「廉孟子」。於是廉孟子之名便傳開了。元憲宗四年（1254），任京兆宣撫使，首請用許衡提舉學校，教育人材。憲宗九年（1259），從攻南宋鄂州，請盡釋軍中所俘士人。憲宗死，勸忽必烈北歸即位。至元初，任京兆、四川宣撫使，平定劉太平等陰謀叛亂，旋以中書右丞行秦蜀省事。至元七年（1270），罷相。至元十一年（1274），起為北京行省平章政事。至元十二年（1275），元軍取南宋江陵，忽必烈令廉希憲行省荊南。至元十四年（1277），因病召還。至元十六年（1279），復受命領中書事，然病情日重。至元十七年（1280），廉希憲病故，年五十。大德八年（1304），贈清忠粹德功臣、太傅、開府儀同三司，追封魏國公，謚號「文正」。

　　從現存文獻可知，與廉希憲相關的雅集有泉園雅集和廉園雅集。

　　泉園是廉希憲任職陝西時營造的園林，《類編長安志》中《廉相泉園》條記載：「元至元中，平章廉希憲行省陝右，愛秦中山水，遂於樊川、杜曲林泉佳處，葺治廳館亭榭，導泉灌園，移植漢、沔、東洛奇花異卉，畦分畚布，松檜梅竹，羅列成行。暇日，同姚雪齋、許魯齋、楊紫陽、商左山、前進士邳大用、來明之、郭周卿、張君美樽酒論文，彈琴煮茗，雅歌投壺，燕樂於此。教授李庭為之記。」〔註18〕，參與雅集的有姚樞、許衡、楊奐、商挺、邳大用等人，多為漢族士人。

　　廉園是廉希憲在大都地區舉辦雅集的重要場所。王惲《秋日宴廉園清露堂》序文中記載：「右相廉公奉召分陝，七月初一日宴集賢、翰林兩院諸君，留別中齋有詩以記燕衎，因繼嚴韻，作二詩奉平章相公一粲。時坐間聞有後命，故詩中及之。」〔註19〕此次雅集舉辦時間始七月初一，參與者是集賢、翰林兩院的諸君，王惲就是其中的一員。

　　在廉希憲去世之後，廉園中的雅集並沒有中斷，廉希憲的後人成為了雅集的召集人，而參與的客人以館閣文臣居多，有姚燧、張養浩、

〔註18〕駱天驤撰，黃永年點校：《類編長安志》，西安：三秦出版社，2006年，卷9第267頁。
〔註19〕（元）王惲：《秋日宴廉園清露堂》，《全元詩》，第5冊，第353頁。

袁桷、趙孟頫等人。

張養浩有《廉園會飲》：「倥傯常終歲，從容偶此閒。霧松遮老醜，雪石護蒼頑。池小能容月，牆低不礙山。殷勤問沙鳥，肯與廁其間。」〔註20〕從詩題和內容來看，此詩作於廉園內的雅集宴飲。除此詩之外，張養浩還有《寒食遊廉園》、《廉園秋日即事》、《題廉野雲城南別墅》，可見其為廉園的常客。

袁桷有《集廉園》：「芳菲廉家園，換我塵中春。古樹不受採，白雲為之賓。中列萬寶枝，夭娜瑤池神。背立飲清露，耿耿猩紅新。幽蜂集佳吹，炯鷺搖精銀。層臺團松蓋，其下疑有人。奕罷忽仙去，飛花點枰茵。高藤水蒼佩，再摘誰為紉？濯纓及吾足，照映鬚眉真。暝色起孤鳥，寒光蕩青蘋。信美非故居，整馬來城闉。」〔註21〕此詩為宴集賦詩，內容是描繪廉園的風光景致。該詩沒有序跋，無法得知宴集的舉辦時間及詳情，而貢奎亦有《集廉園二首》，可以推測兩人可能參與的是同此雅集。除此詩之外，袁桷還有《廉右丞園號為京城第一名花幾萬本右丞有詩次韻》、《禊日與剛中待制至廉園閉門不內駐馬久之復次韻》。

姚燧有《滿江紅‧廉野雲左揆求賦南園》：「面勢林塘，縈橫睇、觚稜如削。還更比、城南韋杜，去天盈握。便有名園能甲乙，他山剡弛先尊嶽。甚一花一石，總都將平泉學。雖鬖髮，流光覺。渾未厭，明來數。有慶雲善譜，新聲天樂。正樂關弓鴻鵠至，可知棄屣麒麟閣。只北山逋客負塵纓，滄浪濯。」〔註22〕該詩也是吟詠廉園的景色。

另外，《青樓集》「解花語」條記載：「廉野雲招盧疏齋、趙松雪飲於京城外之萬柳堂。劉左手持荷花，右手持杯，歌《驟雨打新荷》曲。諸公喜甚。趙即席賦詩云：萬柳堂前數畝池，平鋪雲錦蓋漣漪。主人自有滄州趣，游女仍歌白雪詞。手把荷花來勸酒，步隨芳草去尋詩。誰知

〔註20〕 （元）張養浩：《廉園會飲》，《全元詩》，第 25 冊，第 30 頁。
〔註21〕 （元）袁桷：《集廉園》，《全元詩》，第 21 冊，第 90 頁。
〔註22〕 （元）姚燧：《滿江紅‧廉野雲左揆求賦南園》，唐圭璋主編《全金元詞》，北京：中華書局，1979 年，第 738 頁。

咫尺京城外，便有亡窮萬里思。」〔註23〕可見趙孟頫、盧摯也是廉園的常客。

廉希憲及其後人是廉園雅集的主要召集人，在元初至元中很長的時間段內，大都廉園都是文人雅集的重要場所。而廉氏家族以其色目人的身份，與諸多的漢族文士交往唱和，使廉園雅集此一時期最重要的多民族士人的雅集。

二、天慶寺雅集

天慶寺雅集的召集者是魯國大長公主祥哥剌吉。祥哥剌吉（1284～1331），又稱桑哥剌吉，其是忽必烈太子真金的孫女，答剌麻八剌之女，元武宗的妹妹，元仁宗的姐姐。祥哥剌吉的祖父太子真金非常熱衷於漢族文化，在家風的薰陶下，其幼年時期便研讀儒家經典。成年後，嫁給了弘吉剌部首領琱阿不剌。大德十一年（1307）武宗即位後，封祥哥剌吉為「皇妹魯國大長公主」，賜永平路為分地。至大三年（1310）其夫去世，祥哥剌吉沒有按照蒙古收繼婚的習俗，再嫁丈夫的弟弟，而是一直守節。至大四年（1311）元仁宗即位，封其為「皇姊魯國大長公主」。後來其侄元文宗繼位，又封其為「皇姑魯國大長公主」。

祥哥剌吉受家風影響，自幼便學習儒家經典，成年後具備了較高的漢文化修養，與虞集、袁桷、柳貫、朱德潤等諸多漢族文人有交往，並且收藏了大量的文人字畫。天慶寺雅集就是一次大規模的書畫鑒賞大會。

該雅集舉辦於至治三年（1323），參與者包括了翰林院、集賢院、國子學內的諸多文士。袁桷在《魯國大長公主圖畫記》中記載：「至治三年三月甲寅，魯國大長公主集中書議事執政官、翰林、集賢、成均之在位者，悉會於南城之天慶寺。命秘書監丞李某為之主，其王府之僚案悉以佐執事。籩豆靜嘉，尊罍潔清，酒不強飲，簪佩雜錯，水陸畢湊，

〔註23〕　（元）夏庭芝：《青樓集》，《中國古典戲曲論著集成》，北京：中國戲
　　　　劇出版社，1959 年，第 2 冊，第 18 頁。

各執禮盡歡,以承飲賜,而莫敢自恣。酒闌,出圖畫若干卷,命隨其所能俾識於後。禮成,覆命能文詞者敘其歲月,以昭示來世。」〔註24〕從現存的詩畫題跋來看,參與雅集的有袁桷、馮子振、柳貫、朱德潤等諸多漢族士人。但從其「集中書議事執政官、翰林、集賢、成均之在位者」一語可知,參與此次雅集的必定包含了蒙古、色目等多族士人。該雅集也成為元中期規模最大的多民族士人雅集。

天慶寺雅集現存的詩作有,袁桷的《徽宗扇面》、《定武蘭亭》、《九馬圖》、《水塘秋禽圖》、《梅雀圖》、《江山圖》、《海潮圖》、《錦標圖》等四十一首題畫詩;馮子振的《奉皇姊大長公主命題宋道君鸂鶒圖卷》、《奉皇姊大長公主命題錢舜舉碩鼠圖》等八首題畫詩。以及朱德潤的《大長公府群花屏詩》和柳貫的《奉皇姑魯國大長公主教題所藏巨然江山行舟圖》。

三、玉山雅集

玉山雅集是元末持續時間最長的文人集會,其召集者為元末名士顧瑛。顧瑛(1310~1369),字仲瑛,崑山人,吳中巨賈。其十六歲就外出在京師經商,四十歲將家族生意交給子婿打理,開始隱居遊樂的生活。其在崑山之西築別墅為「玉山草堂」,內有園池亭館三十餘處,又建藏書樓「玉山佳處」,以藏古書、名畫、彝鼎、古玩。顧瑛熱衷於結交文士,常在其別墅之中舉辦聚會飲宴,酒酣之際進行詩歌唱和,留下了大量的唱和詩作。玉山雅集第一次集會發生在至正八年(1348),最後一次集會發生在至正二十年(1360),期間可考的雅集有七十五次,參與賓客的人數多達一百八十人餘人。〔註25〕在這諸多的賓客中,以漢族的文人居多,但也有不少蒙古、色目族的士人,現有姓名可考的泰不華、薩都剌、聶鏞、鎖住、昂吉、孟昉、旃嘉問、斡玉倫徒八人。

〔註24〕 (元)袁桷:《魯國大長公主圖畫記》,《全元文》,第 23 冊,第 483 頁。
〔註25〕 參見曾瑩《文人雅集與詩歌風尚研究——從玉山雅集看元末詩風的衍變》,廣州:廣東高等教育出版社,2011 年,第 32 頁。

　　泰不華（1304～1352），字兼善，蒙古族，伯牙吾臺氏，原名達普
化，元文宗賜名泰不華。至治元年（1321），賜進士及第，授集賢殿修
撰，累遷至禮部尚書。後至元五年（1339），泰不華過顧瑛的玉山別館，
並為其題石。顧瑛在《拜石壇記》中載：「後三月而御史白野達兼善（泰
不華）來觀，嘉柯之逸，為作古篆『拜石』二字於壇，又隸寒翠以美其
所，石之名由是愈重。」〔註26〕可見，泰不華在玉山草堂興建之初便
到訪過，並在此與顧瑛宴集，為其別墅中的假山和亭館題字。

　　薩都剌（約1272～1355）字天錫，號直齋，蒙古族（一說回族）。
泰定四年（1327）進士，授應奉翰林文字，擢南臺御史，以彈劾權貴，
左遷鎮江錄事司達魯花赤，累遷江南行臺侍御史，左遷淮西北道經歷，
晚年居杭州。薩都剌在至元三年（1343）曾到訪過玉山草堂，與顧瑛等
人宴飲，並留下唱和詩《席上次顧玉山韻》，詩曰：「畫牆班鳩啼綠樹，
白日紫燕穿朱簾。晝長深院弄瑤瑟，吳姬十指行春纖。」〔註27〕

　　昂吉，字啟文，唐兀（西夏）人，至正八年（1348）進士，授紹
興錄事參軍，遷池州錄事。顧瑛《草堂雅集》卷十載：「昂吉，字啟文，
西夏人。登戊子進士榜，授紹興錄事參軍，多留吳中。時扁舟過余草
堂。其為人廉謹寡言笑，非獨述作可稱，其行尤足尚也。」〔註28〕可
見昂吉是經常拜訪玉山草堂，參加在此舉行的雅集聚會。《玉山名勝集》
中存有昂吉在玉山雅集的唱和詩歌十首，有分題賦詩，如《碧梧翠竹
堂》、《湖光山色樓》、《芝雲堂》、《柳塘春》；有分韻賦詩，如《七月既
望日玉山主人與客晚酌於草堂中肴果既陳壺酒將瀉時暑漸退月色出林
樹間主人乃以高秋爽氣相鮮新分韻余得高字》、《玉山雅集圖者淮海張
叔厚為玉山主人作也主人當花柳春明之時宴客於玉山中極其衣冠人物
之盛至今林泉有光叔厚即一時景繪而成圖楊鐵史既序其事又各分韻賦
詩於左俾當時預是會者既足以示不忘而後之覽是圖與是詩者又能使人

〔註26〕（元）顧瑛：《拜石壇記》，《全元文》第52冊，第550頁。
〔註27〕（元）薩都剌：《席上次顧玉山韻》，《全元詩》，第30冊，第288頁。
〔註28〕（元）顧瑛：《草堂雅集》卷十，《四庫全書》本，第46頁。

心暢神馳如在當時會中展玩之餘因賦詩以記其後云》、《釣月軒以舊雨不來今雨來分韻得來字》、《漁莊》、《芝雲堂以藍田日煖玉生煙分韻得日字》、《聽雪齋分韻得度字》。可見，昂吉在吳中期間經常參與玉山草堂的雅集活動。

聶鏞，字茂先，蒙古族。《元詩選》有其小傳曰：「鏞，字茂宣，一作『先』。幼警悟，從南州儒先生問學，通經術。善歌詩」〔註29〕聶鏞曾參加過玉山雅集，在《玉山名勝集》中收錄了其四首詩作，分別是《碧梧翠竹堂》、《可詩齋》和《律詩二首寄懷玉山》。

孟昉，字天緯，西域人，回族。至正十二年（1352），為翰林待制，官至江南行臺監察御史，入明隱居鏡湖。其曾參與玉山雅集，顧瑛在其《玉山璞稿》中有《乙未和孟天緯都司見寄》五首和《長歌寄孟天維都事》一首。可以推斷，其與顧瑛有較深的交情，並且參與過玉山雅集。

鎖住，蒙古族，武將。顧瑛《玉山名勝集》中有《送淛東副元帥巡海歸鎮詩並序》云：「十年，浙東副元帥鎖住公總兵在行，公聞命，即戒嚴出次外廷命。……既告行，飲酒故人玉山草堂上，言不及軍事，談笑侃侃若出諸生下。嗟乎，公於是賢於人矣。」〔註30〕可見，鎖住雖未蒙古族武將，但卻具有較好的漢文化修養。

旃嘉問，蒙古族。至正九年（1349）與昂吉一同造訪玉山草堂，參加了聽雪齋的雅集賦詩。昂吉的《分題詩序》曰：「至正九年冬，予泛舟界溪，訪玉山主人。時積雪在樹，凍光著戶牖間。主人置酒宴客於聽雪齋中」〔註31〕，旃嘉問有《分韻得夜字》，其詩曰：「我從高書記（昂吉），窮東走吳下」〔註32〕，可見，其是與昂吉一同到訪的。

斡玉倫徒，字克莊，唐兀人，出身西夏儒學世家，其在國子學期

〔註29〕 （清）顧嗣立輯：《元詩選·癸集》，中華書局，2001年，第1219頁。

〔註30〕 （元）顧瑛輯，楊鐮、葉愛欣整理：《玉山名勝集》，中華書局，2008年，第373頁。

〔註31〕 （元）昂吉：《聽雪齋分題詩序》，顧瑛《玉山名勝集》，中華書局，2008年，第279頁。

〔註32〕 （元）顧瑛輯，楊鐮、葉愛欣整理：《玉山名勝集》，第280頁。

間是虞集的學生，後登進士第，官至侍御史。斡玉倫徒亦曾到過玉山草堂，顧瑛有《和斡克莊崇明三沙詩》，詩曰：「卻憶題詩秀衣使，高秋曾過玉山東」〔註33〕，可見其曾造訪過玉山草堂，並與顧瑛結下不錯的交情。

　　由上可見，玉山雅集是一個開放的，多民族文人共同參與的雅集活動。許多蒙古、色目士人也積極的參與期中，而如昂吉、聶鏞等人更是玉山雅集的常客。他們在雅集上與漢族友人宴飲唱和，增進了多民族文人的文化交流。

四、其他雅集

　　除了上文提到廉園雅集、天慶寺雅集、玉山雅集這些規模較大多民族雅集外，元代的雅集中更多的是歷時短、參與人較少的小型雅集活動，這些雅集常常僅是一次聚會，參與人數也在十人以下。雖然人數少了，但也常常包含了蒙古、色目等多民族士人。

　　霜鶴堂雅集。霜鶴堂是鮮于樞府邸的建築，大德年間，其召集諸多南方文人在此宴集。鮮于樞（1246～1302），字伯機，漢族，大都人。祖籍金代德興府，生於汴梁。至元二十四年（1287）被任命為兩浙轉運司經歷來到杭州，在杭州寓居了十五年之久。直到大德六年（1302）任太常典薄，才離開杭州北還大都，其在杭州期間，與南方文人交遊唱和，促進了南北方詩文的交流。在大德二年（1298）前後，其在官邸修建了霜鶴堂，召集南北文士前來慶賀，成就了「霜鶴堂雅集」。陸友仁《研北雜志》記載：「鮮于伯機霜鶴堂落成之日，會者凡十二人：楊子構肯堂、趙明叔文昌、郭祐之天賜、燕公楠國材、高彥敬克恭、李仲賓衎、趙子昂孟頫、趙子俊孟籲、張師道伯淳、石民瞻岩、吳和之文貴、薩天賜都剌。」〔註34〕參與雅集的客人以南方人居多，其中郭祐之、

〔註33〕　（元）顧瑛輯：《玉山璞稿》，《叢書集成初編》本，第10頁。
〔註34〕　（元）陸友仁：《研北雜志》，《文淵閣四庫全書》本，臺灣商務印書館，第866冊，第582頁。

趙文昌、楊肯堂、李衎為北方漢人，高克恭為色目人，薩都剌為蒙古人，其餘賓客皆為南方漢人。在大德二年，鮮于樞府邸還舉行了一次王羲之《思想帖》的書畫鑒賞之會，明人吳升的《大觀錄》中載：「霍肅青臣、周密公瑾、郭天賜祐之、張伯淳師道、廉希貢端甫、馬昫德昌、喬簣臣仲山、楊肯堂子構、李衎仲賓、王芝子慶、趙孟頫子昂、鄧文原善之集於鮮于樞伯機池上。祐之出右軍《思想貼》真蹟，有龍跳天門，虎臥鳳閣之勢，觀者無不諮嗟歎賞，神物之難遇也。」〔註35〕此次雅集中有色目人廉希貢，廉希貢是廉希憲的弟弟，此時任兩浙都轉運使，與鮮于樞是僚屬關係。周密、張伯淳、王芝、趙孟頫、鄧文原為南方漢人，其餘幾人為北方漢人。這兩次雅集都是彙集了南北方文人，多民族士人的高規格集會活動。

聖安寺遊宴。聖安寺是大都南城的一個寺廟，天曆（1328～1329）、至順（1330～1332）年間，巙巙等幾位在禮部供職士人在參加完聖安寺的水陸會後，一同前往丞相禿堅帖木兒的住處，在舉行了宴飲唱和活動。巙巙的《聖安寺詩》序中記載：「去冬十二月，聖安寺提調水陸會，本部伯庸尚書及咬住尚書、梁誠甫侍郎等相訪畢，咬住尚書邀往其伯父禿堅帖木兒丞相葫蘆套，盡日至醉而還，馬尚書作序詩。」〔註36〕從詩序可知，這是一次同僚之間燕游雅集，規模不大，參與者有巙巙、馬祖常、咬住、梁誠甫和禿堅帖木兒五人。從民族構成來看，巙巙、咬住、禿堅帖木兒為蒙古族，馬祖常為色目人，梁誠甫為漢族人。雖然此次宴集只有五人，但它仍舊構成了多民族的雅集聚會。在雅集中，他們飲酒賦詩，盡興而還，體現了此類文人雅集的隨性與自由。

南京石頭城燕遊。元英宗治至二年（1322），江南行御史臺的官員一同遊南京石頭城遺址，並賦詩唱和。許有壬在《九日登石頭城詩》序中記載：「至治壬戌九日，中執法石公、侍書郭公具酒肴登焉。監察御

〔註35〕 （清）吳升：《大觀錄》卷一，《中國歷代書畫藝術論著叢編》第29冊，中國大百科全書出版社，1997年，第52頁。
〔註36〕 （元）巙巙：《聖安寺詩》，《全元詩》，第37冊，第364頁。

史劉傳之、李正德、羅君寶、八札子文、廉公瑞、阿魯灰夢吉、照磨萬
國卿既有任佐行。時宿雨初霽，萬象澄澈，長江鉤帶，風檣出沒，淮西
江南諸山，歷歷可數與夫川原之逶迤，樓閣之雄麗，雖一草一木不能逃
也。……酒一再行，二公督詩不已，乃各誦所記九日詩，率古作之傑出
者，相與大笑傾倒，不知深盃之屢空也。」〔註37〕此次登臨石頭城的
南臺官員有許有壬、石珪、郭思貞、劉宗說、萬家閭、八札、廉公瑞、
李秉忠、羅廷玉、阿魯灰共十人，其中萬嘉閭為蒙古人，八札、廉公
瑞、阿魯灰為色目人，其餘皆為漢人。燕遊之中每人都有賦詩紀行，但
其餘諸人並不以詩名，因此僅許有壬的詩作保存下來。

　　南城雅集。大都的南城是元金中都遺址，期間留有眾多的寺廟古
蹟。大都的文人在閑暇之時常常結伴遊南城。如大德八年（1304），虞
集與袁桷、貢奎、周天鳳、劉光、曾德裕六人同遊位於大都城南的長春
宮。登上長春宮殿後，六人又以「蓬萊山在何處」為韻進行分韻賦詩創
作。至正十一年（1351）秋，迺賢與諸友人也結伴來到南城燕游雅集，
其《南城詠古十六首》序中載：「至正十一年秋，八月既望，太史宇文
公、太常危公，偕燕人梁處士九思、臨川黃君殷士、四明道士王虛齋、
新進士朱夢炎與余，凡七人，連轡出遊燕城，覽故宮之遺跡。凡其城中
塔、廟、樓、觀、臺、榭、園、亭莫不徘徊瞻眺，拭其殘碑斷柱，為之
一讀，指其廢興而論之……各賦詩一有六首，以記其事，庶來者有徵
焉」〔註38〕。參與此次雅集的有危素、宇文公諒、黃旴、王虛齋、朱
夢炎、梁九思，他們皆為漢人，而迺賢為色目族葛邏祿部人。後至元三
年（1337），泰定四年科的進士們也在大都南城舉行了一次雅集。黃清
老有詩《丁丑三月七日，會同年於城南。子期工部、仲禮省郎、世文編
修、文遠照磨、學升縣尹、子威主事、克成秘書、至能照磨、子通編修
凡十人，二首》。黃清老（1290～1348），字子肅，正是泰定四年的進
士。此次同年集會共有十人參與，應該每人都有賦詩，但僅黃清老的詩

〔註37〕　（元）許有壬：《九日登石頭城》，《全元詩》，第34冊，第323頁。
〔註38〕　（元）迺賢：《南城詠古十六首序》，《全元詩》，第48冊，第39頁。

留存下來。從詩的題目中可以看出，參加雅集的有蒙古士人篤列圖（字克成），色目士人偰善著（字世文）、觀音奴（字至能），漢族人趙期頤（字子期）、羅允登（字學升）、李黻（字子威）、黃清老。此次雅集是多民族進士的同年集會。

同年集會。元代科舉實行左右榜制，左榜是漢人，右榜是蒙古人、色目人，這使得同年及第進士們的集會必然成為多民族文士雅集的盛宴。宋褧的《同年小集詩序》中記載：「天曆三年二月八日，同年諸生謁座主蔡公於崇基萬壽宮寓所。既退，小集前太常博士、藝林使王守誠之秋水軒，坐席尚齒，酒肴簡潔，談詠孔恰，探策賦詩。右榜則前許州判官粵魯不華、前沂州同知曲出、前大司農照磨諳篤樂、奎章閣學士院參書雅琥。左榜則前翰林編修王瓚、前翰林修撰張益、前富州判官章轂、翰林應奉張彝、編修程謙。疾不赴者，前陳州同知納臣、深州同知王理，太常太祝成鼎。時粵魯調官監濠之懷遠縣，曲出監慶元之定海縣，轂廣東元帥府都事，皆將赴上。琥即雅古，蓋御更今名云。執筆識歲月者，前翰林編修、詹事院照磨宋褧也。」〔註39〕此次同年雅集的參與者為泰定元年及第的進士，而泰定元年進士及第著有八十六人，此次雅集到場的僅有十一人，有三人因疾病而不能到場。右榜五人，分別為粵魯不華、曲出、雅琥、納臣、諳篤樂。左榜九人，分別為王瓚、張益、章轂、張彝、程謙、王理、成鼎、宋褧、王守誠。座主蔡文淵，為漢人。由於左右榜制度的存在，元代的同年集會成為了多民族士人共同參與的雅集活動。

道山亭雅集。至正九年（1349），福建廉訪使僧家奴、僉事申屠駉、奧魯赤、赫德爾四人一同遊覽福州烏石山，並創作聯句詩，詩曰：「追陪偶上道山亭，疊嶂層巒繞郡青（申屠駉）。萬井人家鋪地錦，九衢樓閣畫幛屏（僧家奴）。波搖海月添詩興，座引天風吹酒醒（赫德爾）。久立危欄頻北望，無邊秋色杳冥冥（奧魯赤）。」〔註40〕四人中，申屠駉，

〔註39〕 （元）宋褧：《同年小集詩序》，《全元文》，第39冊，第322頁。
〔註40〕 （元）僧家奴：《道山亭聯句》，《全元詩》，第36冊，第154頁。

字子迪，漢人，進士出身，擢監察御史，累官翰林待制，集賢直學士，仕至福建廉訪僉事。僧家奴，為蒙古族，出身將門，官至浙江行省參政。赫德爾，字本初，蒙古族人。至順元年（1330）登進士第，歷任浙江行省員外郎、福建廉訪司僉事、江浙行省參政等。奧魯赤，生平不祥，但從姓氏「奧魯」可知其為蒙古族人。可見，道山亭聯句雅集是以蒙古族人為主體的一次雅集活動。

玄沙寺雅集。至正二十一年（1361），宣政院使廉惠山海牙在福州西郊玄沙寺舉行了一次雅集活動，貢師泰《春日玄沙寺小集序》中記載：「春正月廿六日，宣政院使廉公公亮崇酒載肴，同治書李公景儀、翰林經歷答祿君道夫、行軍司馬海君清溪遊玄沙，且邀與於城西之香岩寺。是日也，氣和景舒，生物鬱遂，花明草縟，禽鳥上下。予因緩轡田間，轉入林塢，徘徊吟詠，不忍遽行。及至，則四君子已坐久飲酣，移席於見山之堂矣。既見，則皆執酒歡迎，互相酬酢。廉公數起舞，放浪諧謔。李公援筆賦詩，佳句捷出，時亦有盤薄推敲之狀。道夫設險語，操越音，問禪於藏石師，師拱默卒無所答。清溪雖莊重自持，聞道夫言輒大笑。……乃相率以杜工部「心清聞妙香」之句分韻，各賦五言詩一首，而予為之序。〔註41〕此宴集的召集人是廉惠山海牙，字公亮，色目族畏兀兒人，布魯海牙之孫，廉希憲的從子。治至元年（1321）登進士第，授承事郎、同知順州事，後官至翰林院承旨。雅集的參與者有貢師泰、李國鳳、答祿與權、海清溪四人，其中海清溪為畏兀兒人，答祿與權為蒙古人，貢師泰、李國鳳皆為漢人。雅集之上，五人以杜甫「心清聞妙香」分韻賦詩，可惜詩已不存，僅留下貢師泰的《序》。該雅集召集者為蒙古貴族，參與者為不同族屬的官員。

掀蓬雅集。至正十九年（1359），石抹宜孫任職處州之時，在處州妙成觀內構建掀蓬，召集劉基、胡深、葉琛等人舉行雅集唱和。《元詩選·癸集》中記載：「申之（石抹宜孫，字申之）性警敏，嗜學問，於

〔註41〕（元）貢師泰：《春日玄沙寺小集序》，《全元文》第45冊，第184～185頁。

書務博覽，而長於詩歌。在處州時，用劉基、胡深、葉琛、章溢諸人居幕府。自引諸名士投壺賦詩，嘗構掀篷於妙成觀，何宗姚首倡，一時和者數十人。」〔註42〕雅集的召集人石抹宜孫，字申之，其先祖為遼之迪烈紀人。雅集的參與者劉基、胡深、葉琛、章溢、何宗姚等人皆為漢人。該雅集是色目族人召集，漢族士人為主體的雅集活動。《元詩選‧癸集》中存有石抹宜孫、何宗姚、費世大、謝天與、趙時奐、廉公直、陳東甫、郭子奇、孫原貞、吳立、張清、寧良十二人的掀篷唱和詩作，共十二首。

綜上所述，元代多民族文人雅集大體分為兩類，一類是蒙古、色目士人作為召集者，如廉園雅集、天慶寺雅集，一類是漢族士人作為召集者，如玉山雅集、霜鶴堂雅集。而不論何種雅集，仍舊是以漢族文士參與者居多，蒙古、色目文士在參與者的數量，及詩歌唱和的數量上都無法與漢族文人相比。這可能原於蒙古、色目文士在絕對數量上極大的少於漢族文士，而雅集唱和也一直由漢族文士所主導。

第三節　蒙古、色目士人的唱和活動

元中期以後，不少蒙古、色目士人通過科舉考試入仕，他們與漢族文士具有了相同的政治身份，較容易受到漢族文人的認可。這批進士出身的蒙古、色目文人成為與漢族文人交流的主力軍，其中包括馬祖常、泰不華、薩都剌等人。通過對他們唱和作品的分析，可以看出這些少數民族文士與漢族文人的交遊情況。

一、馬祖常

馬祖常（1279～1338），字伯庸，先世為雍古部，居靖州之天山。其高祖錫里吉思，當金季為鳳翔兵馬判官，子孫因號馬氏。曾祖月合，乃從元南伐留汴，後徙光州。祖常七歲知學。延祐二年（1315），會試

〔註42〕　（清）顧嗣立：《元詩選‧癸集》，北京：中華書局，2001 年，第 926 頁。

第一，廷試第二，授應奉翰林文字，拜監察御史。仁宗時，鐵木迭兒為丞相，專權用事，馬祖常率同列劾奏其十罪，因而累遭貶黜。自元英宗碩德八剌朝至順帝朝，歷任翰林直學士、禮部尚書、參議中書省事、江南行臺中丞、御史中丞、樞密副使等職。後至元四年（1338）卒，年六十。馬祖常有《石田集》存世，其中有大量的唱和詩作，唱和對象主要是馬祖常供職館閣的同僚好友，包括王士熙、袁桷、貢奎、宋褧、虞集等數人。

王士熙（1265～1343），字繼學，東平人，元英宗至治初任翰林待制，至治三年（1323）授右司員外郎，曾奉特旨到國子監勉勵學生。泰定年間，為治書侍御史，泰定四年（1327）任中書參政。作為馬祖常的館閣僚友，他們之間的唱和非常頻繁。馬祖常現存唱和王士熙的詩作有二十四題，共三十首，是所有唱和對象中最多的。唱和的方式包括贈答、次韻、聯句等多種形式，而以次韻最多，如《昌平道次繼學韻》、《次韻贈王繼學時祠禱天寶宮》、《次韻繼學》、《次韻王繼學桑乾嶺》、《次韻王繼學》、《次韻王參政延福宮韻》等；間有贈答之作，如《寄王繼學廉使》、《戲答王繼學》；聯句之作僅兩首《鸚鵡聯句同王繼學賦》、《王繼學為避暑之遊因作松鶴聯句》。從唱和的主題來看，包括紀行、雅集、燕遊、贈答等多種類型。王士熙現存有與馬祖常的唱和詩有《玉環引送伯庸北上》、《上京次伯庸學士韻二首》、《和馬伯庸寄袁學士》三首。

袁桷（1266～1327），字伯長，號清容居士。始從戴表元學，後師事王應麟，以能文名。大德元年（1297），薦為翰林國史院檢閱官，時初建南郊祭社，進郊祀十議，多被採納。升應奉翰林文字，同知制誥兼國史院編修官。延祐年間（1314～1319），遷侍制，任集賢直學士，未幾任翰林直學士，知制誥同修國史。至治元年（1321）遷侍講學士，參與纂修累朝學錄，泰定元年（1324）辭歸。其供職館閣期間與馬祖常是僚友，有詩歌唱和。馬祖常唱和袁桷的詩作有：《伯長內翰與繼學內翰聯句賦畫松詩清壯偉麗備體諸家祖常實不能及後塵也仍作詩美之焉》、

《送袁伯長歸浙東》、《春思調王修撰袁待制》、《奉和新除袁待制見寄》、《和袁伯長待制送虞伯生博士祠祭嶽鎮江河后土》、《集袁王二學士詩為首二句祖常足成之》、《秋雪聯句同袁伯長賦》，共七首。袁桷唱和馬祖常的詩作有：《次韻馬伯庸供奉書館書事二首》、《次韻馬伯庸春思兼簡繼學》、《次韻馬伯庸題凌波仙圖》、《伯庸以詩見屬次韻二首》、《次韻馬御史題漢州喻氏多勝亭》、《次韻伯庸過天寶宮》、《次韻伯庸畫松十韻》、《馬伯庸擬李商隱無題次韻四首》、《寄上都子貞伯庸繼學三學士》、《伯庸開平書事次韻七首》、《馬伯庸以詩饋兔次韻》、《次韻馬伯庸絕句一十八首》、《還馬伯庸文稿》、《次韻繼學伯庸上都見寄》、《簡馬伯庸》、《題伯庸所藏子昂竹石》、《四月廿日與繼學同出健德門而伯庸以是日入都城作詩寄之》，共十七題五十四首。

虞集（1272～1348），字伯生，號道園，世稱邵庵先生。少受家學，嘗從吳澄遊。元成宗大德元年（1297），虞集至大都，大德六年（1302），被薦入京為大都路儒學教授。不久，為國子助教。他以師道自任，聲譽日顯，求學者甚多。仁宗即位（1312），虞集任太常博士、集賢院修撰。延祐六年（1319），為翰林待制兼國史院編修、集賢修撰。泰定元年（1324），為國子司業，後為秘書少監。文宗登基後，命其為奎章閣侍書學士。虞集的主要仕宦生涯都是在集賢院、翰林院和奎章閣這些文臣聚集的館閣中渡過的，其與同時期的館閣文臣都有唱和。馬祖常與其唱和的詩作現存有：《虞伯生學士畫像》、《治至癸亥八月望同袁伯長虞伯生過槍桿嶺馬上聯句》、《調虞伯生》，共三首。虞集唱和馬祖常的詩作現存有：《上京有感次韻馬伯庸待制》、《代祀西嶽答袁伯長王繼學馬伯庸三學士》、《次韻馬伯庸寶監學士見貽詩並柬曹子貞學士燕信臣彭允蹈待制二首》、《進講後侍宴大明殿和馬伯庸韻二首》、《次韻馬伯庸尚書》、《謝吳宗師送牡丹並簡伯庸尚書》、《和馬侍御西山口占》、《寄馬伯庸尚書》、《次韻伯庸尚書春日遊七祖真人庵兼簡吳宗師》、《次韻馬伯庸少監》、《題馬學士詩後》，共十一題十三首。

宋褧（1294～1346），字顯夫，大都宛平人。泰定元年（1324）進

士，授秘書監校書即，改翰林編修。後至元三年（1337）累官監察御史，出僉山南憲，改西臺都事，入為翰林待制，遷國子司業，擢翰林直學士，兼經筵講官。馬祖常與其唱和詩作現存有：《次韻進士宋顯夫海岸春行》、《送宋顯夫南歸》、《次韻宋顯夫》，共三首。宋褧唱和馬祖常詩作僅存一首《馬伯庸淮南別業號石田山房指韻求詩仍依次用》。

貢奎（1269～1329），字仲章，宣城人。元成宗大德六年（1302），貢奎擔任太常奉禮郎。大德九年（1305）遷任翰林國史院編修，至大元年（1308）任翰林文學，後任翰林院待制。泰定三年（1326）任集賢直學士。馬祖常與其唱和的詩作現存有：《貢待制文修撰王都司同賦牡丹分得色字》、《貢仲章待制寵和次韻》、《送貢仲章學士》，共三首。貢奎唱和馬祖常的詩作現存有：《讀馬伯庸學士止酒詩》、《和馬伯庸學士送史正翁赴嘉興幕官》、《送馬伯庸學士赴上都》，共三首。貢奎之子貢師泰唱和馬祖常詩作現存有：《和石田馬學士殿試後韻》、《和馬伯庸學士擬古宮詞七首》、《挽馬伯庸中丞》，共三首。其中《和石田馬學士殿試後韻》中云：「丁卯歲，學士與先君同為讀卷官，在院唱和甚多」。〔註43〕

柳貫（1270～1342），字道傳，自號烏蜀山人，婺州浦江人，元大德四年（1300）察舉為江山縣教諭，數年後升遷為昌國州學正。延祐六年（1319）任國子助教，旋升博士。泰定元年（1324）擢升為太常博士，泰定四年（1326），出任江西儒學提舉，秩滿歸鄉杜門不出十餘年，收徒授學，讀書著述，沉潛於理學。至正元年（1341），朝廷重用，起用為翰林院待制兼國史院編修官，至正二年（1342）病逝於大都。馬祖常唱和柳貫的詩作現存有《題柳道傳詩卷》一首。柳貫唱和馬祖常的詩作現存有：《次伯庸韻賦苦寒三首》、《送馬伯庸御史出使河隴》、《次韻伯庸無題四首》、《次伯長待制韻送王繼學修撰馬伯庸應奉扈從上京二首》，共四題十首。

〔註43〕（元）貢師泰：《和石田馬學士殿試後詩》，《全元詩》，第40冊，第276頁。

　　馬祖常唱和的館閣僚友除以上幾位外，有元明善（《田居二首寄元參議》）、曹元用（《貢院次曹子貞尚書韻》）、胡震亨（《送胡震亨巡檢》）、張彥卿（《和張彥卿司農喜雪》）、張蓬山（《和張蓬山司農韻》）、李行齋（《次韻李行齋集賢》）、艾伯蒼（《送艾伯蒼歸江西》）等，其中還有蒙古、色目族士人，如奧屯（《奉和奧屯都事秋懷》）、忽都達兒（《送忽都達兒著作祠嶽瀆》）。另外，一些館閣文人積極與馬祖常唱和，如胡助《和馬伯庸同知貢舉試院記事》、《和馬伯庸道宮夜坐》、《壽馬伯庸學士二十韻》；王沂《題馬伯庸賦劉氏溪山圖》、《寄馬伯庸》、《和馬伯庸見寄詩韻四首》、《送馬伯庸》；薛漢有《送馬伯庸南祀崧恒淮瀆》、《和馬伯庸御史效義山無題》、《和伯庸夜坐》等，但馬祖常現存的詩作中卻沒有與他們唱和的作品。馬祖常的同年許有壬唱和詩作現存有：《養馬戶次同年馬伯庸中丞韻》、《次伯庸同年遷居韻》、《次伯庸雪中見贈韻四首》、《次韻伯庸答王可矩左司》、《雕窩驛次伯庸韻二首》、《雕窩驛次伯庸壁間韻四首》，共六題十二首。而馬祖常唱和其詩作亦無存。

　　馬祖常與一些著名道士也有唱和，如《和閒閒宗師牽字韻》、《寄吳宗師謝古篆》、《吳宗師送牡丹》、《次吳真人梅花韻》、《寄吳真人》、《送毛真人還山》、《送王眉叟真人》、《送王眉叟真人還錢塘》、《寄舒真人》、《送虞山周道士》。另外，還唱和自己的家人，如《寄六弟元德宰束鹿》、《次元禮弟韻》、《元禮弟寄和韻》、《送四弟元學南歸》。唱和後進的士人，如《送薩天賜南歸》、《送天賜秀才》、《送貢秀才還江東別業上壽》。

　　馬祖常作為色目族人，延祐首科進士，有著非常深厚的漢學修養。其長期供職於館閣，與諸多館閣文人詩文唱和，相互切磋，提升了自身的詩文水平，也影響了其他漢族士人，為多民族文化交融作出了積極貢獻。

二、泰不華、薩都刺

　　泰不華（1304～1352），字兼善，伯牙吾臺氏，原名達普化，元文宗賜名泰不華，先世居白野山，隨父定居臨海。十七歲，江浙鄉試第一

名。至治元年（1321），賜進士及第，授集賢殿修撰，累遷至禮部尚書。至正元年（1341），出任紹興路總管。至正八年（1348），黃岩方國珍起兵，十一年，泰不華任浙東道宣慰使都元帥。至正十二年（1352），任台州路達魯花赤，與方國珍戰，陣亡，年四十九。泰不華的《顧北集》早已散佚，《全元詩》中存詩作三十首，其中與人唱和的詩作就多達二十二首。泰不華一生中主要的活動地點集中北方的大都和南方的江浙，因此他也與兩地的士人交往最為密切。

泰不華在大都時期歷任集賢修撰、奎章閣典簽、禮部侍郎、翰林侍讀學士等職，其交往唱和的對象也主要是一些館閣文士，其中包括虞集、柯九思、

虞集是泰不華的詩壇前輩，又是他在奎章閣的同僚，二人之間常有唱和。泰不華現存詩作中有《春日宣則門書事簡虞邵庵》、《贈堅上人重往江西謁虞閣老》兩首唱和虞集。虞集現存詩作中有《題達兼善御史所藏墨竹》，以及一篇《送達溥化兼善赴南臺御史詩序》。

宋本（1281～1334），字誠夫，大都人，至治元年（1321）登進士第，授翰林修撰。其與泰不華即是同年，又是同僚。泰不華現存詩作中有《寄同年宋吏部》唱和宋本。宋本《治至集》早已散佚，無法得知其唱和泰不華情況。宋褧，是宋本之弟，泰定元年（1324）進士，也曾與泰不華是僚友。泰不華有《春日次宋顯夫韻》與其唱和。宋褧《燕石集》中有《中秋陪謝敬德達兼善典簽誠夫兄學士會飲周子嘉如舟亭交命險韻十二依次詩得賞字》、《禮部侍郎泰不華兼善出守會稽分題送行得讀書堆》兩首詩作與泰不華唱和。從第一首的題目就可以看出，參與雅集的有宋本、宋褧兩兄弟，第二首是為泰不華餞別送行之作。

江浙之地既是泰不華幼年時成長之地，也是其後半生重要的仕宦之地，其在江浙一帶與諸多文人詩歌唱和，其中有李孝光、顧瑛、柯九思、鄭元祐等數十人。

李孝光（1285～1350），字季和。溫州樂清人。少年時博學，以文章負名當世。早年隱居在雁蕩五峰山下，四方之士遠來受學，名譽日

廣。至正四年（1344）應召為秘書監著作郎，至正七年擢升秘書監丞。
李孝光有詩文集《五峰集》，其中唱和泰不華的詩作有：《喜雨次神字韻
錄呈達兼善》、《寄達兼善》二首、《送達兼善典僉》、《次達公晚過釣臺
韻》，共四題五首。泰不華現存詩作中沒有與其唱和的作品。

顧瑛，崑山巨賈，玉山草堂的主人。後至元五年（1339）泰不華
造訪了玉山草堂，觀賞了曾經被蘇軾品題的假山，並以古篆作「拜石」
二字於壇上。同時還為玉山草堂內的漁莊、金粟影、雪巢等多出景點題
匾額。泰不華現存有《題玉山所藏水仙畫卷》一首，是唱和顧瑛的題畫
詩。

鄭元祐（1292～1364），字明德，遂昌人。早年居錢塘，後遷吳中，
長居於此。泰不華在江浙一帶任職時，與鄭元祐有過密切交往。鄭元祐
的《僑吳集》中唱和泰不華的詩作有：《送達兼善總兵》、《寄泰兼善總
制》、《送達兼善秘書》、《喜雪寄達監司次壽道韻》、《次泰監司提兵東
廣留別吳中諸友韻》、《題達監司所藏柯博士秋山圖》。泰不華現存詩作
中沒有與其唱和的。

除上述六人之外，泰不華詩歌唱和的對象還有：張兵曹（《賦得上
林鶯送張兵曹》）、李供奉（《上尊號聽詔李供奉以病不出奉寄》）、趙伯
常（《送趙伯常淮西憲副》）、劉提舉（《送劉提舉還江南》）、姚子中（《寄
姚子中》）、吳國良（《桐花煙為吳國良賦》）、蕭存道（《與蕭存道元帥作
秋韆詞分韻得香字》）、柯九思（《題柯敬仲竹》）等數十人。

從他人詩集進行考察，有許多館閣文士都與泰不華有唱和活動。
如迺賢《病起書事呈兼善尚書二首》、貢師泰《春日同達兼善祕卿宴蘭
亭分韻得工字》、雅琥《寄南臺御史達兼善二首》、朱德潤《送達兼善御
史赴浙東》、吳師道《宋顯夫司業出乃兄誠夫尚書中秋五首並達兼善侍
郎詩因次其韻三首》、《分韻賦石鼓送達兼善出守紹興》、宋沂《送趙御
史仲禮之任南臺並簡兼善達公經歷元載王公用道孔公二御史》、張雨
《張參謀席上奉餞高昌別駕朝宗通守如京師並簡兼善尚書》、張翥《寄
達兼善經歷柯敬仲博士》、柯九思《送達兼善赴南臺御史》、《題達兼善

書漁莊篆文》、李孝光《寄達兼善》、錢惟善《送著作兼善赴奎章典簽》、傅若金《戲效子夜歌體六首與達兼善御史同賦三首》、《奉送達兼善御史赴河南憲僉十二韻》、《奉題達兼善御史壁間劉伯希所畫古木圖》、彭炳《寄兼善》、危素《挽達兼善》、吳克恭《達兼善除秘書監未上而有侍郎之命賦詩奉送》、郯韶《投贈兼善都水二首》等。

　　泰不華出身蒙古狀元，具有極高的漢文化修養，其唱和對象也主要是漢族士人。在大都地區主要唱和對象是館閣的僚友，在江浙地區主要唱和對象是當地的布衣士人。另外，也有雅琥、迺賢等少量色目士人與其唱和。

　　薩都剌（1284？～1348？），字天錫，號直齋。蒙古族人（一說回族）。其先世為西域人，出生於雁門。泰定四年（1324）登進士第，天曆元年（1328）七月以將仕郎資歷，任鎮江路錄事司達魯花赤，至順二年（1331）七月，調任江南行御史臺掾史，前後三年。在職期間，他南至吳楚，西抵荊楚，北達幽燕、上都等地，並與張雨、倪瓚、馬九皋等人詩文唱和。元統二年（1334）八月，調任燕南肅政廉訪司照磨。後至元二年（1336），他南行入閩，就任閩海福建道肅政廉訪司知事，途經徐州、揚州、平江、杭州、桐廬、蘭溪、仙霞嶺、崇安、建溪等山水勝地，均留下詩篇。後至元三年（1337）八月，他再遷燕南河北道肅政廉訪司經歷。致仕後，薩都剌隱居在杭州一帶，有《雁門集》傳世。

　　薩都剌一生四處遊宦，唱和的對象也遍及大江南北，人數眾多，且成分複雜。有師生，有同年，有座主；有館閣的學士，也有布衣的文人；有文臣，亦有武將；有漢族士人，也有蒙古、色目族文人，還有許多僧道等方外人士。

　　虞集是元中期大都地區的文壇盟主，其一生多次主持科舉，門生無數。泰定四年（1327）薩都剌進士及第，虞集就是其座主。虞集有《寄丁卯進士薩都剌天錫》、《與薩都剌進士》二首唱和薩都剌。薩都剌現存詩作中有《次韻送虞伯生入蜀代祀》、《和學士伯生虞先生寄韻》、《次韻答奎章虞閣老伯生見寄》三首唱和虞集。關於虞集與薩都剌的

詩文交流，俞弁的《逸老堂詩話》卷上中記載：

> 元薩天錫嘗有詩《送欣笑隱信龍翔寺》，其詩云：「東南隱者人不識，一日才名動九重。地濕厭聞天竺雨，月明來聽景陽鐘。衲衣香暖留春麝，石缽雲寒臥夜龍。何日相從陪杖屨？秋風江上採芙蓉。」虞學士見之謂曰：「詩固好，但聞『聽』字意重耳。」薩當時自負能詩，意虞以先輩故少之去爾。後至南臺見馬伯庸論詩，因誦前作，馬亦如虞公所言，欲改之，二人構思數日，竟不獲。未幾，薩以事至臨川謁虞公，席間首及前事。虞公曰：「歲久不復記憶，請再誦之。」薩誦所作，公曰：「此易事。唐人詩有云『林下老僧來看雨』，宜改作『地濕厭看天竺雨』，音調更差勝。」薩大悅服。〔註44〕

從這則故事可以看出，虞集作為當時的文壇盟主，對薩都剌這樣後進文人的指點與影響。而馬祖常同樣作為薩都剌的座主，其亦有唱和詩作《送薩天錫南歸》，薩天錫有《和中丞伯庸馬先生贈別中丞除南臺僕馳驛遠迓至上京中丞改除徽政以詩贈別》唱和馬祖常。王士熙與薩都剌亦是座主與門生的關係，薩都剌有《和參政繼學王先生海南還韻》、《寄呈江東廉使王繼學》、《姑蘇臺奉和侍御繼學王先生贈別》、《奉次參政繼學王先生海南還桂林道中韻》四首詩與其唱和。

歡音奴，字志能，號剛齋，色目族唐兀人。泰定四年（1327）進士及第，與薩都剌為同年兼友人，二人之間唱和活動。薩都剌現存作品中與其唱和的有：《余與觀志能俱以公事赴北舟至梁山泊……折蘆一葉題詩寄志能》、《再過梁山泊有懷觀志能二絕》、《和同舉觀志能還武昌》、《淮安舟中呈觀志能臺郎》四首，還有一首唱和全體同年的《寄同年友》。

張雨（1283～1350）字伯雨，號貞居之，又號句曲外史。年二十棄家，遍遊天台、括蒼諸名山，後去茅山檀四十三代宗師許道杞弟子周

〔註44〕（明）俞弁：《逸老堂詩話》，丁福保輯《歷代詩話續編》，北京：中華書局，1983年，第1312頁。

大靜為師，又去杭州開元宮師玄教道士王壽衍。皇慶二年（1313），隨王壽衍入京，居崇真萬壽宮。由於素有詩名，京中士大夫和文人學士，如楊載、袁桷、虞集、范梈等，皆爭相與之交遊。仁宗聞其名，欲官之，張雨堅辭不仕，先歸茅山，後返杭之開元宮。至治元年（1321），開元宮毀於火，次年回茅山，主崇壽觀及鎮江崇禧觀。惠宗至元二年（1336）辭主觀事，日與友人故酒賦詩以自娛。張雨雖未方外道士，但其以較高的詩歌才華得到諸多文士的認可，許多知名文人紛紛與其結交。薩都剌的《雁門集》中唱和張雨的詩作有：《次韻寄茅山張伯雨》、《寄句曲外史》、《句曲贈清玄道士陳玉泉朝京還山復拜廣陵觀》、《同伯雨遊疑神庵因觀宋高宗賜蒲衣道士張達道白羽扇》、《將遊茅山先寄道士張伯雨》、《寄良常伯雨》、《酬張伯雨寄茅山志》、《和韻三茆山呈張伯雨外史》、《宿玄洲精舍芝菌閣別張伯雨》、《張外史菌閣》、《夢張伯雨》，共十一首，是所有唱和對象中存詩數量最多的。由此亦可見其與張雨的交情。

　　李孝光（1285～1350）字季和，溫州樂清人。少年時博學，以文章負名當世。早年隱居在雁蕩五峰山下，四方之士，遠來受學，名譽日廣。至正四年（1344）詔徵隱士，以秘書監著作郎召，與完者圖、執禮哈琅、董立同應詔赴京。召見於宣文閣，進《孝經圖說》，順帝大悅，賜上尊。明年，升文林郎秘書監丞，卒於官，年五十二。李孝光現存詩作中唱和薩都剌的有：《和天錫郎中城字韻》、《和薩天錫秋日海棠韻》、《送薩郎中賦得新亭》、《陪薩使君志能遊城西光孝院得茶字》、《次薩郎中題鐵塔寺壁》、《次薩使君道林寺壁》、《次天錫題暘曾伯都事幽居》、《同薩使君天錫飲鳳凰臺》、《次薩使君天錫登石頭城》、《春雪寄薩天錫使君》、《陪薩天錫使君飲酒鐵塔寺分題得籜龍軒分韻得而字》、《次薩使君天錫韻》、《懷薩使君天錫》、《次韻薩使君天錫雜詠》、《陪觀志能薩天錫二使君遊城西光孝寺》、《次薩天錫郎中送蕭御史韻送薩天錫郎中》、《和薩天錫郎中韻》、《次薩天錫使君六合詩韻》、《用志能臺郎韻寄薩天錫使君今為江南諸道御臺令使》、《懷薩天錫使君》、《用觀志

能韻寄薩天錫使君》、《次韻薩使君雜詠》、《次薩天錫韻》，共二十三首。但薩都剌的《雁門集》中，卻沒有唱和李孝光的作品，可能作品失傳。

除上述幾位士人之外，薩都剌現存作品中還唱和了劉致中（《洞房和劉致中員外作》）、王伯循（《次王伯循使君韻》）、揭傒斯（《訪揭曼碩秘書》）、治將軍（《相逢行贈別舊友治將軍》）、盧摯（《次學士盧疏齋題贈句容唐別駕》）、李泂之（《寄奎章閣學士濟南李泂之》、《題李泂之送別詩卷》）、馬昂夫（《和馬昂夫雜詠賞心亭懷古》、《寄馬昂夫總管》、《三衢守馬昂夫索題爛柯山石橋》）、張翥（《和張仲舉清溪夜行》）、許有壬（《寄參政許可用》）等數十人。另外，許多詩人詩作中有唱和薩都剌的作品，如鄭元祐的《和薩天錫留別張貞居寄倪元鎮》、倪瓚《次韻薩天錫寄張外史》、蒲室禪師大　《送薩天錫照磨赴燕南憲幕》、《次韻薩天錫臺郎賦三益堂芙蓉》等。薩都剌《雁門集》的附錄中有《雁門集唱和錄》，其中記錄了與其唱和詩作多達六十五首，唱和對象包括虞集、馬祖常、張翥、張伯雨、揭傒斯、許有壬、也仙不花、王士熙、馬昂夫、李泂之、俞希魯等數十人。

薩都剌一生遊宦四方，唱和的文友遍及南北，數量眾多，成分複雜。如此廣泛的唱和對多民族文人的互動，多民族文化的交融提供了推動作用。

三、余闕、迺賢

余闕（1303～1358），字廷心，先世為唐兀人，即西夏党項族。少年喪父，家甚貧，十三歲方開始讀書。元惠宗元統元年（1333），余闕以河南行省鄉試第二名之身份，中該科右榜會試第二名，殿試亦中第二名，賜進士及第，授同知泗州事。修遼、金、宋三史之時，召其為翰林修撰，累官至監察御史。至正十二年（1352），余闕代理淮西宣慰副使、都元帥府僉事，分兵守安慶。此後五、六年間，余闕率兵與紅巾軍激戰百餘次。至正十八年（1358）春，紅巾軍再次集結，戰船蔽江而下，急攻安慶城西門。余闕身先士卒親自迎擊。戰鬥中，突見城中火

起，余闕知城池已失守，遂拔刀自刎，自沉於安慶西門外清水塘中，年五十六。其後人將其詩文輯成《青陽先生文集》，今存。

余闕現存的詩歌僅有九十五首，並且其唱和詩歌中沒有次韻詩、沒有分韻賦詩等形式，所有唱和都是自由創作，沒有一首限韻體，但有部分限制主題的「賦得體」，如《賦得九里松送吳元振之江浙左丞》、《賦得琵琶峰送人降香龍虎山》等。從唱和主題來看，余闕現存詩作中最多的主題是「送別」。如：《送李好古之南臺御史》、《送李伯實下第還江南》、《送劉伯溫之江西廉使》、《送危應奉分院上京》、《送胥氏南還》、《送方以愚之嘉興推官》、《送康上人往三城》等，據統計以「送別」為主題的唱和詩多達二十二首。其次是「題畫」和「題壁」，如：《題紅梅翠竹圖》、《題段應奉山水》、《題虞邵庵送別圖》、《題施氏西嶼書堂》、《題周波寧畫》、《題劉氏聽雪樓》，據統計此類主題存詩十八首。

余闕一生主要的仕宦集中在大都和安慶，在大都任翰林修撰及監察御史期間，其與大都地區士人詩文唱和，如《送危應奉分院上京》、《送觀志能赴歸德知府》、《送黃紹及第歸江西》等。在安慶期間，其與當地文人唱和，如《安慶群庠後亭燕董僉事》。

余闕的唱和對象包括危素、觀志能、劉伯溫、李伯實、李好古等數十人，且每人都僅存一首唱和詩歌。此外，許多詩人存有唱和余闕的詩作，如迺賢的《送余廷心待制之浙東僉憲》、成廷圭《送余廷心翰林應奉》、《三月十五陪烏本初同僉李希顏祭余廷心大參於斷崖因賦是詩以約明年更祭云》、《奉寄余廷心元帥是時出鎮之舒州》、《題太湖李尹所收余廷心元帥書二封》、伯顏《挽余廷心》、周伯琦《送侍御余廷心僉憲浙東三首》等。

迺賢（1309～1368），字易之，號河朔外史，葛邏祿部人。葛邏祿部人東遷，散居各地，乃賢家族先居南陽。後其兄塔海仲良入仕江浙，他隨之遷居四明。至正五年（1345），迺賢離浙北上，循運河達齊魯之地，再向西進入中原。十二月，進入山西。次年至大都，在那裡旅居五年左右，期間與諸多館閣文士交往唱和，以求獲得舉薦的機會。至正十

一年（1351），一直都未獲得仕進機會的迺賢，不得不黯然返鄉。之後，其曾出任過一段時間東湖書院山長。至正二十二年（1362），中書省上奏，推舉處士布達等四人為翰林國史院編修官，乃賢名列第三，次年循海道北上赴任。至正二十七年（1367），農民起義軍已經快達到大都，因軍事緊急迺賢被任命佐軍京東，次年五月其病卒於直沽軍中。三個月後，元順帝倉皇北逃，元朝滅亡。

迺賢一生主要生活在四明和大都兩地，其朋友圈和唱和詩歌創作也集中在這兩地。四明地區屬於江浙行省慶元路，位於浙江省西南，因四明山而得名。迺賢的大半生都生活在這裡，其在此結交許多友人，並與他們有唱和活動。

徐仁則，字伯敬，四明之奉化人。早孤，家貧自勵，奉母鞠弟有聞於時。徐伯敬與迺賢是同鄉，少年時代二人便相識。迺賢在《徐伯敬哀詩》中言：「嗚呼徐徵君，儀表冠梧竹。十三蚤喪父，子子影窮獨。我時已識君，青燈照書屋」〔註45〕。後至元六年（1340），年僅三十二歲的徐伯敬病危，迺賢立刻從大都趕回四明探望，在兩人相見的第二天徐伯敬便病逝。迺賢作《徐伯敬哀詩》。迺賢現存詩作中沒有唱和徐伯敬的，但卻有唱和其弟徐仲裕的，如《程叔大歸四明兼簡徐仲裕》、《秋日有懷徐仲裕三首》、《秋日有懷徐仲裕二首》。可見其與徐家兄弟交誼深厚。

張仲深，字子淵，四明人。他還有兩個兄弟，張子益和張子端，他們都是迺賢家鄉中的友人。迺賢詩集中有《秋夜有懷明州張子淵》、《南城席上聞箏懷張子淵》、《巢湖述懷寄四明張子益》、《送林庭立歸四明兼柬張子端兄弟》四首詩，唱和的就是張家三兄弟。張仲深亦有《韻酬易之》、《武林感懷四絕句用馬易之韻柬祐聖觀王景周呈王素岩四首》、《用蔣伯威韻賀馬易之自京回》、《謝易之自京回遺餘文物七品各賦律詩一首謝之》、《奉寄易之在京師》，五首詩唱和迺賢。

〔註45〕（元）迺賢：《徐伯敬哀詩》，《全元詩》，第48冊，第14頁。

　　除上述二人之外，迺賢還有諸多與四明友人的唱和，如《題羅小川青山白雲圖為四明倪仲權賦》、《送葉上舍晉歸四明》、《月湖竹枝四首題四明俞及之竹嶼卷》、《虛齋為四明王練師賦》、《題四明王元凱畫三姬弄釵圖》、《病中送楊仲如廣文歸四明兼簡鄭以道先生》、《送陳練師奉香歸四明慶醮玉皇閣寄王致和真人》、《田家留客圖為四明劉師向先生賦》。這些詩作部分是在四明地區唱和，部分是在大都地區創作。

　　大都是迺賢遊歷生涯中最重要的一站，其先後在大都客居十年，期間與大都地區的文人交往緊密，詩文唱和活動頻繁。在這種交往唱和之中，迺賢擴大了自己的知名度和影響力。最終在至正二十二年（1362）以布衣的身份被舉薦為翰林國史院編修官。

　　危素（1295～1372），字太樸，號雲林，江西金溪縣白馬鄉人。他曾拜讀於吳澄門下，並尊李存為師。至正元年（1341），經大臣引薦，出任經筵檢討，負責編修宋、遼、金三朝國史及注釋《爾雅》。後歷任國子助教、翰林編修、太常博士、兵部員外郎、監察御史、工部侍郎、大司農丞、禮部尚書等職。迺賢在大都的交遊即是以危素為中心，其與危素在國子學時便已訂交，迺賢北上大都干謁時也得到了危素的不少幫助。迺賢現存詩作中唱和危素的有：《張仲舉危太僕二翰林同擢太常博士》、《和危太僕檢討葉敬常太史東湖紀遊》、《送危助教分監上京》，共三首。在唱和詩中迺賢稱：「幸託君子交，情親不子棄。畏愛屢就宿，下榻辱延致。諄諄味道言，情匪骨肉異」〔註46〕，可見，危素對迺賢在大都時期的幫助。

　　趙期頤，字子期，汴梁人，泰定四年（1327）進士，官至陝西行臺、中奉大夫、中書參議等。迺賢身為一介布衣，為了得到舉薦的集會，並需要不斷的投贈朝中文臣。趙期頤便是迺賢投贈的對象之一。迺賢現存詩作中有：《次韻趙祭酒城東宴集》、《投贈趙祭酒廿韻》、《寄河南趙子期參政》三首唱和趙期頤。前一首是參加趙期頤組織的宴集活

動，在活動中進行次韻唱和；第二首就是投贈趙期頤的；最後一首是與趙期頤贈答唱和的。

　　除上述二人外，迺賢在大都地區唱和的還有：《送太尉掾潘奉先之和林》、《送普顏子壽之廣西經歷》、《送吳月州之湖州教授》、《送楊復吉之遼陽學正》、《送國子生郭鵬歸河東石室山省親》、《賦鸚鵡送偰世南廉使之海南》、《送陳道士復初歸金華》、《病起書事呈兼善尚書二首》等。另外，許多詩人現存作品中，亦有唱和迺賢的，如成廷圭《送馬易之回四明》、危素《題迺賢上京紀行詩》、宋沂《寄馬易之》、張翥《贈馬易之》、《答馬易之編修病中作》等。

　　迺賢在大都地區唱和廣泛，貢師泰在《跋諸公所遺馬編修書札》中提到：「於歐陽先生有師生之分，於黃學士有兄弟之義，與申屠駉待制有交承之契，而張承制、周太常、危參政、宇文僉事，則又朋友之厚愛者也。是皆天下名賢碩師，易之悉與之遊，書問往復，繾綣若不忍一日相忘者」〔註47〕。歐陽玄、黃溍、申屠駉、張起岩、周伯琦、危素、宇文公諒都曾與迺賢有密切交往，書信往來頻繁。為迺賢《金臺集》作序的文士就有歐陽玄、黃溍、貢師泰、李好文，作跋者有虞集、揭傒斯、泰不華、張起岩、程文、楊彝。可見，迺賢當時雖為布衣之身，但其通過唱和活動展現了自己的才華，得到了諸多在朝文士的認可，也為自己的被舉薦贏取了機會。

四、其他士人

　　自延祐復科以來，有許多蒙古、色目族的士人開始進入詩壇，他們在與漢族文人進行交往中，也按照漢族文人的習慣開展唱和活動。

　　高克恭（1248～1310）字彥敬，號房山，回鶻人，祖籍西域。其先祖遂蒙古軍西征而來，先定居山西大同，後遷居燕京。高克恭一生仕途平坦，早年曾歷任工部令史、山東西道按察司經歷、河南道按察司判

〔註47〕　（元）貢師泰：《跋諸公所遺馬編修書札》，《全元文》，第45冊，第212頁。

官、山西河北廉訪副使、工部侍郎等職，大德三年（1299）轉任翰林直學士，大德六年（1302）授禮部侍郎，後改刑部侍郎。至大三年（1310）九月初去世。高克恭是元代的回族畫家，其畫山水初學二米，後學董源、李成筆法，專取寫意氣韻，亦擅長墨竹。高克恭現存詩作三十一首，其中唱和詩作十首，分別為：《寄友》、《贈英上人》、《丁酉秋季偕廉理問端甫王井西來遊》、《同郭祐之泛舟西湖晚歸》、《寄趙子昂》、《題管夫人竹窩圖》、《題怡樂堂為贈善夫良友》、《松濤軒題畫為鄧善之》、《靜觀閣早興寄懷鄧善之先生》、《趙子昂為袁清容畫春景仿小李》。其唱和對象包括，趙孟頫、袁桷、鄧文原、英上人等人。另，鄧文原有《陪高彥敬遊南山》，大欣有《高彥敬尚書墨竹》，袁桷有《題高彥敬桑落洲望廬山圖》，亦是館閣文臣與其唱和。

雅琥，字正卿，也里可溫人（基督教徒），初名雅古，文宗御筆改為雅琥。泰定元年（1324）登進士第，與宋褧是同年。至順元年由秘書監著作郎轉任授奎章閣參書，次年即遭到彈劾，外放廣西靜江府同知。時廣西多寇盜，而琥母老，即移家歸武昌待次。馬中丞伯庸作《送雅琥參書之官靜江詩序》為其送行。後歷官至福建鹽運司同知。雅琥現存詩三十九首，其中唱和詩作二十四首，包括贈答、題畫、送別三大主題類型。雅琥曾在奎章閣任職，因此大都地區的文臣是其重要的唱和對象。如《擬古寄京師諸知己二首》、《送御史王伯循之南臺》、《和韻王繼學題周冰壺四美人圖》、《寄南臺御史達兼善二首》、《送王繼學參政赴上都奏選》、《送章生南歸省親》、《觀祀南郊和李學士韻二首》等。

月魯不華，字彥明，號芝軒，蒙古族人。元統元年（1333）登進士第，授台州路錄事司達魯花赤，後歷任廣東廉訪司經歷、監察御史、禮部尚書、大都路達魯花赤，翰林侍講等職。著有《芝軒集》已佚，現存詩作十二首，其中唱和之作十首。唱和最多之人為見心禪師，有《四明定水寺天香室見心禪師居之吾弟彥誠御史為索詩勉賦一首以寄》、《次韻答見心上人二首》、《謝見心上人》、《余來四明見心禪師以詩見招……再倡秋風之句為他日雙峰佳話云》、《余來定水見心禪師登臨未

暇又邀試舟湖上相歡竟日遂成一律以謝》、《遊育王山並懷見心禪師》、《余嘗遣僕奉商學士山水圖一副為見心禪師壽……末章及之》、《簡見心上人》，共八首。另外兩首唱和詩的對象是元明長老（《題天童寺兼簡元明長老》）和金左丞（《夜宿大慈山過史衛王祠下次金左丞韻》）。

　　昂吉，字啟文，唐兀人。至正八年（1348）戊子科右榜進士，授將仕郎、紹興錄事參軍，正八品。現存詩作十八首，主要是雅集與題畫創作。昂吉是玉山雅集的參與者之一，其詩作中有十首是創作與玉山草堂，分別是《玉山草堂賦詩得高字》、《題玉山雅集圖》、《釣月軒賦詩》、《芝雲堂》、《芝雲堂分韻賦詩得日字》、《碧梧翠竹堂賦詩》、《湖光山色樓賦詩》、《柳堂春賦詩》、《漁莊賦詩》、《聽雪齋賦詩》。其餘為題畫，《題江貫道草木奇峰》、《題姚廷美有餘閒圖》、《題趙孟頫竹石幽蘭圖卷》、《題康里巙草書柳子厚謫龍說》等。另有三首送行詩，《虎邱山送友人》、《姑蘇臺送友人之京師》、《樂府二章送吳景良》。

　　丁鶴年（1335～1424），字永庚，號友鶴山人，色目人。元末，其父職馬祿丁以世蔭封武昌縣達魯花赤，丁鶴年隨父遷居武昌，並以父名丁為姓。元末社會動盪，丁鶴年曾長時間避亂浙東四明。後方國珍佔據浙東，因其最忌色目人，丁鶴年不得不轉徙逃匿。至正二十八年（1368），政局逐漸安定，丁鶴年在定海海邊築室定居下來，名其室為「海巢」。明洪武十二年（1379），丁鶴年告牒武昌長官回鄉遷葬生母遺骨。回武昌後，幾經周折，終於尋找到生母馮氏埋葬之所，將其屍骨遷至武昌城西寒溪寺後山父墓旁，為父母守靈十餘載，直至去世。其有《丁鶴年集》傳世，存詩三百餘首。丁鶴年一生輾轉地點很多，其中居住時間最長的地方是四明和武昌，因此其唱和友人亦多以上兩地。如《寄武昌張尚本》、《遷葬後還四明途中寄武昌親友》、《別四明親友》、《送武昌知縣潘公考滿》、《哭四明宋廷臣推官》、《寄武昌嚴靜山》、《寄四明諸友》、《題四明董氏知歸庵》、《題四明倪仲權處士小像》、《梅林書屋為四明陸秀才賦》等。其中唱和最多的詩人為戴良，詩作有《奉懷九靈先生就次其留別舊韻二首》、《題戴先生九靈山房圖》、《寄王宣慰

兼呈九靈先生》、《奉寄九靈先生四首》。戴良亦有《寄鶴年》一首。丁
鶴年在流亡途中常常暫居寺廟，因此其結交了一寫僧人朋友，並與他
們又唱和，如《夜宿染上人溪舍》、《寄龍門禪師二首》、《題大年椿上人
梅花》、《悼湖心寺壁東文上人》、《次義上人韻》、《再用前韻贈祖庭興
上人》等。

　　綜上所述，元中期以後，蒙古、色目士人逐漸在文壇上嶄露頭角，
一些通過科舉入仕的少數民族文人開始與漢族士人進行贈答唱和。由
於翰林院、集賢院等館閣集中了多民族的精英文人，因此多民族文人
間的唱和也主要集中在大都地區。少數民族文人對漢族文人的唱和以
自由體贈答為主，少有限韻體創作。

第四節　多民族唱和對元詩風貌的影響

　　元代中期以後，一些少數民族文人逐漸在詩壇上嶄露頭角，他們
在大都、杭州、吳中等地與漢族文士們開展雅集唱和。唱和活動本身就
是詩歌創作的切磋活動，在這種唱和下，漢族文士與其他民族的文士
相互影響借鑒。馬祖常、薩都剌、迺賢等少數民族文人，用他們不同於
漢族文人的創作手法與藝術風格，為元詩打開一條新路徑，豐富了元
詩的面貌。顧嗣立《元詩選》中稱：「有元之興，西北子弟，盡為橫經。
涵養既深，異才並出。雲石海涯、馬伯庸以綺麗清新之派振起於前，而
天錫繼之，清而不佻，麗而不縟，真能於袁、趙、虞、楊之外，別開生
面者也。於是雅正卿、達兼善、乃易之、余廷心諸人，各逞才華，標奇
競秀。亦可謂極一時之盛者歟。」〔註48〕少數民族文人的詩歌創作打
破了元中期詩歌平和雅正的風格侷限，在內容題材、創作手法、藝術風
格等方面進行開拓與新變，使元末詩壇呈現出異彩紛呈多元化的創作
局面。

〔註48〕　（清）顧嗣立輯：《元詩選》初集，戊集，北京：中華書局，1987 年，
　　　　第 1185 頁。

一、題材內容的開拓

少數民族詩人在與漢族詩人唱和交流之中，不斷從漢族士人那裡學習著詩文創作的手法。同時，少數民族文人因其獨特的民族性，創作中常常關注一些漢族士人所忽略的事物，這就在詩歌創作的題材內容上進行了開拓。從漢族詩人與少數民族詩人創作的題材來看，少數民族詩人在對社會現實的揭露、對西域生活的表現、對巾幗婦女的歌頌方面都有一定創建。

第一，對社會現實的揭露。中國自《詩經》以來，詩歌創作就重視對社會現實的揭露，從《詩經》的《七月》、《碩鼠》、《伐檀》，到漢魏樂府的《東門行》、《病婦行》、《孤兒行》，再到白居易的新樂府《賣炭翁》、《新豐折臂翁》、《紅線毯》，詩歌反映社社現實一直都是文人創作的一大內容。但進入宋元以後，漢族文人將更多的創作視角放在自我的詩意生活，以及與友人的交往唱和之上，例如虞集作為元中期的詩壇巨擘，其創作了大量的贈答、題畫、送別、紀行、遣懷之作，但卻找不到幾首能夠反映底層人民生活，揭露社會現實的作品。而其他館閣文臣的創作也大體如是。到了元末顧瑛的玉山雅集，其唱和創作主題都是文人們的閒情雅趣。可以說，在元代前期和中期很長一段時間內，文人們將創作視角主要集中到了自我的詩意生活之上，而忽視了自我生活之外的許多事物，忘記了對百姓民生的體察。不論是元前期的遺民詩派，還是元中期的館閣詩派，他們的創作視角都侷限與自身，前者是沉迷於自我的民族大義與隱逸不仕的氣節，後者沉迷於自我的詩意生活與賓友唱和的雅趣。詩歌只關注自我，不關注眾生，成了漢族文人創作的通病。在這種情況下，是少數民族文人首先打破了桎梏，將視線轉向了廣泛的社會現實，創作了大量揭露社會現實的作品，蒙古詩人薩都剌就是其中的佼佼者。

薩都剌一首遊歷了大江南北，對社會現實有著非常廣泛的接觸和非常深刻認識。其詩歌作品題材涉及廣泛，有對祖國壯美山河的描寫，有對社會現實民生疾苦的揭露，有對友人的贈答唱和等，而其中最有

價值的是揭露社會現實，展現民生疾苦的作品。如《鬻女謠》：

> 揚州娟娟紅樓女，玉筍銀箏響風雨。繡衣貂帽白面郎，
> 七寶雕籠呼翠羽。冷官傲兀蘇與黃，提筆鼓吻趨文場。平
> 生睥睨紈褲習，不入歌舞春風鄉。道逢鬻女棄如土，慘澹
> 悲風起天宇。荒村白日逢野狐，破屋黃昏聞嘯鬼。閉門愛
> 惜冰雪膚，春風繡出花六銖。人誇顏色重金璧，今日飢餓
> 啼長途。悲啼淚盡黃河乾，縣官縣官何爾顏。金帶紫衣郡
> 太守，醉飽不問民食艱。傳聞關陝尤可憂，旱荒不獨東南
> 州。枯魚吐沫澤雁叫，嗷嗷待食何時休。漢宮有女出天然，
> 青鳥飛下神書傳。芙蓉帳暖春雲曉，玉樓梳洗銀魚懸。承
> 恩又上紫雲車，那知鬻女長欷歔。願逢昭代民富腴，兒童
> 拍手歌《康衢》。〔註49〕

此詩作於天曆二年（1329），當時正值大旱災荒之年。薩都剌目睹難民
們飢寒交迫，賣兒賣女的場景，寫了這首新樂府詩。詩中展現了兩個完
全不同的世界，一面是錦衣貂帽、芙蓉帳暖的貴族世界，一面是賣兒鬻
女，飢寒交加的貧賤人生。在兩個世界強烈的對比中，詩人對當權者發
出「悲啼淚盡黃河乾，縣官縣官何爾顏。金帶紫衣郡太守，醉飽不問民
食艱」的質問。這種對縣官、太守等當權者的嚴厲斥責，在元詩中是少
有的。薩都剌還有《織女圖》、《早發黃河即事》、《征婦怨》等詩作反映
底層人民生活的疾苦。除此之外，薩都剌還用自己的詩歌展現了統治
階級內部的權利鬥爭，反映了許多重大歷史事件，揭露了元末朝廷政
治的黑暗。如《紀事》：「當年鐵馬遊沙漠，萬里歸來會二龍。周氏君臣
空守信，漢家兄弟不相容。祇知奉璽傳三讓，豈料遊魂隔九重。天上武
皇亦灑淚，世間骨肉可相逢」〔註50〕，這首詩揭露了文宗毒害親哥哥

〔註49〕 （元）薩都剌：《鬻女謠》，《雁門集》，上海：上海古籍出版社，1982
年，第62頁。

〔註50〕 （元）薩都剌：《紀事》，《雁門集》，上海：上海古籍出版社，1982年，
第64頁。

明宗奪取皇位的真相。兩都之爭後文宗圖帖木爾奪取了政權，但他決定將皇位禪讓給親哥哥和世剌。天曆二年（1329）正月和世剌接受禪讓在和寧即位，七月份趕到來到上都即位。本應兄弟相見，其樂融融，但明宗與弟弟相會宴飲的第二天就暴斃身亡，元文宗又重新登基為帝。薩都剌在詩中暗諷了皇室兄弟相殘的真相，直斥元庭權力鬥爭的黑暗與殘酷，這在當時漢族文士那裡是很難見到的。

除了薩都剌之外，馬祖常有《踏水行車》、《繰絲行》、《古樂府》、《拾麥女歌》，迺賢有《新鄉媼》、《潁州老翁歌》、《賣鹽婦》、《新堤謠》等詩作，關注底層的勞動人民，揭露社會的黑暗與不公。這些少數民族文士的創作，在一定程度上扭轉了文人詩歌過度關注自我，而忽視的眾生疾苦的傾向，為元末詩壇注入了新活力。

第二，對西域民俗生活的表現。元朝是一個地域廣闊的多民族國家，漢唐時期的邊塞地區，到了元朝也都是屬於國土範圍內。許多漢族士人因扈從上京而來到塞外，創作了大量上京紀行詩。這些詩作主要內容是描繪地域的兇險，道路的艱辛，或讚歎北方壯麗雄奇的自然風光。如胡助的《上京紀行詩·居庸關》：「居庸古關塞，老我今見之。天險限南北，亂石如城陴。朝光映蒼翠，徵袖涼颼颼。澗谷四十里，崖巒爭獻奇。禽鳥鳴相和，草木蔚華滋。佛爐架岩上，疏泉匯清池。民居亦棋布，機礎臨山陲。清幽入行李，緩策遂忘疲。黃屋年年度，深仁育黔黎。從官多名儒，山石遍題詩。伊余備史屬，斐然愧文辭。矧茲中興運，歌誦職所宜。皇靈符厚德，豈曰恃險巇」〔註51〕，讚歎居庸關天險限南北、崖巒爭獻奇的壯麗景象。其上京紀行詩還有《懷來道中》、《李老古》、《赤城》等創作手法都是如此。曾隨駕扈從到過上京的許多漢族文人，如虞集、袁桷、宋褧、胡助等，他們詩歌創作的關注點都是在於自然山川的壯美，而缺少對西域民俗生活的關照。並且因為要歌頌讚歎自然的壯麗，其塞外之作也多打破了平和典雅的風格，變得雄起豪邁。

〔註51〕 （元）胡助：《上京紀行詩·居庸關》，《全元詩》，第29冊，第5頁。

　　與漢族士人不同，少數民族文人本身就曾生活在西域，塞外是他們的故鄉，是其祖先曾生活過的地方。因此，他們的關注點不再只是大漠山川，而變為了塞外地區民風民俗，牧民們的生活狀態。如馬祖常的《靈州》：「乍入西河地，歸心見夢余。蒲萄憐酒美，苜蓿趁田居。少婦能騎馬，高年未識書。清明重農穀，稍稍把犁鋤」〔註 52〕，靈州位於甘肅行省寧夏府，詩中描繪了當地的葡萄酒，苜蓿地，能夠騎馬的少婦和目不識丁的成年人，展現了靈州地區的風土人情。其《河西歌效李長吉體》：「賀蘭山下河西地，女郎十八梳高髻。茜根染衣光如霞，卻召瞿曇作夫婿。紫駝載錦涼州西，換得黃金鑄馬蹄。沙羊冰脂蜜脾白，個中飲酒聲漸漸」〔註 53〕，該詩描繪了賀蘭山下婦女的衣著頭飾，展現了頗具異族風情的婚嫁場面。與之相類，迺賢亦有《塞上曲》，其擯棄了漢族文士以雄豪之筆寫大漠山川的創作手法，而轉變為用清新俊麗之筆，描繪西域的獵人、少女等民族風情。如《塞上曲》其三：「雙鬟小女玉娟娟，自卷氈簾出帳前。忽見一枝長十八，折來簪在帽檐邊」〔註 54〕，表現了牧民少女生活中的一幕。薩都剌、迺賢等元代中後期少數民族文人並生活在西域，但他們卻能在詩中精細的描繪出西域地區的民風民俗。而那些曾經在西域生活過的詩人，則更是將西域的民風展現的淋漓盡致。如耶律楚材的《西域河中十詠》，不僅表現了其河中府地區的地產風物，還涉及當地的氣候環境。

　　少數民族文人在對西域地區的描繪中，能突破漢族文人視角的侷限性，將視線從大漠山川轉移到民風民俗，進而豐富了元代西域詩的表現主題。

　　第三，對女性形象的豐富。漢族詩人的詩歌創作中也有很多的女性形象，但限於漢族文人的思想侷限性，其涉及的女性主要為懵懂少女、閨中怨婦、青樓女子。而蒙古、色目族群對女性的關注點與漢族不

〔註 52〕　（元）馬祖常：《靈州》，《全元詩》，第 29 冊，第 309 頁。
〔註 53〕　（元）馬祖常：《河西歌效李長吉體》，《全元詩》，第 29 冊，第 387 頁。
〔註 54〕　（元）迺賢：《金臺集》卷二，《四庫全書》本。

同，他們開始關注更多、更豐富的女性形象，馬祖常的筆下寫下有：
「少婦能騎馬」〔註55〕的游牧女性，迺賢筆下有「百結青裙走風雨」
〔註56〕的勞苦女性，有「蓬頭赤腳」、「青裙百結」的貧苦老夫等。同
時，在少數民族尚武精神的引導下，元朝文人更傾向於讚揚那些具有
英勇的女性形象。如北朝民歌《木蘭詩》中的花木蘭，其就是少數民族
文人筆下的女性英雄形象。而在漢族文人那裡，除了貞節烈婦，很少對
女性加以吟詠和讚揚。宮體詩中的女性是玩物，棄婦詩中的女性是詩
人自身的映像，只有對貞節烈婦才大加褒揚。這是漢族文人思想的侷
限性，造成的創作上的侷限性。在多民族文化交融的背景下，元代文人
在讚揚貞節烈女的同時，也讚揚彪悍孔武的女性。如楊維楨、陳旅、張
翥等詩人創作「殺虎行」，來歌頌胡氏殺虎救夫的英雄行為。

可以說，在多民族文人交流互動下，漢族士人了某種程度上受到
了蒙古、色目文人的影響，創作的侷限性逐漸打破。

二、藝術風格的新變

元中期以後，在館閣詩人的影響下，詩歌語言趨於典雅莊重，詩歌
風格趨於平和內斂。只有雅正平和的詩歌才能獲得肯定，而那些情感激
烈表達的詩作是被館閣詩人所不齒的。周權北遊大都之時，他的詩作能
得到館閣文士的肯定，正因為其詩作「簡澹和平，無鬱憤放傲之色……
有溫柔敦厚之德矣。〔註57〕而虞集曾強烈批評元明善的詩作「『若雷霆
之震驚，鬼神之靈變』然後可，非性情之正也」〔註58〕，可見元中期詩
人對於雅正的重視。但即便在平和雅正詩風盛行的時期，仍有一些蒙古、
色目文人採用不一樣的方式進行創作，給元詩帶來不一樣的風貌。

第一，質樸清新的詩歌語言。元中期館閣詩風的特點是雅正，蘇

〔註55〕（元）馬祖常：《靈州》，《全元詩》，第 29 冊，第 309 頁。

〔註56〕（元）迺賢：《賣鹽婦》，《全元詩》，第 48 冊，第 57 頁。

〔註57〕（元）陳旅：《周此山詩集序》，《全元文》，第 37 冊，第 256 頁。

〔註58〕（明）宋濂等：《元史》卷一八一，「元明善」條，北京：中華書局，
1976 年，第 4173 頁。

天爵《書吳子高詩稿後》中云：「延祐以來，則有蜀郡虞公、潯儀馬公以雅正之音鳴於時，士皆轉相效慕」〔註59〕，「雅正」雖然不能涵蓋元中期館閣文人的所有創作風格，但基本上可以說明他們共同努力的一個方向。「雅正」的詩學主張，即要求情感表達的內斂，也要求語言表達的典雅。而此時一些蒙古、色目文人卻在嘗試突破典雅的束縛，用質樸清新的語言創作詩歌。

質樸是與典雅相對，當館閣詩人在追求語言典雅的時候，一些少數民族詩人創作中卻開始追求質樸的語言風格。「夜坐」是元代詩人常常涉及一個主題，我們比較不同族群詩人的創作，就可以明顯看出他們語言上的差異。

耶律楚材《夜坐彈離騷》：

一曲離騷一椀茶，個中真味更何加。香銷燭爐穹廬冷，星斗闌干山月斜。〔註60〕

薩都剌《夜坐贈秀才》：

青原故人貧且窮，燕山野客疲且聾。擁爐不覺殘火白，開窗忽見月明東。

乃知清景不可得，得詩一笑衰顏紅。夜深吹燭且睡去，樓外落雁呼霜風。〔註61〕

薩都剌《病中夜坐》

江樹花開午夜春，綠香吹散隔簾雲。吟詩思苦家人罵，搗藥聲高鄰舍聞。

惟有工程餐白術，亦無心事對紅裙。消愁且喜樓西畔，明月一池蛙亂喧。〔註62〕

〔註59〕　（元）蘇天爵：《書吳子高詩稿後》，《全元文》，第40冊，第109頁。
〔註60〕　（元）耶律楚材：《夜坐彈離騷》，《全元詩》，第1冊，第302頁。
〔註61〕　（元）薩都剌：《夜坐贈秀才》，《雁門集》，上海：上海古籍出版社，1982年，第67頁。
〔註62〕　（元）薩都剌：《病中夜坐》，《雁門集》，上海：上海古籍出版社，1982年，第44頁。

周伯琦《夜坐偶成》：

清夜嚴城玉漏遲，杏花疏影散書帷。紅塵不到揚雄宅，石鼎焚香讀楚詞。〔註63〕

陳旅《次韻阿榮參政省中夜坐》：

上國群公集，秋深畫省開。虛簷河影近，涼苑樹聲來。

獨坐多幽趣，高吟有逸才。平明當獻納，騎馬踏輕埃。〔註64〕

范梈《夜坐有懷舍弟在江右》：

天邊此夜逢冬至，江表頻年望客還。謬戴詞林深雨露，卻憐棣蕚遠河山。

周流本已違長策，趨走那堪益厚顏？何日求田歸計定？

一尊松下詠閒關。〔註65〕

以上幾首詩皆為「夜坐」為主題，耶律楚材的「一曲離騷一杯茶，個中真味更何加」、薩都剌的「青原故人貧且窮，燕山野客疲且聾」、「吟詩思苦家人罵，搗藥聲高鄰舍聞」等詩句都清新質樸、明白如話，相對周伯琦的「紅塵不到揚雄宅，石鼎焚香讀楚詞」、陳旅的「虛簷河影近，涼苑樹聲來」、范梈的「謬戴詞林深雨露，卻憐棣蕚遠河山」等詩句則顯得典雅精緻。薩都剌還有「燈蛾來，燈蛾來，繞燈不去飛徘徊。清光紅燄午夜開，忽然性命隨飛灰」〔註66〕、「張生不好酒，飲酒如飲藥。得酒味濡唇，形影先落魄。野人飲不辭，飲盡杯中涸」〔註67〕的詩句，馬祖常亦有「我有六兄弟，我長汝最幼。我長守田廬，汝幼侍

〔註63〕（元）周伯琦：《夜坐偶成》，《全元詩》，第40冊，第362頁。

〔註64〕（元）陳旅：《次韻阿榮參政省中夜坐》，《全元詩》，第35冊，第44頁。

〔註65〕（元）范梈：《夜坐有懷舍弟在江右》，《全元詩》，第26冊，第443頁。

〔註66〕（元）薩都剌《燈蛾來》，《雁門集》，上海：上海古籍出版社，1982年，第384頁。

〔註67〕（元）薩都剌《擁爐夜酌嘲張友寄詩謝》，《雁門集》，上海古籍出版社，1982年，第206頁。

親右」〔註68〕、「種桃南山麓，三歲不得實。種瓜東郊園，擷之在百日」
〔註69〕等詩句，這些詩歌的語言明白如話，所寫內容質樸平常，突破
了館閣詩派典雅的單一束縛，使詩歌風格變得質樸，具有濃濃的生活
氣息。

　　清新雖然不與典雅相對，但它亦是一種與典雅有別的風格。少數
民族文人在一些詩歌創作中開始擯棄陳舊典雅的用詞，轉而使用清新
脫俗的語言。如薩都剌《寄朱舜諮王伯循了即休》其一「木落淮南秋，
蘭橈泊江渚。把酒三人同，江亭看飛雨。雨過江色淨，妙景發天趣。歷
歷江南山，一一青可數」〔註70〕，全詩沒有用典，沒有語意較深的人
文意象，沒有複雜的句法結構，只是以清新的語言表現自然的山水風
光。清新，要求語言清爽，不落俗套。這就要求詩人必須擺脫艱深的典
故和複雜的句法，以簡單而新穎的語言表達詩歌內容，這種長期困守
館閣的文士是一種挑戰，但少數民族文人卻是天性使然。

　　第二，直爽豪放的情感表達。受民族性格的影響，漢族士人的性
格是內斂的，表現在詩歌中就是含而不漏的表達情感，特別是在宋以
後文人開始追求精緻雅趣的生活，詩歌中表現的情感就更加的平和溫
潤，完全符合儒家的詩教觀。虞集否定在詩歌中激烈的表達感情，其批
評元明善的詩作「『若雷霆之震驚，鬼神之靈變』然後可，非性情之正
也」〔註71〕。月泉吟社、樂府補題等遺民詩人群們，即使遭受了亡國
之痛，但詩詞中所表現的情感曲折隱晦，含蓄內斂。到了元中期，館閣
文人身份地位變化，他們不主張激烈情感的表達，也沒有什麼激烈情
感可以表達。詩歌中所關注的無非是各種雅集聚會、題畫贈詩、紀行送
別等事件，表達的情感平和溫潤、波瀾不驚。蒙古、色目等族群的民族

〔註68〕　（元）馬祖常：《寄六弟元德宰束鹿》，《全元詩》，第29冊，第292頁。

〔註69〕　（元）馬祖常：《種桃》，《全元詩》，第29冊，297頁。

〔註70〕　（元）薩都剌：《寄朱舜諮王循伯了即休》，《雁門集》，上海：上海古
　　　　籍出版社，1982年，第234頁。

〔註71〕　（明）宋濂等：《元史》卷一八一，「元明善」條，北京：中華書局，
　　　　1976年，第4173頁。

性格直爽豪放，少數民族文人雖然受到儒家傳統文化的薰陶，但在骨子裏仍保有祖先的性格特徵。因此，他們在詩歌中的情感表露就比漢族文士直接一些。如馬祖常的《題四皓圖》：「不聽高皇召，還來太子宮。阿嬰人巉禍，吾恨紫芝翁」〔註72〕，情感表達直來直去。薩都剌在《鬻女謠》中痛恨統治階層不作為，使得餓殍遍野，賣兒鬻女；迺賢在《新鄉媼》中直斥朝廷對百姓的層層盤剝與奴役，使得民不聊生、怨聲載道。這種直白的語言，突破了「性情之正」的侷限，對社會不公進行激烈控訴，這在館閣詩派中幾乎是沒有的。

少數民族文人的性格中除了直爽，還有豪放，表現在詩歌之中，就是剛勁雄壯的詩歌風格。這種情感的豪放不僅表現在語言上，還表現詩歌整體的氣勢之中。如貫雲石的《君山行》：「北溟魚背幾千里，負我大夢遊弱水。蓬萊隔眼不盈拳，碧落香銷吹不起。茜裙女兒懷遠遊，遠人不歸明月羞。寶釵綰髻翠欲流，鳳鬟十二照暮秋。女媧煉石補天手，手拙石開露天醜。瓊樓玉宇亦人間，直指示君君見不。斯須魚去夢亦還，白雲與我遊君山」〔註73〕，詩歌構思想落天外，大開大合，語言色彩瑰麗，氣勢宏大豪邁，元代這樣的作品在楊維楨之前的漢族詩人中很少有。即便沒有瑰麗的想像，寫平實的內容依舊可以充滿豪氣，如薩都剌的《泊舟黃河口登岸試弓》：「泊舟黃河口，登岸試長弓。控弦滿明月，脫箭出秋風。旋拂衣上露，仰射天邊鴻。詞人多膽氣，誰許萬夫雄」〔註74〕，沒有奇幻的想像，只是客觀的紀事，但言語之中也彰顯出詩人的豪放之情。少數民族文人的性格特徵彌補了漢族文人創作中的部分缺陷，在元中期平和雅正詩風盛行的時期，他們創作了情感表達上直爽豪邁的作品，衝破了吟詠性情之正的侷限，轉而追求性情之真，豐富了元詩的面貌。

綜上所述，元中期以後，少數民族文人在學習漢族文人的同時，

〔註72〕　（元）馬祖常：《題四皓圖》，《全元詩》，第 29 冊，第 357 頁。
〔註73〕　（元）貫雲石：《蒲劍》，《全元詩》，第 33 冊，第 313 頁。
〔註74〕　（元）薩都剌：《泊舟黃河口登岸試弓》，《全元詩》，第 30 冊，第 115 頁。

將自己本民族的諸多特點融匯到詩歌創作之中。在詩歌的題材內容上進行了開拓，同時將直爽豪放的民族性格運用到詩歌創作中，突破了元中期館閣詩派平和雅正的束縛，開創了元詩的新風格。

小結

　　雅集活動自先秦產生後，經歷了漫長的發展時期，雖然雅集類型與唱和方式都在不斷發展，但參與主體始終侷限了漢族文人之中。宋以前的文人雅集，基本上都是漢族人士內部的聚會，到了元代這種情況才所有改變。因此可以說，多民族文人共同參與是元代文人雅集不同於以往的一個顯著特點。自元中期以後，隨著科舉制度的重啟，許多蒙古、色目人士通過科考進入了仕途。在科考前後，他們與漢族文士建立了師生、同年、僚友等關係，而他們進士的政治身份也較容易活動漢族文士的認可。元朝中後期，許多文人雅集都有蒙古、色目士人的身影，雖然他們在雅集中不占多數，但卻積極參與到雅集之中，促進了民族間的交流與融合。同時，少數民族文士將自己的民族性格帶入詩歌創作中，他們的詩歌關注現實生活，關注底層百姓，脫離了館閣文士以自我為中心的創作視角。另外，少數民族詩人的創作具有直爽而豪放的藝術風格，這種風格突破了中期館閣詩派平和雅正的束縛，開拓了元詩的藝術風格。

結　語

　　「雅集」是中國古代文人文化生活的重要組成部分，其對文人的
社會關係、創作傾向、文壇影響力等方面有著著重要影響。雅集活動自
先秦時期產生後，經過漢武帝柏梁臺、曹氏鄴下文人、蘭亭、金谷園、
九老會、西園等歷代的發展與演進，雅集的類型逐漸豐富，唱和形式也
漸趨成熟。到了元代，文人雅集之風盛行，這是歷代累積的結果，也與
元代特殊社會政治環境有關。

　　元朝是由蒙古族統治的統一王朝，其地域廣闊、民族眾多，卻時
間相對短暫。從蒙古滅金（1234）算起始，從元順帝北遁（1368）算終
止，其統治時間僅有一百三十五年。如果從元滅南宋（1279）算起始，
其統一全國不足百年。而元朝真正和平昌盛的時期，不過成宗、武宗、
仁宗、英宗、泰定帝五朝，時間僅三十餘年。以此將元朝分為三期，中
間的昌盛時期為中期，前後分別為初期和末期。元初時期，南北方初
定，人心不穩，各項政治制度都不完善。元末時期，奸相擅權、皇室內
鬥、義軍四起，社會陷入動盪。元代文人雅集貫穿了整個元代文壇，而
不同時期的雅集活動，因為時代背景的變遷呈現出不同的特質。

　　元初時期，參與雅集的文人主要是前代的遺民，北方為金代遺民，
南方為南宋遺民。北方遺民雅集集中在金蓮川與大都，而南方遺民雅
集集中在江浙一帶。由於北方原屬於女真族統治，且被滅國較早，因此

北方遺民文人多通過幕府入仕新朝，雅集活動中較少對故國的哀思。
而南方地區原本屬於漢族統治，滅過後被異族統治，南宋遺民文人多
選擇隱逸，並通過雅集結社的形式相互勉勵，唱和作品中多是故國之
思和隱逸之志。中期以後，元朝本朝培養的文士逐漸登上文壇，並佔據
了主流地位，詩文風格隨之一變。中期的雅集活動以大都和杭州為中
心，大都雅集的參與者多為在朝的仕宦文人和干謁的遊歷文人，杭州
雅集的參與者多為布衣文士。由於政治穩定、社會昌平，此時期文人在
雅集中更關注雅集活動本身，希望通過雅集來愉悅身心，追求詩意的
生活境界。元末政局重新陷入動盪，亂世之中文人們少了仕進之心，寄
希望於雅集成為暫時的世外桃源，通過相互唱和來獲得精神上的慰藉。
玉山雅集前後維持了十餘年，數百位文人列身其間，他們在詩酒唱和
之中忘卻了現實的動亂，找到了精神家園。

　　詩歌唱和是雅集活動的重要組成部分，而雅集活動又對唱和詩創
作有著助推作用。經過歷代文人雅集的積累，元代的唱和形式已經極
大豐富，同題集詠、分韻賦詩、次韻、依韻、分題賦詩、聯句等多種唱
和形式被廣泛運用到雅集之中。唱和的主題涉及宴集、紀遊、題畫、送
別、贈答、應制等文人生活方方面面，與各類雅集活動緊密關聯。文人
的雅集唱和極好的實踐了「詩可以群」的文學理念，在頻繁的唱和互動
中，文人們結成了詩人群體，詩歌創作傾向逐漸統一，詩歌流派也隨之
產生。雅集唱和活動是元代文人生活中的重要內容，也是元代文壇的
重要文學活動，因此，深入研究元代文人的雅集唱和情況，可以更好的
瞭解元代文壇的真實風貌。

　　元朝地域廣闊，民族眾多，這就為文人雅集的多民族性提供了必
要的社會環境。元初開始，忽必烈即建立了蒙古、色目國子學，多民族
士人開始師從漢族老師學習儒家文化，多族群之間產生了師生關係。
延祐復科以後，蒙古、色目文人開始通過科第晉身，他們在及第後與漢
族進士形成了同年關係。一些蒙古、色目文人入仕後供職於翰林、集賢
院等文官機構，與那裡的漢族文官了形成了同僚關係。蒙古統治者對

漢文化的提倡，使得少數民族文士在學習、科考、入仕等人生環節中，
與漢族文人結成了師生、僚友等各種關係。這些人際關係為他們參與
各類雅集活動提供了契機，元中期以後，許多雅集活動中都可以看到
蒙古、色目文人的身影，多族群文人的共同參與也成為元代雅集的一
個顯著特點。與此同時，馬祖常、泰不華、薩都剌、迺賢等蒙古、色目
文人在文壇逐漸佔據了重要地位，他們與各族士人頻繁的開展交流唱
和，通過自己的詩文創作影響著元代文壇。在多族群文人的交流唱和
過程中，蒙古、色目文人將自己民族性格注入作品中，在詩歌創作的題
材內容、藝術風貌、表現方式上進行了一定開拓，並通過唱和活動影響
了漢族文人的創作傾向，在一定程度上促進了元末詩風的形成。

　　綜上所述，元代文人雅集與詩歌唱和活動是貫穿整個元代文壇的
一項重要文學活動，它不僅影響著元代文人的文化生活，也影響著元
代詩壇的創作傾向。只有對雅集與唱和活動進行深入全面的瞭解，才
能更準確的把握元代文壇的整體風貌。

參考文獻

（一）元人文集

1. （元）薩都剌:《雁門集》，上海：上海古籍出版社，1982 年。

2. （元）揭傒斯著，李夢生點校:《揭傒斯全集》，上海：上海古籍出版社，1985 年。

3. （元）顧瑛輯，楊鐮、葉愛欣整理:《玉山名勝集》，北京：中華書局，2008 年。

4. （元）戴表元著，李軍、辛夢霞點校:《戴表元集》，長春：吉林文史出版社，2008 年。

5. （元）歐陽玄著，魏崇武、劉建立點校:《歐陽玄集》，長春：吉林文史出版社，2009 年。

6. （元）馬祖常著，王媛點校:《馬祖常集》，長春：吉林文史出版社，2010 年。

7. （元）袁桷著，李軍點校:《袁桷集》，長春：吉林文史出版社，2010 年。

8. （元）徐達左等撰，楊鐮、張頤青整理:《金蘭集》，北京：中華書局，2013 年。

9. （元）馮子振、釋明本:《梅花百詠》，《四庫全書》本。

10. （元）王沂孫等撰:《樂府補題》，《四庫全書》本。

11. （元）許有壬等：《圭塘欸乃集》，《四庫全書》本。

12. （元）周砥、馬治：《荊南唱和詩》，《四庫全書》本。

13. （元）釋壽寧等：《靜安八詠》，《叢書集成初編》本。

14. （元）釋克新等：《至正庚辛唱和詩》，《四庫全書》本。

15. （元）魏仲遠等：《敦交集》，《元人選元詩五種》本。

16. （元）吳渭編：《月泉吟社詩》，《叢書集成初編》本。

17. （元）傅習，孫存吾：《皇元風雅》，《四部叢刊》本。

18. （元）蔣易：《元風雅》，《續修四庫全書》本。

19. （元）蘇天爵：《元文類》，《四部叢刊》本。

20. （元）耶律楚材：《湛然居士文集》，《四部叢刊》本。

21. （元）王惲：《秋澗先生大全集》，《四部叢刊》本。

22. （元）戴表元：《剡源戴先生文集》，《四部叢刊》本。

23. （元）趙孟頫：《松雪齋文集》，《四部叢刊》本。

24. （元）袁桷：《清容居士集》，《四部叢刊》本。

25. （元）虞集：《道園學古錄》，《四部叢刊》本。

26. （元）虞集：《道園類稿》，《元人文集珍本叢刊》本。

27. （元）楊載：《翰林楊弘仲詩》，《四部叢刊》本。

28. （元）范梈：《范德機詩集》，《四部叢刊》本。

29. （元）楊維楨：《東維子文集》，《四部叢刊》本。

30. （元）楊維楨：《鐵崖先生古樂府》，《四部叢刊》本。

31. （明）胡應麟：《詩藪》，上海：上海古籍出版社，1979 年。

32. （明）毛晉編：《元人十種詩》，《海王邨古籍叢刊》，北京：中國
    書店，1990 年。

33. （清）顧嗣立輯：《元詩選》（初集、二集、三集），北京：中華書

局，1987 年。

34. （清）顧嗣立，席世臣輯：《元詩選》（癸集），北京，中華書局，
2001 年。

35. （清）錢熙彥輯：《元詩選》（補遺），北京：中華書局，2002 年。

36. （清）張景星輯：《元詩別裁集》，上海：商務印書館，1958 年。

37. 羅振玉編：《元人選元詩五種》，連平範式雙魚室刊，1908 年精刻
本。

38. 陳衍輯，李夢生校點：《元詩紀事》，上海：上海古籍出版社，1987
年。

39. 李修生主編：《全元文》，南京：鳳凰出版社，2004 年。

40. 楊鐮主編：《全元詩》，北京：中華書局，2013 年。

（二）相關文獻

1. （金）劉祁：《歸潛志》，北京：中華書局，1983 年。

2. （元）陸友仁：《研北雜志》，《四庫全書》本。

3. （元）陶宗儀：《南村輟耕錄》，北京：中華書局，1958 年。

4. （元）孔齊：《至正直記》，上海：上海古籍出版社，1987 年。

5. （元）王惲：《玉堂嘉話》，北京：中華書局，2006 年。

6. （元）楊瑀：《山居新語》，北京：中華書局，2006 年。

7. （元）《元典章》，《海王邨古籍叢刊》本，北京：中國書店，1990
年。

8. （元）《元典章》，北京：中華書局，天津：天津古籍出版社，2011
年。

9. （元）《通制條格》，《元代史料叢刊》，杭州：浙江古籍出版社，
1986 年。

10. （元）徐元瑞：《吏學指南》，杭州：浙江古籍出版社，1988 年。

11. （元）王士點，商企翁：《秘書監志》，杭州：浙江古籍出版社，
    1992 年。

12. （元）佚名：《廟學典禮》，杭州：浙江古籍出版社，1992 年。

13. （元）趙承禧等：《憲臺通紀》，杭州：浙江古籍出版社，2002 年。

14. （元）蘇天爵：《元朝名臣史略》，北京：中華書局，1996 年。

15. （元）熊夢祥：《析津志輯佚》，北京：北京古籍出版社，1983 年。

16. （明）宋濂：《元史》，北京：中華書局，1976 年。

17. （明）葉子奇：《草木子》，北京：中華書局，1959 年。

18. （明）陳邦瞻：《元史紀事本末》，北京：中華書局，1979 年。

19. （明）馮從吾：《元儒考略》，知服齋叢書本。

20. （清）魏源：《元史新編》，臺北，文海出版社，1988 年。

21. （清）汪輝祖：《元史本證》，北京：中華書局，1984 年。

22. （清）邵遠平：《元史類編》，臺北：文海出版社，1988 年。

23. （清）柯劭忞：《新元史》，北京：開明書局，1935 年。

24. （清）屠寄：《蒙兀兒史記》，上海：上海古籍出版社，1989 年。

25. （清）錢大昕：《補元史藝文志》，上海：商務印書館，1937 年。

26. （清）黃宗羲：《宋元學案》，《黃宗羲全集》，杭州：浙江古籍出
    版社，1992 年。

27. （清）何文煥輯：《歷代詩話》，北京：中華書局，1981 年。

28. 丁福保輯：《清詩話》，上海：上海古籍出版社，1978 年。

29. 丁福保輯：《歷代詩話續編》，北京：中華書局，1983 年。

30. 郭紹虞輯：《清詩話續編》，上海：上海古籍出版社，1983 年。

31. 曾永義：《元代文學批評資料彙編》，臺北：成文出版社，1978 年。

32. 吳文治主編：《明詩話全編》，南京：江蘇古籍出版社，1997 年。

33. 吳文治主編：《遼金元詩話全編》，南京：江蘇古籍出版社，2006年。

34. 王毅德，李榮村，潘柏澄：《元人傳記資料索引》，北京：中華書局，1987年。

35. 陳得芝等輯點：《元代奏議集錄》，杭州：浙江古籍出版社，1998年。

36. 中華書局編輯部：《宋元方志叢刊》，北京：中華書局，1989年。

（三）今人著作

1. 周清澍：《元人文集版本目錄》，南京：南京大學學報叢刊，1983年。

2. （日）吉川幸次郎著，李慶等譯：《宋元明詩概說》，鄭州：中州古籍出版社，1987年。

3. 鄧紹基主編：《元代文學史》，北京：人民文學出版社，1991年。

4. 徐遠和：《理學與元代社會》，北京：人民出版社，1992年。

5. 蕭啟慶：《蒙元史新研》，臺北：允晨文化實業公司，1994。

6. 張晶：《遼金元詩歌史論》，長春：吉林教育出版社，1995年。

7. 李炳海：《民族融合與中國古代文學》，長春：東北師範大學出版社，1997年。

8. 費孝通：《中華民族多元一體格局》，北京：中央民族大學出版社，1999年。

9. 陳垣：《元西域人華化考》，上海：上海古籍出版社，2000年。

10. 方勇：《南宋遺民詩人群體研究》，北京：人民出版社，2000年。

11. 張健：《元代詩法校考》，北京：北京大學出版社，2001年。

12. 桂棲鵬：《元代進士研究》，蘭州：蘭州大學出版社，2001年。

13. 查洪德，李軍：《元代文學文獻學》，北京：中國社會科學出版社，

2002 年。

14. 李治安:《元代政治制度研究》,北京:人民出版社,2003 年。

15. 楊鐮:《元詩史》,北京:人民文學出版社,2003 年。

16. 楊鐮:《元代文學編年史》,太原:山西教育出版社,2005 年。

17. 雲峰:《元代蒙漢文學關係研究》,北京:民族出版社,2005 年。

18. 查洪德:《理學背景下的元代文論與詩文》,北京:中華書局,2005 年。

19. 郎櫻、札拉嘎:《中國各民族文學關係研究》,貴陽:貴州人民出版社,2005 年。

20. 傅璇琮主編:《中國古代文學通論·遼金元卷》,瀋陽:遼寧人民出版社,2005 年。

21. 蕭啟慶:《內北國而外中國──蒙元史研究》,北京:中華書局,2007 年。

22. 劉達科:《遼金元詩文史料述要》,北京:中華書局,2007 年。

23. 李新宇:《元代辭賦研究》,北京:中國社會科學出版社,2008 年。

24. 陳高華,張帆,劉曉:《元代文化史》,北京:廣東教育出版社,2009 年。

25. 王韶華:《元代題畫詩研究》,北京:中國傳媒大學出版社,2010 年。

26. 羅鷺:《〈元詩選〉與元詩文獻研究》,成都:巴蜀書社,2010 年。

27. 陳高華,史衛民:《元代大都上都研究》,北京:中國人民大學出版社,2010 年。

28. 姚大力:《蒙元制度與政治文化》,北京:北京大學出版社,2011 年。

29. 吳國富,晏選軍:《元詩的宗唐與新變》,南昌:江西人民出版社,

2011 年。

30. 歐陽光：《宋元詩社研究叢稿》，廣州：廣東高等教育出版社，2011 年。

31. 曾瑩：《文人雅集與詩歌風尚研究初探——從玉山雅集看元末詩風的衍變》，廣州：廣東高等教育出版社，2011 年。

32. 蕭啟慶：《九州四海風雅同——元代多族士人圈的形成與發展》，臺北：聯經出版事業股份有限公司，2012 年。

33. 鞏本棟：《唱和詩詞研究——以唐宋為中心》，北京：中華書局，2013 年。

34. 么書儀：《元代文人心態》，北京：人民文學出版社，2013 年。

35. 雲峰：《民族文化交融與元代詩歌研究》，呼和浩特：內蒙古大學出版社，2013 年。

36. 余來明：《元代科舉與文學》，武漢：武漢大學出版社，2013 年。

37. 邱江寧：《奎章閣文人群體與元代中期文學研究》，北京：人民出版社，2013 年。

38. 查洪德：《元代詩學通論》，北京：北京大學出版社，2014 年。

39. 雲峰：《民族文化交融與文學研究論稿》，北京：中央民族大學出版社，2015 年。

（四）研究論文

1. 徐儒宗：《元初的遺民詩社——月泉吟社》，《文學遺產》，1986 年第 6 期。

2. 林邦鈞：《元詩特點概述》，《北京師範大學學報》，1990 年第 3 期。

3. 雲峰：《論元代蒙漢文化交流》，《新疆社科論壇》，1991 年第 6 期。

4. 歐陽光：《月泉吟社作者考略》，《文獻》，1993 年第 4 期。

5. 歐陽光：《月泉吟社作者續考》，《文獻》，1993 年第 7 期。

6. 歐陽光：《鬱懑失落的群體——論元初的遺民詩社兼與王德明先生商榷》，《文學遺產》，1993 年第 4 期。

7. 孫大力：《論鐵崖派以及元季東南文化思潮》，《上海大學學報》，1993 年第 10 期。

8. 張晶：《「鐵崖體」：元代後期詩風的深刻變異》，《社會科學輯刊》，1994 年第 2 期。

9. 張晶：《元詩發展概說》，《文史知識》，1994 年第 5 期。

10. 王次澄：《元初遺民詩人的桃花運——月泉吟社及其詩》，《河北學刊》，1995 年第 6 期。

11. 歐陽光：《詩社與書會——元代兩類知識分子群體及其價值取向的分野》，《中山大學學報》，1996 年第 3 期。

12. 歐陽光：《月泉吟社考述》，《學術研究》，1996 年第 6 期。

13. 歐陽光：《元初遺民詩社汐社考略》，《中山大學學報》，1997 年第 1 期。

14. 張伯偉：《元代詩學偽書考》，《文學遺產》，1997 年第 3 期。

15. 張晶：《元代後期少數民族詩人在元詩史的地位》，《內蒙古社會科學》，1997 年第 6 期。

16. 黃仁生：《鐵雅詩派成員考》，《中國文學研究》，1998 年第 2 期。

17. 黃仁生：《論鐵雅詩派的形成》，《文學遺產》，1998 年第 5 期。

18. 張晶：《元代正統文學思想與理想的因緣》，《文學遺產》，1999 年第 6 期。

19. 門巋：《關於評價元代詩歌的若干問題》，《淮陰師範學院學報》，1999 年第 4 期。

20. 查洪德：《20 世紀元代文學之宏觀研究》，《社會科學戰線》，1999 年第 6 期。

21. 喬光輝：《玉山草堂與元末文學的演進》,《鹽城師範學院學報》,1999 年第 4 期。

22. 查洪德：《20 世紀元詩研究概說》,《淮陰師範學院學報》(社會科學版),2000 年第 5 期。

23. 查洪德：《文道離合與元代文學思想》,《晉陽學刊》,2000 年第 5 期。

24. 查洪德：《元代學術流變與詩文流變》,《殷都學刊》,2000 年第 1 期。

25. 張晶：《元代後期詩風的變異》,《文史知識》,2001 年第 8 期。

26. 文師華：《元代詩學理論發展的軌跡》,《南昌大學學報》(人社版),2001 年 1 月。

27. 楊鐮：《元詩研究與新世紀的元代文學研究》,《殷都學刊》,2002 年第 3 期。

28. 查洪德：《20 世紀元代詩文批評研究概述》,《中州學刊》,2002 年 3 月。

29. 黃仁生：《試論元末的古樂府運動》,《文學評論》,2002 年第 6 期。

30. 王素美：《元代少數民族詩歌創作特點》,《揚州大學學報》,2002 年 11 月。

31. 查洪德：《元代文學文獻學與元代文學研究》,《民族文學研究》,2003 年 3 月。

32. 歐陽光：《北郭詩社考略》,《文學遺產》,2004 年第 1 期。

33. 楊鐮：《元代蒙古色目雙語詩人新探》,《民族文學研究》,2004 年 2 月。

34. 楊鐮：《元代文學的終結：最後的大都文壇》,《文學遺產》,2004 年第 6 期。

35. 張玉華：《玉山草堂與元明之際東南文人雅集》，《廣西社會科學》，2004 年第 10 期。

36. 黃仁生：《論顧瑛在元末文壇的作為與貢獻》，《湖南文理學院學報》，2005 年第 1 期。

37. 李軍：《論元代的上京紀行詩》，《民族文學研究》，2005 年第 2 期。

38. 雲峰：《試論元代反映蒙古生活的漢族詩人及其詩作》，《中央民族大學學報》，2005 年第 3 期。

39. 張晶：《元代詩歌發展的歷史進程》，《吉林大學社會科學學報》，2005 年 9 月。

40. 雲峰：《論元代魯國大長公主祥哥剌及其與漢文化之關係》，《中央民族大學學報》，2006 年第 1 期。

41. 史偉：《元詩「宗唐德古」論》，《求索》，2006 年 3 月。

42. 彭茵：《元末文人雅集論略》，《南京政治學院學報》，2006 年第 6 期。

43. 葉欣愛：《雪堂雅集與元初館閣詩人活動考》，《平頂山學院學報》，2006 年第 6 期。

44. 施新：《「月泉吟社」活動形式考》，《浙江社會科學》，2007 年第 3 期。

45. 施新：《論〈月泉吟社詩〉及其在遺民詩史中的地位》，《南昌大學學報》，2007 年第 4 期。

46. 史偉：《元初詩壇所謂的「時文故習」》，《蘭州學刊》，2007 年第 6 期。

47. 楊鐮：《元詩文獻新證》，《山西大學學報》，2007 年 5 月。

48. 查洪德：《元代作家隊伍的雅俗分流》，《西南民大學學報》，2009 年 12 月。

49. 楊鐮：《元詩文獻辨偽》，《文學遺產》，2009 年第 3 期。

50. 趙潤金：《東莞遺民詩社考略》，《船山學刊》，2009 年第 3 期。

51. 左東嶺：《玉山雅集與元明之際文人生命方式及其詩學意義》，《文學遺產》，2009 第 3 期。

52. 查洪德、劉嘉偉：《迺賢尚清詩風及其成因》，《民族文學研究》，2009 年 4 月。

53. 唐朝暉：《元代唱和詩集與詩人群簡論》，《求索》，2009 年第 6 期。

54. 周海濤：《元明之際吳中文人雅集方式與文人心態的變遷》，《山西師大學報》，2010 年第 1 期。

55. 王輝斌：《元初三大詩人群體的樂府詩創作》，《民族文學研究》，2010 年第 3 期。

56. 蒲宏凌：《關於元詩》，《文學評論》，2010 年第 6 期。

57. 雲峰：《俗文學成為元代文壇主流論》，《中央民族大學學報》，2011 年 1 期。

58. 鄒燕：《月泉吟社的寓名、成員及其詩集版本考證》《南昌大學學報》，2011 年第 6 期。

59. 陳博涵：《蒙元初期士人的文化認同及其文學觀念》，《文化與詩學》，2012 年第 1 期。

60. 陳得芝：《玉山文會與元代的民族融合》，《北方民族大學學報》，2012 年第 5 期。

61. 王輝斌：《論元代的詩派及其宗唐復古傾向》，《江淮論壇》，2012 年 4 月。

62. 鄒燕：《元初豐城龍澤山詩社考略》，《南昌大學學報》，2012 年第 9 期。

63. 尹變英：《論元初月泉吟社的遺民性詩學心態》，《海南大學學報》，

2013 第 4 期。

64. 查洪德：《元代詩學「自然」論》，《求是學刊》，2013 年 7 月。

65. 查洪德：《元代詩學「宗唐」「宗宋」論》，《晉陽學刊》，2013 年第 5 期。

66. 查洪德：《元代詩壇的雅集之風》，《安徽師範大學學報》，2013 年 第 11 期。

67. 張建偉：《高昌廉氏與元代的多民族士人雅集》，《中央民族大學學 報》，2014 年第 4 期。

（五）碩博論文

1. 王素美：《元詩發展史》，博士論文，陝西師範大學，1995 年。

2. 文師華：《金元詩學理論研究》，博士論文，上海師範大學，2000 年。

3. 曾瑩：《玉山雅集與元末詩風研究》，博士論文，中山大學 2005 年。

4. 雲國霞：《元代詩學研究》，博士論文，四川大學，2007 年。

5. 谷春俠：《玉山雅集研究》，博士論文，中國社會科學院，2008 年。

6. 劉競飛：《趙孟頫與元代中期詩壇》，博士論文，復旦大學，2010 年。

7. 劉嘉偉：《元代多族士人圈的文學活動與元詩風貌》，博士論文， 南開大學，2011 年。

8. 李傑榮：《元四家詩畫研究》，博士論文，暨南大學，2011 年。

9. 周林：《元初南宋遺民詩社「汐社」研究》，碩士論文，暨南大學， 2011 年。

10. 郭小轉：《多元文化背景中的元代邊塞詩的發展》，博士論文，中 央民族大學，2012 年。

11. 劉季：《玉山雅集與元末詩壇》，博士論文，南開大學，2012 年。

附錄一：元代文人雅集一覽

1. 紀子正杏園宴集

時間：蒙古太宗七年

地點：山東省冠縣紀子正杏園

參與者：紀子正、元好問等

詩文：元好問《紀子正杏園宴集》、《杏花落後分韻得歸字》

相關文獻見於《元好問詩編年校注》（中華書局，2011 年，下同），

第 711～714 頁。

2. 歷下亭宴集

時間：蒙古太宗七年乙未至濟南之初

地點：山東濟南大明湖畔

參與者：元好問、杜仁傑、李輔之、權國器

詩文：元好問《歷下亭懷古分韻得南字》

相關文獻見於《元好問詩編年校注》第 726～729 頁。

3. 寒食靈泉宴集

時間：待考

地點：山東省東平縣鳳山靈泉寺

參與者：德華、周卿、德昭、英孺、文伯、德謙、夢符

詩文：《寒食靈泉宴集序》

相關文獻見於《全元文》，第 1 冊，第 324 頁。

4. 雪堂雅集

時間：至元二十年或二十一年

地點：大都城南天慶寺

參與者：商挺、徐世隆、王磐、李謙、徐琰、閻復、王構、李槃、
王惲、雷膺、周砥、宋渤、夾谷之奇、馬紹、張澄、宋子貞、燕公楠、
楊鎮、趙孟頫、崔瑄、張之翰、胡祗遹、宋衢

詩文：《雪堂雅集》（已佚）、姚燧《跋〈雪堂雅集〉後》

相關文獻見於《全元文》，第 9 冊，第 406 頁。

5. 玉淵潭燕集

時間：至元三十一年（1294 年）

地點：大都玉淵潭

參與者：王惲、王侯明、翰林諸公

詩文：王惲《玉淵潭燕集詩序》

相關文獻見於《全元文》第 6 冊，第 186 頁。

6. 秋日廉園清露堂宴集

時間：至元十四年前後（1277）

地點：廉園清露堂

參與者：王惲、集賢、翰林兩院諸君

詩文：王惲《秋日宴廉園清露堂》

相關文獻見於《全元詩》第 5 冊，第 353 頁。

7. 清香詩會

時間：大德元年（1297）

地點：大都

參與者：王惲、傅立、雷膺、閻復、賈評事

詩文：王惲《清香詩會序》

相關文獻見於《全元文》第 6 冊，第 189 頁。

8. 《樂府補題》雅集

時間：至元十六年（1279 年）

地點：杭州、越中

參與者：周密、張炎、王沂孫、王易簡、馮應瑞、唐孫藝、呂同老、李彭老、陳恕可、唐玨、趙汝鈉、李居仁、張炎、仇遠、餘閑書院主人

詩文：《樂府補題》，《彊村叢書》本。

相關文獻見於《樂府補題》。

9. 楊氏池塘宴集

時間：至元二十三年（1286 年）

地點：杭州楊承之家

參與者：仇遠、白珽、屠約、張瑛、孫晉、曹良史、朱棨、徐天祐、王沂孫、戴表元、陳方、洪師中

詩文：戴表元《楊氏池塘宴集序》

相關文獻見於《全元文》第 12 冊，第 146 頁。

10. 金華洞天燕遊

時間：至元二十六年

地點：金華

參與者：方鳳、謝翱、陳公凱、陳公舉

詩文：方鳳《金華洞天行記》

相關文獻見於《全元文》第 10 冊，第 662～665 頁。

11. 天慶寺雅集

時間：元英宗治至三年（1323）

地點：大都城南天慶寺

參與者：魯國大長公主、袁桷、朱德潤、曹元用、李洞、吳全節、王觀、鄧文原、柳貫、趙世延、字尤魯狪、馮子振，及翰林諸公等

詩文：袁桷《魯國大長公主圖畫記》、《徽宗扇面》、《定武蘭亭》、《九馬圖》、《水塘秋禽圖》、《梅雀圖》、《江山圖》、《海潮圖》、《錦標圖》等。

相關文獻見於《全元文》第 23 冊，第 483 頁。

12. 城南宴集

時間：元中期

地點：大都城南

參與者：揭傒斯

詩文：揭傒斯《城南宴集詩後序》

相關文獻見於《全元文》第 28 冊，第 356 頁。

13. 鮮于樞府邸雅集

時間：大德二年前後

地點：杭州鮮于樞府邸

參與者：霍肅、周密、郭天賜、張伯淳、廉希貢、馬昫、喬簣臣、楊肯堂、李衎、王芝、趙孟頫、鄧文原、趙文昌、燕國材、高克恭、趙孟籲、石岩、吳文貴、薩都剌

詩文：已佚

相關文獻見於吳升《大觀錄》、陸友仁《研北雜志》。

14. 牡丹宴席

時間：大德二年三月

地點：杭州

參與者：張甫、陳某、戴表元

詩文：戴表元《牡丹宴席詩序》

相關文獻見於《全元文》第 12 冊，第 148 頁。

15. 張園玩月宴集

時間：大德二年八月

地點：杭州張園

參與者：張瑛、焗如晦、烈景忠、戴表元、屠約、陳康祖、王潤之、戴錫、顧文琛、張瑛之子張炬、張燼、焗如晦之子焗奎、陳康祖之子陳繹曾

詩文：戴表元《八月十六日張園玩月詩序》、《八月十六張園玩月得一字》

相關文獻見於《全元文》第 12 冊，第 149 頁；《全元詩》第 12 冊，第 97 頁。

16. 客東樓宴集

時間：大德二年十月

地點：杭州陳康祖住所

參與者：戴表元、陳康祖、方鳳、顧文琛

詩文：戴表元《客東樓夜會合詩序》、《十月廿二夜與方韶卿陳無逸顧伯玉客樓分韻得鐙字》

相關文獻見於《全元文》第 12 冊，第 154 頁；《全元詩》第 12 冊，第 176 頁。

17. 城東宴集

時間：大德二年十二月

地點：杭州城東

參與者：戴表元、屠約、白珽、顧文琛

詩文：戴表元《城東倡和小序》

相關文獻見於《全元文》第 12 冊，第 154 頁。

18. 北山宴集

時間：大德三年

地點：杭州北山

參與者：戴表元、顧伯玉、陳無逸、林以道

詩文：戴表元《北山小序》

相關文獻見於《全元文》第 12 冊，第 150 頁。

19. 西湖別墅小集

時間：大德四年

地點：杭州西湖別墅

參與者：戴表元、方回、盛元仁、林靜、趙君實

詩文：戴表元《庚子清明日陪方使君盛元仁林敬與同載過趙同年君實西湖別墅小集使君有詩五章次韻》

相關文獻見於《全元詩》第 12 冊，第 202 頁。

20. 石頭城燕遊

時間：元英宗治至二年（1322 年）

地點：南京石頭城遺址

參與者：許有壬、石珪、郭思貞、劉宗說、萬家閭、八札、廉公瑞、李秉忠、羅廷玉、阿魯灰

詩文：許有壬《九日登石頭城詩》

相關文獻見於《全元詩》第 34 冊，第 323 頁。

21. 南岩寺燕遊

時間：大德六年（1302 年）十月一日

地點：杭州南岩寺

參與者：戴表元、王應夔、虞舜臣、虞舜民、宋如曾、鄭仁則、曾道華、徐如礪、王叔太、王叔謙、鄭義榮、湯及翁

詩文：戴表元《遊南岩寺詩序》

相關文獻見於《全元文》第 12 冊，第 151 頁。

22. 玉山雅集

時間：後至元四年（1338 年）～至正二十年（1360 年）

地點：玉山佳處

參與者：楊維楨、柯九思、釋良琦、郯韶、張雨、鄭元祐、熊夢祥、高啟、陳基、張翥、謝應芳等

詩文：《玉山名勝集》

相關文獻見於《玉山名勝集》。

23. 大都南城雅集

時間：至正十一年

地點：大都南城

參與者：迺賢、危素、宇文公諒、黃玠、王虛齋、朱夢炎、梁九思

詩文：迺賢《南城詠古十六首》並序

相關文獻見於《全元詩》第 48 冊，第 39 頁。

24. 道山亭燕集

時間：至正九年（1349 年）

地點：福州烏石山

參與者：僧家奴、申屠駉、奧魯赤、赫德爾

詩文：《道山亭聯句》

相關文獻見於《全元詩》第 36 冊，第 154 頁。

25. 玄沙寺雅集

時間：正二十一年（1361 年）

地點：福州西郊玄沙寺

參與者：廉惠山海牙、貢師泰、李國鳳、答祿與權、海清溪

詩文：貢師泰《春日玄沙寺小集序》

相關文獻見於《全元文》第 45 冊，第 184 頁。

26. 掀篷雅集

時間：至正十九年（1359 年）

地點：浙江處州

參與者：石抹宜孫、費世大、謝天與、廉公直、趙時奐、陳東甫、郭子奇、孫原貞、吳立、張清、寧良等

詩文：何宗姚《妙成觀掀篷》、石抹宜孫《妙成觀掀篷和何宗姚韻》

相關文獻見於《元詩選》癸集下，中華書局，第 926 頁。

27. 續蘭亭雅集

時間：至正二十年（1360 年）

地點：浙江餘姚

參與者：劉仁本、徐昭文、朱綱、謝理、張溥等

詩文：劉仁本《續蘭亭詩序》、徐昭文《雩詠亭續蘭亭會補府主簿後棉詩二首》、朱綱《雩詠亭續蘭亭會補府曹勞夷詩二首》、謝理《雩詠亭續蘭亭會補侍郎謝瑰詩》、張溥《雩詠亭續蘭亭會補鎮國大將軍卞迪詩二首》

相關文獻見於《全元文》第 60 冊，第 319 頁。

28. 圭塘雅集

時間：至正八年～至正九年

地點：安陽城西圭塘別館

參與者：許有壬、許有孚、許子禎

詩文：《圭塘欸乃集》

相關文獻見於《圭塘欸乃集》。

29. 荊南唱和雅集

時間：至正十三年（1353）

地點：荊南

參與者：周砥、馬治

詩文：《荊南唱和詩集》

相關文獻見於《荊南唱和詩集》。

30. 耕魚軒雅集

時間：元末

地點：蘇州吳縣徐達左府邸園林

參與者：徐達左、王行、釋道衍、高啟、楊基等。

詩文：《金蘭集》

相關文獻見於《金蘭集》。

31. 南湖雅集

時間：至正二十年（1360）

地點：嘉興南湖

參與者：繆思恭、高巽志、徐一夔、姚桐壽、釋克新、江漢、陳世昌、鮑恂、樂善、金絅、史澤民、殷從先、近仁明、朱德輝、郁遵

詩文：《至正庚辛唱和詩集》

相關文獻見於《至正庚辛唱和詩集》。

32. 景德寺雅集

時間：至正二十一年（1361）

地點：景德寺

參與者：呂安坦、鮑恂、牛諒、釋智覺、常真、丘民、張翼、王綸、來志道、聞人麟、曹叡、徐一夔、尤存、周棐

詩文：《至正庚辛唱和詩集》

相關文獻見於《至正庚辛唱和詩集》。

33. 玉山燕遊

時間：至正年間

地點：吳中、杭州

參與者：顧瑛、袁華、楊維楨、鄭元祐、吳興、郯韶、沈明遠、于立、陳基、張遲、瞿智、周砥、釋良琦、陸仁、顧佐、馮郁、王濡之

詩文：《玉山紀遊》

相關文獻見於《玉山紀遊》。

34. 長春宮燕遊

時間：大德八年（1304）

地點：大都城南長春宮

參與者：虞集、袁桷、貢奎、周天鳳、劉光、曾德裕

詩文：虞集《遊長春宮詩序》、《遊長春宮分韻得在字》、袁桷《遊長春宮分韻得來字》、貢奎《長春宮同伯長德生儀之分韻得山字》

相關文獻見於《全元文》第 26 冊，第 218 頁；《全元詩》第 26 冊，第 263 頁；《全元詩》第 21 冊，第 83 頁；《全元詩》第 23 冊，第 97 頁。

35. 聖安寺遊宴

時間：天曆（1328～1329）、至順（1330～1332）年間

地點：大都南城

參與者：巙巙、馬祖常、咬住、梁誠甫、禿堅帖木兒

詩文：巙巙的《聖安寺詩》

相關文獻見於《全元詩》第 37 冊，第 364 頁。

36. 大都城南同年小集

時間：至元三年（1337）

地點：大都城南

參與者：蒙古士人篤列圖（字克成），色目士人偰善著（字世文）、觀音奴（字至能），漢族人趙期頤（字子期）、羅允登（字學升）、李黼（字子威）、黃清老

詩文：黃清老有詩《丁丑三月七日，會同年於城南。子期工部、仲禮省郎、世文編修、文遠照磨、學升縣尹、子威主事、克成秘書、至能照磨、子通編修凡十人，二首》

相關文獻見於《全元詩》第 36 冊，第 177 頁。

37. 泰定元年進士同年小集

時間：天曆三年二月八日

地點：大都蔡文淵府邸

參與者：粵魯不華、曲出、雅琥、納臣、諳篤樂、王瓚、張益、章穀、張彝、程謙、王理、成鼎、宋褧、王守誠、座主蔡文淵。

詩文：宋褧《同年小集詩序》

相關文獻見於《全元文》第 39 冊，第 322 頁。

附錄二：元代文人詩社一覽

1. 月泉吟社

時間：至元二十三年（1286）

地點：浙江浦江

參與者：吳渭、方鳳、謝翱、吳思齊、連文鳳、梁相、劉應龜等

詩文：《月泉吟社詩》

相關文獻見於吳渭編《月泉吟社詩》，四庫全書本；歐陽光《宋元詩社研究叢稿》，廣東高等教育出版社，2011 年，第 72～81 頁。

2. 汐社

時間：至元二十三年至元貞元年（1286～1295）

地點：浙東會稽、浙西婺、睦兩地。

參與者：謝翱、唐珏、王英孫、鄭樸翁等

詩文：《汐社詩集》（已佚），何夢桂《汐社詩集序》，林景熙《冬青花》、《夢中行》、《酬謝皋父見寄》、唐珏《冬青行》、謝翱《冬青樹引別玉潛》。

相關文獻見於何夢桂《汐社詩集序》，《全元文》第 8 冊，101～102 頁；歐陽光《宋元詩社研究叢稿》，高等教育出版社，2011 年，第 115～123 頁。

3. 越中詩社

時間：元初

地點：浙東

參與者：王英孫、黃庚

詩文：黃庚《枕易》

相關文獻見於黃庚《月屋漫稿·枕易》，《全元詩》第 19 冊，第 50 頁；歐陽光《宋元詩社研究叢稿》，第 288～290 頁。

4. 武林詩社

時間：元初

地點：杭州

參與者：黃庚

詩文：《梅魂》

相關文獻見於黃庚《月屋漫稿·梅魂》，《全元詩》第 19 冊，第 79 頁。

5. 熊升龍澤山詩社

時間：至元二十三年（1286）

地點：江西豐城龍澤山

參與社：熊升、陳煥、徐孺子等

詩文：已佚

相關文獻見於趙文《熊剛申墓誌銘》，《全元文》第 10 冊，第 158 頁。

6. 甘果龍澤山詩社

時間：元初至元末年

地點：江西豐城龍澤山

參與者：甘果、蔡繭

詩文：已佚

相關文獻見於揭傒斯《甘景行墓誌銘》，《全元文》第 28 冊，第 530 頁。

7. 明遠詩社、香林詩社

時間：元初

地點：江西上饒

參與社：徐元得

詩文；《小草六筆》已佚

相關文獻見於戴表元《徐耕道遷葬碣》，《全元文》第 12 冊，第 430 頁。

8. 南園詩社

時間：至正十四年至十五年（1354～1355）

地點：廣州南園

參與者：孫蕡、王佐、李德、趙介、黃哲

詩文：孫蕡《南園》、《南園夏日飲酬王趙二公子澄佐》、《南園歌贈王給事彥舉》、《南園懷李仲修》、《琪林夜宿聯句一百韻》詩序。

相關文獻見於孫蕡《琪林夜聯句一百韻》詩序，《全元詩》第 63 冊，第 309 頁。

9. 北郭詩社

時間：元末

地點：吳中北郭

參與者：高啟、徐賁、張羽、楊基、唐蕭、呂敏、陳則、宋克等。

詩文：高啟《送唐處敬序》、《春日懷十友詩》，張羽《續懷友詩序》。

相關文獻見於高啟《送唐處敬序》，《鳧藻集》卷三，《四庫全書》本。張羽《續懷友詩序》，《靜居集》卷一，《四庫全書》本。

10. 壺山文會

時間：元末

地點：壺山

參與者；宋貴誠、方樸、朱德善、丘伯安、蔡景誠、陳本初、楊元吉、劉晟、陳觀

詩文：已佚。

相關文獻見於陳觀《壺山文會稿序》,《續修四庫全書》第 548 冊,第 84 頁。陳田《明詩紀事》,《明代傳記叢刊》本,臺灣明文書局,第 12 冊,第 724 頁。

11. 聚會文會

時間：至正十年（1350）

地點：嘉興

參與者：楊維楨、濮樂閒、李一初、葛藏之,鮑仲孚

詩文：已佚

相關文獻見於楊維楨《聚桂文會序》,《全元文》第 41 冊,第 226 頁。

後　記

　　本書是在我的博士論文基礎上修訂整理而成的。回想論文撰寫時的無數個日日夜夜，曾經的艱辛早已成為治學路上的寶貴經驗。當初由於自認才疏學淺，又怕貽笑大方，答辯之後，論文並沒有選擇在知網公開。畢業之後又一直忙於所在高校的各種繁雜事務，這篇論文就一直靜靜地在我的電腦裏躺了三年。2020 年初，有幸獲得雲峰老師的推薦，及花木蘭文化出版社編輯同志的認可，這篇論文有機會得以付梓，我感到萬分欣喜。

　　論文修訂之時，新冠疫情開始在全國肆虐。我所在的高校春季學期暫不開學，於是在上網課之餘，我將大部分的精力用來修訂論文。修訂過程中又發現了一些明顯的硬傷和不合理的表述，自己也為當初的疏漏而汗顏。論文修訂結束之時，國內的新冠疫情已經得到了有效控制，又可以走出書房，感受市井生活的煙火氣。

　　回想自己的求學之路，磕磕絆絆，讀書、工作、又讀書、又工作、再讀書、再工作。基本上是上三年學，然後工作三年，然後再上三年學，周而復始。從讀大學到博士畢業用了十五時間。這篇論文也為我這十五年的求學之路畫上一個完美的句號，雖然充滿艱辛，但好在沒有遺憾。

　　論文即將付梓，匆忙寫下後記，不知所云！

2020 年 7 月 26 日